Karl-Josef Kuschel

Das Weihnachten der Dichter

Karl-Josef Kuschel

Das Weihnachten der Dichter

Originaltexte
von Thomas Mann
bis Reiner Kunze
neu erschlossen

Patmos Verlag

Meiner Mutter zum 80. Geburtstag

FSC
www.fsc.org
MIX
Papier aus verantwortungsvollen Quellen
FSC® C006701

Für die Schwabenverlag AG ist Nachhaltigkeit ein wichtiger Maßstab ihres Handelns. Wir achten daher auf den Einsatz umweltschonender Ressourcen und Materialien. Dieses Buch wurde auf FSC®-zertifiziertem Papier gedruckt. FSC (Forest Stewardship Council®) ist eine nicht staatliche, gemeinnützige Organisation, die sich für eine ökologische und sozial verantwortliche Nutzung der Wälder unserer Erde einsetzt.

Bibliografische Information der Deutschen Nationalbibliothek
Die Deutsche Nationalbibliothek verzeichnet diese Publikation in der Deutschen Nationalbibliografie; detaillierte bibliografische Daten sind im Internet über http://dnb.d-nb.de abrufbar.

2., durchgesehene und erweiterte Auflage 2011

www.patmos.de

Umschlaggestaltung oder Gestaltung: Finken & Bumiller, Stuttgart
Druck: CPI – Ebner & Spiegel, Ulm
Hergestellt in Deutschland
ISBN 978-3-8436-0066-8

»Weihnachten ist eine Angelegenheit, von der ich eigentlich nicht gerne spreche. Einerseits weckt das schöne Wort so tiefe, heilige Erinnerungen aus dem Sagenbrunnen der Kindheit ... und ist so durchstrahlt von unzerstörbar heiligen Symbolen: Krippe, Stern, Heilandkind, Anbetung der Hirten und Könige und Weise aus dem Morgenland! Und andrerseits ist Weihnachten ein Inbegriff, ein Giftmagazin aller bürgerlichen Sentimentalitäten und Verlogenheiten, Anlaß wilder Orgien für Industrie und Handel, großer Glanzartikel der Warenhäuser, riecht nach lackiertem Blech, nach Tannennadeln und Grammophon, nach übermüdeten, heimlich fluchenden Austrägern und Postboten, nach verlegener Feierlichkeit in Bürgerzimmern unterm aufgeputzten Baum, nach Zeitungsextrabeilagen und Annoncenbetrieb, kurz, nach tausend Dingen, die mir alle bitter verhaßt und zuwider sind, und die mir alle viel gleichgültiger und lächerlicher vorkämen, wenn sie nicht den Namen des Heilands und die Erinnerungen unserer zartesten Jahre so furchtbar mißbrauchten.«

Hermann Hesse (1927)

»Der (lukanische Geburts-) Text hat etwas Einmaliges, weil die Geschichte ja nicht aus dem Kontext zu lösen ist. Das aufgesuchte Kind, dessen Insignien, die Windeln zum Beispiel, Gott bezeichnen, wird – das ist nicht zu vergessen – elendig krepieren. Und das gleiche Kind in der Krippe wird indirekt schuldig sein – im Sinne einer Veranlassung – am Mord vieler armer kleiner Kinder männlichen Geschlechts. Das heißt, der Stall und das Kreuz, die Anbetung und der bethlehemitische Kindermord gehören zusammen. Deshalb kann ich mir diese Geschichte nicht als austauschbar denken. Sie ist in der Tat einmalig, weil sie das Freundlichste und das Grauenerregendste so aneinanderkettet, wie es kein vergleichbarer Text der Weltliteratur tut.«

Walter Jens (1981)

Inhalt

»Unsere Weihnacht ist, von den paar wirklich Frommen abgesehen, ja schon wirklich lange eine Sentimentalität. Zum Teil ist sie noch Schlimmeres geworden, Reklameobjekt, Basis für Schwindelunternehmungen, beliebtester Boden für Kitschfabrikation«: Hermann Hesse, 1917. Kritik dieser Art gehört zum Standardrepertoire, wenn sich Intellektuelle des 20. Jahrhunderts in Sachen Weihnachten literarisch exponieren. Scharf werden die Widersprüche benannt zwischen Botschaft und Betrieb, Kunde und Kommerz. Kulturkritik ist wohlfeil. Nirgendwo ist die bürgerliche Gesellschaft lustvoller zu entlarven als bei der Art, wie sie ihr »Weihnachten« inszeniert, wie unter Ausnutzung religiöser Rest-Gefühle mit Einsatz einer massenwirksamen Gefühls-Industrie der kalt kalkulierte Kommerz triumphiert. Vertraut ist einem das alles bis zum Überdruss, was zur Schwundstufe eines ehemals kirchlich-religiösen Festes gehört, das seit dem 4. Jahrhundert in der Christenheit gefeiert wird.

Nur: Um noch einmal zu reproduzieren, was »Weihnachten« an Verbrauch erbrachte und an Verachtung erzeugte, bräuchte es dies Buch nicht. Von Anfang des 20. Jahrhunderts an zieht sich eine Spur unnachsichtiger Kritik am Komplex »Weihnachten« durch die deutsche Literatur. Zur Sentimentalität gesellte sich oft die Satire, zu den Gefühlen das Gespött, zur Feier die Farce. Thomas Manns »Buddenbrooks«-Roman eröffnet das Jahrhundert und begründet zugleich den Topos: »Sage mir, wie du Weihnachten feierst (oder verachtest), und ich sage dir, wer du bist.« Weihnachten als Kulissenwelt im deutschen Bürgertum, als weihevolles Privat-Ritual der Wiedergewinnung von Sinn und Stabilität, deren Erosion das Jahr über unaufhaltsam schien.

Bewegt wird dieses Buch von einer anderen Frage: Warum dieses Fest trotz aller Verflachung und Verschleuderung lebt – und sei es nur in Erinnerungshöhlen. Warum es seinen Verbrauch oder Verrat überstand – und sei es nur in Ritual-Resten. Was macht sein »Geheimnis« aus, dem auch seine Verächter noch verfallen sind? Seine offensichtliche Unzerstörbarkeit, in einem Jahrhundert radikal geschwundener öffentlicher Christlichkeit, schärfster Religionskritik und geschichtlich beispielloser Kirchendistanz? Die Spurensuche gilt Schriftstellerinnen und Schriftstellern, die auf eigenes Risiko leben und schreiben, loyal nicht einer Kirche, sondern allein der Kunst. Wenn sie zum Thema »Weihnachten« sich äußern: Erfahren wir dann etwas über den Zauber und das Geheimnis?

Was ist es, das einen so unsentimentalen und der Religion so distanziert gegenüberstehenden Autor wie *Thomas Mann* zum Weihnachtsfest sagen ließ: »Ich werde die Liebe zu den Zaubern des Weihnachtsfestes nie verlernen ... Man träumt vom Schicksal und Rätsel des Menschen, seinem geistigen Wesen, seiner leiblichen Not und Schuld. Und man glaubt zu begreifen, was Gnade, was Liebe, was Hoffnung ist, und empfängt in der Seele den Sinn des Wortes ›Denn euch ist heute der Heiland geboren‹«? Was ist es, was *Hermann Hesse* im selben Kontext von 1917 dann doch seinen Lesern zurufen ließ: »Zündet euren Kindern die Weihnachtsbäume an! Lasset sie Weihnachtslieder singen! Aber betrüget euch selber nicht, seid nicht immer und immer wieder zufrieden mit diesem ärmlichen, sentimentalen, schäbigen Gefühl, mit dem ihr eure Feste alle feiert! Verlangt mehr von Euch! Denn auch die Liebe und Freude, das geheimnisvolle Ding, das wir ›Glück‹ nennen, ist nicht da oder dort, sondern nur ›inwendig in uns‹.« Was ist es, dass eine Schriftstellerin wie *Else Lasker-Schüler* schreiben kann: »Störe die Weihnacht nicht – über sie leuchtet der Engel der Liebe ...«? Was einen politisch engagierten Schriftsteller wie *Walter Jens* zu der Überzeugung bringt: »Für mich ist die Weihnachtsgeschichte die größte Utopie, die sich denken lässt. Nur, dass es sich im uneigentlichen Sinn um eine Utopie handelt, weil der Ort, der Stall, die Höhle, die Weide der armen Leute, sehr genau gezeichnet ist: Frieden garantiert durch die Benachteiligten«?

Schriftsteller haben im 20. Jahrhundert mit Weihnachten ein großes Thema, einen lebendigen Stoff, Anschauungsmaterial in Fülle. Nichts Vergleichbares gibt es im Ritualleben der Menschen. Nichts ist sinnlicher als dieses Fest, öffentlich und privat. Nichts hat sich oft seit Kindertagen tiefer in die Seele der Menschen gegraben als »Weihnachten« und all das, was es an Assoziationsfetzen, Erinnerungsfragmenten und Gefühlssplittern auf sich zieht. Seine Ausnahmestellung zieht literarische Ausnahmebehandlung auf sich. Seine »Exterritorialität« jenseits von Normalität und Banalität provoziert Exzeptionalität. Ob Tucholsky oder Brecht, ob Huchel oder Böll: Selbst die Kritischsten unter den Literaten haben die öffentliche Nachfrage nach einem Text zum Fest bedient – in unterschiedlicher Qualität. Kostbarkeiten sind darunter. Und diese Kostbarkeiten sind in diesem Buche gesammelt und gedeutet. Was die deutsche Literatur zum Thema Weihnachten im 20. Jahrhundert zu bieten hat, ist auf den folgenden Seiten dokumentiert und interpretiert. Spurensuche, Spurendeutung.

Auf diese Spurensuche und Spurendeutung möchte ich Sie als meine Leserinnen und Leser mitnehmen. Keine motivgeschichtliche Abhandlung erwartet Sie, keine handbuchartige Literaturgeschichtsschreibung, sondern im knappen Rahmen dieses Buches ein Nachdenken über Schlüsseltexte der deutschen Literatur des 20. Jahrhunderts zum Thema Weihnachten. Sie sind mir persönlich im Verlauf einer langen Lesegeschichte lieb geworden. Und ich hoffe, auch Ihnen durch dieses Buch verständlich zu machen, warum viele dieser Texte Kostbarkeiten sind: literarisch, theologisch, zeitgeschichtlich.

Gewiss: Die Schriften ersetzten mir nie die Schrift. Die Ur-Kunde von der göttlichen Verheißung einer Weltgerechtigkeit und eines Weltfriedens bleibt die Basis. »Alles unglaublich leer, weil wirklich keine Religion dahintersteckt« – das Wort des 25-jährigen Heinrich Böll, eine Weihnachtsfeier in einer deutschen Kaserne beschreibend, scheint mir unabweisbar. Rückerinnerung an die Ur-Kunde also braucht es, aber zugleich auch den Scharfblick und die Sprachkraft der Schriftsteller, um diese Botschaft glaubwürdig unter den Bedingungen unserer Zeit sagen zu können.

Es braucht den Thomas Mannschen Blick für die Doppelbödigkeit der Wirklichkeit, für die Kulissen, Inszenierungen und Rollenspiele, die wir gerade an Weihnachten spielen. Zugleich braucht es den Tucholskyschen Traum von Freiheit und die Kästnerschen Sarkasmen im Wissen um deren Verrat. Es braucht die stete Spannung der großen Worte von Weltfrieden, Menschwerdung, Freude und Gnade mit der Realität marginalisierter und um ihre Existenz bangender Menschen, wie sie ergreifend und hellsichtig zugleich Ilse Aichinger beschreiben konnte. Es braucht die Huchelsche Radikalkonfrontation der utopischen Chiffre Bethlehem mit der Anti-Chiffre Stalingrad. Es braucht die groteske Verfremdung durch Günter Grass, um die Diskrepanz zwischen Botschaft und Betrieb sinnlich zu erfassen. Und um das alles aushalten zu können, braucht es die Hessesche Besinnung auf die »Mitte« und die Böllsche Erfahrung, dass das Abgestorbene unter Menschen durch ein Wort wieder neu lebendig werden kann, braucht es also die Erfahrung punktueller Menschwerdung des Menschen, wie sie Else Lasker-Schüler beschrieben hat, Wolfgang Borchert, Johannes Bobrowski und Reiner Kunze. Und es braucht nicht zuletzt den theologischen Scharfblick des Lyrikers Kurt Marti, der auf Gott selbst zurückverweist, der im Akt der Geburt seines Sohnes »die Gottesbilder zerschlägt«.

Alle diese Stimmen gehören für mich zusammen, wenn ich über Weihnachten nachdenke. Auf keine möchte ich verzichten. Wer wir sind, was wir geworden sind, was aus unserem Lande geworden ist, in welcher Zeit und Gesellschaft wir leben: Gerade die Texte zu »Weihnachten« sind Spiegel der Selbsterkenntnis und Seismographen der Erschütterungen, mit denen wir leben müssen.

Eine Vergewisserung über die Ur-Kunde vorweg. Schon aus Gründen des Kontrastes von Einst und Jetzt. Aber um die Geschichte von der Geburt Jesu besser zu verstehen, stellen wir Vergleiche an. »Heilige Nächte«? Kennt man sie auch extra muros ecclesiae, jenseits der Mauern von Kirche und Christentum?

Eine Vergewisserung über die Ursprünge also vorweg, bevor Texte von Autorinnen und Autoren des 20. Jahrhunderts ins Zentrum unserer Aufmerksamkeit rücken. »Weihnachten« – unser neuhochdeutsches Wort geht ja zurück auf das mittelhochdeutsche *wīhenahten*, zusammengesetzt aus *ze wīhen nahten:* »in den heiligen Nächten«. Was hat es auf sich mit diesen Nächten, die Menschen heilig sind?

Die Geburt Jesu – wird sie nicht auch im Koran erzählt und gedeutet? Wir wollen einen Vergleich riskieren und zugleich das Unverwechselbare des Christlichen herausarbeiten. Das kann hier nur in Grundzügen geschehen. Einzelheiten sind nachzulesen in meinem Buch »Weihnachten und der Koran« (Patmos 2008). Auch zu Thomas Mann habe ich mittlerweile eine eigene Studie publiziert: »Weihnachten bei Thomas Mann« (Patmos 2006). Auch auf sie sei zur Vertiefung verwiesen.

Tübingen, im Juli 2011
Karl-Josef Kuschel

»Stille Nacht, Heilige Nacht«? Viele bei uns gehen wie selbstverständlich davon aus, dass eine »Heilige Nacht« etwas spezifisch Christliches ist. Sie täuschen sich. Schaut man sich um in der Welt, ergibt sich ein anderes Bild. Auch andere Religionen kennen »heilige Nächte«. Es sind – zumindest was die großen Religionen betrifft – vier in der Geschichte der Menschheit:

- die Nacht der Erleuchtung des Buddha
- die Nacht des Auszugs Israels aus Ägypten
- die Nacht der Herabkunft des Koran
- und die Nacht der Geburt Jesu.

Schauen wir uns das genauer an. Ist es ein Zufall, dass die Nacht eine so wichtige Rolle spielt? Ist damit eine besondere Symbolik verbunden, eine konkrete Botschaft?

Die Nacht der Erleuchtung: Buddha Gautama

Wer je im Monat Mai für längere Zeit Länder wie Sri Lanka bereist haben sollte, Myanmar (Burma), Nepal oder Thailand, wird »Vesakh« nicht versäumt haben. Vesakh ist das wichtigste Fest in der Welt des Theravada-Buddhismus, zu dem diese Länder gehören. »Dreimal heilig« wird es genannt. Denn Buddhisten dieser Tradition feiern an diesem Tag die *Geburt* des Buddha (nach der Überlieferung im Lumbinī-Hain bei Kapilavastu, heute im südlichen Nepal), sein *Erwachen* (bodhi) im nordindischen Uruvela (heute: Bodh Gaya) und seinen *Eingang ins Nirvana:* Ausstieg aus dem Daseinskreislauf und Eingang in den Zustand des Verlöschens. Anders in der Welt des Mahayana, eine Form des Buddhismus, die sich vom 1. bis 5. Jahrhundert n. Chr. entwickelt hat. Hier werden – zum Beispiel in China oder Japan – die drei Ereignisse im Leben des Buddha an drei verschiedenen Tagen gefeiert. So wird der Geburt am 8. April gedacht mit dem *Fest Hanamatsuri* und der Erleuchtung des Buddha am 8. Dezember. Das ist der »Bodhi-Tag«, der ebenfalls mit einer großen Feier begangen wird.

Das zeigt schon, dass für Buddhisten das zentrale Ereignis im Leben des Buddha nicht eigentlich seine physische Geburt ist, sondern seine Neu-Geburt. Aber gerade weil der Prinz Siddhārtha Gautama (450–370 v. Chr.) zu dem Erwachten schlechhin wurde, wird in buddhistischen Überlieferungen rückwirkend auch seine Geburt mit wunderbaren Zeichen ausgestaltet. Legenden haben im Laufe der Zeit Buddhas Zur-Welt-Kommen mythisch überhöht. Schon der Beginn seines Lebens sollte auf übergeschichtliche Herkunft und universale Bedeutung verweisen. Die Ausgestaltung betrifft den Herabstieg des Buddha vom »Himmel der Zufriedenheit«, den Aufenthalt im Mutterleib und die Geburt.

Buddhistische Überlieferungen schon aus dem 2. Jahrhundert vor n. Chr. kennen bildliche Darstellungen einer *übernatürlichen Empfängnis*, einer Art Geistzeugung. Buddha geht in der Gestalt eines weißen Elefanten in den Leib seiner Mutter ein, die dabei hellwach ist oder träumt, und tritt aus ihrer Seite wieder heraus. Ein Ereignis, das von Lichterscheinungen begleitet wird, einer Helligkeit kosmischer Dimension. Der Elephant? Er steht symbolisch für Kraft und Weisheit des Neugeborenen. Die übernatürliche Empfängnis, die Zeugung also ohne irdischen Vater? Sie ist Symbol einer von Anfang an gegebenen, vollkommenen, geistigen Reinheit des Buddha ohne die »Befleckungen« von Anhaften und Begierde, für den Buddhismus bekanntlich die Wurzel allen Leidens. Im Mutterleib residiert der Buddha bereits voll entwickelt in einem Juwelenschrein, der von Säulen getragen wird. Nichts Irdisches darf ihn beflecken. Entsprechend kommt der Buddha mit voll ausgebildetem Bewusstsein und vollkommener Erkenntnis in die Welt. Die Legenden rund um seine Geburt übertreffen sich in der Aufzählung kosmischer Ereignisse und Naturwunder. Sein irdischer Leib? Nur ein Scheinleib. Seine Lernphasen als Mensch aus der Familie der Schakya bis zur Erleuchtung? Erzählt als pädagogisches Mittel, damit auch »Normalsterbliche« den Weg gehen und zur Befreiung aus dem Kreislauf der Wiedergeburten gelangen können.

Nach der Überlieferung erlangt der Buddha seine Erleuchtung *des Nachts*, und zwar in Bodh Gaya unter einem Feigenbaum. Drei Nachtwachen in tiefer Versenkung vergehen, dann gelangt er

> »zur allerhöchsten vollkommenen Erleuchtung und erreicht das dreifache Wissen: die Erinnerung an die früheren Geburten, die Einsicht in die Zukunft und den Einblick in die Entstehung und Vernichtung des Leidens.«

So erzählt die buddhistische Überlieferung. Sie hat der *Nacht* eine besondere Bedeutung gegeben. Sie ist keine beliebige Zeit mehr, austauschbar mit anderen Zeiten. In der Buddha-Geschichte ist die Nacht eine Zeit der tiefen Einsicht des Menschen in Grundbedingungen seines Lebens und einer besonderen Offenheit für Erkenntnis, ja für Erleuchtung. Kurz: Die Buddha-Erzählungen machen in der Religionsgeschichte der Menschheit die Nacht zu einer *Zeit der Erschließung des wahren Wesens der Welt.*

Buddhisten feiern diese Nacht, ob im Mai oder Dezember – in Dankbarkeit für den Weg, den der Buddha gewiesen hat. Deshalb sind Vesakh oder der Bodhi-Tag Feste des Schenkens. Mittellose und Bedürftige werden bedacht, Pilger betreut, feierliche Lichterprozessionen abgehalten. Gefangene Vögel werden freigelassen, um die erstrebte Befreiung aus dem Kreislauf der Wiedergeburten zu symbolisieren und gerade an diesem besonderen Tag religiöse Verdienste zu erwerben. In Thailand, Myanmar oder Sri Lanka sieht man an diesem Tag Menschen, angetan mit einfachen weißen Gewändern, in festlich geschmückten Tempeln meditieren oder Predigten anhören. In Nepal ist Vesakh ein öffentlicher Ruhetag, in Sri Lanka verschickt man Vesakh-Karten. Kurz: Vesakh ist ein Fest, an dem Menschen in Erinnerung an das Erscheinen des Buddha besondere Glück- und Segenswünsche miteinander austauschen.

Die Nacht des Auszugs: Moses

Anders im Judentum, eine Religion nicht der mystischen Versenkung und Erleuchtung, sondern eine Religion der durch Propheten verkündeten Offenbarung Gottes. Deshalb ist das Judentum noch stärker als der Buddhismus daran interessiert, den Auftritt seiner Gründungsfigur auch geschichtlich zu beglaubigen. Moses ist keine überirdische, sondern eine menschlich konkrete Figur. Nach der Überlieferung des biblischen Buches Exodus stammt er aus einer levitischen Familie, die in Ägypten lebt, zu einer Zeit aber, in der die ägyptischen Herrscher gegen ihre israelitischen Untertanen brutal vorzugehen beginnen. Man fürchtet eine zu starke Vermehrung dieses Volkes. Harte Sklavenarbeit soll es klein halten. Als das nicht ausreicht, gibt einer der ägyptischen Pharaonen den zynischen Befehl, alle neugeborenen Knaben der Hebräerinnen töten zu lassen, in den Nil zu werfen und nur die Mädchen am Leben zu lassen (Ex 1,22). Doch wie könnte eine Mutter ihr Kind töten? Moses' Mutter setzt ihr Neugeborenes in einem abgedichteten »Binsenkästchen« im Nil aus – in der Hoffnung, dass ihr Kind gerettet wird. Und das Erhoffte geschieht nicht nur, die Erwartungen werden übertroffen: Es ist ausgerechnet die Tochter des Pharao, die das Kind entdeckt und sich voller Mitleid seiner annimmt. (Ex 2,1–10)

Wir registrieren: Nicht die Geburt des Moses wird »wunderbar« ausgestattet wie bei Buddha, wohl aber das Überleben, die »zweite Geburt«. Ungleich karger freilich als im Fall von Buddha. Moses soll ein Mensch bleiben und kein überirdisches Wesen werden. Deshalb beschränkt sich die jüdische Überlieferung auf ein einziges elementares Zeichen Gottes: Das von der Vernichtung bedrohte Kind kann überleben, ja wird ausgerechnet am Hofe seines Mörders erzogen. Genau das aber befähigt Moses zu seiner kommenden Mission. Mit diesem Kind hat Gott offensichtlich etwas Besonderes vor. Seine Rettung ist ein Versprechen auf Zukunft. Und diese Zukunft heißt: Rettung des Volkes aus der Sklaverei Ägyptens. Exodus!

Wieder das *Motiv der Nacht.* Es ist die Nacht vor dem Auszug, die Pessach-Nacht, in der die Israeliten sich auf den Aufbruch aus dem Land des Pharao vorbereiten, »Hüften gegürtet, Schuhe an den Füßen, Stab in der Hand«, während der Gott Israels unter den Ägyptern umhergeht und ein Blutbad anrichtet. Es ist die *Nacht einer Geburt:* Israel wird zum Volk. So einschneidend ist dieses Ereignis, dass es bis heute von Juden in aller Welt zu Beginn des Pessach-Festes erinnert wird: am Seder-Abend. Überall, wo gläubige Juden in einer Familie zusammenkommen, läuft ein Ritual besonderer Art ab. Das Familienoberhaupt im weißen Gewand des Hohepriesters spricht den Segen (Kiddusch – »Heiligung«), dankt Gott, der »die Frucht des Weinstocks erschaffen und Israel und die Zeiten geheiligt« habe. Und da Israel schon in der Tora aufgefordert ist: »An diesem Tag erzähl deinem Sohn: Das geschieht für das, was der Herr an mir getan hat, als ich aus Ägypten auszog« (Ex 13,8), stellt der Jüngste in der Familie die traditionelle Frage: »Was unterscheidet diese Nacht von allen anderen Nächten?« Die Antwort lautet:

> »In jeder anderen Nacht essen wir gesäuertes und ungesäuertes Brot,
> in dieser Nacht nur ungesäuertes;
> in jeder anderen Nacht essen wir jede Art Kräuter,
> in dieser Nacht Bitterkraut;
> in jeder anderen Nacht sind wir nicht gehalten, auch nur einmal einzutauchen,
> in dieser Nacht zweimal;
> in jeder anderen Nacht essen wir sitzend oder angelehnt,
> in dieser Nacht alle nur angelehnt.
>
> Einst waren wir Sklaven des Pharao in Ägypten,
> aber der Ewige, unser Gott, führte uns von dort heraus
> mit starker Hand und ausgestrecktem Arm.

Hätte der Ewige, gepriesen sei er,
unsere Väter nicht aus Ägypten geführt,
wahrlich: Wir, unsere Kinder und Kindeskinder
hätten auf ewig in Ägypten dienstbar bleiben müssen.«

So die jüdische Überlieferung. Sie unterscheidet sich signifikant von der buddhistischen. Denn sie macht die *Nacht* nicht zu einer Zeit der Erleuchtung, sondern zu einer Zeit der Erwartung. Erwartet wird das Ende der Knechtschaft. Kurz: Die Tora macht in der Religionsgeschichte der Menschheit die Nacht zu einer *Zeit der Hoffnung und Erwartung,* zu einer Zeit nicht nur des Endes der Unwissenheit, sondern des Endes der Unfreiheit. Gerade Christen haben allen Grund, dieser Nacht besonders zu gedenken, hat doch Jesus selber vor seinem Ende noch das Pessach-Festmahl mit seinen Jüngern zu sich genommen: sich selbst als das geschlachtete Pascha-Lamm deutend. Das bleibt die Sinnachse, die Christen und Juden für alle Zeit verbindet. Die Geschichte Jesu ist nicht zu verstehen ohne die Geschichte Israels.

Die Nacht der Offenbarung und die Geburt Mohammeds

Auch Muslime kennen eine »heilige Nacht«. Und auch sie hat wie im Judentum nichts mit der Geburt ihres Propheten zu tun. Die Heilige Nacht der Muslime ist die Nacht der *Herabkunft des Koran*, denn in dieser Nacht beginnen die Offenbarungen an den Propheten, die sich über 22 Jahre erstrecken werden. Nach muslimischer Überlieferung ist dieser Beginn in der kurzen, 19 Verse umfassenden Sure 96 aufbewahrt: »Trag vor«, wird der Prophet hier aufgefordert, »im Namen deines Herrn, der erschaffen hat, den Menschen erschaffen aus einem Klumpen! Trag vor! Dein Herr, der hochherzigste, er hat mit dem Schreibrohr gelehrt, den Menschen gelehrt, was er nicht wusste.« (96,1–5). An sie, die »Lailatu'l Qadr«, wird in den letzten Tagen des Fastenmonats Ramadan erinnert. Das hier gefeierte Fest ist eines der größten in der Welt des Islam, vergleichbar nur mit dem Opferfest, das während des Pilgermonats zur Erinnerung an das »Opfer Abrahams« gefeiert wird. »Nacht der Bestimmung« wird diese Nacht genannt, und sie ist eine Nacht der *Verpflichtung auf Frieden.* So heißt es in Sure 97:

> Wir haben ihn (den Koran) hinabgesandt in der Nacht der Bestimmung.
> Woher willst du wissen, was die Nacht der Bestimmung ist?

> Die Nacht der Bestimmung ist besser als tausend Monate.
> Die Engel und der Geist gehen in ihr hinab mit der Erlaubnis ihres Herrn wegen jeglicher Verfügung.
> Friede ist sie bis zum Aufgang des Morgens.« (Sure 97,1–5)[1]

So die muslimische Überlieferung. Sure 97 macht in der Religionsgeschichte der Menschheit die *Nacht* nicht nur zu einer Zeit der Erleuchtung, nicht nur zu einer Zeit der Befreiung, sondern zu einer *Zeit der Offenbarung Gottes* an die Menschen. Damit ist auch in der Welt des Islam die Nacht eine besondere Zeit: eine Zeit der Offenheit des Menschen für die Ankunft des Göttlichen.

Wir halten deshalb noch einen Moment inne und suchen eine Antwort auf die Frage: Warum spielt die Nacht in den Anfängen großer Religionen eine so wichtige Rolle? Womit hängt das zusammen? Eine Antwort dürfte in dieser Richtung zu suchen sein: Die Helligkeit des Tages erlaubt eine Unterscheidung im Raum zwischen Oben und Unten. Himmel und Erde sind optisch klar getrennt. In der Nacht aber verschmelzen Oben und Unten, kommt es zu einer *Einheitserfahrung des Raums.* Und dieser Moment entspricht einer religiösen Erfahrung. So wie der Himmel sich des Nachts zur Erde »neigt«, so neigt sich Gott der Welt zu. Gott und Mensch berühren sich auf einmal, Transzendenz und Immanenz gehen ineinander über. Deshalb kann Nacht für religiös sensible Menschen eine besondere Zeit sein. Und deshalb ist es kein Zufall, dass bestimmte Nächte »heilige« Nächte werden können, Zeiten besonders dichter Präsenz von »göttlicher Energie«.

Hinzu kommt: Die Nacht ist für ungezählte Menschen eine Zeit besonderer Wachheit, Empfänglichkeit, Feinfühligkeit für das Geheimnisvolle und Unbegreifliche. Deshalb haben zum Beispiel Träume hier ihren Ort. Sie sind Kontaktstellen mit dem Verborgenen in uns selbst, dem Entzogenen, dem Unbewussten. Sie liefern Bildsequenzen und Symbolketten für Un-fassliches in uns selbst und zeigen, wie sehr die Nacht eine *Zeit des Empfangens* sein kann. Denn Träume »produzieren« wir Menschen nicht so wie wir Werkstücke oder Kopfgespinste produzieren. Träume, so sehr sie aus uns selber kommen, sind Widerfahrnisse. Wir Menschen erleben uns dabei nicht als »Machende«, sondern als Empfangende, Beschenkte, Gedeutete. Sich so erleben, ist die religiöse Urerfahrung schlechthin.

Und der Prophet? Seine Geburt? Was wissen Muslime darüber? Die besondere Stellung der »Nacht der Bestimmung« im Festzyklus des Islam erklärt, warum es Jahrhunderte lang kein ein eigenes Geburtsfest für den Propheten Mohammed gegeben hat. Hinzu kommt: Über Mohammeds Geburt sagt der Koran kein Wort, ja erwähnt diese Geburt nicht einmal. Mohammed hat früh Vater und Mutter verloren, das erwähnt der Koran, so dass er als Vollwaise zuerst bei seinem Großvater, dann bei seinem Onkel Abu Talib aufwuchs. Aber die Geburt Mohammeds spart der Koran aus: kein Datum, kein Jahr. Wie bei Buddha und Moses ist nicht die physische Geburt maßgebend, sondern die geistige. Die Berufung ist entscheidend; sie wird zur Neu-Geburt. Das geschieht im Jahre 610 mit dem, was Sure 96 erkennen lässt. Außerdem hat der Koran von Anfang bis Ende die reine Menschlichkeit des Propheten betont und alles vermieden, ihn zu einem überirdischen, halbgöttlichen Wesen zu machen.

Spätere muslimische Überlieferungen aber sind über den Koran hinaus gegangen und haben *Empfängnis und Geburt Mohammeds* ebenfalls mit besonderen Zeichen ausgestaltet. Seine Mutter Amina empfängt ihn zwar auf natürliche Weise, aber auffälligerweise ebenfalls des Nachts, und schon diese Empfängnis ist ein Zeichen von großer Wirkung: Throne von Herrschern stürzen um, Tiere zu Lande und zu Wasser verbreiten die Freudenbotschaft. Mehr noch: Nach der Geburt Mohammeds erinnert sich seine Mutter, sie habe während der Schwangerschaft bereits ein Licht gesehen, »das ihr die Schlösser von Busrā in Syrien erleuchtet« habe. Nie zuvor habe sie »eine leichtere Schwangerschaft« gehabt. Bei der Geburt habe ihr Kind »die Hände auf den Boden und den Kopf gen Himmel gerichtet«. Berichte, die unter Berufung auf den Propheten selber noch einmal bestätigt werden. Zu einigen seiner Gefährten soll der Prophet später gesagt haben:

> »Ich bin das Gebet meines Vaters Abraham und die frohe Botschaft seines Bruders Jesus. Meine Mutter sah, als sie mit mir schwanger war, ein Licht von sich ausgehen, dass ihr die Schlösser Syriens erleuchtete. Gestillt wurde ich im Stamme der Banu Sa'd ibn Bakr. Und als ich eines Tages mit meinem Milchbruder hinter unseren Zelten die Schafe hütete, kamen zu mir zwei Männer in weißen Gewändern mit einem goldenen Becken, gefüllt mit Schnee. Sie packten mich, öffneten mir den Leib, nahmen mein Herz heraus, spalteten es, entnahmen einen schwarzen Blutklumpen und warfen ihn weg. Dann wuschen sie mein Herz und meinen Leib, bis sie sie gereinigt hatten.«

Eine Zäsurgeschichte also auch bei Mohammed, und ein Muster in *Stifterreligionen* wiederholt sich auch hier. Solche Religionen wollen ja signalisieren, dass mit ihnen etwas Neues beginnt. Die alte Zeit ist vergangen: die Zeit der Verblendung, der Unfreiheit, der Unwissenheit. Jetzt beginnt etwas Neues: eine Zeit der Erleuchtung, der Freiheit, der Offenbarung. Mag diese Zeit auch erst mit der Erleuchtung des Buddha im Alter von 30 Jahren begonnen haben oder mit der Berufung des erwachsenen Moses zur Befreiung seines Volkes oder mit der Herabkunft des Koran im 40. Lebensjahr des Propheten, für spätere Generationen, denen die Einzigartigkeit ihrer Stifterfigur vor Augen steht, muss schon die Geburt des Stifters etwas Herausragendes und so nach vorne Weisendes haben. Ob Buddha, Mose, Mohammed oder Jesus (wie wir noch sehen werden): Schon die Umstände ihres Zur-Welt-Kommens oder wundersamen Überlebens als kleines Kind zeigen ihre universalgeschichtliche Bedeutung.

Deshalb kann es nicht verwundern: Auch in der Welt des Islam ist man im Laufe der Jahrhunderte zu einem eigentlichen *Geburtsfest für Mohammed* übergegangen, zweifellos auch, um mit anderen Religionen »gleichzuziehen«. Nach der Überlieferung wird Mohammed in Mekka geboren, nach muslimischer Berechnung im Jahre 570. Die Sitte aber, größere Feiern zum Gedenken an Mohammeds Geburt abzuhalten, scheint zuerst im Ägypten der Fatimidenzeit (969–1171) aufgekommen zu sein, im 11./12. Jahrhundert, 300, 400 Jahre also nach dem Tod des Propheten. Das entspricht in etwa der Entwicklung im Christentum. Auch in seiner Geschichte hat es gut 300 Jahre gedauert, bis ein präziser Tag für die Feier der Geburt Jesu festgesetzt wurde, da die einzige Quelle, das Neue Testament, in dieser Hinsicht keinerlei Angaben macht: weder eine Jahreszeit angibt noch ein bestimmtes Jahr oder einen genauen Tag. Der 25. Dezember ist erst im 4. Jahrhundert unter Kaiser Konstantin von der westlichen Kirche als Geburtsfest Christi bestimmt worden. Erstmals findet es sich in einem römischen Kalender für das Jahr 334. Nach astronomischen Berechnungen findet an diesem Tag die Wintersonnenwende statt. Die meisten Christen des Ostens aber feiern Christi Geburt oder sein Erscheinen »im Fleisch« (Inkarnation) nicht am 25. Dezember, sondern am 6. Januar, an dem Tag, der nicht zufällig »Epiphanias« heißt: der griechische Ausdruck für »Erscheinung«.

Was die muslimische Welt betrifft, so hat sich nach der Fatimidenzeit allmählich die Feier eines Geburtstags, des Propheten durchgesetzt, arabisch: *Maulid an-Nabî.* Er ist heute einer der drei großen Feiertage in der islamischen Welt, zusammen mit den schon genannten: dem Fest zum Ende des Ramadan und dem Opferfest. In den meisten islamischen Ländern ruht dann der Verkehr, die Beamten haben Urlaub, die Kinder schulfrei. Gerade im heutigen Ägypten wird der Prophetengeburtstag als eine Art islamisches Weihnachtsfest gefeiert. In den Städten des Nildeltas ziehen Tausende mit Trommeln und Trompeten durch die Straßen, die Kinder bekommen Geschenke. Es ist das größte Volksfest in Ägypten. In Pakistan ähnlich. Hier gibt es die Sitte, einen als Beduinen verkleideten Knaben auf ein Pferd zu setzen und ihn durch die Straßen reiten zu lassen: die Wiederkehr des Propheten in Kindsgestalt.

Aber die Beziehungen zwischen dem christlichen und dem muslimischen »Weihnachten« sind noch enger. Sie gehen nicht bloß auf geschichtliche Prozesse der Angleichung zurück, sondern schon auf die Ur-Kunde des Islam selber, auf den Koran. Ich habe dies in meinen Büchern »Juden – Christen – Muslime: Herkunft und Zukunft« (2007) sowie »Weihnachten und der Koran« (2008) ausführlich dargelegt. Ich fasse hier das für die Geburt Jesu Wesentliche noch einmal zusammen.

Das Besondere des Koran

Viele reagieren noch heute überrascht: Was hat der Koran mit »Weihnachten« zu tun? Wieso sollte ausgerechnet die Heilige Schrift der Muslime Überlieferungen von der Geburt Jesu aufgenommen haben? Die Skepsis kommt aus latentem oder offenem Misstrauen dem Islam als Ganzem gegenüber. Das kann man nicht überspielen, wenn man sich zum Thema »Weihnachten und der Koran« äußert.

Zunächst ein Wort zum Koran selber. Hält man ohne große Vorkenntnisse Bibel und Koran nebeneinander und beginnt zu vergleichen, kann man überraschende Entdeckungen machen: fundamentale Unterschiede, aber auch erstaunliche Parallelen. Auf Grund einer Jahrhunderte alten Entfremdungsgeschichte Orient – Okzident aber ist auf allen Seiten kaum noch bekannt, dass im Koran eine Fülle biblischer Überlieferungen in großer Breite und Tiefe aufgenommen sind. Das hat damit zu tun, dass der Koran ja ausdrücklich keine neue Religion bringen, sondern eine uralte in Erinnerung rufen will: die Religion eines strikten Monotheismus, als dessen Urverkörperung der Koran Abraham erblickt, den Vater des Glaubens auch für Juden und Christen. Das ist der Grund, warum der Islam sich programmatisch »Religion Abrahams« nennt. Juden und Christen kennen diese Religion ebenfalls, haben sie aber nach Aussagen des Koran verdunkelt, verzerrt, teilweise missverstanden oder gar verfälscht. Deshalb ist eine alles klärende Offenbarung noch einmal nötig. Und die erfolgt jetzt in arabischer Sprache. Gott hatte den Juden ihre Offenbarung in hebräischer Sprache gegeben, den Christen in griechischer Sprache, jetzt hat Gott endlich auch die Araber bedacht und seine definitive Offenbarung in einen oder den »arabischen Koran«

gefasst. Die früheren Offenbarungen in Tora (Moses), Psalter (David) und Evangelium (Jesus) aber bestätigt der Koran, wenn auch unter Vorbehalt, ausdrücklich. Von Adam bis Mohammed immer wieder Propheten mit immer derselben Grundbotschaft (Sure 6,83–86). Ausdrücklich »keinen Unterschied« will der Koran machen (Sure 3,84). Keine »Spaltung« soll es geben in dem, was Gott von Noach über Abraham und Moses bis Jesus »an Religion verordnet« hat (Sure 42,13).

Daraus folgt: Je länger man die Überlieferungen studiert, die der Koran mit den jüdischen und christlichen Überlieferungen teilt, desto mehr wird einem die *innere Verwandtschaft der drei Religionen* bewusst, ohne die Unterschiede zu ignorieren. Ich mache mir klar: Als Christ muss ich einem Muslim nicht lange erklären, wer zum Beispiel Joseph war. Denn der Koran hat der Josephs-Geschichte (arab. Jusuf), wie sie im biblischen Buch Genesis überliefert ist, eine eigene große Sure gewidmet: Sure 12. Einem Inder und Chinesen müsste ich das erklären. Als Christ muss ich einem Muslim nicht lange erklären, wer Moses war (arab.: Musa). Denn der Koran erzählt die Kampf- und Konflikts-Geschichte des Mose mit dem ägyptischen Pharao in zahlreichen Suren immer wieder neu und spiegelt so einen Urkonflikt in der Religionsgeschichte der Menschheit: den Konflikt von Prophet und Herrscher, von Königsmacht und Gottesmacht. Einem Hindu und Buddhisten müsste ich von Moses lange erzählen. Einem Muslim muss ich nicht lange erklären, wer Abraham ist (arab. Ibrahim). Schon Sure 14 trägt seinen Namen als Titel, und der Islam versteht sich in besonderer Weise als »millat Ibrahim«, als »Religion Abrahams«. Denn Juden und Muslime teilen mit Christen auch die Überlieferungen von Abraham, mit Hindus und Buddhisten nicht. Das ist keine Wertung, sondern eine Feststellung, aus der folgt: Juden, Christen und Muslime bilden eine Glaubensgemeinschaft mit einem eigenen unverwechselbaren Profil, die sich signifikant unterscheidet von Religionen indischen und chinesischen Ursprungs. Das hat in der Vergangenheit oft genug zu polemischer Abgrenzung und gegenseitigen Verwerfungen geführt. Es ist hohe Zeit, diese Gemeinsamkeiten für ein Bewusstsein der Verantwortung zu nutzen, vor allem zu vernetzen gemeinsamen Lernprogrammen bei der Ausbildung von Rabbinern, Pfarrern und Mullahs.

Die Geburt des Johannes im Koran

Die »Weihnachtsgeschichten«, die Geschichten von Jesu Geburt, spiegeln sich im Koran in besonderer Ausführlichkeit. Deshalb ist ein Vergleich zu den beiden Geburtsgeschichten in den Evangelien des Matthäus und Lukas besonders lohnend, denn dadurch lassen sich konkret und anschaulich Gemeinsamkeiten und Unterschiede im Glauben von Christen und Muslimen herausarbeiten.

Wie im Neuen Testament (in den Evangelien des Matthäus und Lukas) gibt es auch im Koran zwei Texte zur Geburt Jesu, und zwar in Sure 3 und Sure 19. Sure 19 gilt als der jüngere Text: in der zweiten Periode von Mekka geoffenbart (615–620). Sure 3 kommt später in Medina hinzu. Ich ziehe exemplarisch Sure 19 heran. Sie enthält schon als Titel den Namen der Mutter Jesu: Maria, arab. Maryam und lässt starke Parallelen zum Bericht des Evangelisten Lukas erkennen.

Wie stets im Koran werden die Geschichten ohne lange Vorbereitung eingeführt. Der Prophet konnte offenbar Grundkenntnisse bei seinen Adressaten in Mekka voraussetzen. Wundern wir uns also nicht, wenn in Sure 19 alles ganz plötzlich »da« ist. Nur der »Titel« der Sure 19 bereitet uns Hörer oder Leser ein wenig vor: »Maria«. Wie der Evangelist Lukas präsentiert auch der Koran vor der Geburtsgeschichte Jesu die von *Johannes:*

> 2 Die mahnende Erinnerung an die Barmherzigkeit deines Herrn gegenüber seinem Diener Zacharias.
> 3 Als er seinen Herrn im Stillen anrief.
> 4 Er sagte:
> »Herr, schwach geworden ist mir das Gebein und altersgrau der Kopf. Ich war, wenn ich zu dir rief, Herr, nie trostlos.
> 5 Ich fürchte aber die, die als Erben nach mir kommen. Meine Frau ist unfruchtbar. So schenk mir von dir her einen entfernteren Erben,
> 6 der mich beerbt und erbt von den Leuten Jakobs! Mach ihn, Herr, wohlgefällig!«
> 7 »Zacharias, wir verkünden dir einen Jungen mit Namen Johannes. Niemandem gaben wir vorher einen Namen wie ihm.«
> 8 Er sagte:
> »Herr, wie soll ich einen Jungen bekommen, wo meine Frau unfruchtbar ist und ich allzu hohes Alter erreicht habe?«
> 9 Er sagte:
> »So ist es. Dein Herr sagt:
> ‚Das fällt mir leicht. Schon vorher habe ich auch dich erschaffen, als du nichts gewesen warst.'«
> 10 Er sagte:

»Herr, schaff mir ein Zeichen.«
Er sagte:
»Dein Zeichen ist, dass du drei volle Tage nicht zu den Menschen sprichst.«
11 Da kam er zu seinen Leuten aus dem Tempel und offenbarte ihnen:
»Lobpreist morgens und abends!«
12 »Johannes, nimm die Schrift machtvoll!«
Wir gaben ihm als Kind Urteilskraft,
13 ein liebevolles Gemüt von uns her und Lauterkeit. Er war gottesfürchtig
14 und ehrerbietig gegen seine Eltern. Er war kein widersetzlicher Gewaltherrscher.
15 Friede über ihn am Tag, da er geboren wurde, am Tag, da er stirbt, und am Tag, da er zum Leben erweckt wird!
(Sure 19,2–15)

Wie das Evangelium des Lukas schaltet der Koran also vor die eigentliche Geburtsgeschichte Jesu die des Johannes, und wie der Evangelist ist auch der Koran am überraschenden Eingreifen Gottes schon im Fall des Johannes interessiert. Doch ein genauer Vergleich von Sure 19,1–15 mit Lukas 1,5–25 ergibt ein sehr unterschiedliches theologisches Profil:

(1) *Lukas* hatte die Johannes-Geschichte anschaulich lokalisiert und präzise vergeschichtlicht: Vater Zacharias ist ein Priester im Jerusalemer Tempel, gehört zur Priesterklasse Abija; die Mutter von Johannes heißt Elisabeth und stammt aus dem Geschlecht Aarons; der erscheinende Engel heißt Gabriel; die Erscheinung vor Zacharias findet konkret an einem Ort statt, in Jerusalem, präzise im Tempel. Der *Koran* dagegen entlokalisiert, enthistorisiert. Als handelnde Personen braucht er nur noch Zacharias und Johannes. Elisabeth taucht namentlich schon nicht mehr auf, nur in der Spiegelung ihres Mannes (»meine Frau unfruchtbar«). Und statt des Engels Gabriel redet *Gott selbst* zu Zacharias. Ein Ort ihrer Begegnung ist nicht erwähnt. Die ganze Szene scheint wie fein stilisiert, wie zurückgenommen, wie ausgedünnt, wie entweltlicht. Ich nenne das narrativ inszenierte Welt-Zurücknahme.

(2) Unterstrichen wird diese narrativ inszenierte Welt-Zurücknahme dadurch, dass Zacharias für den Koran nicht als konkrete Person aus dem Judentum interessant ist, sondern als Typus, und zwar als *Typus eines gottvertrauenden Beters,* dessen Gebetswunsch von Gott erhört wird: konkret die

Geburt eines Sohnes trotz hohen Alters des Mannes, trotz Unfruchtbarkeit der Frau. Auffällig ist ja: Während bei *Lukas* Zacharias diesen seinen Wunsch schon lange vorgetragen hatte (so dass er an dessen Erfüllung angesichts des fortgeschrittenen Alters kaum noch glauben kann), scheint im *Koran* die Bitte des Zacharias zum ersten Mal geäußert – ganz im Bewusstsein, dass Zacharias, wenn er zu Gott betete, noch »nie trostlos« gewesen sei. Bei Lukas bleibt denn auch Zacharias psychologisch konsequent bei seiner Skepsis, selbst als der Engel erscheint – und wird für diesen Akt des Unglaubens mit Stummheit *bestraft,* was ganze neun Monate bis zur Geburt Johannes' andauern wird. Im Koran sind daraus drei Tage Stummheit geworden, ein »Zeichen«, das Zacharias selbst verlangt hat. Es ist nicht Ausdruck der Bestrafung durch Gott, sondern des Vertrauens in Gottes Macht. So wie der Schöpfergott einem alten, unfruchtbaren Elternpaar neues Leben schenken kann, so kann derselbe Gott auch ein anderes Zeichen geben: einen Menschen kurze Zeit verstummen lassen.

(3) Während der Evangelist Lukas Johannes als Kontrastfigur für Jesus funktionalisiert, als Vor-Läufer, der anschließend umso wirkungsvoller durch Jesus überboten werden soll, so gebraucht der Koran Johannes offensichtlich als Parallelfigur, an der Gott schon vollbracht hat, was er dann im Falle Jesu wiederholt. Auffällig ist ja: Während Lukas Johannes zwar durch einen Engel Gottes angekündigt sein lässt, aber die Empfängnis nicht durch den Heiligen Geist, sondern durch den offensichtlich auf wundersame Weise wieder fruchtbar gewordenen Zacharias vornehmen lässt (1,23 f), lässt der Koran keinen Zweifel, dass schon Johannes Gottesgeschöpf ist wie anschließend Jesus. Auffällig ferner die parallelen Aussagen über Johannes und Jesus, wie wir sehen werden: Lauterkeit bei beiden, Pietät gegen Eltern bzw. Mutter, nicht gewalttätig, im Besitz der Schrift. Gemeint ist ganz offensichtlich die Tora, die nach dem Koran die »Entscheidung Gottes« beinhaltet (5,43). Johannes soll offensichtlich die Anliegen dieses Buches erfüllen. Und da ihm »Urteilsfähigkeit« (schon als kleines Kind) attestiert wird, kann es sich dabei nur um das Wissen religiöser Dinge handeln: Zeichen des Prophetenamtes! Von Jesus wird es gleich anschließend ebenfalls heißen, Gott habe ihm »die Schrift gegeben« und ihn »zu einem Propheten gemacht«!

In summa: Während das Neue Testament Johannes als Kontrastfigur (zum Zwecke späterer Überbietung) zu Jesus braucht, ist die Johannes-Geschichte im Koran eine *weitere Exempelgeschichte* für die Macht des Schöpfergottes, der, wenn er will, aus Unfruchtbarem und Abgestorbenem neues Leben erwecken kann.

Die Geburt Jesu im Koran

Es folgt die Geschichte von Jesu Geburt. Sie spiegelt sich im Koran in besonderer Ausführlichkeit.

Wie im Neuen Testament (in den Evangelien des Matthäus und Lukas) gibt es auch im Koran zwei Texte zur Geburt Jesu, und zwar in Sure 3 und Sure 19. Sure 19 gilt als der jüngere Text: in der zweiten Periode von Mekka geoffenbart (615–620). Sure 3 kommt später in Medina hinzu. Ich ziehe exemplarisch Sure 19 heran. Das gesamte koranische Textmaterial ist ausführlich in meinem Buch »Weihnachten und der Koran« (2008) analysiert und interpretiert. Die Geschichte von der Geburt Jesu in Sure 19 hat folgenden Wortlaut:

> 16 Gedenke in der Schrift der Maria! Als sie sich vor ihren Leuten an einen östlichen Ort zurückzog.
> 17 Da nahm sie sich vor ihnen einen Vorhang.
> Da sandten wir zu ihr unseren Geist und er erschien ihr als stattlicher Mensch.
> 18 Sie sagte:
> »Ich suche Zuflucht vor dir beim Allerbarmenden, falls du gottesfürchtig bist.«
> 19 Er sagte:
> »Ich bin der Gesandte deines Herrn, um dir einen lauteren Jungen zu schenken.«
> 20 Sie sagte:
> »Wie soll ich einen Jungen bekommen, wo mich kein Mensch berührt hat und ich keine Hure gewesen bin?«
> 21 Er sagte:
> »So ist es. Dein Herr sagt:
> ‚Das fällt mir leicht. So wollen wir ihn zu einem Zeichen für die Menschen machen und zu Barmherzigkeit von uns. Es ist beschlossene Sache.‘«
> 22 Da war sie mit ihm schwanger und zog sich mit ihm an einen fernen Ort zurück.
> 23 Die Wehen drängten sie zum Stamm der Palme. Sie sagte:

»Wäre ich doch vorher gestorben und ganz vergessen worden!«
24 Da rief er ihr von unten zu:
»Sei nicht traurig! Dein Herr hat unter dir fließendes Wasser geschaffen.
25 Schüttle den Stamm der Palme zu dir hin, dann lässt sie frische, reife Datteln auf dich fallen.
26 So iss, trink und freu dich! Wenn du jemanden von den Menschen siehst, dann sag:
‚Ich habe dem Allerbarmenden ein Fasten gelobt. Da werde ich heute mit keinem Menschen reden.'«
27 Da kam sie mit ihm auf den Armen zu ihrem Volk. Sie sagten:
»Maria, du hast eine unerhörte Sache begangen.
28 Schwester Aarons, dein Vater war kein schlechter Mann und deine Mutter keine Hure.«
29 Da zeigte sie auf ihn.
30 Er sagte:
»Ich bin Gottes Diener. Er hat mir die Schrift gegeben und mich zum Propheten gemacht,
31 lässt mich gesegnet sein, wo immer ich bin. Er hat mir das Gebet und die Abgabe anbefohlen, solange ich lebe,
32 und ehrerbietig gegen meine Mutter zu sein. Er hat mich nicht zum unseligen Gewalttäter gemacht.
33 Friede über mich am Tag, da ich geboren wurde, am Tag, da ich sterbe, und am Tag, da ich zum Leben erweckt werde.«
34 Das ist Jesus, der Sohn Marias.
(Sure 19,16–34)

Es handelt sich hier um den ersten Schlüsseltext des Koran zu Jesus und Maria überhaupt. Er ist durch drei Raumsignale klar strukturiert:

- Die Geistbegegnung Marias findet an einem »östlichen Ort« statt (Sure 19,16–21).
- Die Geburt Jesu findet an einem davon noch einmal unterschiedenen »fernen Ort« statt (Sure 19,22–26).
- Die Rückkehr Marias zu ihrem Volk erfolgt an einem dritten Ort (Sure 19,27–29).

Wer als Christ diesem Text begegnet, wird zunächst *Parallelen* zu den Berichten des *Neuen Testamentes* erkennen und zwar zur Geburtsgeschichte im Evangelium des Lukas. Schon dieser Evangelist kennt ja eine Gottesbotschaft an Maria. Bei Lukas erfolgt sie in Nazaret durch den Engel Gabriel; im Koran durch Gottes Geist, welcher der koranischen Maria als »stattlicher Mensch« erscheint. Schon die christliche Ur-Kunde berichtet von Zweifeln auf Seiten der jungen Frau: »Wie soll ich ein Kind bekommen, wo mich kein Mann berührt hat?« Schon sie kennt bei der Geburtsankündigung eine Rühmung des angekündigten Kindes. Bei Lukas wird Jesus »Sohn des Höchsten« (Lk 1,32.35) genannt. Im Koran: »Zeichen für die Menschen« (19,21). Doch im Unterschied zum Evangelisten betont Sure 19 auffälligerweise den *visionären* Charakter der Geistbegegnung: Der Geist Gottes stellt sich Maria dar »als« ein stattlicher Mensch (Sure 19,17).

Schauen wir uns zunächst die *erste Hälfte des Textes genauer* an: Sure 19,16–21.

Von der *literarischen Form* her ähnelt die Ankündigungsszene weniger einer Erzählung als einer feinen Skizze. Abkürzungen, Andeutungen, knappste Angaben genügen offenbar. Plötzlich ist Maria eingeschaltet, ohne weitere Überleitung, Vorbereitung, Umstände – mit der für den Koran charakteristischen Leser- oder Höreradresse: »Und gedenke«. Der Text will also – gemäß der im Koran generell genutzten Verfahrensweise – nicht nur Vergangenes zitieren, sondern aktualisieren. Er will erinnern, bewusst machen und damit zu Konsequenzen für heute aufrufen. Deshalb beschränkt sich der Koran in dieser Szene auf knappst mögliche Angaben. Nicht auf Details kommt es an, sondern auf das Wesentliche der Sache.

Maria hat sich an einen »östlichen Ort« zurückgezogen. Näher wird er nicht benannt, muss auch nicht näher benannt werden. Denn es geht hier nicht um die Fixierung des Raums, sondern um die *Bewegung des »Rückzugs«*, die Bewegung der Selbst-Zurücknahme könnte man sagen. Diese ist *zum einen* sozial motiviert als Rückzug Marias vor ihren »Leuten«, deren negative Reaktion (»Hure«) im dritten Teil dieses Textes (Sure 19,27) damit schon angedeutet wird. Sie ist *zum Zweiten* aber auch symbolisch zu verstehen, verstärkt durch das Raumdetail im nächsten Vers: »Vorhang« (Sure 19,17). Denn die Erwähnung dieses Details nimmt noch einmal Rückzugs-Bewegung auf. Vorhang bedeutet ein Sich-Verbergen, Sich-Abschließen vor der gewohnten Umwelt. Der Selbstzurücknahme im Raum entspricht somit die Selbstzurücknahme des Körpers. Maria nimmt sich ganz zurück. Warum?

Szenisch-gestisch kann damit Gottesbegegnung vorbereitet werden. Sie erfolgt hier in Gestalt des Geistes Gottes. Die sich wiederholende Erwähnung der Selbstzurücknahme betont somit die schlechthinnige Empfänglichkeit der koranischen Maria. Nur so, fern von allen Menschen, mithin von allen menschlichen Möglichkeiten – etwa einer zeugenden Mitwirkung –, kann sie dem Engel begegnen, die Verheißung hören, Jesus jungfräulich empfangen und dann zur Welt bringen.

Auch der *Dialog Engel – Maria* wird im Koran auf das Wesentliche reduziert: Stilistisch auffällig die Mischung aus menschlichen Realitätsdetails und hoheitlicher Sprache: Angst auf Seiten Marias – Beruhigung der Angst durch den Gottesboten – Ankündigung der Geburt – Zweifel bei Maria, wobei der Hinweis auf »keine Hure« sehr realistisch auf die Situation verweist, die Maria später dann in ihrer sozialen Umwelt bestehen muss. Die erste Hälfte dieses Textes also lebt ganz von zwei Rückzugsbewegungen Marias, zwei Selbstzurücknahmen, die *so* die Empfangende für Gottes Geist werden kann. Der Rückzug im Raum sowie der zurückgenommene Körper als Bedingung der Möglichkeit der Offenheit der Welt und des Menschen für die Begegnung mit dem Göttlichen.

Für die *zweite Hälfte* des Textes (Sure 19,22–26) gilt Ähnliches. Auch hier wieder nur das Wesentliche: Nach der Geistzeugung zieht sich die schwangere Maria ein weiteres Mal zurück, diesmal an einen »fernen Ort«. Zu denken ist an eine Wüstenszenerie, was die Erwähnung des zweiten konkreten Raum-Details plausibler macht: »Stamm einer *Palme*«. Auffällig: Der Koran lässt Jesus nicht in einer Krippe oder einer Höhle zur Welt kommen, sondern in einer Wüste beim Stamm einer Palme.

Symbolisch hat auch das eine tiefe Bedeutung. Die Wüste ist ja der nackte Raum schlechthin, ein Ort der Leere, ein Ort ohne sichtbare Eigenmacht. Er kann gerade so zum Ort für *Gottes* Fülle, Gottes Präsenz, Gottes Zur-Welt-Kommen werden. Dabei ist der Koran an den Geburtsvorgängen und -umständen so wenig interessiert wie die Evangelien. Das unterscheidet die biblischen und koranischen Geburtsgeschichten Jesu signifikant von denen um die Geburt Buddhas und Mohammeds. Der Koran lenkt den Blick sofort auf das neugeborene Kind und seine wundersame Fähigkeit, zu sprechen, seine Mutter zu trösten und ihr in ihrer Todesangst zu helfen: »Wäre ich doch vorher gestorben und ganz vergessen worden«.

Gerade dieser Satz lässt uns besonders aufhorchen. Er bringt einen Ton anrührender Menschlichkeit in diese Szene. Die koranische Maria hat Angst vor der Geburt, Todesangst und Scham. Das unterstreicht, wie kunstvoll die koranische Geburtsgeschichte mit *Kontrasten* arbeitet. Einerseits die Entweltlichung der Welt, andererseits der Realismus der Welt: das ganz und gar realistisch geschilderte Erstaunen der Umwelt Marias über das Kind einer unverheirateten Frau, der Verdacht der Hurerei. Dem Wunsch Marias, völlig vergessen zu werden, entspricht das fürsorgliche Wunder Gottes. Marias Todessehnsucht steht das lebendige Quellwasser gegenüber. Die Bitterkeit ihrer Schmerzen bei der Geburt kontrastiert mit der wundersamen Labung durch süße Datteln. Dem Schweigegelübde der Erwachsenen entspricht das zweimalige Reden des Neugeborenen. Der Text arbeitet also noch stärker als im ersten Teil mit einem literarisch bewusst gesetzten Kontrast zwischen Realismus und Stilisierung, zwischen Alltagsniedrigkeit und prophetischer Hoheit, zwischen konkreten Details der menschlichen Geschichte und Entwirklichung zum Zwecke der Transparenz für das Göttliche. Daraus folgt:

Schon in Sure 19 und damit von Anfang an spielt Maria im Koran eine wichtige Rolle als eine Frau, die in besonderer Weise von Gott ausgezeichnet wird. »Gedenke in der Schrift der Maria!« (19,16) – das ist nicht als bloße Formel gemeint, das ist eine theologische Qualifikation. Maria ist buchstäblich denk-würdig und denk-notwendig. Sie ist nicht zufällig die einzig namentlich erwähnte Frau im Koran überhaupt, gehört in die Reihe der Personen, die den Adressaten des Koran als besonderes Zeichen Gottes in der Geschichte der Menschheit in Erinnerung gerufen werden. Sure 19 trägt nicht zufällig schon im Titel den Namen »Maryam«.

Was Christen und Muslime im Glauben verbindet

Vergleichen wir nun die christliche und muslimische Ur-Kunde miteinander, ergeben sich bemerkenswerte Übereinstimmungen, aber auch entscheidende Differenzen. Zunächst zu den *Übereinstimmungen*:

Wie das Neue Testament so verbindet auch der Koran mit der Geburt Jesu eine *Tat des Schöpfergottes*. Dabei ist auffällig, dass der Koran über die Geisterscheinung vor Maria hinaus wundersame Reden des neugeborenen Jesu kennt. Der Koran hat offensichtlich nicht die geringsten Schwierigkeiten, dem gerade geborenen Jesuskind Trostworte an seine Mutter und prophetische Selbstaussagen in den Mund zu legen. Warum nicht? Da er die Geburtsgeschichte Jesu dazu benutzt, den ihm wichtigsten theologischen Grundgedanken kraftvoll zu illustrieren: Gott hat Macht über das unmöglich Erscheinende; Gott ist frei in seinem Handeln und durchbricht alle irdischen Begrenzungen und menschlichen Plausibilitäten. Junge Frauen werden ohne Zutun eines Mannes schwanger; im toten, leeren Raum einer Wüste schafft Gott neues Leben; ein neugeborenes Kind spricht kraftvoll und selbstbewusst wie ein erwachsener Mensch.

Wir haben nun die Antwort auf die Frage, warum der Koran von allen Ereignissen aus Jesu Leben sich so stark für die Geburtsüberlieferungen interessiert. Die Antwort lautet: Die starke Konzentration auf die Geschichte von der Geburt Jesu entspricht dem Gottesbild des Koran, der immer wieder die Schöpfermacht Gottes betont: am Anfang der Welt und an deren Ende, am Anfang eines jeden Menschenlebens und an dessen Ende. Am Beispiel einer Geburtsgeschichte kann diese Schöpfermacht Gottes in besonderer Weise demonstriert werden. Denn diese Geschichten halten den Moment fest, in dem Gott aus Nichts neues Sein schafft, aus noch Unfruchtbarem Fruchtbares. Das *Vertrauen auf die Schöpfermacht Gottes* also verbindet beide Geburtsgeschichten. Im Neuen Testament ist sie mit dem Satz umschrieben: »Denn für Gott ist nichts unmöglich« (Lk 1,37), im Koran mit dem Satz: »So ist es. Dein Herr sagt: Das fällt mir leicht« (Sure 19, 21).

Hinzu kommt: In der christlichen und muslimischen Ur-Kunde ist Jesus nicht Produkt der irdischen Geschichte, nicht Menschengeschöpf, er ist *Geistgeschöpf, Gottesgeschöpf:* »Geist von Gott«, wie er auch an einer anderen Stelle im Koran genannt wird (Sure 4,171). Das hat Jesus nach christlicher und muslimischer Überlieferung mit Buddha gemeinsam. Es ist Gott selbst, der ihn vom Nichts ins Sein ruft. Dass Jesus ins Leben tritt, verdankt er ausschließlich Gottes Ratschluss, Gottes Tat. Von daher erklären sich auch andere »Titulaturen« für Jesus im Koran: »Zeichen« *Gottes* für die Menschen, Zeichen von »Gottes Barmherzigkeit«, »Diener *Gottes*«, »Prophet *Gottes*«, »Wort *Gottes*«. Alle diese »Titel« drücken denselben Grundgedanken aus: Jesus ist ein von seiner Empfängnis an von Gott Ausgezeichneter. Gegenüber anderen Dienern und Propheten Gottes unterscheidet ihn sogar eine Besonderheit: Er ist geschaffen von Gottes Geist, um dann zu Lebzeiten aus der Kraft dieses Geistes als Gottes Gesandter zu wirken. Von allen im Koran erwähnten Personen ist dies das Besondere an Jesus. Nur Adam übertrifft ihn noch im Blick auf den Ursprung, ist er doch für den Koran sogar ohne Mithilfe irdischer Eltern direkt von Gott geschaffen (Sure 2,30). Aber *Gottesgeschöpflichkeit* und *Jungfrauengeburt* unterscheiden Jesus im Koran von allen anderen Propheten, einschließlich dem Propheten Mohammed, dessen irdische Vaterschaft der Koran an keiner Stelle in Frage stellt.

Und ein drittes Moment ist wichtig: Christliche und muslimische Geburtstexte stimmen in der Grundüberzeugung überein: Jesus ist der Gesegnete Gottes und das Kontrastbild zu allen »unglückseligen Gewaltherrschern«, ja, er ist ein *Mann des Friedens*, und zwar seine ganze menschliche Existenz hindurch: von der Geburt bis zum Tod, ja bis zum neuen Leben bei Gott. Die Formulierungen von Sure 19,32–33 (»Und er hat mich nicht gewalttätig und unselig gemacht. Heil sei über mir am Tag, da ich geboren wurde, am Tag, da ich sterbe, und am Tag, da ich (wieder) zum Leben auferweckt werde«) wecken für Christen Erinnerungen an den Lobgesang Marias (»Magnificat«) und das Engelslob vor den Hirten (Lk 1,46–55; 2,14). Schon dort war Jesus das Kontrastbild zu den »Mächtigen« und »Reichen«. Schon dort verkörperte er den »Frieden« Gottes, der auch nach Aussagen des Koran auf Jesus ruht.

Was Christen und Muslime im Glauben unterscheidet

Und die Unterschiede? Was unterscheidet die Deutung der Geburt Jesu im Blick auf Bibel und Koran? Auch das muss in aller Klarheit herausgearbeitet werden:

(1) In der christlichen Ur-Kunde ist die Geburt Jesu eingebettet in die Geschichte Gottes mit seinem auserwählten Volk Israel. Jesu Auftreten ist ein geistgewirkter Neuanfang, ja ein *messianischer Aufbruch für Israel* und ein Zeichen für die *Bekehrung der Völker.* Die neutestamentlichen Texte vergeschichtlichen also den Neuanfang Gottes in Jesus. Deshalb ist die Geburt in Bethlehem wichtig, werden die politischen Herrscher der Zeit erwähnt (Augustus, Herodes), werden konkrete Details der Geburtsgeschichte geschichtlich ausgemalt: Huldigung der Sterndeuter oder der Hirten. Der Koran ist daran überhaupt nicht interessiert. Weder erwähnt er einen konkreten Geburts- oder Wohnort Jesu (Bethlehem oder Nazareth) noch eine konkrete Zeit (damalige politische Herrscher oder Verhältnisse), noch erwähnt er Joseph, den biblischen irdischen Vater Jesu. Warum nicht? Weil der Koran alles auf Gottes Schöpfer-Handeln an Einzelpersonen wie Johannes, Maria und Jesus konzentriert. Sie sind Zeichen der Schöpfermacht Gottes.

(2) Für die christliche Ur-Kunde ist Jesu Geburt die *endgültige Erfüllung* einer uralten Erwartungsgeschichte seines Volkes, der endzeitliche Höhepunkt in Gottes Selbstzuwendung an sein Volk Israel. Im Koran ist Gottes Tat an Jesus eine unter vielen Taten Gottes in der Geschichte. Gewiss: Auch im Koran hat Gott an Jesus in besonderer, auszeichnender Weise gehandelt. Aber der Sohn Marias ist trotz allem *ein* Zeichen Gottes, herausgehoben zwar, aber eines unter vielen. Seine Geistzeugung macht ihn gerade nicht zu einem göttlichen oder halbgöttlichen Wesen. Geistzeugung und Jungfrauengeburt unterstrei-

chen also nicht die Einzigartigkeit Jesu, sondern die Einzigartigkeit des *Schöpfergottes*.

(3) Auch als Gottesgeschöpf bleibt Jesus ein Mensch, wie Adam, Noah, Abraham, Moses Menschen waren. Als Gottesgeschöpf bleibt Jesus ein »Zeichen«, *eines* in der großen Reihe der »Zeichen« der Barmherzigkeit Gottes, in einer Reihe, die nach muslimischem Selbstverständnis erst abgeschlossen ist durch den letzten Propheten, den der Koran denn auch das »Siegel der Propheten« nennt. Für die christliche Ur-Kunde ist Jesus aus Nazareth gegenüber Israel und der Heidenwelt der endgültige, definitive Gesandte Gottes, auf den ein Prophet wie Johannes der Täufer nur hinweist. Für Muslime ist die definitive Offenbarung Gottes im Koran gegeben, auf den alle Propheten, einschließlich Johannes und Jesus, hinweisen. Der Fundamentalunterschied zwischen Christentum und Islam ist und bleibt: Für Christen ist Gottes Wort in Jesus Mensch geworden. Im Islam ist Gottes Wort im Koran Buch geworden.

Aus all dem folgt: Je genauer man an und mit den Quellen arbeitet, so sehr sieht man tiefgreifende Übereinstimmungen zwischen christlichem und islamischem Glauben, aber auch bleibende trennende Unterschiede, Wahrheitsansprüche, die in letzter Konsequenz zu einer Glaubensentscheidung herausfordern. Beides muss in einem Dialog zur Sprache kommen, der seinen Namen verdient. Die »Weihnachtsgeschichte« im Koran wäre als Urmodell eines solchen Dialogs von Christen und Muslimen zu lesen. Sie fordert beide heraus, über das Geheimnis des Handelns Gottes in der Geschichte Jesu vertieft nachzudenken und so das Gemeinsame und das Trennende kommunikabel zu machen. Sie wäre nicht das Ende des Dialogs, sondern die Basis des Dialogs. Sie kann lehren, das Gemeinsame im Lichte des Trennenden, das Trennende im Lichte des Gemeinsamen zu lesen. Sie könnte dialogische Kommunikation stiften – die umso tiefer gehen kann, als sich Christen und Muslime bewusst werden, dass sie Gottes Geheimnis nicht schon »haben« oder »verwalten« oder »besitzen«, sondern dass sie im Glauben und Denken es je tiefer erkennen wollen. Kommunikation – im gegenseitigen Respekt vor Letztentscheidungen und Letztüberzeugungen. Ich frage:

Können Christen und Muslime zusammen Weihnachten feiern?

Unmöglich, werden viele zu Anfang spontan gesagt haben. Auch jetzt noch? Nach all dem, was ich darlegen konnte? Mich selber hat vor Jahren eine Erfahrung umdenken lassen. Ende der 1980er Jahre hatte man mich nach Ahlen in Westfalen zu einem Vortrag eingeladen. Kaum angekommen, werde ich auf einen Erinnerungsweg durch die Altstadt Ahlens geführt. Er soll erinnern an das Schicksal der Ahlener Judenschaft seit 1933. Gleichzeitig wird mir von einer besonderen christlich-muslimischen Initiative in Ahlen berichtet. Ein Zeitungsartikel wird mir ausgehändigt. In ihm ist ein Ereignis festgehalten, das am 24. Dezember 1986 stattfand:

> »Die katholische St. Joseph-Gemeinde in Ahlen/Westfalen will sich verstärkt um eine gute Nachbarschaft zur türkisch-islamischen Moscheegemeinde der Stadt bemühen. Wie ein Mitarbeiter der Kirchengemeinde in einem Gespräch mit der ‚Deutschen Welle' erklärte, ist für dieses Engagement ein Ereignis am vergangenen Heiligen Abend auslösend gewesen. Zwei Vertreter der in der Nachbarschaft liegenden Moschee seien mit einem festlichen Blumenstrauß während des Gottesdienstes in der Kirche erschienen, um der versammelten Gemeinde die Grüße und Glückwünsche der in Ahlen lebenden Moslems zum Fest der Geburt Jesu zu überbringen. Dieses ‚Zeichen der Zuneigung und Großherzigkeit' sei von seiner Gemeinde mit einem ‚spontanen Applaus' aufgenommen worden. Gleichzeitig seien viele Christen darüber beschämt gewesen, dass sie in der Vergangenheit die Hochfeste des Islam kaum zur Kenntnis genommen hätten. Das Heilig-Abend-Ereignis habe die Hoffnung auf ein gutes Miteinander ‚mit unseren muslimischen Brüdern und Schwestern' gestärkt: ‚Aufgrund dieser wahrhaft weihnachtlichen Begegnung wird sich unser bisher oft gleichgültiges Verhalten gegenüber unseren muslimischen Nachbarn in eine herzliche Aufmerksamkeit und Anteilnahme wandeln'«.

Diese Szene hat mich seither nicht mehr losgelassen. Warum können Muslime Christen zum Geburtsfest Jesu Glückwünsche entgegenbringen? Den Grund finden sie, wie wir hörten, im Koran. Auch Muslimen ist die Geburt Jesu ein »Zeichen Gottes« für die Menschheit. Auch Muslimen ist Jesus ist ein Mann des Friedens und kein »unseliger Gewalttäter« (Sure 19,32). Auch Muslimen ist Jesus ein Zeichen für »Gottes Barmherzigkeit« (Sure 19,21). Warum nicht angemessene Formen finden, Friedenszeichen auszutauschen, wie dies in Ahlen geschah? Solche Zeichen sind Ausdruck einer Kultur des Vertrauens. Und ohne wechselseitiges Vertrauen wird es kein Zusammenleben in Sicherheit und Frieden geben.

Ein anderes Beispiel aus dem Jahr 2007. 138 muslimische Gelehrte aus aller Welt veröffentlichen ein Dokument und wünschen Christen ein friedliches Weihnachtsfest. Ein geschichtlich beispielloser Vorgang. Diese Weihnachtsbotschaft wurde vom jordanischen Königlichen Aal-al Bayt-Institut für Islamisches Denken in Amman veröffentlicht. Zu der Gruppe gehören Vertreter der beiden großen islamischen Glaubensrichtungen, der Sunniten und Schiiten, sowie Angehörige des Sufismus. Die Kernsätze der Botschaft lauten:

> »Im Namen Gottes, des Mitfühlenden, des Barmherzigen
> Möge Gott Muhammad und sein Geschlecht segnen, wie er Abraham und sein Geschlecht segnete!
> Al-Salaamu Aleikum; Peace be upon you; Pax vobiscum.
> Friede sei mit Jesus Christus, der sagt: »Friede sei mit mir am Tag meiner Geburt, am Tag meines Todes und am Tag meiner Wiedererweckung zum Leben« (Sure 19,34).
> In diesen freudigen Tagen schreiben wir Euch, unseren christlichen Nachbarn in aller Welt, um aufrichtig Dank zu sagen für die wunderbaren und wohlwollenden Antworten, die wir Muslime erhalten haben, seitdem wir unsere Einladung aussprachen, zu einem gemeinsamen Wort (»A Common Word«) zusammenzukommen, das auf der ‚Liebe zu Gott und zum Nächsten' aufbaut.
> Wir danken Euch und wünschen Euch ein frohes und friedvolles Weihnachtsfest in Erinnerung an die Geburt Jesu Christi«

Dank für die »wunderbaren und wohlwollenden Antworten«? Veröffentlichung einer »historischen Erklärung«? Gemeint ist das Faktum, dass Mitte Oktober 2007 dieselbe Gruppe von 138 muslimischen Gelehrten einen Brief an Papst Benedikt XVI. und viele Führer der christlichen Kirchen veröffentlicht und in einem dramatisch zu nennenden Appell zum Dialog zwischen Christen und Muslimen aufgerufen hat. Zum »ersten Mal seit den Tagen des Propheten«, liest man, seien islamische Gelehrte einmütig zusammengekommen, um einen »gemeinsamen Grund zwischen Christentum und Islam« zu deklarieren. Worin besteht er? Im Doppelgebot der Liebe! Weite Passagen des Dokuments versuchen denn auch, dieses Doppelgebot der Gottes- und Nächstenliebe vom Koran und der Sunna (den Überlieferungen des Propheten) her zu begründen. Gleichzeitig wird auf Parallelen im Alten und Neuen Testament aufmerksam gemacht. Gefolgert wird daraus: »Die Einzigartigkeit

Gottes, die Liebe zu ihm und die Liebe zum Nächsten stellen eine gemeinsame Basis dar, auf der der Islam und das Christentum gegründet sind«.

Friedensgrüße auszutauschen ist mehr als ein oberflächliches Ritual. Salam, Schalom, Frieden sind keine Floskeln, sondern religiöse Urworte. So wie Muslime begonnen haben, Christen zu ihrer Heiligen Nacht Friedensgrüße zu übermitteln, so sollten umgekehrt Christen um die Heilige Nacht des Islam wissen: der Lailat'ul Qadr und Friedensgrüße zum Ende des Ramadan übermitteln. Wissen heißt: Sich kümmern umeinander. Wahrnehmen, was wann in der Welt des je Anderen geschieht. Das baut Ängste, Misstrauen ab. Wer es mit interreligiösem Gespräch ernst meint, kennt beispielsweise die Festkalender des je Anderen: den jüdischen und den muslimischen. Das gilt umgekehrt für Juden und Muslime im Blick auf den christlichen Festzyklus. Daraus folgt: Wahrnehmen, Teilnehmen, Anteilnehmen: so beginnt interreligiöses Gespräch. Nur wechselseitiger Respekt erzeugt Vertrauen. Wie hieß es doch im Dokument der 138 muslimischen Autoritäten: »Wenn Muslime und Christen nicht miteinander in Frieden leben, kann es auf der Welt keinen Frieden geben«.

III. Die Erzählungen von Jesu Geburt

Auch die christliche Tradition hat das Leben Jesu in verschiedener Weise »überhöht«, mit besonderen göttlichen Zeichen versehen, mit Wundergeschichten verknüpft. Das gilt gerade für *Jesu Geburt. Historisch* bleibt sie für uns im Dunkel. Literarisch ist sie von großer Leucht-, frömmigkeits- und mentalitätsgeschichtlich von mächtiger Wirkkraft. Doch zu sehr sind die Überlieferungen nach einem durchschaubaren Erfüllungsschema komponiert (alttestamentliche Verheißungen »erfüllen sich«) oder von außergewöhnlichen Ereignissen bestimmt, als daß wir Fakten von Fiktion präzise scheiden könnten: ständige Beglaubigung durch Schriftzitate einerseits und andererseits Phänomene wie Engelserscheinungen, jungfräuliche Empfängnis, kosmische Zeichen (Orientierung für die »Sterndeuter«), wundersame Rettung (vor dem Mord des Herodes). Zeichen also, die wir je verschieden auch bei Buddha, Mose und Mohammed finden.

Und doch ist auffällig, daß zumindest in der christlichen Ur-Kunde, dem Neuen Testament (im Unterschied zu späteren Ausgestaltungen durch sogenannte »Kindheitsevangelien«[2]), das Legendarische das Geschichtliche nicht völlig überwuchern konnte. Das Neue Testament ist im Blick auf Jesu Geburt entweder völlig desinteressiert oder vergleichsweise karg und spröde. Die Evangelisten Markus und Johannes kennen überhaupt keine Geburtsgeschichten, auch der Apostel Paulus nicht; in der gesamten neutestamentlichen Briefliteratur dazu kein Wort. Nur die Evangelien des Matthäus und Lukas erzählen von Jesu Geburt, aber so, daß gerade nicht das Mythisch-Ewige, sondern das Zeitlich-Lebendige der Vorgänge erkennbar bleibt. Viele Einzelzüge sind noch gar nicht fixiert, viele Details noch variabel. Nichts ist zu mythisch-legendarischen Großmustern ausgestaltet – wie bei »Stifterfiguren« üblich. Die neutestamentlichen Geburtsgeschichten signalisieren selber, daß die Überlieferungen noch im Fluß sind, wenn es um die Geburt des »Messias« geht. Schon die Tatsache, daß es zwei sehr unterschiedliche Überlieferungen gibt, unterstreicht das. Schauen wir uns die beiden Texte zunächst einmal an.

Und ein Gebot ging aus:
Es war die Zeit – verehrter Herr! Bruder Theophilus, mein Freund,
als Kaiser Augustus allen Einwohnern des Reiches befahl,
sich überall im Land eintragen zu lassen,
wer einer sei und was er verdiente.
Es war die erste Zählung dieser Art;
sie wurde durchgeführt,
als Quirinius Statthalter in Syrien war,
und alle brachen auf, um sich eintragen zu lassen:
Jeder ging in seine Heimatstadt,
darunter auch Joseph:
Der zog von Galiläa, aus der Stadt Nazareth,
nach Judäa hinauf,
in die Stadt Davids, die Bethlehem heißt;
denn er stammte aus Davids Haus
und wollte sich eintragen lassen,
zusammen mit Maria, die seine Braut war
und ein Kind erwartete.

Es war in Bethlehem,
als für sie die Zeit der Niederkunft kam
und sie ihren ersten Sohn gebar:
Sie wickelte ihn in Windeln
und legte ihn in eine Krippe im Stall, denn im Haus war keine Bleibe für sie.
In ihrer Nähe aber waren in dieser Nacht Hirten auf dem Feld
und hielten Wache bei ihren Herden.
Da stand auf einmal ein Engel des Herrn neben ihnen,
Gottes Glanz umleuchtete sie,
und die Hirten ängstigten sich sehr.
Aber der Engel sagte zu ihnen:
»Habt keine Furcht!
Seht, ich verkündige euch,
daß eine große Freude bald das ganze Volk erfüllen wird,
denn heute wird euch, in der Stadt Davids,
der Retter geboren;
euer Herr, der Messias.

Und dies ist ein Zeichen für euch:
Das Kind! Ihr werdet ein Kind finden,
das, in Windeln gewickelt, in der Krippe liegt.«
Da standen neben dem Engel die Scharen des himmlischen Heers;
sie priesen Gott und riefen:
»In den Himmeln: Gottes Macht!
Licht!
Und Herrlichkeit!
Auf der Erde: Gottes Frieden!
Frieden allen, die er liebt!«
Und als die Engel in den Himmel heimgekehrt waren,
sagten die Hirten:
»Kommt, wir wollen nach Bethlehem gehen,
um zu sehen, was der Herr geweissagt hat«,
und sie brachen auf, in der Nacht,
und fanden Maria und Joseph und das Kind,
das in der Krippe lag.
Und als sie es sahen, erzählten sie,
was ihnen gesagt worden war,
von diesem Kind,
und alle, die es hörten, staunten über die Worte der Hirten;
Maria behielt sie im Herzen
und bedachte alles, was geschehen war.
Die Hirten aber kehrten zurück,
priesen Gott und dankten ihm;
denn sie hatten gehört und gesehen:
Es ist alles, wie uns gesagt worden ist.

Evangelium des Lukas 2,1–20
Übersetzung nach Walter Jens[3]

Ein Kind des Heiligen Geistes: Matthäus

Vierzehn Geschlechter sind es gewesen, von Abraham bis David; vierzehn von David bis zur Verbannung nach Babylon; vierzehn von der Verbannung bis hin zu Christus, dessen Geburt unter diesen Zeichen geschah: Noch bevor seine Mutter Maria und Joseph, dem sie verlobt war, zusammenkamen, zeigte es sich, daß Maria schwanger war vom Heiligen Geist. Joseph, ein rechtschaffener Mann, der

Maria nicht öffentlich anprangern wollte, beschloß, sich in aller Stille von ihr zu trennen. Als er noch darüber nachsann, erschien ihm im Traum ein Engel des Herrn. »Joseph, du Sohn Davids«, sagte der Engel, »scheue dich nicht, Maria als deine Frau zu dir zu nehmen, denn ihr Kind ist ein Kind des Heiligen Geistes. Sie wird dir einen Sohn gebären, dem du den Namen ›Jesus‹ geben sollst (das heißt: ›Gott wird helfen‹), denn er wird sein Volk von den Sünden erlösen.‹ Dies alles ist geschehen, damit das Wort in Erfüllung geht, das der Herr durch seinen Propheten gesagt hat:

Schaut her! Die junge Frau wird schwanger sein:
gebären wird sie einen Sohn
und nennen wird man ihn: Immanuel,
(das heißt übersetzt): Mit uns ist Gott.«

Als Joseph aus dem Schlaf erwachte, folgte er dem Gebot des Engels und nahm Maria in sein Haus. Aber er war nicht mit ihr zusammen bis zur Geburt ihres Sohnes, dem er den Namen »Jesus« gab.

Jesus wurde zur Zeit des Königs Herodes in Bethlehem, im Lande Judäa, geboren. Eines Tages kamen Sterndeuter aus dem Osten in die Stadt Jerusalem und fragten nach dem neugeborenen König der Juden: »Wir haben gesehen, wie sein Stern aufging, im Osten, und sind gekommen, um vor ihm niederzuknieen und ihn anzubeten.«

Als der König Herodes das hörte, erschrak er – und mit ihm ganz Jerusalem –, ließ alle Großen Priester und Schriftausleger zusammenkommen und fragte sie: »Wo soll der Messias geboren werden?« »In Bethlehem, im Lande Judäa. Denn der Prophet hat gesagt:

Du, Bethlehem, Land Juda,
gewiß nicht die kleinste bist du
unter den Fürstenstädten von Juda,
denn aus dir wird der Herrscher kommen,
der Hirte meines Volkes Israel.«

Darauf rief Herodes die Sterndeuter heimlich zu sich, ließ sie genau bestimmen, wann das Gestirn erschienen war, und schickte sie nach Bethlehem: »Geht, stellt sorgfältig Nachforschungen an, und wenn ihr das Kind gefunden habt, gebt mir Bescheid, damit auch ich es anbeten kann.« Nach diesen Worten des Königs machten sich die Sterndeuter auf den Weg, und das Gestirn, das sie im Osten hatten aufgehen sehen, zog vor ihnen her, bis es sein Ziel erreicht hatte und stehen blieb, hoch über dem Ort, wo das Kind war.

Als die Männer den Stern sahen, überkam sie große Freude; sie gingen ins Haus, erblickten das Kind mit Maria, seiner Mutter, fielen nieder und beteten es an. Dann öffneten sie die Kästen, in denen sie die Schätze aufbewahrt hatten, und brachten ihm ihre Geschenke: Gold und Weihrauch und Myrrhe.

Danach zogen sie auf einem anderen Weg heim in ihr Land; denn sie hatten im Traum die Weisung erhalten, nicht zu Herodes zurückzukehren.

Als die Sterndeuter fortgezogen waren, erschien Joseph im Traum ein Engel des Herrn und sagte zu ihm: »Steh auf, nimm das Kind und seine Mutter und flieh nach Ägypten. Dort bleibe so lange, bis ich dir sage, daß du heimkehren darfst. Denn Herodes wird dein Kind suchen, um es zu töten.« Da stand Joseph auf und floh, noch in der Nacht, mit dem Kind und der Mutter nach Ägypten. Dort blieb er bis zum Tod des Herodes, damit das Wort in Erfüllung ging, das der Herr durch seinen Propheten gesagt hat: Aus Ägypten habe ich meinen Sohn gerufen.

Als Herodes merkte, daß die Sterndeuter ihn hintergangen hatten, wurde er zornig und ließ in Bethlehem und der ganzen Umgebung alle Knaben bis zum Alter von zwei Jahren ermorden: Das entsprach dem Zeitpunkt, den er bei der Befragung der Sterndeuter ausgemacht hatte. So ging das Wort in Erfüllung, das der Prophet Jeremias gesagt hat:

Sie hörten eine Stimme in Rama.
Sie hörten Klagen, überall, Jammern und Geschrei.
Rachel weinte um ihre Kinder
und ließ sich nicht trösten:
Tot waren sie.

Als Herodes gestorben war, erschien Joseph, in Ägypten, ein Engel im Traum und sagte zu ihm: »Steh auf und zieh mit dem Kind und seiner Mutter in das Land Israel. Denn die Feinde, die das Kind töten wollten, leben nicht mehr.«

Da stand Joseph auf und zog mit dem Kind und der Mutter heim nach Israel. Als er aber hörte, daß Archelaos anstelle seines Vaters

Herodes in Judäa regierte, fürchtete er sich dorthin zu gehen, und zog, auf eine Weisung im Traum hin, nach Galiläa. Dort ließ er sich in der Stadt Nazareth nieder. So wurde das Wort der Propheten erfüllt: »Nazarener« wird man ihn nennen.

Evangelium des Matthäus 1,17–2,23
Übersetzung nach Walter Jens

Worin sich Matthäus und Lukas unterscheiden

Zwei sehr unterschiedliche Überlieferungen von Jesu Geburt, keine Frage. Aber in der kirchlich-liturgischen Tradition wurden diese in der Regel unbekümmert um alle Unterschiede synthetisiert. Wie selbstverständlich hat man die Geburtsgeschichten in eine harmonische Abfolge gebracht, bei der der eine Text den anderen aufs Beste ergänzte. Was bei Matthäus fehlt, ersetzt Lukas, wo Lukas etwas nicht tradiert, springt Matthäus ein. So ergab sich ein angeblich gesichertes, gefestigtes Ganzes.

Die beiden bekanntesten *Weihnachtskompositionen* in der Geschichte deutscher Musik arbeiten exakt so und haben das harmonische Bild von den Umständen von Jesu Geburt bis heute zementiert. So hält sich *Heinrich Schütz* (1585–1672) in seiner *»Weihnachtshistorie«* von 1664 (ein Spätwerk dieses bedeutendsten Komponisten des 17. Jahrhunderts im deutsch-protestantischen Raum) zunächst ganz an den Text des Lukas-Evangeliums (2,1–21): Ankündigung der Volkszählung, Maria und Joseph auf Wanderschaft von Nazareth nach Bethlehem, Geburt, Engelserscheinung vor den Hirten, Hirtenhuldigung, Beschneidung des Neugeborenen und Namensgebung. Dann folgt organisch der Matthäus-Text (2,1–23): Auftauchen der »Weisen aus dem Morgenland« bei Herodes, Huldigung der Weisen, Flucht nach Ägypten, Rückkehr nach Nazareth nach des Herodes' Tod. Abgeschlossen wird der ganze Komplex noch mit einer Zitatenkombination aus den weiteren Angaben des Lukas (der in der Zwischenzeit eine völlig andere Geschichte erzählt hatte): »Aber das Kind wuchs und war stark im Geist, voller Weisheit, und Gottes Gnade war bei ihm« (1,18 mit 2,52).

Ähnlich *Johann Sebastian Bach* (1685–1750) gut hundert Jahre nach Schütz. Der Leipziger Thomaskantor hatte sich in seinem *»Weihnachtsoratorium«* (komponiert gegen Jahresende 1734) zunächst einmal an die kirchlich vorgegebene Ordnung zu halten. Sechs Fest- bzw. Sonntage waren musikalisch zu gestalten, und sechs Kantaten liefert Bach, zumal 1735 nach Neujahr ungewöhnlicherweise noch ein eigener Sonntag anfiel. Nach der kirchlichen

Leseordnung war dem Komponisten für die sechs Anlässe diese Schriftfolge vorgegeben:

1. Weihnachtstag: Geburt und Verkündigung an die Hirten (Lk 2,1–14);
2. Weihnachtstag: Anbetung der Hirten (Lk 2,15–20);
3. Weihnachtstag: Prolog des Johannes-Evangeliums (Joh 1,1–14);
Neujahr: Beschneidung und Namensgebung (Lk 2,21);
Sonntag nach Neujahr: Flucht nach Ägypten (Mt 2,13–23);
Epiphanias (6. Januar): Ankunft und Anbetung der Weisen (Mt 2,1–12).

Im Interesse einer logisch ablaufenden Handlung freilich nimmt Bach sich die Freiheit der Umstellung. Die Flucht nach Ägypten kann ja schlecht der Anbetung der Weisen vorausgegangen sein. Und der Prolog des Johannes-Evangeliums von der Fleischwerdung des ewigen Wortes Gottes hat mit den Geburtsgeschichten von Bethlehem nichts zu tun, stammt aus einer anderen Welt. Bach entschließt sich also, für sein Oratorium die Lesungen des dritten Weihnachtstages und des Sonntags nach Neujahr wegzulassen, sucht somit einen Kompromiß zwischen den liturgischen Erfordernissen seiner Kirche und den musikalisch-textlichen Bedürfnissen seines »Oratoriums«. Der Vorteil: Seine sechs Kantaten (Schütz vergleichbar) folgen jetzt einem plausiblen, Matthäus und Lukas harmonisierenden Duktus. Der Nachteil: Eine Wachheit für die Differenzen zwischen den Überlieferungen, geschweige denn für einzelne Widersprüche zwischen ihnen, kann bei Hörern des Bachschen »Weihnachtsoratoriums« nicht aufkommen. Vielen ist bis heute nicht bewußt, wie sehr die lukanische und matthäische Darstellung in vielen Details voneinander abweicht. Umso spannender ist gerade dieser Nachweis durch eine präzise Lektüre:

(1) Unterschiede gibt es schon bei der *Geographie.* Bei *Matthäus* sind die Schauplätze des Geschehens diese: der Ort der Engelserscheinung vor Joseph (Kapitel 1) bleibt ungenannt, dann folgt eine kurze Erwähnung Bethlehems als Geburtsort Jesu und Jerusalems als Sitz von König Herodes, dem die Sterndeuter auf den Leib rücken (Kapitel 2,1–12), dann Ägypten (2,13–15). Erst danach kommt Nazareth in den Blick. Die Ortsfolge lautet also:

◇ Engelserscheinung vor Joseph (unlokalisiert)
◇ Bethlehem
◇ Jerusalem
◇ Ägypten
◇ Nazareth.

Bei *Lukas* sind die Schauplätze präzise benannt. Zunächst spielt alles am Arbeitsort von Zacharias (Tempel zu Jerusalem) sowie am Wohnort von Zacharias und Elisabeth im Raum Jerusalems (»Stadt im Bergland von Judäa«: Lk 1,39). Dann ist von der Engelerscheinung bei Maria in Nazareth die Rede. Es folgt die Wanderung Marias von Nazareth zu Elisabeth, dann Rückkehr nach Nazareth. Von dort aufgrund der Volkszählung Wanderung nach Bethlehem, Geburt des Kindes, nach der Geburt Wanderung zum Tempel nach Jerusalem. Schließlich Rückkehr nach Nazareth. Die Ortsfolge lautet also:

◇ Jerusalem
◇ Bergland von Judäa
◇ Nazareth
◇ Bergland von Judäa
◇ Nazareth
◇ Bethlehem
◇ Jerusalem
◇ Nazareth

(2) Probleme auch bei der *Chronologie*. Gemeinsamkeiten gibt es nur bei dem Faktum, daß Jesus noch zu Lebzeiten Herodes des Großen (ca. 73–4 v. Chr.) geboren wurde, was für uns, abhängig von alten Kalenderberechnungen, zu der Kuriosität führt, daß Jesus von Nazareth in einem Jahr »vor Christus« geboren sein muß. Beide Evangelisten kennen weder einen genauen Zeitraum (Jahreszeit) noch gar einen präzisen Zeitpunkt (Jahr oder Tag) von Jesu Geburt, was die Schwierigkeit der Alten Kirche erklärt, einen Tag für das Geburtsfest (25. Dezember/6. Januar) überhaupt festzulegen.[4] Aber die Unterschiede bei der Zeitfolge des Geschehens sind eklatant.

Bei *Matthäus* ist der Zeitablauf völlig undurchsichtig. Klar scheint nur zu sein: Die Engelserscheinung vor Joseph (Kap. 1) erfolgt offensichtlich neun Monate vor der Geburt Jesu. Nach der Geburt macht sich Joseph aufgrund einer erneuten Engelserscheinung sofort auf nach Ägypten, wo er »bis zum Tod des Herodes« bleibt. Genaues erfahren wir nicht. Nach dem Tod des Herodes zieht Joseph mit Frau und Kind (wieder aufgrund einer Engelserscheinung) nach Nazareth. Die distanzierte Erwähnung in Matthäus 2,23, daß Joseph sich »in der Stadt Nazareth« niedergelassen habe (und auch dies nur aufgrund eines erneut im Traum erfolgten göttlichen Befehls), läßt darauf schließen, daß den Eltern Jesu Nazareth vorher gar nicht bekannt gewesen sein kann. Der von Matthäus angegebene Zeitraum für das Gesamtgeschehen muß mehrere Jahre umfaßt haben.

Anders bei *Lukas*. Zwar verwickeln uns gerade seine Angaben geschichtlicher Personen (Kaiser Augustus, Herodes der Große, Quirinius) historisch in unüberwindliche Schwierigkeiten, da Quirinius nach unseren historischen Kenntnissen erst ab 6 n. Chr. syrischer Statthalter wird, zu einer Zeit also, als Herodes schon nicht mehr und Jesus längst lebt. Außerdem ist eine reichsweite Steuererhebung unter Kaiser Augustus (63 v.–14 n. Chr.) aus außerchristlichen Quellen nicht belegbar. Wir können also die von Lukas vorgenommene zeitliche Parallelisierung der Geburt unter Herodes mit einem Zensus des Quirinius nicht verifizieren. Und doch ist die immanente Chronologie der lukanischen Erzählung durchaus präzise und transparent, wie schon aus der Verflechtung mit der Geburtsgeschichte Johannes' des Täufers hervorgeht. Die Beschneidung Jesu wird am achten Tag nach der Geburt vollzogen sowie die Reinigung seiner Mutter Maria am 40. Tag, und zwar im Jerusalemer Tempel. Unmittelbar nach dem Besuch Jerusalems erfolgt die Rückkehr nach Nazareth.

Bei *Matthäus* von all dem kein Wort. Weder sagt er etwas von einer Beschneidung Jesu noch von einem Besuch des Jerusalemer Tempels. Deshalb weiß er auch nichts von der Begegnung des Neugeborenen dort mit einem alten Mann namens Simeon und einer Prophetin namens Hannah. Daraus folgt: Die Texte sind nicht nur sehr unterschiedlich, sondern in Geographie und Chronologie sehr divergent, ja sogar widersprüchlich:

◇ Bei Lukas wohnen Maria und Joseph schon vor der Geburt ihres Kindes in *Nazareth* (vgl. Lk 1,26 f.) und kehren nach der Geburt wie selbstverständlich dorthin zurück (vgl. Lk 2,39). Bei Matthäus ist Nazareth erst nach Jesu Geburt ein relevanter Ort. Diese Divergenz ist auffallend.

◇ Bei Matthäus kommt es nach der Geburt und der Sterndeuter-Huldigung unmittelbar zur Flucht nach Ägypten, bei Lukas kommt es nach der Hirten-Huldigung zur Beschneidung und der Reinigung im Tempel zu Jerusalem. Beides kann nicht gleichzeitig zutreffen.

◇ Während Lukas das Gesamtgeschehen in einem erkennbaren Zeitraum von gut 16 Monaten sich abspielen läßt (im sechsten Monat der Schwangerschaft Elisabeths erfolgt die Empfängnis Jesu, nach neun Monaten kommt er in Bethlehem zur Welt, nach sieben Tagen erfolgt die Beschneidung, nach wenigen Wochen die Reinigung der Mutter im Tempel), setzt Matthäus eine Zeitspanne von mehreren Jahren voraus. Beides kann ebenfalls nicht gleichzeitig wahr sein.

(3) Auch im *kompositorischen Aufbau* sind erhebliche Unterschiede zwischen den Evangelien des Matthäus und des Lukas erkennbar – mit Konsequenzen für das jeweilige theologische Profil:

◇ Matthäus setzt einen *Stammbaum Jesu* ganz an den Anfang seiner Geburtsgeschichte (1,1–17), Lukas dagegen an das Ende, kurz vor dem öffentlichen Auftreten Jesu, als er schon 30 Jahre alt ist (3,23–38). Während Matthäus als Judenchrist das Interesse hat, Jesus mit den Hauptträgern der göttlichen Verheißungen an Israel, Abraham und David, und so mit der davidischen Nachkommenschaft zu verbinden, ist der Stammbaum von Lukas, dem Heidenchristen, erkennbar universalistischer. Von Abraham ist bei ihm nicht die Rede, wohl aber führt er die Abstammung Jesu auf Adam, ja letztlich auf Gott zurück (Lk 3,38). Ist Jesus bei Matthäus als Abrahams- und Davidssohn qualifiziert, so bei Lukas als Nachkomme Adams, der wie Adam (ohne irdischen Vater) aus Gottes Initiative heraus ein neues Menschengeschlecht begründen soll.

◇ Die *Täufergeschichten* um Johannes, Sohn von Zacharias und Elisabeth, baut *Lukas* anders als Matthäus aus. Er setzt die Ankündigung der Geburt des Johannes vor die von Jesus, verknüpft beide Geschichten durch die Figuren Maria und Elisabeth und gibt dem Vater von Johannes, Zacharias, durch einen theologisch und sprachlich präzise komponierten Hymnus (1,67–79) starkes Profil. *Nach* der Geburt Jesu kommt Lukas auf den Täufer noch einmal zurück, um über dessen öffentliches Auftreten zu berichten (3,1–22). *Matthäus* dagegen kennt keine Geburtsgeschichten um Johannes. Für ihn ist der Täufer erst kurz vor dem öffentlichen Auftreten Jesu interessant, in einer kurzen Szene (3,1–17), die Johannes zur bloßen Kontrastfigur Jesu macht (ohne wie Lukas an dessen weiterem Schicksal interessiert zu sein: Lk 3,19 f.), zum bloßen Vorläufer also, der überboten wird von dem, der ganz anders als er »mit dem Heiligen Geist und mit Feuer taufen« wird (Mt 3,11; Lk 3,16).

(4) Bedeutende Unterschiede auch hinsichtlich der *Geburtsgeschichte* selbst. Nach Präsentierung seines Stammbaums kommt *Matthäus* ohne weitere Überleitung und Zwischenschritte gleich zur Sache. Schon seine Vorgeburts-Angaben sind in ihrer lapidaren Kürze kaum noch zu unterbieten: »Noch bevor seine Mutter Maria und Joseph, dem sie verlobt war, zusammenkamen, zeigte es sich, daß Maria schwanger war vom Heiligen Geist …« *Lukas* dagegen baut die Szene ganz anders narrativ aus und gibt seinen Lesern mehr Informationen. Bei ihm bleibt der Engel nicht anonym, sondern trägt einen Namen: Gabriel. Bei ihm erscheint der Engel nicht Joseph (wie bei Matthäus durchgehend), sondern allein Maria. Bei ihm bleibt der Ort der Begegnung Engel–Maria nicht unbekannt, sondern wird konkret bezeichnet: eine Stadt in Galiläa namens Nazareth. Bei ihm ist alles auf Maria fokussiert: Von *ihrer*

Auszeichnung ist die Rede, *ihr* wird die Größe ihres künftigen Sohnes geschildert, *ihre* Reaktion bleibt im Blick (»Wie kann das geschehen? Ich bin mit keinem Mann zusammengewesen?«).

Woran Matthäus offensichtlich das größte Interesse hat, darüber bei Lukas kein Wort. *Matthäus* läßt seinen Engel Joseph gegenüber sofort auf die soziale Problematik kommen, im Wissen darum, daß eine Frau, die noch nicht verheiratet ist und ein Kind erwartet, sozial skandalträchtig ist. Joseph muß – gewissermaßen auf göttlichen Eingriff hin – ruhiggestellt werden: »Fürchte dich nicht, Maria als deine Frau zu dir zu nehmen; denn das Kind, das sie erwartet, ist vom Heiligen Geist«. Matthäus weiß also, daß die Verwendung des Motivs Geistzeugung und Jungfrauengeburt sozial prekär ist, deshalb muß das Hindernis »theozentrisch« beseitigt werden, das heißt mit Hilfe eines göttlichen Eingriffs. Einen solchen Eingriff um sozialpsychologischer Krisenprophylaxe willen findet *Lukas* offensichtlich nicht nötig. Er kennt von all dem nichts. Das Gefühl, etwas Unmögliches zu erwarten, bleibt bei ihm ganz in der intimen Szene zwischen Engel und Maria. Während also Matthäus ganz aus der Perspektive des Mannes und der Öffentlichkeit erzählt, erzählt Lukas ganz aus der Perspektive der Frau und der Intimität. Unterschiedlicher könnten die Perspektiven kaum sein.

Ähnlich bei der *Geschichte der Geburt* selber. *Matthäus* weiß von dem, was Lukas schildert, offensichtlich nichts. Lapidar setzt er die Geburt als bereits geschehen voraus, geht also auf Umstände mit keinem Wort ein. Gleich nach der Engels-Szene mit Joseph – offensichtlich des Nachts im Traum (1,20–25) – schreibt er mit einem einzigen Satz von nichts als der Tatsache der Geburt, um dann sofort auf den Sterndeuter-Besuch in Jerusalem umzuschwenken:

> »Jesus wurde zur Zeit des Königs Herodes in Bethlehem, im Lande Judäa, geboren. Eines Tages kamen Sterndeuter aus dem Osten in die Stadt Jerusalem und fragten nach dem neugeborenen König der Juden: ›Wir haben gesehen, wie sein Stern aufging, im Osten, und sind gekommen, um vor ihm niederzuknieen und ihn anzubeten.« (2,1–2)

Beiläufiger kann man die Geburt in Bethlehem kaum erwähnen. Matthäus schwenkt sofort von den Sterndeutern über auf die Figur des Königs Herodes, dem er erstaunlich viel Raum gibt: Zusammenrufen der Hohepriester und Schriftgelehrten, Dialog mit den Sterndeutern, geheucheltes Interesse an dem Neugeborenen, Täuschung durch die Sterndeuter, Kindermord in Bethlehem. *Theologisch* hat Matthäus sichtlich das Interesse, durch die Einführung der »Sterndeuter aus dem Osten« messianische Verheißungen über die Huldigung der Völker an den Messias Israels einzubringen. *Kompositorisch* hat die Herodes-Episode die Funktion, die Flucht nach Ägypten vorzubereiten, denn diese Flucht wird theologisch »gebraucht«, um in Jesus eine Prophetenweissagung erfüllt sein zu lassen, den Satz des Propheten Hosea nämlich: »Aus Ägypten habe ich meinen Sohn gerufen« (Hos 11,1; Mt 2,15). Jesus, der neue »Sohn Gottes«, muß also – in der Nachfolge des Mose – ebenfalls »aus Ägypten« kommen. Die Parallelkonstruktion ist auffallend:

> »Mach dich auf, und kehr nach Ägypten zurück; denn alle, die dir nach dem Leben getrachtet haben, sind tot. Da holte Mose seine Frau und seine Söhne ...« (Ex 4,19 f.)
>
> »Als Herodes gestorben war, erschien Joseph, in Ägypten, ein Engel im Traum und sagte zu ihm: ›Steh auf, und zieh mit dem Kind und seiner Mutter in das Land Israels. Denn die Feinde, die das Kind töten wollten, leben nicht mehr‹. Da stand Joseph auf und zog mit dem Kind und der Mutter heim ...« (Mt 2,19 f.)

Lukas dagegen ist ganz anders an der Bethlehem-Tradition interessiert. Nur er erwähnt eine Volkszählung unter Kaiser Augustus, mit der der Ortswechsel von Maria und Joseph motiviert wird: »aus der Stadt Nazareth nach Judäa hinauf in die Stadt Davids, die Bethlehem heißt«. Nur er kennt in Bethlehem den Ort und die Umstände der Geburt: »Eine Krippe im Stall, denn im Haus war keine Bleibe für sie«. Nur er kennt eine Engelserscheinung vor den Hirten des Nachts bei Bethlehem und die Hirtenhuldigung. Nur er kennt die nachgeburtlichen Ereignisse im Tempel zu Jerusalem mit Simeon und Hannah. Unterschiedlichere Traditionen kann man kaum für ein und dieselbe Geschichte verarbeiten. Herberge, Krippe, Hirten, Beschneidung und Tempelbesuch? Bei Matthäus davon kein Wort. Umgekehrt weiß Lukas nichts vom Sterndeuterbesuch, der Flucht nach Ägypten und dem Kindermord in Bethlehem.

Die Grundbotschaft der Geburtsgeschichten

Und doch – trotz aller unterschiedlichen, zum Teil widersprüchlichen Informationen in Einzelfragen: Beide neutestamentlichen Geburts-Geschichten stimmen in der *theologischen und sozialen Grundbotschaft* auffallend überein:

(1) Mit der Geburt Jesu ist *von Gott her eine neue Initiative* erfolgt. Gott handelt wieder neu – befreiend, erlösend, Schuld vergebend. Der Himmel ist gewissermaßen durchlässiger geworden, durchlässiger jedenfalls als früher, ja durchlässig *wie* früher zu Zeiten Abrahams, bei dem ebenfalls Engel ein- und ausgingen und eine alte Frau wie Sarah fruchtbar wird. Elisabeth ist erkennbar als Sarah-, Zacharias als Abraham-Figur konzipiert (Gen 18,11). Es herrscht Frühzeit-Stimmung in dieser Spätzeit Israels wie zur Zeit der Erzeltern. Eine Atmosphäre, die der Jesuit Friedrich Spee von Langenfeld (1591–1635), der in seiner Zeit tapfer gegen die Hexenprozesse gestritten hatte und zugleich ein großer Dichter war, in einem Weihnachtslied von 1622 in einzigartig bildkräftige drei Strophen gebracht hat, in der Sprache des Barock eine kongeniale Interpretation dieser Dimension der neutestamentlichen Geburtsgeschichte:

»O Heiland, reiß die Himmel auf,
herab, herab vom Himmel lauf.
Reiß ab vom Himmel Tor und Tür,
reiß ab, wo Schloss und Riegel für.

O Gott, ein' Tau vom Himmel gieß,
im Tau herab, o Heiland, fließ.
Ihr Wolken, brecht und regnet aus
den König über Jakobs Haus.

O Erd, schlag aus, schlag aus, o Erd,
daß Berg und Tal grün alles werd.
O Erd, herfür dies Blümlein bring,
o Heiland, aus der Erden spring.«

Man vergegenwärtige sich diese Bilder, spreche diese hochdynamisierte Sprache noch einmal nach: Jesus solle den Himmel *aufreißen*, gleichsam das Tor des Himmels sprengen, Wolken sollen den gottgesandten Retter *ausbrechen* und *ausregnen* lassen. Erwartet wird einer, der die Erde neu befruchtet, so daß Berg und Tal »grün« werden. Sinnlicher kann man den mit Jesu Geburt erfolgten messianischen Aufbruch kaum versprachlichen als mit so expressiven, dynamischen Verben wie *reißen, laufen, gießen, fließen, brechen, schlagen, springen …*

(2) Weil aber der Himmel mit der Ankunft Jesu durchlässig wurde:

◇ können in beiden Geburtsgeschichten *Engel* wieder wie selbstverständlich als Boten Gottes ein- und ausgehen; sie sind Figuren der Deutung und der Führung des Geschehens;
◇ können *kosmische Zeichen* am Himmel Menschen den Weg zu dem neuen Ereignis weisen;
◇ können *Träume* sowie das *Motiv der Nacht* eine so wichtige Rolle spielen. Bei Matthäus erscheint der Engel dem Joseph grundsätzlich des Nachts im Traum; bei Lukas erfolgt die Engelserscheinung vor den Hirten ebenfalls des Nachts. »In der Nacht« brechen die Hirten auf, um Maria, Joseph und das Kind in der Krippe zu finden. In der Nacht bricht Joseph nach Ägypten auf. Träume und Nächte sind auch im Neuen Testament Medien der Begegnung des Göttlichen mit dem Menschlichen.

(3) Daß Gott die Initiative in diesem Geschehen ergreift, zeigt sich an der Unterbrechung des natürlichen Ablaufs einer menschlichen Geburt. Denn beide Evangelisten legen Wert darauf: *Gottes Geist* zeugte dieses Kind, nicht ein Mensch. Göttliche Kraft war und ist hier am Werk, nicht männliche Potenz. Symbolkräftig wird so der *Zäsurcharakter* dieses Ereignisses herausgestellt. Nicht menschliche Geschichte und menschliche Physis zählen, sondern Gottes Geist, Gottes Kraft, Gottes Zeichen – entsprechend dem Satz des Engels an Maria aus dem Lukas-Evangelium:

»Der Heilige Geist wird dich überkommen,
die Höchste Macht wird dich überschatten,
das Kind wird heilig sein,
denn es ist Gottes Sohn.
Auch Elisabeth, die dir verwandt ist,
hat ein Kind empfangen und trägt es
schon sechs Monate lang,
obwohl sie als unfruchtbar galt,
dürr und betagt,
aber für Gott ist nichts unmöglich.« (1,35–37)

Dies ist in der Tat die *theozentrische Pointe* beider Geburtsgeschichten. Durch Jesu Geburt wird Unfruchtbares wieder fruchtbar, Abgestorbenes wieder kraftvoll, Totgeglaubtes wieder lebendig. Gottes Macht ist rettend (nicht strafend, nicht zerstörend) für sein Volk und die Welt neu am Werk.

(4) Die mit Jesu Geburt sichtbar gewordene machtvolle Initiative Gottes gilt vor allem seinem Volk: *Israel.* Und über Israel hinaus der Welt der Heidenvölker. Mit dem Neugeborenen ist der seit Jahrhunderten erwartete Messias Israels endlich erschienen: an dieser Überzeugung lassen beide Texte keinen Zweifel. Ja, sie tun durch ein feingesponnenes Netz von textuellen Deutungssignalen viel, um dies unabweisbar zu machen. Deshalb spielen Prophetenworte in beiden Geburtsgeschichten eine große Rolle: ob Jesaja im Blick auf die junge Frau, die ein Kind empfangen wird; ob der Prophet Micha im Blick auf Bethlehem, die alte Messias-Stadt, der Prophet Hosea im Blick auf Ägypten, der Prophet Jeremia im Blick auf den Kindermord. Gerade *Matthäus* ist in höchstem Maße daran interessiert, das Erscheinen Jesu einzubetten in die Geschichte des Volkes Israel und dessen messianische Erwartungen. Von daher zu Beginn seines Evangeliums der Stammbaum: Jesus Christus programmatisch herausgestellt als »Sohn Davids, Sohn Abrahams«. Insbesondere der Einbau der Ägypten-Szene ist von hoher theologisch-symbolischer Bedeutung. So wie der alte Moses aus Ägypten kam, so kommt auch der neue Moses, Jesus, aus Ägypten. Mit der Geburt Jesu erfolgt ein neuer Exodus des Volkes Israel nicht wie früher aus der physischen, sondern aus der geistig-geistlichen Versklavung, aus der Verfallenheit an die Verblendung:

> »Sie wird dir einen Sohn gebären, dem du den Namen ›Jesus‹ geben sollst. (›Gott wird dir helfen‹), denn er wird sein Volk von den Sünden erlösen.« (1,21)

(5) Gottes Initiative aber gilt über Israel hinaus auch den *Menschen aus der Völkerwelt.* Auch daran lassen beide Evangelisten keine Zweifel. Beide wissen ja, daß die Bekehrung *ganz* Israels am Ende gescheitert ist. Deshalb ist *Matthäus* von Anfang an die Sterndeuter-Huldigung so wichtig. Nichtjuden »aus dem Osten«, Repräsentanten der Heidenvölker, huldigen Jesus, während »ganz Jerusalem« zuerst erschrickt, um sich dann entweder Jesu Messianität zu verweigern oder das Neugeborene mit Mordplänen zu beseitigen.

Ähnlich *Lukas.* Er betont im Blick auf seine Adressaten (Heidenchristen) stärker noch als Matthäus Jesu Bedeutung nicht nur für Israel, sondern auch für die Völkerwelt. Durch kunstvoll komponierte Hymnen, die entweder Maria (»Meine Seele preist Gott«), Zacharias (»Der Herr sei gepriesen, Israels Gott!«) oder Simeon (»Herr, die Zeit ist gekommen, da du mich in Frieden ziehen läßt«) in den Mund gelegt werden, wird die Doppelperspektive Stück für Stück vorbereitet. Im Lobgesang der Maria heißt es noch, Gott habe sich mit der Ankunft Jesu »Israels, seines Knechtes« wieder angenommen, sei

»barmherzig« gewesen, wie er es »unseren Vätern« versprochen habe: »Abraham und seinen Kindern« für immer (1,54 f.). Auch bei Zacharias, immerhin Priester im Tempel zu Jerusalem, zunächst noch dieselbe innerjüdische Perspektive: Jetzt habe Gott Israel »gerettet« vor seinen »Feinden«; er habe »den heiligen Bund« nicht vergessen, den »Schwur«, den er Abraham geschworen habe. Er, Jesus, werde »seinem Volk« verkünden: »Es gibt Rettung, die Schuld wird vergeben, Gott ist barmherzig« (1,71–73; 77). Aber schon im Loblied des Simeon werden »die Völker« ausdrücklich einbezogen:

> »Herr, die Zeit ist gekommen,
> da du mich in Frieden ziehen läßt,
> deinen Knecht.
> Denn meine Augen haben das Heil gesehen:
> den Retter, den du den Völkern gesandt hast,
> sichtbar vor allen,
> den Fremden leuchtend,
> und ein Ruhm und Glanz für Israel,
> dein Volk.« (2,29–32)

Mit einem Wort: Neben die theozentrische Perspektive (»Denn für Gott ist nichts unmöglich«, Lk 1,37) tritt bei beiden Evangelisten die »christozentrische«: Es ist *Jesus*, der das geistgewirkte Zeichen Gottes ist, »der Messias, der Herr« (Lk 2,11), »Sohn des Höchsten«, »Sohn Gottes« (Lk 1,32; 1,35), mit dem jetzt eine neue Zeit beginnt. Das »Unmögliche«, das Gott neu zu tun imstande ist, geschieht also nach der neutestamentlichen Überlieferung an Jesus, durch Jesus und mit Jesus – und zwar auf eine Weise, die theologisch und sozial bisherige Gottes- und Messiasbilder sprengt. Unerwartet schon, daß der Messias Israels als Krippenkind zur Welt gekommen sein soll.

(6) Beide Evangelisten betonen auffälligerweise die *Niedrigkeit* des Messias Jesus. Nicht wie die heidnischen Göttersöhne mit Hoheit und Macht kommt dieser Gottessohn zur Welt, sondern – das zeigt insbesondere Lukas – in Bescheidenheit und Niedrigkeit. Mit Sozialromantik hat das nichts zu tun. Lukas verklärt nicht die Armut von Herberge und Krippe, sondern bezieht sich nüchtern auf die Umstände der Reise, die keine Wahl ließen. Auch werden Maria und Joseph bei ihm nicht als Repräsentanten des »Arme-Leute-Milieus« geschildert, wie spätere Klischees es wollen. Daß Maria und Joseph im sozialen Sinn »arm« waren, vermittelt Lukas nicht, ja ist nach Matthäus

sogar unwahrscheinlich, der als »soliden« Beruf des Joseph den des »Zimmermanns« erwähnt (vgl. Mt 13,55).

Nicht also über eine angebliche soziale Armut von Jesu Familie gewinnt Lukas das Niedrigkeitmotiv, sondern über die Wirkung und Anziehung des Neugeborenen auf die unteren sozialen Schichten. Die Hirtenhuldigung ist hier von entscheidender Bedeutung. Sie nimmt voraus, was künftig typisch für die Wirkung von Jesu Botschaft sein wird. Sie erreicht die sozial Deklassierten und religiös Verachteten, nicht die Herrschenden und Besitzenden in Gesellschaft und Religion. Da Hirten ihrer Arbeit wegen die strengen Reinheitsvorschriften der Tora nicht einhalten konnten, zählten sie im rabbinischen Judentum zu den verachteten Berufsständen. Ausgerechnet »Hirten« zu Adressaten einer himmlischen Botschaft zu machen, erklärt die kalkuliert vollzogene Umkehr der Perspektive des Lukas von »oben« nach »unten«.

Auch *Matthäus* macht das Niedrigkeitsmotiv auffälligerweise nicht an sozialen Faktoren von Jesu Familie fest. Bei ihm kommt das Neugeborene ohnehin nicht in einer Herbergskrippe zur Welt, sondern offensichtlich in einer normalen Behausung. Die Sterndeuter jedenfalls finden das neugeborene Kind ganz selbstverständlich »in einem Haus« (2,11). Bei Matthäus kommt das Niedrigkeitsmotiv vor allem über das *Todesmotiv* hinein, kompositorisch ebenfalls eine symbolische Vorwegnahme des Gesamtschicksals Jesu. Deutlich soll werden: Von Anfang an ist das Leben dieses Messias vom Tod überschattet. Entweder ist es selber vom Tod bedroht (Herodesmord) oder Auslöser von Tod (Kindermord). Von Anfang an in diesem Leben Klage und Tränen. Rachels Trostlosigkeit, eingespielt durch das Jeremia-Zitat (Jer 31,15), spiegelt die der trauernden Frauen bei der Passion Jesu (vgl. Mt 27,55 f.). »König der Juden«, wie die Sterndeuter sich ausdrücken, wird Jesus erst wieder in der Passionsgeschichte genannt (vgl. Mt 27,11.29.37). Kompositorisch werden so Anfang und Ende der Geschichte Jesu im Zeichen des Todes verklammert.

(7) Eine genaue *literarische Analyse* der Texte fördert eine bemerkenswerte Erzählkunst zutage. Diese Evangelisten verdienen auch »als Schriftsteller« (W. Jens[5]) ernstgenommen zu werden.

Beispiel Lukas: Schon mit der ersten Zeile wird ein großes Panorama aufgerissen. *Weltpolitik:* Stichwort Rom, Kaiser Augustus. *Weltökonomie:* Stichwort Steuerlisten. *Weltdemographie:* Stichwort Volkszählung. Global setzt dieser Evangelist an: Die Welthauptstadt Rom, die Provinz Syrien und noch einmal kleiner dann die Unterprovinz Galiläa. Rom – Syrien – Galiläa – und dann erst Bethlehem. Der Fokus wird immer schärfer, die Realitätsdetails werden immer präziser. Wir bekommen signalisiert: Das, was im folgenden geschieht, ist kein überzeitlicher Mythos, keine ort- und zeitlose Erscheinung. Es hat Bodenhaftung in Raum und Zeit.

Das ist nicht in allen Weltreligionen in gleicher Weise gegeben. Indien? Ob Krishna ein Geburtsdatum hat, spielt angesichts von riesigen Welt-Kreisläufen (Zerstörung und Wiederentstehung des Kosmos) keine Rolle. Ob Buddha im Lumbinī-Hain bei Kapilavastu geboren wurde oder woanders, ist für buddhistische Frömmigkeit bis heute zwar praktisch (Wallfahrtswesen!), für die buddhistische Lehre aber bedeutungslos. Wo Lao-tse geboren ist, weiß bis heute niemand, ist auch für denjenigen, der den Weg des Tao entdecken und gehen will, unbedeutend. Und der Geburtsort des Konfuzius? Gesichert scheint zwar der kleine alte Feudalstaat Lu, nahe des modernen Sh'u-fu (Shantung). Das aber ist für denjenigen, der sich an die Lehre der »Gespräche« des Konfuzius über die Große Ordnung halten will, letztlich nicht entscheidend.

In den prophetischen Religionen ist das anders: in Judentum, Christentum und Islam. Es sind Religionen, bei denen es auf die Geschichte ankommt, bei denen Ort und Zeit für Gott eine konstitutive Rolle spielen. Mit dem Volk Israel hat sich Gott ein Volk unter allen Völkern erwählt und ihm seinen Willen in präzisen Geboten offenbart. In Religionen indischen oder chinesischen Ursprungs ist das ein ebenso absurder Gedanke wie der, daß mit der Gestalt Jesu eine neue Zeitrechnung beginnt. Mit der Herabkunft des Koran auf den Propheten Mohammed ist für Muslime in Raum und Zeit etwas Entscheidendes passiert, hat die Weltgeschichte eine neue Wendung genommen. Was ist Geschichte für kosmisch denkende Menschen indischen Ursprungs? Hier aber: bei den großen *prophetischen* Gestalten der Weltreligionen: Mose – Jesus – Mohammed kommt alles darauf an, wo sie herkommen und welches Schicksal sie erlitten. Es sagt etwas über das »Schicksal« Gottes selber aus.

Deshalb ist die Geburtsgeschichte des *Lukas* literarisch kunstvoll gebaut. Die »Kameraführung« des Erzählers setzt global an, um lokal zu enden. Rom – Syrien – Galiläa – Bethlehem und der Stall und dort noch einmal die Krippe: so läuft der »Schwenk«. Signale, die umgekehrt deutlich machen wollen: Das, was im Stall geschieht, hat Auswirkungen für Bethlehem, Galiläa, Syrien und Rom. Was in dieser Nacht sich abspielt, betrifft die ganze Welt, sollte sie betreffen. Noch ist die Diskrepanz grotesk: der Kaiser in Rom, sein Statthalter in Syrien – und das Neugeborene in der Futterkrippe einer überfüllten Herberge.

Aber der Abstiegsbewegung vom Kaiser zum Krippenkind, vom römischen Palast zum bethlehemischen Stall entspricht in der zweiten Hälfte des lukanischen Textes eine nicht weniger kunstvoll-dramatisch »gemachte« Bewegung des Aufstiegs. Von der Krippe, dem tiefsten Niedrigkeitspunkt, hinauf in die Höhe der Engelserscheinung. Von unten nach oben. Jetzt kann die entscheidende Botschaft erfolgen, »von oben« in eine Welt hineingesprochen, die in ihre Angst verkrallt ist: die *Botschaft von der Nichtfurcht, der großen Freude durch die Ankunft des Messias.* Es muß einem allerdings auch schon »von oben« gesagt sein, denn die Welt ist aus sich heraus – angesichts der römischen Militärherrschaft – zu einer solchen Botschaft kaum fähig. Es muß »von oben« auch deshalb gesagt werden, weil das ganze Geschehen verknüpft ist mit einem Kind, »in Windeln gewickelt, in der Krippe« liegend. Es muß schon ein ganzes Engels-Heer mobilisiert werden, damit aus diesen winzigen Anfängen heraus die Botschaft überhaupt glaubwürdig wird:

»In den Himmeln: Gottes Macht!
Licht
und Herrlichkeit!
Auf der Erde: Gottes Frieden!
Frieden allen, die er liebt!«

Beispiel Matthäus: Auch er arbeitet in seiner Jerusalem-Szene mit einer kunstvollen *Dreiecksbeziehung* und einem dramatischen Kontrast. Die Sterndeuter kommen ja in ein politisch-religiös aufgeladenes Klima. Sie treffen auf das damalige Jerusalemer Machtkartell: politisch auf Herodes und religiös auf »Hohepriester und Schriftgelehrte des Volkes«. In diesem Dreieck spielt sich nun die Reaktion auf die Nachricht von der Geburt des Messias ab: Sterndeuter – Hohepriester/Schriftgelehrte sowie Herodes. Entsprechend effektvoll läßt der Erzähler »ganz Jerusalem« erschrocken sein, was eine kühne rhetorische Übertreibung darstellt. Aber sie soll signalisieren: Erwartet hat man in Jerusalem damals viel, nur nicht die Geburt des Messias, der die Monopolstellung des politisch-religiösen Establishments in Frage stellen könnte.

Deshalb ist auffällig, mit welchen *Kontrasten* Matthäus arbeitet. Zwar bestätigen auf Nachfrage »alle Hohepriester und Schriftgelehrten« Bethlehem als Geburtsort des Messias (entsprechend der Stelle beim Propheten Micha: 5,1), aber keiner der etablierten Vertreter der Religion denkt daran, dies im Fall von Jesus nachzuprüfen. Nicht sie machen sich auf den Weg nach Bethlehem, um mit eigenen Augen nachzusehen, sondern die Sterndeuter, begleitet von dem geheuchelten Interesse des Herodes. Treffend hat Hubertus

Halbfas in seiner kommentierten »Bibel« zu dieser Stelle bemerkt: »Die jüdischen Schriftgelehrten bestätigen zwar die Vorhersage der Bibel, zeigen sich davon aber nicht berührt und denken folglich nicht daran, sich selbst auf den Weg zu machen. Während das eigene Volk also nur Desinteresse und Feindseligkeit zeigt, kommen die Magier als Repräsentanten der orientalischen Weisheit und als geistige Elite der Heidenwelt von weit her. Sie vertrauen sich der Führung Gottes an und bringen dem Kind königliche Geschenke. Krasser läßt sich eine Opposition nicht aufbauen. Zweifellos ist es eine kühne Konstruktion, den ungeliebten König Herodes zusammen mit ›allen Hohepriestern und Schriftgelehrten‹ in eine unheilige Front zu stellen. Diese Koalition hat nie existiert. Ebenso wenig läßt sich ›ganz Jerusalem‹ unter die Feinde Jesu einordnen. Die aufgebotene Allianz entspricht der theologischen Konzeption des Matthäus, der bereits hier das böse Spiel ansetzt, das zur Verwerfung des Messias, zu seiner Verurteilung und Hinrichtung führen wird.«[6]

In summa: Es sind – nüchtern betrachtet – drei Kernaussagen, welche die Ur-Kunde von Jesu Geburt ihren Lesern und Hörern bis heute zumutet:

Stichwort I: Theozentrik. Schlüsselzitat: »Denn für Gott ist nichts unmöglich«.

Stichwort II: Christozentrik. Schlüsselzitat: «Sie wird dir einen Sohn gebären, dem du den Namen ›Jesus‹ geben sollst (›Gott wird dir helfen‹), denn er wird sein Volk von den Sünden erlösen.«

Stichwort III: Weltfrieden – Weltgerechtigkeit. Schlüsselzitat: »Auf der Erde Gottes Frieden! Frieden allen, die er liebt!« Konkret heißt das: Beim Nachdenken über die Geburt Jesu die Weltpolitik, die Weltökonomie, den Weltfrieden im Blick behalten! Diesen Weltfrieden, diese Weltökonomie, diese Weltpolitik von der Gestalt des Krippenkindes her bedenken: nicht von der Dimension der Macht, sei sie die des Geldes oder der Waffen. Nachdenken über den Sinn der Geburt Jesu ist Nachdenken über den Zustand der Welt – im Lichte jenes großen *Hymnus von der Weltgerechtigkeit*, den der Evangelist Lukas wohlkalkuliert Maria, der Mutter Jesu, in den Mund gelegt hat:

»Meine Seele preist Gott.
Er ist groß. [...]
Sein Arm ist gewaltig.
Ein Schnitter, der die Spreu zertritt:
So zerstreut er die Stolzen,
die hochmütig sind in ihrem Herzen,
und stößt die großen Herren von ihren Thronen.
Die Niedrigen aber hebt er empor

und richtet sie auf.
Die Hungrigen sättigt er doppelt,
die Reichen schickt er mit leeren Händen davon.
Israels, seines Knechts,
nimmt er sich an und ist barmherzig:
so wie er unseren Vätern, für immer, versprach,
Abraham und seinen Kindern,
barmherzig zu sein.« (Lk 1,46–55)

Hier haben die Geburtsgeschichten um Jesus ihr unverwechselbares soziales Profil im Ensemble religiöser Alternativen. Unverdächtiger Zeuge dafür ist der marxistische Philosoph *Ernst Bloch*, der mit dem scharfen Blick des Polyhistors dieses Profil einmal so herausgearbeitet hat: »Wären statt der heiligen Drei Könige Konfuzius, Laotse, Buddha aus dem Morgenland zur Krippe gezogen, so hätte nur einer, Laotse, diese Unscheinbarkeit des Allergrößten wahrgenommen, obzwar nicht angebetet. Selbst er aber hätte den *Stein des Anstoßes* nicht wahrgenommen, den die christliche Liebe in der Welt darstellt, in ihren alten Zusammenhängen und ihren nach Herrenmacht gestaffelten Hierarchien. Jesus ist genau gegen die Herrenmacht das Zeichen, das widerspricht, und genau diesem Zeichen wurde von der Welt mit dem Galgen widersprochen: Das Kreuz ist die Antwort der Welt auf die christliche Liebe. Auf die Liebe zu den Letzten, die die Ersten sein werden, zu den Verworfenen, worin sich das wirkliche Licht ansammelt, zu der Freude, die nach Chestertons scharfem Wort die große Publizität weniger Heiden war und das kleine Geheimnis aller Christen wurde oder sein wird.«[7]

Wir wagen von hier einen großen Sprung über die Jahrhunderte. Vom den »Schriftstellern« Lukas und Matthäus zu den Schriftstellern unserer Zeit. Ich riskiere den Sprung, weil mich die Frage umtreibt, was unsere Texte uns spiegeln – nach fast 2000 Jahren Christentum. Was ist aus dem messianischen Aufbruch von einst geworden? Was aus der neuen Initiative Gottes? Was aus dem großen Hymnus von der Weltgerechtigkeit und der Botschaft vom Weltfrieden?

***Thomas Mann:** Weihnachten im Hause Buddenbrook*

Dann endlich kam der Abend des dreiundzwanzigsten Dezembers heran und mit ihm die Bescheerung im Saale zu Haus, in der Fischergrube, eine Bescheerung im engsten Kreise, die nur ein Anfang, eine Eröffnung, ein Vorspiel war, denn den Heiligen Abend hielt die Konsulin fest in Besitz, und zwar für die ganze Familie, so daß am Spätnachmittage des Vierundzwanzigsten die gesamte Donnerstag-Tafelrunde, und dazu noch Jürgen Kröger aus Wismar, sowie Therese Weichbrodt mit Madame Kethelsen, im Landschaftszimmer zusammentrat.

In schwerer, grau und schwarz gestreifter Seide, mit geröteten Wangen und erhitzten Augen, in einem zarten Duft von Patschouli, empfing die alte Dame die nach und nach eintretenden Gäste, und bei den wortlosen Umarmungen klirrten ihre goldenen Armbänder leise. Sie war in unaussprechlicher stummer und zitternder Erregung an diesem Abend. »Mein Gott, du fieberst ja, Mutter!« sagte der Senator, als er mit Gerda und Hanno eintraf ... »Alles kann doch ganz gemütlich vonstatten gehen.« Aber sie flüsterte, indem sie alle Drei küßte: »Zu Jesu Ehren ... Und dann mein lieber seliger Jean ...«

In der That, das weihevolle Programm, das der verstorbene Konsul für die Feierlichkeit festgesetzt hatte, mußte aufrecht erhalten werden, und das Gefühl ihrer Verantwortung für den würdigen Verlauf des Abends, der von der Stimmung einer tiefen, ernsten und inbrünstigen Fröhlichkeit erfüllt sein mußte, trieb sie rastlos hin und her – von der Säulenhalle, wo schon die Marien-Chorknaben sich versammelten, in den Eßsaal, wo Rieckchen Severin letzte Hand an den Baum und die Geschenktafel legte, hinaus auf den Korridor, wo scheu und verlegen einige fremde alte Leutchen umher standen, Hausarme, die ebenfalls an der Bescheerung teilnehmen sollten, und wieder ins Landschaftszimmer, wo sie mit einem stummen Seitenblick jedes überflüssige Wort und Geräusch strafte. Es war so still, daß man die Klänge einer entfernten Drehorgel vernahm, die zart und klar wie die einer Spieluhr aus irgend einer beschneiten Straße den Weg hierherfanden. Denn obgleich nun an zwanzig Menschen im Zimmer saßen und standen, war die Ruhe größer, als in einer Kirche, und die Stimmung gemahnte, wie der Senator ganz vorsichtig seinem Onkel Justus zuflüsterte, ein wenig an die eines Leichenbegängnisses.

Übrigens war kaum Gefahr vorhanden, diese Stimmung möchte durch einen Laut jugendlichen Übermutes zerrissen werden. Ein Blick hätte genügt, zu bemerken, daß fast alle Glieder der hier versammelten Familie in einem Alter standen, in welchem die Lebensäußerungen längst gesetzte Formen angenommen haben. Senator Thomas Buddenbrook, dessen Blässe den wachen, energischen und sogar humoristischen Ausdruck seines Gesichtes Lügen strafte; Gerda, seine Gattin, welche, unbeweglich in einen Sessel zurückgelehnt und das schöne weiße Gesicht nach oben gewandt, ihre nahe bei einander liegenden, bläulich umschatteten, seltsam schimmernden Augen von den flimmernden Glasprismen des Kronleuch-ters bannen ließ; seine Schwester, Frau Permaneder; Jürgen Kröger, sein Cousin, der stille, schlicht gekleidete Beamte; seine Cousinen Friederike, Henriette und Pfiffi, von denen die beiden ersteren noch magerer und länger geworden waren, und die letztere noch kleiner und beleibter erschien, als früher, denen aber ein stereotyper Gesichtsausdruck durchaus gemeinsam war, ein spitziges und übelwollendes Lächeln, das gegen alle Personen und Dinge mit einer allgemeinen medisanten Skepsis gerichtet war, als sagten sie beständig: »Wirklich? Das möchten wir denn doch fürs Erste noch bezweifeln« ...; schließlich die arme, aschgraue Klothhilde, deren Gedanken wohl direkt auf das Abendessen gerichtet waren: – sie Alle hatten die Vierzig überschritten, während die Hausherrin mit ihrem Bruder Justus und seiner Frau gleich der kleinen Therese Weichbrodt schon ziemlich weit über die Sechzig hinaus war, und die alte Konsulin Buddenbrook, geborene Stüwing, sowie die gänzlich taube Madame Kethelsen, sich schon in den Siebzigern befanden.

In der Blüte ihrer Jugend stand eigentlich nur Erika Weinschenk; aber wenn ihre hellblauen Augen – die Augen Herrn Grünlichs – zu ihrem Manne, dem Direktor, hinüberglitten, dessen geschorener, an den Schläfen ergrauter Kopf mit dem schmalen, in die Mundwinkel hineingewachsenen Schnurrbart sich dort neben dem Sofa von der idyllischen Tapetenlandschaft abhob, so konnte man bemerken, daß ihr voller Busen sich in lautlosem aber schwerem Atemzuge hob ... Ängstliche und wirre Gedanken an Usancen, Buchführung, Zeugen, Staatsanwalt, Verteidiger und Richter mochten sie bedrängen, ja, es war wohl Keiner im Zimmer, dem diese unweihnachtlichen Gedanken nicht im Sinne gelegen hätten. Der angeklagte Zustand von Frau Permaneders Schwiegersohn, das Bewußtsein der gesamten Familie von der Gegenwart eines Mitgliedes, das eines Verbrechens gegen die Gesetze, die bürgerliche Ordnung und die geschäftliche Ehrenhaftigkeit geziehen und vielleicht der Schande und dem Gefängnis verfallen war, gab der Versammlung ein vollständig fremdes, ungeheuerliches Gepräge. Ein Weihnachtsabend der Familie Buddenbrook mit einem Angeklagten in ihrer Mitte! Frau Permaneder lehnte sich mit strengerer Majestät in ihren Sessel zurück, das Lächeln der Damen Buddenbrook aus der Breitenstraße ward um noch eine Nüance spitziger …

Und die Kinder? Der ein wenig spärliche Nachwuchs? War auch er für das leis Schauerliche dieses so ganz neuen und ungekannten Umstandes empfänglich? Was die kleine Elisabeth betraf, so war es unmöglich, über ihren Gemütszustand zu urteilen. In einem Kleidchen, an dessen reichlicher Garnitur mit Atlasschleifen man Frau Permaneders Geschmack erkannte, saß das Kind auf dem Arm seiner Bonne, hielt seine Daumen in die winzigen Fäuste geklemmt, sog an seiner Zunge, blickte mit etwas hervortretenden Augen starr vor sich hin und ließ dann und wann einen kurzen, knarrenden Laut vernehmen, worauf das Mädchen es ein wenig schaukeln ließ. Hanno aber saß still auf seinem Schemel zu den Füßen seiner Mutter und blickte gerade wie sie zu einem Prisma des Kronleuchters empor …

Christian fehlte! Wo war Christian? Erst jetzt im letzten Augenblick bemerkte man, daß er noch nicht anwesend sei. Die Bewegung der Konsulin, die eigentümliche Manipulation, mit der sie vom Mundwinkel zur Frisur hinaufzustreichen pflegte, als brächte sie ein hinabgefallenes Haar an seine Stelle zurück, wurden noch fieberhafter … Sie instruierte eilig Mamsell Severin, und die Jungfer begab sich an den Chorknaben vorbei durch die Säulenhalle, zwischen den Hausarmen hin über den Korridor und pochte an Herrn Buddenbrooks Thür.

Gleich darauf erschien Christian. Er kam mit seinen mageren, krummen Beinen, die seit dem Gelenkrheumatismus etwas lahmten, ganz gemächlich ins Landschaftszimmer, indem er sich mit der Hand die kahle Stirne rieb.

»Donnerwetter, Kinder«, sagte er, »das hätte ich beinahe vergessen!«

»Du hättest es …« wiederholte seine Mutter und erstarrte …

»Ja, beinah vergessen, daß heut' Weihnacht ist … Ich saß und las … in einem Buch, einem Reisebuch über Südamerika … Du lieber Gott, ich habe schon andere Weihnachten gehabt …« fügte er hinzu und war soeben im Begriff, mit der Erzählung von einem Heiligen Abend anzufangen, den er zu London in einem Tingel-Tangel fünfter Ordnung verlebt, als plötzlich die im Zimmer herrschende Kirchenstille auf ihn zu wirken begann, so daß er mit krausgezogener Nase und auf den Zehenspitzen zu seinem Platze ging.

»Tochter Zion, freue dich!« sangen die Chorknaben, und sie, die eben noch da draußen so hörbare Allotria getrieben, daß der Senator sich einen Augenblick an die Thür hatte stellen müssen, um ihnen Respekt einzuflößen, – sie sangen nun ganz wunderschön. Diese hellen Stimmen, die sich, getragen von den tieferen Organen, rein, jubelnd und lobpreisend aufschwangen, zogen Aller Herzen mit sich empor, ließen das Lächeln der alten Jungfern milder werden und machten, daß die alten Leute in sich hineinsahen und ihr Leben überdachten, während Die, welche mitten im Leben standen, ein Weilchen ihrer Sorgen vergaßen.

Hanno ließ sein Knie los, das er bislang umschlungen gehalten hatte. Er sah ganz blaß aus, spielte mit den Fransen seines Schemels und scheuerte seine Zunge an einem Zahn, mit halbgeöffnetem Munde und einem Gesichtsausdruck, als fröre ihn. Dann und wann empfand er das Bedürfnis, tief aufzuatmen, denn jetzt, da der Gesang, dieser glockenreine a capella-Gesang die Luft erfüllte, zog sein Herz sich in einem fast schmerzhaften Glück zusammen. Weihnachten ... Durch die Spalten der hohen, weißlackierten, noch fest geschlossenen Flügelthür drang der Tannenduft und erweckte mit seiner süßen Würze die Vorstellung der Wunder dort drinnen im Saale, die man jedes Jahr aufs Neue mit pochenden Pulsen als eine unfaßbare, unirdische Pracht erharrte ... Was würde dort drinnen für ihn sein? Das, was er sich gewünscht hatte, natürlich, denn das bekam man ohne Frage, gesetzt, daß es einem nicht als eine Unmöglichkeit zuvor schon ausgeredet worden war. Das Theater würde ihm gleich in die Augen springen und ihm den Weg zu seinem Platze weisen müssen, das ersehnte Puppentheater, das dem Wunschzettel für Großmama stark unterstrichen zu Häupten gestanden hatte, und das seit dem »Fidelio« beinahe sein einziger Gedanke gewesen war. [...]

»Jauchze laut, Jerusalem!« schlossen die Chorknaben, und die Stimmen, die fugenartig neben einander her gegangen waren, fanden sich in der letzten Silbe friedlich und freudig zusammen. Der klare Accord verhallte, und tiefe Stille legte sich über Säulenhalle und Landschaftszimmer. Die Mitglieder der Familie blickten unter dem Drucke der Pause vor sich nieder; nur Direktor Weinschenks Augen schweiften keck und unbefangen umher, und Frau Permaneder ließ ihr trocknes Räuspern vernehmen, das ununterdrückbar war. Die Konsulin aber schritt langsam zum Tische und setzte sich inmitten ihrer Angehörigen auf das Sofa, das nun nicht mehr wie in alter Zeit unabhängig und abgesondert vom Tische da stand. Sie rückte die Lampe zurecht und zog die große Bibel heran, deren altersbleiche Goldschnittfläche ungeheuerlich breit war. Dann schob sie die Brille auf die Nase, öffnete die beiden ledernen Spangen, mit denen das kolossale Buch geschlossen war, schlug dort auf, wo das Zeichen lag, daß das dicke, rauhe, gelbliche Papier mit dem übergroßen Druck zum Vorschein kam, nahm einen Schluck Zuckerwasser und begann, das Weihnachtskapitel zu lesen.

Sie las die altvertrauten Worte langsam und mit einfacher, zu Herzen gehender Betonung, mit einer Stimme, die sich klar, bewegt und heiter von der andächtigen Stille abhob. »Und den Menschen ein Wohlgefallen!« sagte sie. Kaum aber schwieg sie, so erklang in der Säulenhalle dreistimmig das »Stille Nacht, heilige Nacht«, in das die Familie im Landschaftszimmer einstimmte. Man ging ein wenig vorsichtig zu Werke dabei, denn die Meisten der Anwesenden waren unmusikalisch, und hie und da vernahm man in dem Ensemble einen tiefen und ganz ungehörigen Ton ... Aber das beeinträchtigte nicht die Wirkung dieses Liedes ... Frau Permaneder sang es mit bebenden Lippen, denn am süßesten und schmerzlichsten rührt es an Dessen Herz, der ein bewegtes Leben hinter sich hat und im kurzen Frieden der Feierstunde Rückblick hält ... Madame Kethelsen weinte still und bitterlich, obgleich sie von Allem fast nichts vernahm.

Und dann erhob sich die Konsulin. Sie ergriff die Hand ihres Enkels Johann und die ihrer Urenkelin Elisabeth und schritt durch das Zimmer. Die alten Herrschaften schlossen sich an, die jüngeren folgten, in der Säulenhalle gesellten sich die Dienstboten und die Hausarmen hinzu, und während Alles einmütig »O Tannenbaum« anstimmte und Onkel Christian vorn die Kinder zum Lachen brachte, indem er beim Marschieren die Beine hob wie ein Hampelmann und alberner Weise »O Tantebaum« sang, zog man mit geblendeten Augen und ein Lächeln auf dem Gesicht durch die weit geöffnete hohe Flügelthür direkt in den Himmel hinein.

Der ganze Saal, erfüllt von dem Dufte angesengter Tannenzweige, leuchtete und glitzerte von unzähligen kleinen Flammen, und das Himmelblau der Tapete mit ihren weißen Götterstatuen ließ den großen Raum noch heller erscheinen. Die Flämmchen der Kerzen, die dort hinten zwischen den dunkelrot verhängten Fenstern den gewaltigen Tannenbaum bedeckten, welcher, geschmückt mit Silberflittern und großen, weißen Lilien, einen schimmernden Engel an seiner Spitze und ein plastisches Krippen-Arrangement zu seinen Füßen, fast bis zur Decke emporragte, flimmerten in der allgemeinen Lichtflut wie ferne Sterne. Denn auf der weißgedeckten Tafel, die sich lang und breit, mit den Geschenken beladen, von den Fenstern fast bis zur Thüre zog, setzte sich eine Reihe kleinerer, mit Konfekt behängter Bäume fort, die ebenfalls von brennenden Wachslichtchen erstrahlten. Und es brannten die Gasarme, die aus den Wänden hervorkamen, und es brannten die dicken Kerzen auf den vergoldeten Kandelabern in allen vier Winkeln. Große Gegenstände, Geschenke, die auf der Tafel nicht Platz hatten, standen neben einander auf dem Fußboden. Kleinere Tische, ebenfalls weiß gedeckt, mit Gaben belegt und mit brennenden Bäumchen geschmückt, befanden sich zu den Seiten der beiden Thüren: Das waren die Bescheerungen der Dienstboten und der Hausarmen.

Singend, geblendet und dem altvertrauten Raume ganz entfremdet umschritt man einmal den Saal, defilierte an der Krippe vorbei, in der ein wächsernes Jesuskind das Kreuzeszeichen zu machen schien, und blieb dann, nachdem man Blick für die einzelnen Gegenstände bekommen hatte, verstummend an seinem Platze stehen. [...]

Um neun Uhr ging man zu Tische. Wie alljährlich an diesem Abend war in der Säulenhalle gedeckt worden. Die Konsulin sprach mit herzlichem Ausdruck das hergebrachte Tischgebet:

»Komm, Herr Jesus, sei unser Gast
Und segne, was Du uns bescheret hast.«

woran sie, wie an diesem Abend ebenfalls üblich, eine kleine, mahnende Ansprache schloß, die hauptsächlich aufforderte, Aller Derer zu gedenken, die es an diesem heiligen Abend nicht so gut hätten, wie die Familie Buddenbrook ... Und als dies erledigt war, setzte man sich mit gutem Gewissen zu einer nachhaltigen Mahlzeit nieder, die alsbald mit Karpfen in aufgelöster Butter und mit altem Rheinwein ihren Anfang nahm.

Der Senator schob ein paar Schuppen des Fisches in sein Portemonnaie, damit während des ganzen Jahres das Geld nicht darin ausgehe; Christian aber bemerkte trübe, das helfe ja doch nichts, und Konsul Kröger entschlug sich solcher Vorsichtsmaßregeln, da er ja keine Kursschwankungen mehr zu fürchten habe und mit seinen anderthalb Schillingen längst im Hafen sei. Der alte Herr saß möglichst weit entfernt von seiner Frau, mit der er seit Jahr und Tag beinahe kein Wort mehr sprach, weil sie nicht aufhörte, dem enterbten Jakob, der in London, Paris oder Amerika – nur sie wußte Das bestimmt – sein entwurzeltes Abenteurerleben führte, heimlich Geld zufließen zu lassen. Er runzelte finster die Stirn, als beim zweiten Gange sich das Gespräch den abwesenden Familienmitgliedern zuwandte und als er sah, wie die schwache Mutter sich die Augen trocknete. Man erwähnte Die in Frankfurt und Die in Hamburg, man gedachte auch ohne Übelwollen des Pastors Tiburtius in Riga, und der Senator stieß in aller Stille mit seiner Schwester Tony auf die Gesundheit der Herren Grünlich und Permaneder an, die in gewissem Sinne doch auch dazu gehörten ...

Der Puter, gefüllt mit einem Brei von Maronen, Rosinen und Äpfeln fand das allgemeine Lob. Vergleiche mit denen früherer Jahre wurden angestellt, und es ergab sich, daß dieser seit langer Zeit der größte war. Es gab gebratene Kartoffeln, zweierlei Gemüse und zweierlei Kompot dazu, und die kreisenden Schüsseln enthielten Portionen, als ob es sich bei jeder einzelnen von ihnen nicht um eine Beigabe und Zuthat, sondern um das Hauptgericht handelte, an dem Alle sich sättigen sollten. Es wurde alter Rotwein von der Firma Möllendorpf getrunken.

Der kleine Johann saß zwischen seinen Eltern und verstaute mit Mühe ein weißes Stück Brustfleisch nebst Farce in seinem Magen. Er konnte nicht mehr soviel essen wie Tante Thilda, sondern fühlte sich müde und nicht sehr wohl; er war nur stolz darauf, daß er mit den Erwachsenen tafeln durfte, daß auch auf *seiner* kunstvoll gefalteten Serviette eins von diesen köstlichen, mit Mohn bestreuten Milchbrötchen gelegen hatte, daß auch vor *ihm* drei Weingläser standen, während er sonst aus dem kleinen, goldenen Becher, dem Patengeschenk Onkel Krögers zu trinken pflegte ... Aber als dann, während Onkel Justus einen ölgelben, griechischen Wein in die kleinsten Gläser zu schenken begann, die Eisbaisers erschienen – rote, weiße und braune – wurde auch sein Appetit wieder rege. Er verzehrte, obgleich es ihm fast unerträglich weh an den Zähnen that, ein rotes, dann die Hälfte eines weißen, mußte schließlich doch auch von den braunen, mit Chokolade-Eis gefüllten, ein Stück probieren, knusperte Waffeln dazu, nippte an dem süßen Wein und hörte auf Onkel Christian, der ins Reden gekommen war.

Er erzählte von der Weihnachtsfeier im Klub, die sehr fidel gewesen sei. »Du lieber Gott!« sagte er in jenem Tone, in dem er von Johnny Thunderstorm zu sprechen pflegte. »Die Kerls tranken Schwedischen Punsch wie Wasser!«

»Pfui«, bemerkte die Konsulin kurz und schlug die Augen nieder.

Aber er beachtete das nicht. Seine Augen begannen zu wandern, und Gedanken und Erinnerungen waren so lebendig in ihm, daß sie wie Schatten über sein hageres Gesicht huschten.

»Weiß Jemand von euch«, fragte er, »wie es ist, wenn man zu viel Schwedischen Punsch getrunken hat? Ich meine nicht die Betrunkenheit, sondern das, was am nächsten Tage kommt, die Folgen ... sie sind sonderbar und widerlich ... ja, sonderbar und widerlich zu gleicher Zeit.«

»Grund genug, sie genau zu beschreiben«, sagte der Senator.

»Assez, Christian, dies interessiert uns durchaus nicht«, sagte die Konsulin.

Aber er überhörte es. Es war seine Eigentümlichkeit, daß in solchen Augenblicken keine Einrede zu ihm drang. Er schwieg eine Weile, und dann plötzlich schien Das, was ihn bewegte, zur Mitteilung reif zu sein.

»Du gehst umher und fühlst dich übel«, sagte er und wandte sich mit krauser Nase an seinen Bruder. »Kopfschmerzen und unordentliche Eingeweide … nun ja, das giebt es auch bei anderen Gelegenheiten. Aber du fühlst dich *schmutzig* –« und Christian rieb mit gänzlich verzerrtem Gesicht seine Hände – »du fühlst dich schmutzig und ungewaschen am ganzen Körper. Du wäschst deine Hände, aber es nützt nichts, sie fühlen sich feucht und unsauber an, und deine Nägel haben etwas Fettiges … Du badest dich, aber es hilft nichts, dein ganzer Körper scheint dir klebrig und unrein. Dein ganzer Körper ärgert dich, reizt dich, du bist dir selbst zum Ekel … Kennst du es, Thomas, kennst du es?«

»Ja, ja!« sagte der Senator mit abwehrender Handbewegung. Aber mit der seltsamen Taktlosigkeit, die mit den Jahren immer mehr an Christian hervortrat und ihn nicht daran denken ließ, daß diese Auseinandersetzung von der ganzen Tafelrunde peinlich empfunden wurde, daß sie in dieser Umgebung und an diesem Abend nicht am Platze war, fuhr er fort, den üblen Zustand nach übermäßigem Genuß von Schwedischem Punsch zu schildern, bis er glaubte, ihn erschöpfend charakterisiert zu haben und allmählich verstummte.

Bevor man zu Butter und Käse überging, ergriff die Konsulin noch einmal das Wort zu einer kleinen Ansprache an die Ihrigen. Wenn auch nicht Alles, sagte sie, im Laufe der Jahre sich so gestaltet habe, wie man es kurzsichtig und unweise erwünscht habe, so bleibe doch immer noch übergenug des sichtbarlichen Segens übrig, um die Herzen mit Dank zu erfüllen. Gerade der Wechsel von Glück und strenger Heimsuchung zeige, daß Gott seine Hand niemals von der Familie gezogen, sondern daß er ihre Geschicke nach tiefen und weisen Absichten gelenkt habe und lenke, die ungeduldig ergründen zu wollen man sich nicht erkühnen dürfe. Und nun wolle man, mit hoffendem Herzen, einträchtig anstoßen auf das Wohl der Familie, auf ihre Zukunft, jene Zukunft, die da sein werde, wenn die Alten und Älteren unter den Anwesenden längst in kühler Erde ruhen würden … auf die Kinder, denen das heutige Fest ja recht eigentlich gehöre …

Und da Direktor Weinschenks Töchterchen nicht mehr anwesend war, mußte der kleine Johann, während die Großen auch unter einander sich zutranken, allein einen Umzug um die Tafel halten, um mit Allen, von der Großmutter bis zu Mamsell Severin hinab, anzustoßen. Als er zu seinem Vater kam, hob der Senator, indem er sein Glas dem des Kindes näherte, sanft Hannos Kinn empor, um ihm in die Augen zu sehen … Er fand nicht seinen Blick; denn Hannos lange, goldbraune Wimpern hatten sich tief, tief, bis auf die zart bläuliche Umschattung seiner Augen gesenkt.

Therese Weichbrodt aber ergriff seinen Kopf mit beiden Händen, küßte ihn mit leise knallendem Geräusch auf jede Wange und sagte mit einer Betonung, so herzlich, daß Gott ihr nicht widerstehen konnte:

»Sei glöcklich, du gutes Kend!«

Eine Stunde später lag Hanno in seinem Bett, das jetzt in dem Vorzimmer stand, welches man vom Korridor der zweiten Etage aus betrat, und an das zur Linken das Ankleidekabinet des Senators stieß. Er lag auf dem Rücken, aus Rücksicht auf seinen Magen, der sich mit all Dem, was er im Laufe des Abends hatte in Empfang nehmen müssen, noch keineswegs ausgesöhnt hatte, und sah mit erregten Augen der guten Ida entgegen, die, schon in der Nachtjacke, aus ihrem Zimmer kam und mit einem Wasserglase vor sich in der Luft umrührende Kreisbewegungen beschrieb. Er trank das kohlensaure Natron rasch aus, schnitt eine Grimasse und ließ sich wieder zurückfallen.

»Ich glaube, nun muß ich mich erst recht übergeben, Ida.«

»Ach wo, Hannochen. Nur still auf dem Rücken liegen ... Aber siehst du wohl? Wer hat dir mehrmals zugewinkt? Und wer nicht folgen wollt', war das Jungchen ...«

»Ja, ja, vielleicht geht es auch gut ... Wann kommen die Sachen, Ida?«

»Morgen früh, mein Jungchen.«

»Daß sie hier hereingesetzt werden! Daß ich sie gleich habe!«

»Schon gut, Hannochen, aber erst mal ausschlafen!« Und sie küßte ihn, löschte das Licht und ging.

Er war allein, und während er still liegend sich der segenvollen Wirkung des Natrons überließ, entzündete sich vor seinen geschlossenen Augen der Glanz des Bescheerungssaales aufs Neue. Er sah sein Theater, sein Harmonium, sein Mythologie-Buch und hörte irgendwo in der Ferne das »Jauchze laut, Jerusalem« der Chorknaben. Alles flimmerte. Ein mattes Fieber summte in seinem Kopfe, und sein Herz, das von dem revoltierenden Magen ein wenig beengt und beängstigt wurde, schlug langsam, stark und unregelmäßig. In einem Zustand von Unwohlsein, Erregtheit, Beklommenheit, Müdigkeit und Glück lag er lange und konnte nicht schlafen.

Morgen kam der dritte Weihnachtsabend an die Reihe, die Bescheerung bei Therese Weichbrodt, und er freute sich darauf als auf ein kleines burleskes Spiel. [...]

Im Einschlafen sah Hanno den Unglücksfall des vorigen Jahres vor Augen: Es war unmittelbar vor der Bescheerung. Therese Weichbrodt hatte mit soviel Nachdruck, daß alle Vokale ihre Plätze gewechselt hatten, das Weihnachtskapitel verlesen und trat nun von ihren Gästen zurück zur Thür, um von hier aus eine kleine Ansprache zu halten. Sie stand auf der Schwelle, bucklig, winzig, die alten Hände vor ihrer Kinderbrust zusammengelegt; die grünseidnen Bänder ihrer Haube fielen auf ihre zerbrechlichen Schultern, und zu ihren Häupten, über der Thür, ließ ein mit Tannenzweigen umkränztes Transparent die Worte leuchten: »Ehre sei Gott in der Höhe!« Und Sesemi sprach von Gottes Güte, sie erwähnte, daß dies ihr letztes Weihnachtsfest sei und schloß damit, daß sie Alle mit des Apostels Worten zur Fröhlichkeit aufforderte, wobei sie von oben bis unten erzitterte, so sehr nahm ihr ganzer kleiner Körper Anteil an dieser Mahnung. »Freuet euch!« sagte sie, indem sie den Kopf auf die Seite legte und ihn heftig schüttelte. »Und abermal sage ich: Freuet euch!« In diesem Augenblick aber ging über ihr mit einem puffenden, fauchenden und knisternden Geräusch das ganze Transparent in Flammen auf, so daß Mademoiselle Weichbrodt mit einem kleinen Schreckenslaut und einem Sprunge von ungeahnter und pittoresker Behendigkeit sich dem Funkenregen entziehen mußte, der auf sie herniederging …

Hanno erinnerte sich dieses Sprunges, den das alte Mädchen vollführt hatte, und während mehrerer Minuten lachte er ganz ergriffen, irritiert und nervös belustigt, leise und unterdrückt in sein Kissen hinein.[8]

Nachdenken über Rituale und Verblendung

Wie hatte man vor Thomas Mann im 19. Jahrhundert in der europäischen Literatur von »Weihnachten« erzählt?

◇ Man konnte zum einen wie der Engländer *Charles Dickens* (1812–1870) eine *moralisierende Bekehrungsgeschichte* schreiben. Man nutzt dann den »Geist von Weihnachten«, um einen verschlossenen, hartherzigen, bösartigen Menschen doch noch zur Umkehr zu bewegen. Dickens zeigt in seiner (nicht zuletzt durch Verfilmungen) bis heute ungemein populären, weltberühmten, 1843 erschienenen Geschichte *»A Christmas Carol. In Prose. Being a Ghost Story of Christmas«* (»Ein Weihnachtslied in Prosa. Zugleich eine Christnachts-Geistergeschichte«[9]) genau dies: Ein herzloser alter Geizhals namens Ebenezer Scrooge hat sich in seiner Habgier, Menschenfeindlichkeit und Selbstsucht noch am Heiligen Abend in sein Londoner Büro verschanzt. Seinen Buchhalter Bob Cratchit pflegt er mit beispielloser Boshaftigkeit zu schikanieren, die gutgemeinte Einladung seines Neffen zum Weihnachtsfest lehnt er schnöde ab, einige Bittsteller, die für Wohltätigkeitszwecke sammeln, jagt er mir barschen Worten davon. Als er freilich später allein in sein Haus zurückkehrt, wird er von Geistern heimgesucht, gutartigen wie dämonischen. Sie machen ihm bewußt, wo er herkommt, welches Leben er gelebt und welches Ende er zu erwarten hat: Tod in völliger Einsamkeit. Aus dem herzlosen Egoisten wird ein Muster an Nächstenliebe, aus dem boshaften alten Mann der Lieblingsgroßvater aller Kinder. Gerade die Beschwörung des »Geistes von Weihnachten« also ist für Schriftsteller eine Chance, den dramatischen Umschlag im Leben eines Menschen zu zeigen: alter Mensch – neuer Mensch. Das Fest der Menschwerdung Gottes ist zugleich das »Fest« der Menschwerdung des Menschen. Dickens hat dazu die literarisch maßgebende Geschichte geschrieben.

◇ Man konnte zum zweiten wie der Österreicher *Adalbert Stifter* (1805–1868) eine *symbolische Rettungsgeschichte* schreiben. Man nutzt dann den »Heiligen Abend« für eine dramatische Rettungsaktion. Besonders effektvoll kann dabei das Schicksal von Kindern benutzt werden. Ihre Rettung aus Todesgefahr ausgerechnet am Heiligen Abend wird zur symbolischen Repräsentanz des christlichen Sinns von Weihnachten: Menschwerdung Gottes als Beginn der Erlösung der Menschen aus Sünde und Tod. Adalbert Stifter hat sich diese dramatische Konstellation zunutze gemacht in seiner 1853 in der Sammlung »Bunte Steine« veröffentlichten Erzählung *»Der Bergkristall«*. Anfang und Ende seiner Erzählung dokumentieren die Einbettung seiner Geschichte in traditionell christlich-kirchliches Milieu. Der erste Satz »Unsere Kirche feiert verschiedene Feste, welche zum Herzen dringen« bildet den Auftakt zu einer dramatischen Rettungsgeschichte von zwei Kindern aus einem Bergdorf, die sich am Heiligen Abend auf dem Rückweg nach Hause in einem Schneegestöber verlaufen, in die Eiszone der Berge geraten, die Nacht in einer Steinhütte verbringen müssen und mit knapper Not nur dem Erfrierungstod entgehen. Das Ganze wird so erzählt, daß am Ende eines der beiden Kinder das Christfest mit der eigenen Lebensrettung verbinden kann: »Mutter, ich habe heute Nacht, als wir auf dem Berge saßen, den heiligen Christ gesehen.«[10] Verschiedene theologische Motive, traditionell verbunden mit dem Weihnachtsfest, klingen bei Stifter symbolisch an: insbesondere das Motiv der Errettung aus dem Tod und der Erneuerung der Menschen im Geist des Friedens. Aus der Sphäre des Todes errettet, lebt die Familie der Kinder, vorher Außenseiter im Dorf, von nun an eine neue Existenz. Frieden wird möglich gemäß der weihnachtlichen Botschaft. Der Vater der Kinder erkennt seine Nachbarn auf einmal als Freunde, und die Kinder sind von jetzt an »das Eigentum des Dorfes« und werden »nicht mehr als Auswärtige, sondern als Eingeborene betrachtet, die man sich von dem Berge herabgeholt hatte«.

◇ Man konnte zum dritten wie der Deutsche *Theodor Storm* (1817–1888) eine *verklärende Erinnerungsgeschichte* schreiben an Kindheit und Heimat. 1862 entsteht die Erzählung *»Unter dem Tannenbaum«*[11], in der Storm als damaliger Kreisrichter im preußischen Heiligenstadt seine Erfahrungen als exilierter Schleswig-Holsteiner verarbeitet hat. Seine dänenkritische politische Einstellung hatte ihm beruflich die Existenz gekostet und zur Umsiedlung nach Preußen gezwungen. Seine Erzählung lebt angesichts des bevorstehenden Weihnachtsfestes gänzlich von den Erinnerungen der Figuren an »damals« und »daheim«. In der Fremde droht ihnen sogar der Verzicht auf einen Tannenbaum. Deshalb wird ein Satz wie »Ich sehe plötzlich, wie es daheim in dem alten, steinernen Hause Weihnachten wird« für den Amtsrichter und seine Frau zum Absprungbrett für sehnsüchtige, verklärende Erinnerungen. Gerade »Weihnachten« wird zum zentralen Identifikationspunkt für Heimatliches, Vertrautes, Persönliches. Dabei ist Storms Geschichte weder wie bei Dickens moralisch noch wie bei Stifter christlich orientiert, sondern patriotisch-politisch. Denn durch seine Beschwörung von Weihnachten »damals« und »daheim« gewinnt der Exilierte die Kraft zum patriotischen Widerstand und zum Kampf für die Rückgewinnung der eigenen Heimat.

Und Thomas Mann? Wir werden sehen. Wie ein großes Eingangstor steht sein Roman »Buddenbrooks. Verfall einer Familie« (1901) am Beginn der deutschen Literatur des 20. Jahrhunderts, aus dem wir die Weihnachtsszene entnommen haben (8. Teil, 8. Kapitel). Mit Hilfe von vier Generationen einer Familie werden in einem Zeitraum von rund 40 Jahren (1835: Einweihungsfest des neuerworbenen Hauses in der Mengstraße Nr. 4–1877: Hannos Tod) tiefgreifende ökonomische und soziale Krisenerscheinungen des deutschen Bürgertums auf exemplarische Weise entfaltet. »Verfall« aber heißt bei Thomas Mann auch gleichzeitig immer Verfall der dieses Bürgertum stützenden Religion, Verfall von traditionellen Glaubensgewißheiten, die dem bürgerlichen Selbstbewußtsein bisher den nötigen metaphysischen Rückhalt gaben.

Nichts ist dafür symbolischer als der (bis heute dort zu findende) Leitspruch über der Haustür des nachmals berühmten herrschaftlichen Hauses zu Lübeck: *»Dominus providebit«*. Zu deutsch: Der Herr wird seine Vorsehung walten lassen. Denn als dieses Haus »anno 1758« – Goethe ist gerade 9 Jahre alt – gegenüber der Marienkirche gebaut wird, dürfte die große Mehrheit der Menschen nicht nur in Lübeck kaum ernsthafte Zweifel an diesem Vorsehungsglauben gehegt haben. Und wohl auch noch nicht in der Zeit, als die reale Familie Mann im Jahr 1841 dieses Haus erwirbt, das 50 Jahre in ihrem Besitz bleiben sollte. 1891 verkauft Thomas Manns Mutter Elisabeth nach dem Tod ihres Mannes den Besitz an eine Versicherungsfirma und zieht nach München.

Dominus providebit: Gott wird allen, die gottesfürchtig sind, seinen Segen nicht versagen; das war die allgemeine Überzeugung – durch christlichen Glauben und kirchliche Verkündigung jahrhundertelang tief in die Herzen der Menschen gesenkt. Gott wird seine schützende Hand auch über alle Geschäfte halten, wenn sie nur in seinem Geiste und im Rahmen seiner Gesetze ausgeführt werden. Ja, die »lübische Trinität«[12] – Gott, die Firma und gute Geschäfte – ist weitgehend noch intakt. Damals, anno 1758. Gut 120 Jahre später ist alles ganz anders.

1875 wird Thomas Mann als zweiter Sohn des Lübecker Senators Thomas Johann Heinrich Mann (1840–1891) geboren. Seine Eltern wohnen nicht in der Mengstraße, sondern in der Breiten Straße, später im neuerbauten Haus in der Beckergrube 52, im Roman »Fischergrube« genannt, wo Thomas Mann seine Kindheit verbringt. Zu diesem Zeitpunkt ist das bisher so selbstverständliche Schöpfungs- und Gottvertrauen auch in hanseatisch-großbürgerlichen Kreisen brüchig geworden. Der Roman, von einem Fünfundzwanzigjährigen geschrieben, trägt als Untertitel bereits das Gegenwort gegen das Motto über dem Eingang des großen Hauses: *Verfall.* Providentia Dei – Verfall einer Familie: mit diesen beiden Polen, einer Ellipse gleich, ist der geistige Raum nicht nur des jungen Thomas Mann abgesteckt. Vorsehungsglaube – und Zerfall, Gottvertrauen – und radikale Skepsis; gottesfürchtiges Schaffen und Verdienen – und Zweifel am Sinn von Arbeit, Schaffen und Schöpfung überhaupt. Dominus providebit – Verfall einer Familie: der Roman erzählt die Gegenwirklichkeit zu einem Vorsehungs- und Schöpfungsvertrauen, liefert die Kontrafaktur des christlich-abendländischen Welt- und Menschenbildes. »Für diese Dimension der décadence, die die Struktur der *Buddenbrooks* prägt, ist die biologische, kaufmännische, gesellschaftliche Degeneration der Familie nur ein Zeichen: Eingespannt zwischen die Katechismus-Frage nach dem Schöpfergott und die verzweifelte Beschwörung einer eschatologischen Wiederherstellung aller Dinge, rekapituliert der Roman den Niedergang der christlichen Weltinterpretation«.[13]

Das läßt sich gerade an der großen *Weihnachtsszene* des Romans in geradezu unheimlicher Präzision erkennen. Wer dieses Ereignis in der Mengstraße Nr. 4 verfolgt hat, kann und soll den Verfallsprozeß innerhalb der hier geschilderten Welt geradezu hautnah spüren. Die narrative Meisterschaft des Autors besteht ja darin, daß er den Zustand dieser Familie gerade dort spiegelt, wo diese sich noch am sichersten wähnt: bei ihrer Weise, Weihnachten zu feiern. Erzählt wird alles nach der geheimen Devise: Sage mir, wie du Weihnachten begehst, und ich sage dir, wer du bist. Alles, was nach 2000 Jahren Christentum im deutschen Bürgertum von der Erinnerung an Christi Geburt übrig geblieben ist, ist hier in einer Weise erzählerisch verdichtet, die in der deutschen Literatur bis heute ihresgleichen sucht, und zwar derart, daß fast unmerklich, ja unheimlich wir Leser zu Voyeuren eines zugleich anziehenden wie abstoßenden Privatrituals werden, angezogen und angewidert zugleich.

Denn was wir als Leser durchschauen und durchschauen sollen, ist den Akteuren dieses Schaustücks verwehrt. Sie *können* nicht erkennen, was sie aus der ursprünglichen christlichen Botschaft gemacht haben. Zu sehr halten sie ihre Weise, Weihnachten zu feiern, für den einzig angemessenen Ausdruck ihres Christseins. Sie feiern Weihnachten wie eh und je, »zu Jesu Ehren« als frommes Werk in unfrommer Zeit. Was sollte daran fragwürdig sein? Nur durch die Literarisierung dieses Rituals im Roman des Lübecker Kaufmannssohns gelingt uns Lesern das Durchschauen der Doppelbödigkeit des hier Präsentierten: Einst messianischer Neuaufbruch, jetzt eine Schwundstufe des Christlichen an der Grenze zur Selbstauflösung. Dabei enthält sich der Autor bewußt jeder plumpen Religions- oder Sozialkritik. Die Doppelbödigkeit entsteht allein dadurch, daß der Erzähler präzise beschreibt, Signale und Gegensignale genauestens registriert und kunstvoll aufeinander bezieht. Es gibt keinen anderen Text in der deutschen Literatur des 20. Jahrhunderts, der das bürgerliche Weihnachtsritual so beschreibt, daß es sich selber in seinem Sinn dementiert.

Klar erkennbar ist die Szene durch *drei Räume* strukturiert, in denen das Geschehen am Spätnachmittag des 23. Dezember abläuft. Zunächst die Versammlung im sogenannten *Landschaftszimmer*. Von der Familie eingefunden haben sich die verwitwete Konsulin nebst Bruder Justus und dessen Gattin sowie ihr Sohn, Senator Thomas Buddenbrook, samt Gattin Gerda und gemeinsamem Sohn Hanno. Dann des Senators Schwester Tony, verheiratete Frau Permaneder, zusammen mit Tochter Erika und deren Ehemann, Direktor Hugo Weinschenk, nebst gemeinsamem Töchterchen Elisabeth. Ferner des Senators Bruder Christian sowie ein weiterer Cousin (Jürgen Kröger) und weitere Cousinen (Friederike, Henriette und Pfiffi). Ergänzt wird die Runde durch Klothhilde, die Tochter des besitzlosen Gutsverwalters Bernhard Buddenbrook, sowie durch Therese Weichbrodt, Tonys Lehrerin, und Madame Kethelsen. Aus diesem Landschaftszimmer geht man im *zweiten Teil der Szene* in den sogenannten *Ess-Saal*, wo eine große Tafel mit Geschenken, ein »gewaltiger Tannenbaum« und ein »plastisches Krippen-Arrangement« auf die Gäste warten. Um von einem Raum in den anderen zu kommen, schreitet man durch die sogenannte Säulenhalle, wo die Dienstboten und die »Hausarmen« sich anschließen (die vorher im Korridor gewartet hatten), und in diese *Säulenhalle* kehrt man im *dritten Teil der Szene* zurück, um hier das Abendessen einzunehmen.

Erzählt wird dies alles so, daß man als Leser erkennen soll: Alles ist noch vorhanden, was in dieser Welt nun einmal zu »Weihnachten« gehört: die Familienfeier, die Weihnachtslieder, die Überfülle der Geschenke, der riesige Tannenbaum, das große Weihnachtsdiner. All die seit eh und je vertrauten Klänge klingen noch in dieser Welt: »Tochter Zion, freue dich«; »Jauchze laut, Jerusalem«; »Stille Nacht, heilige Nacht« – dreistimmig; »O Tannenbaum, o Tannenbaum«. Und auch das Weihnachtskapitel aus der »großen Bibel« wird wie eh und je vorgelesen. Das alles aber wird so beschrieben, daß wir Leser die Doppelbödigkeit dieser Szene erkennen. Einige wenige Beobachtungen zur sprachlichen Strategie des Textes mögen hilfreich sein:

(1) Als sich die Familie bereits im Landschaftszimmer versammelt hat und eine Stille herrscht, die »größer als in einer Kirche« ist, erinnert diese Stille den Senator ausgerechnet an ein »Leichenbegängnis«. Diese Todesassoziation wird noch dadurch verstärkt, daß das »weihevolle Programm« ja von einem Toten festgesetzt wurde, dem »verstorbenen Konsul«, und »aufrechterhalten« wird von einer Gesellschaft, deren Altersdurchschnitt der Autor uns mit maliziöser Anspielungslust nicht vorenthält. Alle erwachsenen Mitglieder dieser Versammlung hätten »die Vierzig überschritten«, lesen wir, andere wären schon »ziemlich weit über die Sechzig«, wieder andere – darunter die »gänzlich taube Madame Kethelsen« – befänden sich schon »in den Siebzigern«; nur Erika Weinschenk stehe »in der Blüte ihrer Jugend«.

(2) Zum Programm und Ritual gehört auch der Auftritt von sogenannten *Hausarmen*, die wie jedes Jahr an der »Bescheerung« teilnehmen. Bezeichnenderweise warten sie »scheu und verlegen« draußen auf dem »Korridor« – »einige fremde alte Leutchen«. Der soziale Alibicharakter dieses »Armen«-Arrangements wird noch dadurch verstärkt, daß der Autor die Konsulin während des Tischgebetes »aller derer … gedenken« läßt, »die es an diesem heiligen Abend nicht so gut hätten, wie die Familie Buddenbrook«. Auch hier beachte man die unaufgeregte Entlarvung dieser Szene durch die Wortwahl des Erzählers: »Und als dies *erledigt* war, setzte man sich *mit gutem Gewissen* zu einer *nachhaltigen* Mahlzeit nieder« – wobei das »gut« und »nachhaltig« sich nicht etwa auf die soziale Sensibilität zu den »fremden und alten Leut-

chen« bezieht, sondern auf die Selbstbeschwichtigung einer Gesellschaft, die die Armen buchstäblich »abspeist«, um sich selber dann mit umso ruhigerem Gewissen zu einer Mahlzeit niederzulassen, die »mit Karpfen in aufgelöster Butter und mit altem Rheinwein« erst ihren *Anfang* nimmt. Vor und nach Weihnachten bleiben die »alten Leutchen« so »fremd« wie zuvor. Nähe hat dieses »Fest der Liebe« nicht erzeugt.

(3) Der Schwundstufe sozialer Sensibilität entspricht die Schwundstufe an *Binnenkommunikation in der Familie*. Das »Fest der Menschwerdung« ist nicht etwa Anstoß zu einer Anteilnahme und Sympathie verratenden Kommunikation untereinander, sondern Indikator einer über eine lange Familiengeschichte gewachsenen Gefühls- und Sprachversteinerung. Statt vertraut-persönlicher Gespräche:

◇ Reduktion des Miteinander auf *ritualisierte Gesten*. Der Senator stößt »in aller Stille« – um Peinlichkeit zu vermeiden – mit seiner Schwester Tony auf die Gesundheit ihrer beiden geschiedenen Ehemänner an;
◇ auf *Nichtkommunikation*. Konsul Kröger sitzt möglichst weit von seiner Frau entfernt, mit der er seit Jahren »beinahe kein Wort mehr« spricht;
◇ auf Klatsch über »abwesende Familienmitglieder«;
◇ auf unpassendes *Aus-der-Rolle-Fallen*. Des Senators Bruder Christian läßt sich ausgerechnet während des Weihnachtsessens des längeren und breiteren über den körperlichen Zustand aus, den man als Betrunkener nach Konsum von »zu viel schwedischem Punsch« erreicht habe.

(4) Viele der Hauptpersonen konterkarieren schon durch ihre Lebensgeschichte das Weihevolle des Rituals:

◇ Die *Konsulin Buddenbrook* braucht dieses Fest alle Jahre wieder wie ein Narkotikum. Sie ist süchtig nach heiler Familie und erscheint anfangs wie unter Drogen. Der erste gesprochene Satz in dieser Szene ist denn auch von kalkulierter Doppelsinnigkeit: »Mein Gott, du fieberst ja, Mutter!« Das Wort Fieber ist Ausdruck von Erregung und Krankheit zugleich. Über der Szene liegt deshalb von Anfang an mit dem Wort »Fieber« etwas Krankhaftes, Ungesundes.
◇ *Tony Buddenbrook* hat zwei geschiedene Ehen hinter sich, und auch die Ehe ihrer Tochter Erika droht in einer Katastrophe zu enden, weil deren Ehemann, Direktor Hugo Weinschenk, in einem laufenden Prozeß betrügerischer Manipulationen angeklagt ist. Während das »weihevolle Programm« abläuft, macht man sich in der Familie deswegen »unweihnachtliche Gedanken«. Welch eine Vorstellung denn auch: Ein Mitglied der

Familie ist »eines Verbrechens gegen die Gesetze, die bürgerliche Ordnung und die geschäftliche Ehrenhaftigkeit geziehen und vielleicht der Schande und dem Gefängnis verfallen«. Eigentlich undenkbar: »Ein Weihnachtsabend in der Familie Buddenbrook mit einem Angeklagten in ihrer Mitte«!

◇ *Christian*, unproduktiver und unsolider Lebemann, der er ist, hätte die Familien-Weihnachtsfeier bezeichnenderweise »beinah vergessen«. Kaum tritt er auf, will er von einem Heiligen Abend erzählen, den er »zu London in einem Tingeltangel fünfter Ordnung verlebt« habe. Den Gang in das Bescherungszimmer karikiert er, indem er beim Marschieren die Beine hebt und wie ein Hampelmann albernerweise »O Tantebaum« singt. Beim Abendessen erzählt er dann von der Weihnachtsfeier in seinen »Club«, wo es »sehr fidel« gewesen sei: »Die Kerls tranken Schwedischen Punsch wie Wasser«, eine direkte Anspielung durch den Autor darauf, wie sehr ins Christliche bereits wieder »heidnische« Praktiken eingebrochen sind, gegen die Christen mit diesem Fest einst angekämpft hatten.[14] Christians Monolog, den niemand hören will, aber auch niemand verhindern kann, liefert die unheimlichste, abgründigste Gegen-Rede zum Weihnachts-Programm. Christian liefert zur Feier die Anti-Feier, zum Ritual die Farce, zur Erbauung den Ekel, wenn er die körperlichen Zustände nach der Trunkenheit ausführlich beschreibt. Die Gegenworte gegen die weihnachtliche Feierlichkeit, Andacht und Seelenerhebung lauten: *schmutzig, ungewaschen, feucht, fettig, klebrig, unrein:* »Dein ganzer Körper ärgert dich, reizt dich, du bist dir selbst zum Ekel …«.

(5) Gerade an den *religiösen Sprachpartikeln* in diesem Text läßt sich die groteske Diskrepanz von urchristlicher Weihnachtsbotschaft und bürgerlichem Weinachtsritual demonstrieren:

◇ Die *Weihnachtslieder*, gesungen durch eigens aufgebotene Chorknaben (aber auch hier sofort das Gegensignal: »die eben noch da draußen so hörbare Allotria getrieben«), werden bewußt nur abbreviativ zitiert. »Tochter Zion, freue dich« oder »Jauchze laut, Jerusalem!« Nur mit Splitterzitaten sind diese Lieder noch präsent. Was sollen sie auch in diesem Kontext? Vom Geist, der einst in »Jerusalem«, der »Tochter Zions«, messianische Freude auslöste, ist dieses Ritual weit entfernt. Die Lieder sind nicht mehr Ausdruck des Lebens, sondern emotionale Text- und Musikzitate, reduziert auf die Funktion, Stimmungen auszulösen. Christliches überwintert im Raum der Ästhetik. Gewiß: Die Gesänge können emotional tief anrühren (Hannos Herz zieht sich »in einem fast schmerzhaften Glück zusammen«), aber nur weil der »glockenreine a capella-Gesang« die entsprechende Wirkung erzielt. Von einem messianischen Jubel, von dem diese Lieder singen, springt nichts über. Im Gegenteil: Als die Lieder verklungen sind und tiefe Stille sich über Säulenhalle und Landschaftszimmer legt, blicken – so heißt es ausdrücklich – »die Mitglieder der Familie unter dem Drucke der Pause vor sich nieder«. Ihre Körpersprache dementiert, was sie als Gesang soeben reproduziert haben. »Jauchze laut« – das gilt für »Jerusalem« damals, nicht für die hier und jetzt versammelte Gesellschaft. Die Weihnachtslieder haben nichts als melancholisch reflektierende oder gar narkotisierende Funktion. Alte Leute – so heißt es ausdrücklich – bringen sie dazu, »in sich hineinzusehen und ihr Leben zu überdenken«. Tatkräftige Menschen dagegen (welche »mitten im Leben« stehen) bringen sie bestenfalls dazu, »ein Weilchen ihre Sorgen zu vergessen«.

◇ Dasselbe gilt auch für die *Funktion der Bibel* in dieser Szene. Schon die rein äußerliche Beobachtung, daß es sich bei der benutzten Bibel um ein »großes«, offenbar »kolossales« Buch handelt, läßt darauf schließen, daß es nicht (mehr) dem täglichen Gebrauch, sondern nur noch einem familiären Zeremoniell dient – eben zu Weihnachten. Die Bibel ist ein Requisit in dieser Feier geworden, vergleichbar dem Weihnachtsbaum. Deshalb erzählt Thomas Mann zwar vom Faktum, daß die Konsulin »das Weihnachtskapitel« gelesen habe, inhaltlich aber wird nur der Schlußsatz aus der lukanischen Geburtsgeschichte zitiert: »Und den Menschen ein Wohlgefallen!« (vgl. Lk 2,14). Alles andere wird weggelassen, kann auch weggelassen werden, denn was in Bethlehem damals geschah, interessiert in dieser Familie niemanden – auch an Weihnachten nicht. Die erzählerisch ausgesparte Geburtsgeschichte symbolisiert somit den schon lange vollzogenen Vorgang der Verdrängung des messianischen Neuaufbruchs, auf den in den biblischen Geschichten alles ankam. Wie weit sind wir hier entfernt von Friedrich von Spees »O Heiland, reiß die Himmel auf« …

◇ Entsprechend zu deuten sind auch die Anspielungen auf *Jesu Geburt* in dieser Szene. Zum Tannenbaum gibt es ein »plastisches Krippen-Arrangement«. Es gehört zur Dekoration wie alles andere auch: wie der Silberflitter, die großen weißen Lilien und ein schimmernder Engel an der Spitze des Baumes. In der Krippe liegt bezeichnenderweise »ein wächsernes Jesuskind«, das »Kreuzzeichen« zu machen *scheint*. Die Verbindung von Krippe und Kreuz, den Urtexten so wichtig, ist in die völlige Vagheit aufgehoben. Die Anspielung auf die Materie Wachs löst überdies Assoziationen aus auf die beliebige Form- und Dehnbarkeit dieser Jesus-Figur. Durch ihr Weihnachtsritual hat sich diese Familie ihren Jesus so zurechtgedrückt, daß er nicht mehr als Störpotential erlebt wird. Bezeichnenderweise hatte die Konsulin einen »Schluck Zuckerwasser« getrunken, bevor sie »das Weihnachtskapitel« aus der Bibel vorlesen wird.

Wie also wird erzählt? Erzählt wird mit aufeinander bezogenen Signalen und Gegensignalen, so, daß wir Leser ohne Mühe begreifen: Alles ist noch vorhanden in dieser Weihnachts-Welt, aber alles ist längst schon nicht mehr echt. Alles ist nur noch *inszeniertes Spiel.* »Weihnachten« ist zur Kulissenwelt geworden, zur Selbst- und Fremdtäuschung aufgebaut. Die Personen kommen wie eh und je zusammen, aber sie agieren wie Schauspieler auf einer Bühne. Hannos sehnlichster Weihnachtswunsch ist nicht zufällig ein »Theater«, ein Theater für Puppen. Und genau so läßt der Autor seine Figuren in dieser Szene agieren: wie Puppen auf einem Theater, welche die Verblendung nicht durchschauen, denen sie verfallen sind.

Der Verblendungscharakter dieser Szene wird nirgendwo deutlicher als in der *»kleinen Ansprache«*, zu der die Konsulin gegen Ende des Essens das Wort ergreift, »bevor man zu Butter und Käse überging«. Noch immer hält sie die Illusion von »Dominus providebit« aufrecht. Trotz allem, meint sie, bleibe auch in der Rückschau auf das abgelaufene Jahr »übergenug des sichtbaren Segens« für die Familie übrig. Die Einbrüche versteht sie zwar als »strenge Heimsuchung«, sieht darin aber gerade eine Bestätigung, »daß Gott seine Hand niemals von der Familie« gezogen habe, daß er vielmehr nach wie vor deren »Geschicke nach tiefen und weisen Absichten« lenke. Nur nicht – angesichts des »Wechsels von Glück und strenger Heimsuchung« – die Absichten Gottes »ungeduldig ergründen« wollen. Nur nicht »sich erkühnen«, Rückfragen an Gott zu stellen. Das hieße ja, den selbstproduzierten Schein von Gottes Vorsehung über dieser Familie wie eine Seifenblase zerplatzen lassen …

Genau dies aber inszeniert nun der Erzähler am *Ende dieser Weihnachtsszene:* Zerplatzen einer Restillusion von gesegneter Familie. Ins Bett gebracht, freut sich Hanno schon auf den dritten Weihnachtsabend, an dem eine weitere Bescherung im Hause von Therese Weichbrodt zu erwarten steht. Vor dem Einschlafen erinnert er sich an einen Unglücksfall dort im vorigen Jahr. Eine skurrile Szene, in der nicht wie bisher die Verblendung, sondern die Lächerlichkeit des Weihnachtsrituals symbolisch verdichtet ist. Im Mittelpunkt Therese Weichbrodt. Damals hatte *sie* (wir befinden uns in ihrem Hause) das Weihnachtskapitel verlesen und sich anschließend mit einer kleinen Ansprache an ihre Gäste gewandt. Sie steht auf der Schwelle einer Türe, und über dieser Türe ist ein mit Tannenzweigen umkränztes Transparent angebracht, auf dem bezeichnenderweise die Worte stehen: »Ehre sei Gott in der Höhe!«

Während aber Therese Weichbrodt von Gottes Güte spricht und dreimal emphatisch das paulinische »Freuet euch!« herausstößt, ausgerechnet da läßt der Erzähler dieses Transparent über der Tür in Flammen aufgehen und Mademoiselle Weichbrodt als komische Figur dastehen. Skurriler kann diese Szene kaum enden: Das »Ehre sei Gott in der Höhe« verbrannt; das messianische »Freuet euch!« unterlaufen durch schrille Komik, die dadurch entsteht, daß eine bucklige, winzige alte Dame »mit einem kleinen Schreckenslaut und einem Sprunge von ungeahnter und pittoresker Behendigkeit« sich einem selbstverschuldeten »Funkenregen« zu entziehen sucht. Hanno – und mit ihm sein Erzähler – beendet diese Weihnachtsszene mit einem *Lachen*, »ergriffen, irritiert und nervös belustigt, leise und unterdrückt« – ein Lachen, das mehr einem dämonischen Kichern gleicht denn einer befreiten Fröhlichkeit.

Was also ist aus den Geburtsgeschichten Jesu in einem Roman der Weltliteratur geworden? Aus der Weihnachtsbotschaft ist eine Weihnachtsstimmung geworden, aus dem messianischen Neuaufbruch ein »weihevolles Programm«, aus der kargen, geschichtlich konkreten, sozialkritisch zugespitzten Überlieferung ein Schauspiel, das keine religiöse Botschaft mehr hat, wohl aber nach wie vor einen unvergänglichen Zauber ausstrahlt. Statt Sinn – Sinnlichkeit; statt Ethik – Ästhetik; statt Aufbruch – Atmosphäre. Kurz: Aus dem Evangelium von Christi Geburt ist »deutsches Weihnachten« geworden.

Deshalb ist dem Erzähler in dieser Szene nichts wichtiger als die vielen konkreten *sinnlichen Details:* die Räume, die Personen, die Lebensgeschichten, die Verhaltensweisen, die inneren Erregungen, die seelischen Stimmungen, die Lichter und Speisen. Während die Weihnachts-Botschaft des Neuen Testamentes auf ein Splitterzitat »Und den Menschen ein Wohlgefallen!« reduziert wird, nimmt der Erzähler sich Zeit, die Speisefolge dieses Abends mit Liebe zum Detail zu beschreiben: die Mandel-Créme, »ein Gemisch aus Eiern, geriebenen Mandeln und Rosenwasser«, den Karpfen zu Beginn des Abendessens und schließlich den Puter, »gefüllt mit einem Brei von Maronen, Rosinen und Äpfeln« – dazu »gebratene Kartoffeln, zweierlei Gemüse und zweierlei Kompott«. Und selbst eine Firma namens Möllendorpf bleibt nicht unerwähnt, hat man doch von ihr den »alten Rotwein« bezogen. Welch ein Kontrast also: Die Weihnachtsgeschichte des Neuen Testamentes mit einem Satz abgetan; an der Krippe mit dem »wächsernen Jesuskind« kurz vorbeidefiliert, den Bescherungssaal aber mit auswuchernden Sätzen beschrieben, denen die Freude an der Sinnlichkeit der Weihnachts-Dekoration förmlich anzumerken ist: »Die Flämmchen der Kerzen, die dort hinten zwischen den dunkelrot verhängten Fenstern den gewaltigen Tannenbaum bedeckten, welcher, geschmückt mit Silberflittern und großen, weißen Lilien, einen schimmernden Engel an seiner Spitze und ein plastisches Krippen-Arrangement zu seinen Füßen, fast bis zur Decke empor ragte, flimmerten in der allgemeinen Lichtflut wie ferne Sterne«. Welch ein Satz-Ungetüm, das aber nur die liebevolle Anstrengung des Autors dokumentiert, die Fülle der Sinnlichkeit sprachlich zu bannen. Wie anders dagegen die karge Prosa, mit der religiöse Partikel zitatsplitterartig hier noch aufscheinen können.

Wie sehr das Weihnachtskapitel im Ganzen des Romans die Funktion hat, das Auseinanderfallen von Religion und Bürgertum als weiteres Moment der Verfallsgeschichte zu dokumentieren, geht auch aus der *zweiten Weihnachtsszene* hervor, die wir am Ende des gleich anschließenden neunten Teils (viertes Kapitel) beschrieben finden. Jetzt braucht der Erzähler nicht mehr als zwei Seiten. Selbst Weihnachten ist jetzt nicht mehr das, was es einmal war. In der Zwischenzeit nämlich war es zu weiteren Auflösungserscheinungen gekommen: Verurteilung von Direktor Hugo Weinschenk zu dreieinhalb Jahren Haft, die er gleich anzutreten hatte. Tod von Konsulin Buddenbrook; ihr Todeskampf war ausführlich geschildert worden. Gleich anschließend eine haßerfüllte Auseinandersetzung zwischen den Brüdern Thomas und Christian um Erbschafts- und Heiratsangelegenheiten, die mit einem Zerwürfnis geendet hatte.

Die Beerdigung der Mutter freilich wird noch einmal, ein letztes Mal, in großem Stil begangen. Jetzt kommt es zu dem »Leichenbegängnis«, dessen symbolische Vorwegnahme die Weihnachtsszene war (Teil 9, Kap. 3). Anschließend war es ebenfalls zu einer Auseinandersetzung zwischen Bruder und Schwester gekommen. Das Haus der Eltern in der Mengstraße soll verkauft werden, den Kaufpreis aber findet Tony lachhaft und den möglichen neuen Besitzer schockierend: den Großhändler Hermann Hagenström, den Tony auf den Tod nicht ausstehen kann. Unter diesen neuen Umständen kommt noch einmal das Weihnachtsfest heran. Jetzt aber heißt es:

> »Weihnachten kam, das erste Weihnachtsfest ohne die Konsulin. Der Abend des vierundzwanzigsten Dezembers wurde im Hause des Senators begangen, ohne die Damen Buddenbrook aus der Breitenstraße und ohne die alten Krögers; denn wie es nun mit den regelmäßigen ›Kindertagen‹ ein Ende hatte, so war Thomas Buddenbrook auch nicht geneigt, alle Teilnehmer an den Weihnachtsabenden der Konsulin nun seinerseits zu versammeln und zu beschenken. Nur Frau Permaneder mit Erika Weinschenk und der kleinen Elisabeth, Christian, Klothhilde, die Klosterdame, und Mademoiselle Weichbrodt waren gebeten,

welch' letztere ja nicht abließ, am fünfundzwanzigsten in ihren heißen Stübchen die übliche, mit Unglücksfällen verbundene Bescheerung abzuhalten.

Es fehlte der Chor der ›Hausarmen‹, die in der Mengstraße Schuhzeug und wollene Sachen in Empfang genommen hatten, und es gab keinen Knabengesang. Man stimmte im Salon ganz einfach das ›Stille Nacht, heilige Nacht‹ an, worauf Therese Weichbrodt aufs Exakteste das Weihnachtskapitel verlas, an Stelle der Senatorin, die das nicht sonderlich liebte; und dann ging man, indem man mit halber Stimme die erste Strophe des ›O Tannenbaum‹ sang, durch die Zimmerflucht in den großen Saal hinüber.

Es lag kein besonderer Grund vor zu freudigen Veranstaltungen. Die Gesichter waren nicht eben glückstrahlend und die Unterhaltung nicht eben heiter bewegt. Worüber sollte man plaudern? Es gab nicht viel Erfreuliches in der Welt. Man gedachte der seligen Mutter, sprach über den Hausverkauf, über die helle Etage, die Frau Permaneder vorm Holstenthore in einem freundlichen Hause angesichts der Anlagen des ›Lindenplatzes‹ gemietet hatte, und über das, was geschehen werde, wenn Hugo Weinschenk wieder auf freiem Fuße wäre ... Inzwischen spielte der kleine Johann auf dem Flügel Einiges, was er mit Herrn Pfühl geübt hatte, und begleitete seiner Mutter, etwas fehlerhaft, aber mit schönem Klange, eine Sonate von Mozart. Er wurde belobt und geküsst, mußte dann aber von Ida Jungmann zur Ruhe gebracht werden, da er heute Abend, noch infolge einer kaum überstandenen Darmaffektion, sehr blass und matt aussah.

Selbst Christian, welcher, da er nach jenem Zusammenstoße im Frühstückszimmer von Heiratsgedanken nichts mehr hatte verlautbaren lassen, mit seinem Bruder in dem alten, für ihn nicht sehr ehrenvollen Verhältnis fortlebte, war gänzlich ungesprächig und zu keinem Spaße aufgelegt. Er machte mit wandernden Augen einen kurzen Versuch, bei den Anwesenden ein wenig Verständnis für die ›Qual‹ in seiner linken Seite zu erwecken und ging früh in den Klub, um erst zum Abendessen zurückzukehren, das in der hergebrachten Weise zusammengesetzt war ... Dann hatten Buddenbrooks diesen Weihnachtsabend hinter sich und sie waren beinahe froh darüber.«[15]

Ist das alles? Ja, das ist jetzt alles. Weder von der üppigen Ästhetik noch von dem Glauben daran, »daß Gott seine Hand niemals von der Familie gezogen«, ist etwas geblieben. Wir blicken noch einmal zurück und nehmen die

Frage auf: Wie hatte man im 19. Jahrhundert literarisch »Weihnachten« gestaltet? Und Thomas Mann?

Dieser Autor, der bei Schopenhauer und Nietzsche in die religionskritische Schule gegangen war, konnte nicht mehr wie Charles Dickens eine moralisierende Bekehrungsgeschichte in Sachen Weihnachten liefern. Erst recht nicht wie noch Adalbert Stifter, geborgen im kirchlichen Glauben, eine symbolische Rettungsgeschichte. Und auch Theodor Storms verklärende Erinnerung an ein Weihnachten »damals« und »daheim« aus patriotischen Gründen ist Thomas Mann fremd. Denn er, der Lübecker Senatorensohn, schreibt die erste große *milieukritische Verblendungsgeschichte* in Sachen Weihnachten und begründet damit einen Topos an Weihnachtskritik, der seither aus der deutschen Literatur des 20. Jahrhunderts nicht mehr wegzudenken ist.

Zugleich aber zeigt der »Fall« Thomas Mann, daß literarische Weihnachtskritik nicht notwendigerweise die Preisgabe des Rituals im privaten Leben bedeuten muß. Beides vollzieht sich bei diesem Autor auffälligerweise *gleichzeitig:* die Entlarvung von Weihnachten und dessen Wieder-Holung, die Ironisierung in der Literatur und die ungebrochene Inszenierung im eigenen Haus. Entzauberung und Verzauberung gleichzeitig. Beispiel? Nur eines von vielen sei genannt.

Als Thomas Mann 1924 von der ungarischen Tageszeitung Pesti Hírlap bezeichnenderweise nicht zum Thema »Weihnachtsbotschaft«, sondern »Weihnachtsstimmung« befragt wird, stellt er dieser Zeitung mit Datum vom 11. Dezember 1924 einen bemerkenswerten Text zur Verfügung. Es ist das Jahr des Erscheinens von »Der Zauberberg«, ein Roman, der eine weitere Stufe der Auseinandersetzung Thomas Manns mit dem Komplex »Religion« dokumentiert. Deshalb machen die beiden letzten Sätze in dem nun folgenden Text besonders aufhorchen. Sie gehen über die Beschreibung reiner Weihnachtsstimmung weit hinaus. Sie signalisieren ihrerseits die im neuen Roman jetzt dokumentierte Notwendigkeit, dem »Rätsel des Menschen« nachzuspüren und religiösen Urworten wie »Gnade«, »Liebe«, »Hoffnung« einen neuen Sinn zu geben. Der Text lautet:

> »Ich werde die Liebe zu den Zaubern des Weihnachtsfestes nie verlernen. Dieser Tag, dieser heiter geheiligte Abend, der aus Kinderaugen blickt, der die Kruste des Alltags von unseren Herzen löst und ein Lächeln menschlicher Rührung und Freude auf allen Gesichtern hervorruft, er ergreift mich heute, wie er mich als Knabe ergriff und beglückte. Die fröhliche Geschäftigkeit der Vortage, die gemeinschaftliche Erwartung, die Schriftworte der Verkündigung und ihr lieb-vertrauter

Tonfall, der süße Klang der alten Lieder und der des Glöckchens, das zur Bescheerung lädt; der geschmückte Waldbaum im Kerzengeflimmer, der wunderbare Duft seiner versengten Zweige, die gedeckten Geschenktafeln, – ich kann an all das nicht denken, ohne daß das Herz mir höher schlägt, und ich labe mich an der Spannung, dem Entzücken meiner Kinder, wie einst meine Eltern sich an dem meinen erquickten. Sanfte Gedanken, weiter und liebevoller, als die des gemeinen Jahres, umspinnen das Herz, während man lächelnd sitzt und in den Glanz blickt, bei dessen Herstellung man selbst geholfen. Man träumt vom Schicksal und Rätsel des Menschen, seinem geistigen Wesen, seiner leiblichen Not und Schuld. Und man glaubt zu begreifen, was Gnade, was Liebe, was Hoffnung ist, und empfängt in der Seele den Sinn des Wortes ›Denn euch ist heute der Heiland geboren.‹«[16]

Kurt Tucholsky: *»Weihnachten«*

So steh ich nun vor deutschen Trümmern
und sing mir still mein Weihnachtslied.
Ich brauch mich nicht mehr drum zu kümmern,
was weit in aller Welt geschieht.
Die ist den andern. Uns die Klage.
Ich summe leis, ich merk es kaum,
die Weise meiner Jugendtage:
O Tannebaum!

Wenn ich so der Knecht Ruprecht wäre
und käm in dies Brimborium
– bei Deutschen fruchtet keine Lehre –
weiß Gott! ich kehrte wieder um.
Das letzte Brotkorn geht zur Neige.
Die Gasse grölt. Sie schlagen Schaum.
Ich hing sie gern in deine Zweige,
o Tannebaum!

Ich starre in die Knisterkerzen:
Wer ist an all dem Jammer schuld?
Wer warf uns so in Blut und Schmerzen?
Uns Deutsche mit der Lammsgeduld?
Die leiden nicht. Die warten bieder.
Ich träume meinen alten Traum:
Schlag, Volk, den Kastendünkel nieder!
Glaub diesen Burschen nie, nie wieder!
Dann sing du frei die Weihnachtslieder:
O Tannebaum! O Tannebaum![17]

Nachdenken über ein Kriegsheimkehrer-Lied

Das Kichern Hanno Buddenbrooks über die Weihnachtskatastrophe hat etwas Unheimliches, insbesondere wenn man die weitere deutsche Geschichte kennt. Denn der »Verfall« der Familie aus Lübeck nimmt den Fall eines ganzen Systems voraus, das sich in Deutschland über Jahrhunderte entwickelt hatte. Danach war nichts mehr wie zuvor. Der *Erste Weltkrieg* ist die erste große Zeitzäsur im 20. Jahrhundert. Für das Thema Weihnachten in der Literatur konnte dies nicht ohne Folgen bleiben. Expressionismus und Neue Sachlichkeit hatten eine sprachliche Revolution in der deutschen Lyrik bewirkt. Nach dem Krieg ist auch ästhetisch nichts mehr, wie es einmal war. Wer das Thema Weihnachten lyrisch aufnimmt, kann nicht mehr so schreiben wie zu Zeiten Joseph von Eichendorffs:

»Markt und Straßen stehn verlassen,
Still erleuchtet jedes Haus,
Sinnend geh' ich durch die Gassen,
alles sieht so festlich aus.

An den Fenstern haben Frauen
Buntes Spielzeug fromm geschmückt,
Tausend Kindlein stehn und schauen,
Sind so wunderstill beglückt.

Und ich wandre aus den Mauern
Bis hinaus ins freie Feld,
Hehres Glänzen, heil'ges Schauern!
Wie so weit und still die Welt!

Sterne hoch die Kreise schlingen
Aus des Schnees Einsamkeit
Steigt's wie wunderbares Singen –
o du gnadenreiche Zeit!«[18]

Bei Tucholsky wandert jetzt niemand mehr mit »heil'gem Schauern« aus den »Mauern« heraus, sondern mit unheil'gem Grauen in die Mauren zurück, in das, was von den Städten übrig geblieben ist. Deutschland liegt am Boden. Die Monarchie ist zerbrochen, die Demokratie noch fragil. Unbeschreiblich die Enttäuschung über den verlorenen Krieg. Kriegsheimkehrer finden sich in einer Trümmerlandschaft wieder – gesellschaftlich und geistig. Eine gnadenreiche? Eine gnadenlose Zeit.

Das für diese Zeitstimmung exemplarische Weihnachtsgedicht wird von einem Kriegsheimkehrer geschrieben und in der »Weltbühne« am 19. Dezember 1918 veröffentlicht, wenige Monate, nachdem der große Krieg zu Ende ist, und wenige Tage vor dem ersten Weihnachten »danach«. Sein Autor ist *Kurt Tucholsky* (1890–1935). Sein Text heißt *»Weihnachten«*. Es ist das Trauer-, Klage- und Widerstandslied eines Menschen, der heimgekehrt sich verzweifelt fragt, warum das alles sein mußte, was er erlebt und durchgemacht hat. Achtzehn Jahre nur sind seit dem Erscheinen von Thomas Manns »Buddenbrooks« vergangen. Ganze fünf Jahre, daß Tucholsky selber einmal einen Weihnachts-Text literarisch probiert hatte. Unter dem Titel *»Groß-Stadt-Weihnachten«* hatte der 23jährige am 25. Dezember 1913 in der Zeitschrift »Schaubühne« einen Text vorgelegt, dessen Ton mehr an ein Kabarett-Chanson erinnert als ein lyrisches Gebilde traditioneller Machart. Mit diesem Gedicht kann sich in der deutschen Literatur vollends durchsetzen, was Thomas Mann mit »Buddenbrooks« begonnen hatte: beim Thema »Weihnachten« eine kritische Thematisierung der Diskrepanz von Botschaft und Betrieb, Kunde und Kommerz, Christkind und Christbaum:

»Nun senkt sich wieder auf die heim'schen Fluren
die Weihenacht! die Weihenacht!
Was die Mamas bepackt nach Hause fuhren,
wir kriegens jetzo freundlich dargebracht.

Der Asphalt glitscht. Kann Emil das gebrauchen?
Die Braut kramt schämig in dem Portemonnaie.
Sie schenkt ihm, teils zum Schmuck und teils zum Rauchen,
den Aschenbecher aus Emalch glasé.

Das Christkind kommt! Wir jungen Leute lauschen
auf einen stillen heiligen Grammophon.
Das Christkind kommt und ist bereit zu tauschen
den Schlips, die Puppe und das Lexikohn.

Und sitzt der wackre Bürger bei den Seinen,
voll Karpfen, still im Stuhl, um halber zehn,
dann ist er mit sich selbst zufrieden und im reinen:
›Ach ja, son Christfest is doch ooch janz scheen!‹

Und frohgelaunt spricht er vom ›Weihnachtswetter‹,
mag es nun regnen oder mag es schnein.
Jovial und schmauchend liest er seinen Morgenblätter,
die trächtig sind von süßen Plauderein.

So trifft denn nur auf eitel Glück hienieden
in dieser Residenz Christkindleins Flug?
Mein Gott, sie mimen eben Weihnachtsfrieden …
›Wir spielen alle. Wer es weiß, ist klug.‹«[19]

»Die Weihenacht! Die Weihenacht«: das ist noch ganz der Ton des literarischen Karikaturisten und Humoristen, als der Tucholsky ein Jahr zuvor (1912) mit einer Liebesgeschichte hervorgetreten war: »Rheinsberg, ein Bilderbuch für Verliebte«. Der 22jährige ist mit einem Schlag literarisch »ein Begriff«. Gewiß: die Kritik am »wackren Bürger« ist auch hier unüberhörbar, aber noch weitgehend unpolitisch vorgetragen, nachsichtig, augenzwinkernd, ironisch. »Lexikon« – spielerisch-übermütig mit Dehnungs-»h« geschrieben, damit das Wort sich auf Grammophon reimen kann! Der bürgerliche Leser soll über sich lachen, nicht erschrecken, der Intellektuelle soll die Diskrepanzen durchschauen, nicht verachten. Das Bild des Bürgers, der an Weihnachten den Bauch voll Karpfen und den Mund voll Pfeifenrauch hat, fällt parodistisch, nicht bissig-satirisch aus. Auch im Hause Buddenbrook hatte man »zu Jesu Ehren« an Weihnachten noch Karpfen verspeist …

Nur die letzten beiden Zeilen des Gedichts lassen aufhorchen:

»Mein Gott, sie mimen eben Weihnachtsfrieden …
›Wir spielen alle. Wer es weiß, ist klug.‹«

Das waren zu Weihnachten 1913 ahnungsvolle Verse. Ein Jahr später herrscht Krieg, vor dem Tucholsky von Anfang seiner publizistischen Tätigkeit an gewarnt hatte. Einen Monat vor Kriegsausbruch veröffentlicht er noch im sozialdemokratischen Organ »Vorwärts« einen Artikel gegen einen »Medizinalrat und Stabsarzt der Landwehr außer Diensten«, der in einer kleinen Broschüre allen Ernstes zur Ertüchtigung des Volkes »die Erziehung zum Haß« gefordert hatte:

»Und dann folgt auf den nächsten Seiten eine Verherrlichung der Nationalbesoffenheit, der niedrigsten Stufe aller Leidenschaften, die man denn doch bei einem Christen nicht für möglich gehalten hätte. Der

Mann, der bestimmt ein friedlicher Bürger ist, läßt hier wie aus einem Ventil seine gefährlichen Emotionen auspuffen, die er anderswo nicht ungestraft entladen dürfte ... ›Erziehung zum Haß! Erziehung zur Liebe zum Haß! Organisation des Hasses! Fort mit der unreifen Scheu mit der falschen Scham vor Brutalität und Fanatismus! Auch politisch gelte das Wort: Mehr Backpfeifen, weniger Küsse!‹«[20]

Noch versucht Tucholsky, differenziert zu urteilen. Aber seine Warnung ist unüberhörbar. Er ahnt wohl, was kommt:

»Auch daß einmal ein ganzes Volk in berechtigtem Haß gegen ein andres aufflammt und zu den Waffen greift, ist richtig und erklärlich, aber man muß nicht vergessen, daß moderne Kriege wesentlich auf kapitalistischen Gründen beruhen und daß alles andre ein wohl angelegter Schwindel ist: die Volksbegeisterung und die flatternden Fahnen und die Orden und alles das.«[21]

Worte – in den Wind gesprochen. Kaum ist Tucholsky Anfang 1915 in Jena zum Dr. jur. promoviert, wird er gemustert und eingezogen. Man schickt ihn als Armierungsoffizier ins Memelgebiet, direkt an die Front. Stellungen hatte er dort zu bauen, Gräben auszuheben, zerstörte Unterkünfte auszubessern, Laufgräben anzulegen, und das alles teilweise unter feindlichem Beschuß. Gut ein Jahr später wird er in die Etappe verlegt, wo er einen sichereren Posten erhält: als Schreiber des Stabs zuständig für die Biblio-thek, die Druckerei und eine Feld-Zeitung. Das letzte Kriegsjahr verbringt Tucholsky, frisch zum Vize-Feldwebel befördert, bei der Militärverwaltung in Rumänien. Und so sehr er auch persönlich nicht direkt gefährdet ist und aus der Situation in der Etappe »das Beste« zu machen versteht, durchschaut er noch stärker als früher den Wahnsinn des Krieges und den Kastendünkel der Militärs. Als der Krieg zu Ende ist, hat er seine Lektion vollends gelernt:

»Man hat mir gesagt, ich wisse nicht, wie der deutsche Mann sterben könne. Ich weiß es wohl. Ich weiß aber auch, wie die deutsche Frau weinen kann – und ich weiß, wie sie heute weint, da sie langsam, qualvoll langsam erkennt, wofür er gestorben ist. Wofür ...
Streue ich Salz in Wunden: Aber ich möchte das himmlische Feuer in Wunden brennen, ich möchte den Trauernden zurufen: Für nichts ist er gestorben, für einen Wahnsinn, für nichts, für nichts, für nichts.

Im Laufe der Jahre werden ja diese weißen Flecke allmählich vom Regen abgewaschen werden und schwinden. Aber diese andern da, die kann man nicht tilgen. In unsern Herzen sind Spuren eingekratzt, die nicht vergehen. Und jedesmal, wenn ich an der Kriegsakademie mit ihrem braunen Granit und den weißen Flecken vorbeikomme, sage ich mir im stillen: Versprich es dir. Lege ein Gelöbnis ab. Wirke. Arbeite. Sags den Leuten. Befreie sie von dem Nationalwahn, du mit deinen kleinen Kräften. Du bist es den Toten schuldig. Die Flecke schreien. Hörst du sie?
Sie rufen: Nie wieder Krieg –!«[22]

In diesem Kontext ist auch Tucholskys »Weihnachten« zu verstehen. Gleich in der nächsten Ausgabe der »Weltbühne« vom 26. Dezember 1918 war auch das Gedicht »Silvester« erschienen, das ebenfalls die Verbitterung des Kriegsheimkehrers artikuliert. Drei Strophen daraus lauten:

»Vier lange Jahre.
Es hieß sich immer wieder, wieder ducken
und schweigen und herunterschlucken.
Der Mensch war Material und Heeresware.

Das ist vorbei.
Was ist uns nun geblieben?
Wo ist das Deutschland, das wir ewig lieben?
Wofür die Plackerei?

Für nichts.
Ich tue einen Zug – die Pfeife knastert –
Was hat man uns gebetet und gepastert –
Tag des Gerichts!«[23]

»Wo ist das Deutschland, das wir ewig lieben?« Dieser elegisch-klagende Ton bestimmt nun auch die *erste Strophe* des »Weihnachten«-Gedichts, das wir hier ins Zentrum gerückt haben. Der Sprecher ist ein Heimkehrer in ein zertrümmertes Deutschland, der sich aber in einem »Weihnachtslied« seiner »Jugendtage« ein winziges Stück Heimat gerettet zu haben scheint. Doch so erschüttert ist er, daß er dieses Lied nur »still«, nur »leis«, nur unmerklich vor sich hinsummen kann. Ein verspieltes Tändeln mit dem Wort »Weihenacht« kommt ihm nun nicht mehr über die Lippen. »Klage« ist alles, was ihm

bleibt. Das leise dahingesummte urdeutsche Weihnachtslied rettet ihm zwar ein Stück unzerstörten Deutschlands, dessen Zerstörtheit gerade deshalb aber nur umso brutaler erlebt wird. Das Liedzitat »O Tannebaum« hat also in der ersten Strophe die Funktion der elegisch-klagenden Erinnerung.

Wir merken schon jetzt, daß Tucholskys Text nicht das christliche Weihnachten im Blick hat, sondern das erinnerte bürgerliche Weihnachten. Aber der Kontrast zum eigenen Text von 1913 könnte schärfer nicht sein. Die frohe Laune des mit sich selbst zufriedenen »wackren Bürgers«, der an Weihnachten in aller Ruhe seinen verspeisten »Karpfen« verdaut, ist wie ein Spuk verschwunden. Einst (Jugendtage) und Jetzt (Trümmer) werden konfrontativ aufeinander bezogen. Wurde im Hause Buddenbrook – wir erinnern uns – das Lied »O Tannenbaum« zum Gegenstand der Parodie (Onkel Christian bringt die Kinder zum Lachen, indem er beim Marschieren in das Bescherungszimmer albernerweise »O Tantebaum« singt), bekommt hier dasselbe Lied die Funktion des kritischen Kontrastes.

Das *Tannenbaum-Lied* hat seine eigene Geschichte. Es weist zurück ins frühe 19. Jahrhundert, in eine Zeit, in der sich insbesondere in Großstädten Deutschlands der Brauch immer mehr durchsetzt, zur Weihnachtszeit einen Tannenbaum auch in die private Stube zu stellen, wobei der Gebrauch eines Christ-Baums schon seit dem 16. Jahrhundert bekannt ist. Mit dem kirchlichen Fest hatte der Tannenbaum ursprünglich nichts zu tun. Das Lied stellt einen direkten Bezug zum kirchlichen Weihnachten gar nicht her. Sein Text lautet:

»O Tannenbaum, o Tannenbaum,
wie grün sind deine Blätter!
Du grünst nicht nur zur Sommerszeit,
nein, auch im Winter, wenn es schneit.
O Tannenbaum, o Tannenbaum,
wie grün sind deine Blätter.

O Tannenbaum, o Tannenbaum,
du kannst mir sehr gefallen.
Wie oft hat nicht zur Weihnachtszeit
ein Baum von dir mich hocherfreut.
O Tannenbaum, o Tannenbaum,
du kannst mir sehr gefallen.

O Tannenbaum, o Tannenbaum,
dein Kleid will mich was lehren:
Die Hoffnung und Beständigkeit
gibt Trost und Kraft zu jeder Zeit.
O Tannenbaum, o Tannenbaum,
dein Kleid will mich was lehren.«[24]

Nicht christlich-theologisch also, sondern pädagogisch ist dieses Lied orientiert. Die immergrüne Farbigkeit des Tannenbaums kann praktischerweise als Symbol gedeutet werden für nie versagende »Hoffnung« und immerwährende »Beständigkeit«. Was früher Religion leistete, leistet jetzt Tugendethik. Der Baum (nicht Christus) vermittelt »Trost und Kraft« – und zwar auch über Weihnachten hinaus. Nicht nur zur Weihnachtszeit also, vielmehr, wie wir explizit lesen, »zu jeder Zeit«. Das kommt einer im 19. Jahrhundert sich entwickelnden nachchristlichen Ethisierung und pädagogischen Instrumentalisierung des Festes entgegen. Theodor Storm ist mit seiner »Tannenbaum«-Geschichte schon Indikator dieser Entwicklung. Wer »O Tannenbaum« zu Weihnachten singt, hat »Weihnachten« ohne Christus und Kirche. Das Fest ist zwar entkirchlicht, seine völlig Auflösung aber durch Ersatzsymbole und deren ethisch-pädagogische Funktionalisierung gestoppt.

»Dein Kleid will mich was lehren«: Eine direkte pädagogische Instrumentalisierung bricht sich im Tucholskyschen Text freilich erst allmählich Bahn. Schon die *zweite Strophe* kennt einen anderen Ton. Klage wandelt sich in Trotz. Der Sprecher schlüpft ad experimentum in die Rolle des »Knecht Ruprecht«, der bekanntlich im Zusammenhang mit der Nikolaus-Gestalt Abrechnungs- und Straffunktion hat. Literaturgeschichtlich verdanken wir *Theodor Storm* nicht nur eine populäre Tannenbaum-Geschichte (wie wir hörten), sondern in derselben Geschichte auch ein nicht weniger populäres *Knecht-Ruprecht-Gedicht*. Ein Seitenblick auf dieses Motiv dürfte zum Verständnis des Tucholsky-Textes, aber auch des folgenden Kästner-Textes, hilfreich sein.

Aus umfassenden volkskundlichen und brauchtumsgeschichtlichen Forschungen wissen wir heute[25]:

◇ daß die Figur des Nikolaus seit der Gegenreformation mit Hausbesuchen für Kinder verbunden wurde;
◇ daß der im deutschen Sprachraum bekannteste Begleiter des einkehrenden Nikolaus nachweislich seit der zweiten Hälfte des 17. Jahrhunderts »Knecht Ruprecht« ist;

◇ daß »Knecht Ruprecht« ein finsteres, zotteliges, schwarzes Schreckwesen ist, das auf die Teufelsgestalt zurückverweist: eine numinose Negativgestalt aus dem »Reich des Bösen«;
◇ daß der Hauptzweck einer solchen Begleitung die durch Schrecken erzeugte Disziplinierung schlecht erzogener Kinder ist, und zwar schon früh in drei möglichen Steigerungsstufen der Sanktionen: Zerren an den Haaren oder Abstrafung mit der Rute; dann Androhung der Verschleppung an einen fernen Ort; schließlich Ankündigung, unfolgsame Kinder zu vernichten oder gar zu fressen.

Reformschübe der Aufklärungspädagogik gegen Auswüchse dieses Brauchtums änderten grundsätzlich wenig an dieser weitverbreiteten Praxis. Im Gegenteil: Das Erziehungsmittel vorweihnachtlichen Kinderbesuchs durch angsteinflößende Schreckfiguren wie »Knecht Ruprecht« erfreut sich zunehmender Beliebtheit. Etwa von der Mitte des 19. Jahrhunderts an ist es vorwiegend die *bürgerliche* Pädagogik, die den Nikolaus mit seinen Begleitern bedenkenlos als Erziehungsinstrument einsetzt. Wo elterliche Ermahnungen das Jahr über nichts geholfen und schulische Belehrungen wenig gefruchtet hatten, versprechen sich Pädagogen vom Nikolausabend die nötige Wirkung. Jetzt schlägt die Stunde, mit Hilfe eines geheimnisvollen Besuchers, den die Aura der Allwissenheit umgibt, moralisierend Bilanz zu ziehen, einzuschüchtern oder anzuspornen, kurz: kindliches Verhalten positiv oder negativ zu beeinflussen. Nikolaus und Knecht Ruprecht (in Variation dazu auch der »Weihnachtsmann«) werden so zu festen Größen im Repertoire familiärer Erziehungsmaßnahmen.

Literarisch niedergeschlagen hat sich dies in der schon erwähnten Weihnachtserzählung »Unter dem Tannenbaum« von Theodor Storm aus dem Jahre 1862, insbesondere in dem dort nachzulesenden »Knecht-Ruprecht«-Gedicht. Eine Dichtung in der Dichtung, von Storm erfunden wie alles andere auch, Legenden- und Volkslied-Ton kongenial imitierend. In diesem Gedicht ist Knecht Ruprecht der »treue Knecht«, Geselle nicht des Nikolaus, sondern des »Christkinds«. Aber auch hier hat er die Aufgabe, die braven von den bösen Kindern zu scheiden, ein Gerichtshelfer, der durch seine Rute auch mit einem entsprechenden Strafinstrument ausgestattet ist:

»›Von drauß' vom Walde komm ich her,
Ich muß euch sagen, es weihnachtet sehr!
Allüberall auf den Tannenspitzen
Sah ich goldene Lichtlein sitzen.

Und droben aus dem Himmelstor
Sah mit großen Augen das Christkind hervor.
Und wie ich so strolcht' durch den dichten Tann,
Da rief's mich mit heller Stimme an;
›Knecht Ruprecht‹, rief es, ›alter Gesell,
Hebe die Beine und spute dich schnell!
Die Kerzen fangen zu brennen an,
Das Himmelstor ist aufgetan,
Alt' und Junge sollen nun
Von der Jagd des Lebens einmal ruhn;
Und morgen flieg ich hinab zur Erden,
Denn es soll wieder Weihnachten werden!‹
Ich sprach: ›O, lieber Herre Christ,
Meine Reise fast zu Ende ist;
Ich soll nur noch in diese Stadt,
Wo's eitel brave Kinder hat.‹
›Hast denn das Säcklein auch bei dir?‹
Ich sprach: ›Das Säcklein, das ist hier;
Denn Apfel, Nuß und Mandelkern
Fressen fromme Kinder gern!‹
›Hast denn die Rute auch bei dir?‹
Ich sprach: ›Die Rute, die ist hier!
Doch für die Kinder nur, die schlechten,
Die trifft sie auf den Teil, den rechten!‹
Christkindlein sprach: ›So ist es recht;
So geh mit Gott, mein treuer Knecht!‹
Von drauß' vom Walde komm ich her;
Ich muß euch sagen, es weihnachtet sehr!
Nun sprecht, wie ich's hierinnen find?
Sind's gute Kind, sind's böse Kind?«[26]

Die Moralisierung und Pädagogisierung des Weihnachtsfestes hat hier ihren deutlichsten literarischen Niederschlag gefunden. Durch die der Kinderwelt angepaßte Niedlichkeitssprache (»Christkindlein«) schimmert Strafpädagogik. Neben »Apfel, Nuß und Mandelkern« blitzt das blanke Hinterteil auf, auf das die Rute niedersausen kann. Nach der Devise, die in der Erzählung gleich anschließend Knecht Ruprecht in den Mund gelegt wird: »Heißt es bei euch denn nicht mitunter: / Nieder den Kopf und die Hosen herunter?«[27]

Das alles ungebrochen mit Zustimmung des »Christkindleins«: »So ist es recht; / So geh mit Gott, mein treuer Knecht!«

Diese Informationen dürften nun auch zum Verständnis der zweiten Strophe von Tucholskys »Weihnachten« hilfreich sein. Der Tonwechsel von der Klage zum Trotz in der zweiten Strophe ist ja bedingt durch den imaginä-ren Rollenwechsel des Sprechers vom Kriegsheimkehrer zum mythischen »Knecht Ruprecht«. Doch dieser Mythos funktioniert nicht mehr. Selbst der Auftritt ihres einst mächtigsten Volkserziehers würde bei den Deutschen jetzt nicht fruchten. So unbelehrbar sind sie offenbar selbst jetzt noch, daß der Kriegsheimkehrer auf sich zurückgeworfen wird. Seine Einsamkeit in der Masse wird in den eindringlichen zwei Zeilen zum Ausdruck gebracht:

> »Das letzte Brotkorn geht zur Neige.
> Die Gasse grölt. Sie schlagen Schaum.«

Aber der verweisende Gestus auf den »Tannebaum« (»Ich hing sie gern in deine Zweige«) rettet ein letztes Stück Trotz in aller melancholischen Einsamkeit. Denn »sie«, die man gerne in die Zweige des Tannenbaums hinge, sind ja wohl diejenigen, die auf der Gasse grölen und schaumschlagen. Man wäre sie gerne los und würde sie demonstrativ zur Schau stellen. Stand die erste Strophe im Zeichen der Vergangenheit, so die zweite Strophe im Zeichen der Gegenwart.

Erst in die *dritte Strophe* kommt ein Ton des Widerstandes in das Gedicht. Jetzt ist die pädagogisch-didaktische Funktion auch des Tucholskyschen Liedes offenkundig. Indem der Sprecher in die »Knisterkerzen« starrt, kommen zumindest in ihm Fragen hoch: nach Versäumtem und nach Schuldigen. Konkret die Frage an die Opfer: Sind wir denn ein Volk mit der Geduld von Lämmern? Auffällig ist, daß diese Frage noch kollektiv gestellt wird, das Sprecher-Ich sich also noch einbezogen weiß: »uns Deutsche«, um dann gleich in den nächsten beiden Zeilen eine Spaltung vorzunehmen zwischen »die« und »ich«. Jetzt wird der Ton sarkastisch. Er richtet sich an Deutsche, die offensichtlich nicht genug leiden, um politische Konsequenzen daraus zu ziehen, die also immer noch »bieder« warten, statt für bessere Zeiten aktiv zu kämpfen. Dagegen setzt das Sprecher-Ich sich ab: »Ich träume meinen alten Traum«. Worin besteht er?

Jetzt ist der politische Aktivist Tucholsky voll erwacht. Sein »Traum«: Mit Hilfe der Revolution den alten »Kastendünkel« endlich besiegen! Die Verhältnisse müssen anders, das Vertrauen gegenüber den herrschenden Eliten (Militärs, Finanziers, Industrielle, Kirchenführer) muß aufgekündigt werden: »Glaubt diesen Burschen nie, nie wieder.« Erst danach, erst *nach* der *Herstellung politischer Freiheit*, kann man dann auch die alten Weihnachtslieder in aller Freiheit singen. Dann ist »Weihnachten« nicht länger ein Narkotikum zur Einlullung des Volkes in temporärer Gefühlsseligkeit. Dann haben die Weihnachtsgefühle ihren Platz, weil sie Ausdruck wirklicher Freiheit sind. Stand die erste Strophe im Zeichen der Vergangenheit, die zweite im Zeichen der Gegenwart, so steht die dritte im Zeichen der Zukunft.

Ziehen wir noch einmal Tucholskys Gedicht von 1913 zum Vergleich heran. Damals war noch ein relativ unpolitisch-humorvolles Poem auf bürgerliches Verhalten am »Christfest« möglich, eine Parodie auf die Selbstzufriedenheit des bürgerlichen Zeitgenossen, dessen Welt trotz aller Doppelbödigkeit (»sie mimen eben Weihnachtsfrieden«) letztlich unerschüttert ist. Jetzt aber, keine fünf Jahre später, der Perspektivenwechsel vom neutralen Sprecher (der distanziert die Geschichte vom »wackeren Bürger« schnurrig zum Besten gibt) zum betroffenen »Ich«, der Wechsel von der Weihnachtsgegenwart zur Weihnachtsvergangenheit. Vom bürgerlichen »Christfest«, an dem das »Christkind kommt«, ist jetzt nur noch ein Erinnerungsfragment übrig geblieben: »die Weise meiner Jugendtage«. Kurz: Fünf Jahre später – nach der Katastrophe des ersten Weltkriegs – ist »Weihnachten« literarisch überzeugend nur noch im Ton politischer Machtkritik zu haben.

Der Bedeutungswandel des Symbols »Tannebaum« ist dafür sprechend genug. Schon in der ersten Strophe des Gedichts von 1918 war das Zitatfragment Ausdruck des kritischen Kontrastes. Indem das urdeutsche Weihnachtslied aufgerufen wird als ein Stück unzerstörter Heimat, wird der Kontrast zu den »deutschen Trümmern« nur noch krasser erlebbar. In der zweiten Strophe ist der »Tannebaum« Demonstrationsobjekt des Abscheus vor der grölenden Gasse. In der dritten Strophe ist er zum Freiheitsbaum geworden mit der Folge, daß die tugendpädagogische Pointe des »Tannenbaum«-Liedes ins Politische umgebogen wird. Ist im Weihnachtslied der »Tannenbaum« universalmenschliches (aber gleichzeitig unpolitisches) Symbol für »Hoffnung« und »Beständigkeit«, wird bei Tucholsky derselbe Baum zur Zielchiffre eines politischen Prozesses. Die individuellen Werte werden zu politischen Tugenden. »Weihnachtslieder« sind nicht länger Ausdruck einer die sozialen Gegensätze überspielenden Volksgemeinschaft, sondern Movens politischen Handelns zur Bekämpfung der bestehenden Klassengegensätze. Erst dann, wenn der »Kastendünkel« niedergeschlagen ist, ist diejenige politische Freiheit entstanden, welche die alten Weihnachtslieder glaubwürdig singen läßt. Kurz: Tucholskys Beschwörung von Weihnachten in einem zerbrochenen Deutschland ist Ausdruck der *Sehnsucht nach Freiheit für alle* und nach *Gerechtigkeit in einer Klassengesellschaft*.

Noch konnte Tucholsky voll Hoffnung sein, Weihnachten 1918, als sein Gedicht in der »Weltbühne« erscheint. 17 Jahre später gibt er den Kampf auf und setzt seinem Leben ein Ende. Erich Kästner wird später, sehr viel später, einen kleinen, sehr persönlichen Nachruf auf ihn veröffentlichen. Sie kannten einander als Mitarbeiter bei der »Weltbühne«. Im Sommer 1930 wohnen sie zufällig im selben Hotel in Brissago am Lago Maggiore und verbringen freundschaftliche vierzehn Tage miteinander. Erich Kästner erinnert sich:

> »Oft war er niedergeschlagen. Ein Gedanke quälte und verfolgte ihn. Der Gedanke, was aus dem freien Schriftsteller, aus dem Individuum im Zeitalter der Volksherrschaft werden solle. Er war bereit, dem arbeitenden Volk und dem Sozialismus von Herzen alles hinzugeben, nur eines niemals: die eigene Meinung! Und dann marterte ihn damals schon, was ihn immer mehr und unerträglicher heimsuchen sollte – mit keinem Mittel zu heilende, mit keiner Kur zu lindernde Schmerzen in der Stirnhöhle.
>
> Als wir uns trennten, wußten wir nicht, daß es für immer sein würde. Ich fuhr nach Deutschland zurück. Bald darauf schlug die Tür zum Ausland zu. Eines Tages hörten seine Freunde und Feinde, daß er aus freien Stücken noch einmal emigriert war. Dorthin, von wo man nicht wieder zurückkehren kann.«[28]

Erich Kästner: *»Weihnachtslied, chemisch gereinigt (nach der Melodie: ›Morgen, Kinder, wird's was geben!‹)«*

Morgen, Kinder, wird's nichts geben!
Nur wer hat, kriegt noch geschenkt.
Mutter schenkte euch das Leben.
Das genügt, wenn man's bedenkt.
Einmal kommt auch eure Zeit.
Morgen ist's noch nicht so weit.

Doch ihr dürft nicht traurig werden.
Reiche haben Armut gern.
Gänsebraten macht Beschwerden.
Puppen sind nicht mehr modern.
Morgen kommt der Weihnachtsmann.
Allerdings nur nebenan.

Lauft ein bißchen durch die Straßen!
Dort gibt's Weihnachtsfest genug.
Christentum, vom Turm geblasen,
macht die kleinsten Kinder klug.
Kopf gut schütteln vor Gebrauch!
Ohne Christbaum geht es auch.

Tannengrün mit Osrambirnen –
lernt drauf pfeifen! Werdet stolz!
Reißt die Bretter von den Stirnen,
Denn im Ofen fehlt's an Holz!
Stille Nacht und heil'ge Nacht –
weint, wenn's geht, nicht! Sondern lacht!

Morgen, Kinder, wird's nichts geben!
Wer nichts kriegt, der kriegt Geduld!
Morgen, Kinder, lernt fürs Leben!
Gott ist nicht allein dran schuld.

Gottes Güte reicht so weit …
Ach, du liebe Weihnachtszeit!

Anmerkung: Dieses Lied wurde vom Reichsschulrat für das Deutsche Einheitslesebuch angekauft.[29]

Nachdenken über ein neues Volkslied

Im Jahr 2003, nicht zufällig das Jahr des II. Golf-Kriegs, legt der Publizist Michael Jürgs ein neues Buch vor und erinnert darin an ein wundersames Ereignis zu Beginn des Ersten Weltkriegs. Westfront 1914: Deutsche, Franzosen und Briten feiern gemeinsam Weihnachten. Es ist »der kleine Frieden im Großen Krieg«.[30] Schauplatz ist die Gegend um Ypern in Flandern, in der sich das Ereignis am 24. Dezember 1914 abspielt. Die Truppen des Deutschen Reiches haben sich in Sichtweite ihrer Gegner – Engländer, Franzosen, Belgier – in Schützengräben, gesichert von Stacheldrahtverhauen, tief in den Lehmboden eingegraben. Die anderen halten es genauso. Oft nur hundert Meter voneinander entfernt liegen die Soldaten sich gegenüber. Ausgerechnet in diesem Niemandsland, dem Todesstreifen, geschieht Unglaubliches: Frieden mitten im Krieg.

Den Anstoß geben unerwartet die Deutschen, die den Ersten Weltkrieg im August begonnen hatten. Pappschilder werden hochgehalten, erst hüben, dann drüben. Merry Christmas oder Frohe Weihnachten und *We not fight, you not fight.* Durch Gräben und Bunker verbreitet sich die Nachricht vom Frieden in Flandern. Soldaten der verfeindeten Nationen legen ihre Waffen nieder und feiern gemeinsam das Fest. In den Stacheldrähten und auf den Gräben stehen Tannenbäume, beleuchtet von Kerzen. Die Feinde singen Lieder, beschwören Christmas, Weihnachten und Noel und die Verheißung von Peace, Frieden, Paix. Am nächsten Tag werden die Toten, die seit Wochen unbestattet im Niemandsland liegen, gemeinsam begraben. Im Tauschhandel wechseln Tabak und Pfeifen, Plumpudding und Zigaretten, Rum- und Bierfässer, Schnaps und Wein die Fronten. Die Männer, die sich am Tag zuvor noch belauerten, zeigen sich die Fotos ihrer Familien, reden über ihre Sehnsucht, daß dieser verdammte Krieg enden möge. Den Herren des Krieges in den Generalstäben aber? Ihnen ist diese weihnachtliche Ruhe unheimlich. Was soll dieser Frieden mitten im Krieg? Am dritten Tag beginnt erneut der blutige Alltag des Mordens. Am Ende werden es 9 Millionen Tote sein, die dieser Krieg auf allen Seiten fordert.

Man versteht, wenn der Chronist dieses Ereignis mit der Bemerkung festhält:

> »Einen solchen Frieden von unten gab es noch nie in der Geschichte eines Krieges. Es hat niemals wieder einen gegeben. Diese – aus heutiger Perspektive betrachtet – große Weihnachtsgeschichte besteht aus vielen kleinen Geschichten. Man muß sie alle erzählen. Nur dann wirkt das Wunder.«[31]

Der Dresdner *Erich Kästner* (1899–1974) war zwar nicht als Soldat an der Front, aber mit 18 Jahren wurde auch er noch in die militärische Ausbildung gepresst. Was soldatischer Drill an Entwürdigung hervorbringen kann, hat er noch am eigenen Leib verspürt. Schon deshalb war es ihm möglich, dasjenige Gedicht zu schreiben, das wie kein anderes das Lebensgefühl seiner Generation artikuliert: »Jahrgang 1899«, Kästners eigenes Geburtsjahr. Es erscheint in seinem erstem Gedichtband »Herz auf Taille« 1928. »K wie Kästner, brillant«, schreibt der nur neun Jahre ältere Tucholsky zu diesen Gedichten und meint vor allem das Eingangsgedicht dieser Sammlung, eben diesen Text unter dem Titel »Jahrgang 1899«.[32] Ein »kleines Gedicht« zwar, meint Tucholsky, »eigentlich« aber sei hier »alles über diesen Fall gesagt«:

> »Man hat unsern Körper und hat unseren Geist
> ein wenig zu wenig gekräftigt.
> Man hat uns zu lange, zu früh und zumeist
> in der Weltgeschichte beschäftigt!«

So lautet die vorletzte Strophe, die Tucholsky eigens zitiert. In der Strophe davor hatte es noch geheißen:

> »Wir haben der Welt in die Schnauze geguckt,
> anstatt mit Puppen zu spielen.
> Wir haben der Welt auf die Weste gespuckt,
> soweit wir vor Ypern nicht fielen.«

Ypern: Massengrab der europäischen Kriegsgeschichte. Aber selbst an diesem grauenhaften Ort war mit »Weihnachten« wenigstens kurz der Frieden aufgeblitzt, den nicht nur der Jahrgang 1899 ersehnte. In Sachen Weihnachten schrieb Kästner dann sein eigenes »Lied«, ebenfalls nachzulesen in »Herz auf Taille«. Ein neuer Text zu einer alten Melodie.

»Morgen, Kinder, wird's was geben!«: Schon Ende des 18. Jahrhunderts dürfte dieses Weihnachtslied entstanden sein, wird es doch zuerst in Daniel Friedrich Splittegarbs Sammlung »Lieder zur Bildung des Herzens«, Berlin 2. Auflage 1795, veröffentlicht. Es stammt vermutlich von Philipp Bartsch (1770–1832). Erwartungsfroh stellt es Kindern das Glück vom Weihnachtstag vor Augen, das wieder unmittelbar bevorsteht:

»Morgen Kinder, wird's was geben,
morgen werden wir uns freun!
Welch ein Jubel, welch ein Leben
wird in unserm Hause sein!
Einmal werden wir noch wach,
heißa, dann ist Weihnachtstag.

Wie wird dann die Stube glänzen
von der großen Lichterzahl!
Schöner als bei frohen Tänzen
ein geputzter Kronensaal.
Wißt ihr noch, wie vorges Jahr
es am Heiligen Abend war?«

Beschworen also wird die Erinnerung an das vorige Jahr, und sie wird projiziert auf das, was jetzt kommen wird: eine Zeit des Jubels, des Festes, des unbeschwerten Genusses. Doch auch dieser Text endet mit einer moralpädagogischen Pointe, zwar nicht so aggressiv wie im Fall des »Knecht-Ruprecht«, aber nicht weniger deutlich. Das Kinderlied zu Weihnachten benutzt zur Einübung des vierten Gebots gemäß Exodus 20,12: »Ehre deinen Vater und deine Mutter«:

»Welch ein schöner Tag ist morgen!
Neue Freude hoffen wir,
Unsre guten Eltern sorgen
lange, lange schon dafür.
O gewiß, wer sie nicht ehrt,
ist der ganzen Lust nicht wert!«

Wer dem Jahrgang 1899 angehörte, konnte zu diesem Lied nur das Gegen-Lied schreiben. Als es in »Herz auf Taille« erscheint, ist Kästner 29 Jahre alt. In Dresden geboren, hatte er in Leipzig Literaturwissenschaft studiert, hatte

1925 dort promoviert und für die »Neue Leipziger Zeitung« journalistisch gearbeitet, bevor er 1927 nach Berlin übergesiedelt war und sich als Theaterkritiker und freier Journalist bald einen Namen gemacht hatte. 1927 war auch Hesses Roman »Der Steppenwolf« erschienen und Bert Brechts erster Lyrikband »Die Hauspostille«. 1928 Jahr erscheint Erich Maria Remarques Antikriegs-Roman »Im Westen nichts Neues«, Anna Seghers' Prosa-Debüt »Aufstand der Fischer von St. Barbara« sowie Alfred Döblins Roman »Berlin Alexanderplatz«. Brecht erlebt im selben Jahr die Uraufführung seiner »Dreigroschenoper«. Thomas Mann ist zu diesem Zeitpunkt 53 Jahre alt und hat den zweiten Romanerfolg mit dem »Zauberberg« (1924) bereits hinter sich. Ein Jahr später, 1929, erhält er den Nobelpreis für Literatur.

Kästner wird es zwar nicht zum Literatur-Nobelpreis-Träger bringen, aber für seine Generation findet er die richtige Sprache. Er faßt – so seine Biographen zu Recht – »das in Reime, was die damals Dreißigjährigen bewegte, was sie fühlten, was sie dachten und was sie so verbitterte. Und er tat das in einer Form, die Lyrik nicht zum exklusiven Ereignis für Eingeweihte machte, sondern bewußt die Nähe zum Bänkelsang, zur Moritat und zum Volkslied suchte.«[33] Zur Sprache Kästners läßt sich mit Marcel Reich-Ranicki ergänzen: »Meist verließ er sich auf die herkömmlichsten und populärsten Formen der deutschen Lyrik, zumal auf die vierzeilige und sechszeilige Strophe mit Reim und regelmäßigem Rhythmus. Doch die alten Schläuche füllte er mit neuem Wein. In der traditionellen, oft volksliedhaften Strophe tauchte die saloppe Umgangssprache der späten zwanziger Jahre auf: idiomatische Ausdrücke und Alltagsphrasen, Zeitungswendungen und Reklameslogans, auch der Behördenjargon, auch der Slang der Militärs. In dieser Poesie ist die Rede von Schreibmaschinen und Schinkenbroten, von Krediten und Bilanzen, von Bardamen und Klosetts, von Gonokokken und Abtreibungen. Die stärksten Effekte erzielte Kästner mit persiflierten Zitaten ... Die Zitatparaphrasen sind exemplarisch für Kästners am häufigsten angewandtes Prinzip: die Übernahme des Konventionellen für die (möglichst überraschende) Mitteilung des Aktuellen.«[34]

Stichwort *Volkslied*. Viele Texte in »Herz auf Taille« knüpfen gerade dort an, um massenhaft Bekanntes politisch-didaktisch nutzen zu können. Ein »Wiegenlied« gehört dazu mit dem Auftaktvers: »Schlaf ein, mein Kind! Schlaf ein, mein Kind!«, eine Psalmen-Parodie (»Wenn es hoch kommt – hupp! sagt ein Psalmist«) und eben auch eine Bearbeitung des populären Textes »Morgen, Kinder, wird's was geben!«. Dieses angestaubte Weihnachtslied liefert nun das »Serviceunternehmen« Kästner »chemisch gereinigt« wieder frisch ins Haus. Ein weiteres Zeitsignal. Ein Weihnachtslied im Zeitalter der

Chemie, im Zeitalter der denkbar unsentimentalsten Wissenschaft. Kästner macht sich gerade dies ironisch zunutze. Denn seine Reinigungsarbeit besteht offensichtlich darin, dieses Lied von aller privatistischen Idyllik und aller Heile-Welt-Stimmung zu befreien.

Strophe für Strophe wird – wie zum Trotz – dem Bild angeblicher Geborgenheit das Bild sozialer Kälte entgegengehalten. Spruch provoziert Widerspruch, Behauptung Gegenbehauptung. Aus dem »was« wird ein »nichts«, aus Jubel wird Hohn, aus unschuldiger Freude Zynismus:

> »Morgen, Kinder, wird's nichts geben!
> Nur wer hat, kriegt noch geschenkt.
> Mutter schenkte euch das Leben.
> Das genügt, wenn man's bedenkt.
> Einmal kommt auch eure Zeit.
> Morgen ist's noch nicht so weit.«

Kalkuliert baut Kästner ausgerechnet ein neutestamentliches Zitat ein, um den Zynismus zu verstärken. Die Zeile »Nur wer hat, kriegt noch geschenkt« spielt auf Lukas 19,26 an: »Wer da hat, dem wird gegeben werden; von dem aber, der nicht hat, wird auch das genommen werden, das er hat«. Ein Splitterzitat, das – in einen völlig neuen Kontext eingebaut – den Sinn von Weihnachten erst recht dementiert – ausgerechnet mit einem Wort aus dem Neuen Testament. Zynisch auch die scheinplausible Vertröstung, auf Geschenke zu verzichten, da man ja durch die eigene Mutter schon genügend »beschenkt« worden sei, dadurch, daß man überhaupt existiert. Der Reim »geschenkt« – »bedenkt« macht in seiner funktionalen Glätte diesen Schein noch deutlicher. Dasselbe gilt für den gleich folgenden Reim »Zeit« – »weit«. Auch dessen Glätte überdeckt nur die zynische Vertröstung, die in der Trennung von »einmal« und »morgen« besteht, wird doch die Hoffnung, daß die Zeit der Klassengegensätze *einmal* vorbei sein wird, durch die Negation der unmittelbaren Zukunft gleich wieder zurückgenommen.

Wen also läßt Kästner in diesem Text reden und wen genau anreden? Im ursprünglichen Weihnachtslied spricht ja offensichtlich eine ältere Erziehungsperson. Anders könnte sie nicht die »Kinder« als Kinder anreden und auf die Sorge »unserer guten Eltern« verweisen. Bei Kästner spricht ebenfalls ein durch Lebenserfahrung Vielgeprüfter, aber nicht mehr zu realen Kindern, sondern zu einer Gruppe Unterprivilegierter, die er kumpelhaft als »Kinder« anspricht. Das signalisiert Vertrautheit mit dieser Gruppe von Menschen, Solidarität, Verständnis für die Lage. Anders wäre der zynische Ton, dessen sich der Sprecher bedient, auch gar nicht zu verstehen. Die angeredeten »Kinder« müssen durchschauen, daß es sich hier bewußt um eine Verkehrung und nicht etwa um eine ernstgemeinte Überzeugung handelt. Nur wenn die Angeredeten das wissen, kann bei ihnen auch der erwünschte Änderungsprozeß eintreten.

Derselbe zynische Ton nämlich auch in der *zweiten Strophe*. Gespielt lässig wird auch hier mit einer Pseudo-Logik gearbeitet, um den Sinn weihnachtlicher Hoffnung wegrationalisieren zu können. Armut? Reiche haben sie gern. Gänsebraten? Sie machen Beschwerden. Puppen? Ohnehin nicht mehr modern. Das Pseudo-Plausible dieser Logik erzeugt wie von selbst ironische Distanz. Erst recht, wenn die zweite Strophe mit dem zupackenden, griffigen Zweizeiler endet: »Morgen kommt der Weihnachtsmann / Allerdings nur nebenan.« »Weihnachtsmann« – »nebenan«: dieser glatte Reim läßt lächeln und das Spiel des Sprechers als inszeniert durchschauen.

Plötzlich aber wechselt die Sprechhaltung in diesem Gedicht: *Strophe drei*. Denn die Diskrepanzerfahrung von Versprechen und Realität soll weder zum zynischen Fatalismus noch zur passiven Trauerarbeit verkommen, sondern zum Nachdenken über die politische und soziale Situation führen. »Kopf gut schütteln vor Gebrauch«: das nimmt einen populären Werbespruch auf, den Kästner für Aufklärungszwecke umfunktionalisiert:

»Lauft ein bißchen durch die Straßen!
Dort gibt's Weihnachtsfest genug.
Christentum, vom Turm geblasen,
macht die kleinsten Kinder klug.
Kopf gut schütteln vor Gebrauch!
Ohne Christbaum geht es auch.«

Nur also keine Sentimentalität, weder positiv (Weihnachtsseligkeit) noch negativ (Verlusttrauer). Es kommt auf Kopfklarheit und Aufklärungsbereitschaft an. Man soll nicht die eigene Situation beklagen, sondern ändern, aktiv die Ursachen beseitigen. *Strophe vier:*

»Tannengrün mit Osrambirnen –
lernt drauf pfeifen! Werdet stolz!
Reißt die Bretter von den Stirnen,
denn im Ofen fehlt's an Holz!
Stille Nacht und heil'ge Nacht –
weint, wenn's geht, nicht! Sondern lacht!«

Nicht Wehmut, Stolz ist angesagt. Das »Brett vorm Kopf«, das die Wahrnehmung der Wirklichkeit verhindert, soll beseitigt werden – mit der ironischen Anspielung darauf, daß es den Öfen in dem angesprochenen sozialen Milieu ohnehin an Holzmaterial fehlt. Ein solcher Aufklärungs- und Aufrüttlungston, der sich durch glatte Reime wie »-birnen« – »Stirnen«, »stolz« – »Holz«, »Nacht« – »lacht« dynamisch und aktiv gibt, dient der Melancholie- und Zynismus-Prophylaxe. Im Hören des urdeutschen Weihnachtsliedes »Stille Nacht, heilige Nacht« soll man auch als sozial Deklassierter sich nicht Tränen hingeben, sondern dem Lachen! Und dieses Lachen wäre Ausdruck des Stolzes, mehr noch: des Widerstandes und der Würde: »ohne Christbaum geht es auch«.

Deshalb werden in der *letzten Strophe* die Adressaten noch einmal aufgerufen. Jetzt wird die Summe gezogen, jetzt werden alle Töne noch einmal gespielt. Zeile für Zeile wechselt der Ton und ergibt eine schrille Symphonie: Sarkasmus (»Wer nichts kriegt, der kriegt Geduld!«) springt über in Appellation (»Morgen, Kinder, lernt fürs Leben!«), diese wiederum in Alibi-Prophylaxe (»Gott ist nicht allein dran schuld«) und melancholische Ahnung (»Gottes Güte reicht so weit«), um sich dann mit einem Seufzer zu verabschieden: »Ach, du liebe Weihnachtszeit!«

Die Ausrede »Gott« also gilt nicht. Im Gegenteil. Gott *allein* die Schuld zu geben an den Zuständen, wäre wirklichkeitsblind. Wer »fürs Leben« gelernt hat, hat die *gesellschaftlichen* Ursachen durchschaut. Gottes Güte ist durchaus mit rebellischem Widerstand vereinbar. Handlungsanweisungen wie »Kopf gut schütteln vor Gebrauch!«, »reißt die Bretter von den Stirnen«, »lernt fürs Leben!« zeigt die pädagogische Leidenschaft des Satirikers. Noch deutlicher als Tucholsky macht Kästner sein Weihnachtsgedicht zum Ort der Erziehung, der »Erziehung des Menschengeschlechts«. Er, der Dresdner Kästner, der von seinem sächsischen Kollegen Lessing lernte, tritt hier auf in der Rolle des Volkspädagogen, der seinen »Kindern« eine Lektion im Fach Lebenskunde erteilt. Aber nicht plump moralisierend, sondern geistreich-funkelnd, witzig-ironisch, wozu auch die ans Ende gestellte erfundene Information gehört: »Dieses Lied wurde vom Reichsschulrat für das Deutsche Einheitslesebuch angekauft«, eine Anmerkung voll koboldhafter Lust an der Verkehrung des Tatsächlichen. So konkret nämlich gedachte man im Jahre 1928 in deutschen Schulen doch nicht »fürs Leben« zu lernen …

Aber spätestens diese erfundene »Anmerkung« läßt erkennen, daß Kästners Weihnachtslied auf seine Weise eine *geheime Sehnsucht* enthält. Es ist die Sehnsucht aller Aufklärer, daß Menschen aus Erfahrungen lernen. Eigene Gefühle werden dabei eher versteckt als gezeigt. Kurt Tucholsky hatte auch dies schon früh erkannt, als er am 9. Dezember 1930 in der »Weltbühne« Kästners damals neuen (dritten) Gedichtband bespricht: »Ein Mann gibt Auskunft«. Im selben Jahr hatten sie sich »zufällig« am Lago Maggiore getroffen, wie wir hörten, und zwei Wochen im selben Hotel verbracht. Eine unvergeßliche Begegnung – für Kästner wie für uns Leser.

Tucholsky und Kästner im Park des Hotels! Wenn sie dort spazieren gehen, geraten sie immer wieder ins Fachsimpeln. Vom Satzbau ist die Rede, von Chansonpointen. In einer Ecke des Parks steht in einer kleinen Orchestermuschel ein altes Klavier. Gelegentlich setzt sich Tucholsky an diesen ziemlich verstimmten Kasten und singt Kästner Chansons vor. Eine Gala – exklusiv für einen einzigen unter Palmen an einem abendlichen See! Sein damaliges Versprechen, Kästners neuen Gedichtband zu besprechen, hält Tucholsky ein. Aber die Durchsicht des Bandes fällt jetzt kritisch aus. Ein Punkt unter vielen ist der: »Ich glaube, Kästner hat Angst vor dem Gefühl. Er ist nicht gefühllos; er hat Angst vor dem Gefühl, weil er es so oft in der schmierigsten Sentimentalität gesehen hat. Aber über den Leierkastenklängen gibt es ja doch ein: Ich liebe dich – es gehört nur eine ungeheure Kraft dazu, dergleichen hinzuschreiben.«[35]

Bertolt Brecht: *»Maria«*

Die Nacht ihrer ersten Geburt war
Kalt gewesen. In späteren Jahren aber
Vergaß sie gänzlich
Den Frost in den Kummerbalken und rauchenden Ofen
Und das Würgen der Nachgeburt gegen Morgen zu.

Aber vor allem vergaß sie die bittere Scham
Nicht allein zu sein
Die dem Armen eigen ist.

Hauptsächlich deshalb
Ward es in späteren Jahren zum Fest, bei dem
Alles dabei war.

Das rohe Geschwätz der Hirten
Verstummte.
Später
Wurden aus ihnen Könige in den Geschichten.
Der Wind, der sehr kalt war
Wurde zum Engelsgesang.
Ja, von dem Loch im Dach, das den Frost einließ, blieb nur
Der Stern, der hindurch sah.

Alles dies
Kam vom Gesicht ihres Sohnes, der leicht war
Gesang liebte
Arme zu sich lud
Und
Die Gewohnheit hatte, unter Königen zu leben
Und einen Stern über sich zu sehen zur Nachtzeit.[36]

Als dieses Gedicht 1922 entsteht und am 25. Dezember 1924 im Berliner Börsen-Courier erscheint, ist Bert Brecht (1898–1956) ein in Deutschland bereits bekannter Autor. 1918, mit 20 Jahren, schreibt er sein Erstlingsdrama »Baal«, dessen Uraufführung 1923 in Leipzig erfolgen wird. Mit 21 Jahren, 1919, folgt ein zweites Stück, »Trommeln in der Nacht«, 1922 mit dem Kleist-Preis ausgezeichnet und in München uraufgeführt, wo Brecht zu dieser Zeit lebt. Aber nachdem München ihm zu konservativ und nationalistisch wird, übersiedelt Brecht 1924 nach Berlin. In dieser Übergangszeit zwischen München und Berlin entsteht auch das Gedicht »Maria«.

Verstanden werden kann es adäquat nur im Kontext der Lyrikproduktion Brechts in diesen Jahren. Schon der Augsburger Schüler hatte Gedichte zu schreiben begonnen, vielfach noch in traditioneller Manier. Doch durch die Ereignisse des ersten Weltkriegs kommt es auch bei Brecht zu Wahrnehmungsverschärfungen, ohne daß die Widersprüche der Gesellschaft schon politisch reflektiert würden. Im Gegenteil: Brecht erfindet in diesen frühen Jahren mit »Baal« eine Spiegelfigur, die ganz unpolitisch nur das radikale Gegenstück zu bürgerlichen Werten verkörpert:

»Als im weißen Mutterschoße aufwuchs Baal
War der Himmel schon so groß und weit und fahl
Blau und ungeheuer wundersam
Wie ihn Baal dann liebte – als Baal kam.

Ob es Gott gibt oder keinen Gott
Kann, so lang es Baal gibt, Baal gleich sein.
Aber das ist Baal zu ernst zum Spott.
Ob es Wein gibt oder keinen Wein.

Unter düstern Sternen, in dem Jammertal
Grast Baal weite Felder schmatzend ab.
Sind sie leer, dann trollt sich singend Baal
In den ewigen Wald zum Schlaf hinab.

Und wenn Baal der dunkle Schoß hinunterzieht:
Was ist Welt für Baal noch? Baal ist satt.
So viel Himmel hat Baal unterm Lid
Daß er tot noch grad gnug Himmel hat.«[37]

»Ob es Gott gibt oder keinen Gott – kann, solange es Baal gibt, Baal gleich sein«: Das ist der Spitzensatz hedonistischer, Tod und Leben gleichermaßen bejahender, auf das Ausleben der Triebe versessener Lebensfreude. Baal – ein »Dichter trunkener Gesänge und wüster Balladen, ein Schnapssäufer und Fresser, Varietéesänger, Eulenspiegel, Wüstling, Mörder und Zuchthäusler, der die Frauen verhext, in den Kneipen verkommt, seinen Freund aus Eifersucht ersticht und in einer Bretterhütte einsam verendet«.[38] Baal – ein zottiger Fettkloß, der wie Pan aus den Wäldern zu den Menschen kommt. Sie nennen ihn Schweinehund, wollen seine Lieder zur Laute aber immer wieder hören. Wie ein sündloses erwachsenes Kind lebt Baal eine pseudoparadiesische Existenz, ein Freund der Tiere, Bäume und Landstraßen, ein Bettler, dem die Schöpfung gehört.

Ein anderer Brecht in der Lyrik[39]: Ein Jahr vor »Baal« hatte er sein Gedicht *»Hymne an Gott«* geschrieben:

»1
Tief in den dunkelen Tälern sterben die Hungernden.
Du aber zeigst ihnen Brot und lässest sie sterben.
Du aber thronst ewig und unsichtbar
Strahlend und grausam über dem ewigen Plan.

2
Ließest die Jungen sterben und die Genießenden
Aber die sterben wollten, ließest du nicht …
Viele von denen, die jetzt vermodert sind
Glaubten an dich und starben mit Zuversicht.

3
Ließest die Armen arm sein manches Jahr
Weil ihre Sehnsucht schöner als dein Himmel war
Starben sie leider, bevor mit dem Lichte du kamst
Starben sie selig doch – und verfaulten sofort.

4
Viele sagen, du bist nicht und das sei besser so.
Aber wie kann das nicht sein, das so betrügen kann?
Wo so viel leben von dir und anders nicht sterben konnten –
Sag mir, was heißt das dagegen – daß du nicht bist?«[40]

Der Erste Weltkrieg hatte auch hier deutliche Spuren hinterlassen – mit Konsequenzen für die Gottesfrage. Jetzt sind die Topoi religionskritischer Aufklärung präsent und seitdem aus Brechts Arbeiten nicht mehr wegzudenken: 1. Anklage gegen den vom Schicksal des Menschen ungerührten Gott; 2. Anklage gegen einen Gott, der die Lebenschancen der Menschen ungerecht verteilt; 3. Anklage gegen einen Gott, der die Armut fortdauern und die Sehnsucht ins Leere laufen läßt. Todesmetaphern wie »vermodern« und »verfaulen« signalisieren einen bewußt kalkulierten Widerspruch zum christlichen Glauben an Auferstehung und »ewiges Leben«.

Und doch wäre dieser Text nur eine weitere Variante im Prozeß neuzeitlicher Entlarvung des Gottesglaubens als frommer Täuschung, käme es nicht durch die letzte Strophe motivgeschichtlich zu einer bemerkenswerten Variation des aufklärerischen Entlarvungspathos. Denn die letzte Strophe läßt nach all den kritischen Einwänden den Gottesglauben gerade nicht wie eine Seifenblase zerplatzen, sondern führt – da jede moralische Legitimation eines Gottesglaubens zerbrochen ist – paradoxerweise gerade vom Argument des Betrugs her so etwas wie einen »unmoralischen Gottesbeweis«: »Die logische Konsequenz des Denkens, die Gott der Unmenschlichkeit überführt, ist so zwingend, daß aus dem Befund der Negativität ein neuer Gottesbeweis hervorwächst. Brecht endet dort, wo er die Kritik begonnen hat. Es gelingt ihm zwar, Gott moralisch zu diskreditieren, er vermag ihn jedoch nicht zu entthronen.«[41]

Daraus folgt: Fern allen vitalistischen Selbstbewußtseins, das auf die Entthronung Gottes abzielt und die Vergöttlichung des eigenen Subjekts feiert, verrät Brecht in der Lyrik ein Gespür für die Ungeheuerlichkeit, die sich mit der Wirklichkeit Gottes verbindet. Das Gedicht läßt erkennen, was der Verlust Gottes bedeuten *könnte*. In seiner grotesk-paradoxen Kehre ist er eine Hymne »an Gott«, den Betrügergott wohlgemerkt, den Deus malignus absconditus. Wir stoßen damit auf ein Hauptmotiv des Brechtschen Interesses an Religion, das dann sein ganzes Werk durchzieht: Analyse der individuellen und gesellschaftlichen Funktion des Gottesglaubens, an den Menschen sich für ihr Leben und Sterben ausgeliefert haben. Es ist dabei offenkundig alles andere als »gleich«, ob Gott existiert oder nicht. Ein rasch formuliertes »Gott ist tot« greift angesichts all dessen, was hinter der Chiffre Gott steht, zu kurz, verrät nur die mangelnde Sensibilität für die Gründe und Abgründe der Hoffnung, die zum menschlichen Leben gehören und sich im Glauben an Gott artikulieren. Wird der Text so »gegen den Strich« gelesen, ist er auch als Metakritik religionskritischer Entlarvungsversuche zu verstehen. Er spielt dem Leser die Frage noch einmal zurück: Was geschieht, wenn Gott sich wirklich als Illusion erweisen, wenn Religion tatsächlich Betrug sein sollte? Was geschieht mit den menschlichen Sehnsüchten und Hoffnungen?

Doppelgesichtig also zeigt sich Brecht in dieser Phase von 1917–1926, wenn er religiöse Themen behandelt. Die Rolle des Komödianten Baal beherrscht er ebenso wie die des anklägerischen Hiob. Balladenhaft vorgetragenen frechen Spottliedern stehen Texte von feiner Sensibilität für menschliches Elend gegenüber. Texten wie *»Von den Sündern in der Hölle«:*

> »Die Sünder in der Hölle
> Haben's heißer, als man glaubt.
> Doch fließt, wenn einer weint um sie
> Die Trän mild auf ihr Haupt.«[42]

oder aus dem *»Lied der Galgenvögel«:*

> »Und hängen wir einst zwischen Himmel und Boden
> Wie Obst und Glocke, Storch und Jesus Krist
> Dann bitte faltet die geleerten Pfoten
> Zu einem Vater Eurer, der nicht ist.«[43]

stehen andere gegenüber, in denen der Zwanzigjährige sich sensibilisiert zeigt für betroffene Menschen (immer wieder werden die Mütter zu Spiegelfiguren), die der Krieg verstört, ohnmächtig und hilflos zurückgelassen hat. Beispiel: das Gedicht *»Mütter Vermißter«* aus dem Jahr 1916. Hier – wie auch in der *»Ballade von der alten Frau«* (1922), die »mit Gott noch einmal überwintern« wird[44] – ist die Grundhaltung dieselbe wie in der »Hymne an Gott«: Zeigt Brecht dort die Ungeheuerlichkeit einer auf den Betrüger-Gott gerichteten Hoffnungsgeschichte der Menschen, ist er hier an der individuellen Geschichte menschlicher Entfremdung interessiert, für die Religion der sichtbarste Indikator ist. Religion ist hier gerade nicht der – bloß zynisch zu entlarvende – dünne, entbehrliche Firnis über eine ihren Eigengesetzlichkeiten verhafteten Welt, sondern der Gradmesser individueller menschlicher Verstörungen und Abgründe.

Vor diesem werkgeschichtlichen Hintergrund ist auch das Gedicht *»Maria«* besser zu verstehen, entstanden »Weihnachten 1922«, wie wir einer handschriftlichen Notiz auf dem Typoskript entnehmen können. Brecht hat also diesen Text nicht nur (zwei Jahre später) zu Weihnachten publizistisch »platziert«, sondern auch unter dem Eindruck von Weihnachten geschrieben. Die ersten vier »Strophen« dieses reimlosen, mit unregelmäßigen Rhythmen arbeitenden Gedichts nutzen dasselbe Verfahren, das wir aus vielen anderen frühen Brecht-Texten kennen: ein *Entzauberungs- und Desillusionsverfahren.* Der sich christlich legitimierenden Gesellschaft soll durch »Entmythologisierung« die Diskrepanz zwischen Einst und Jetzt klargemacht werden. Das, was »Christentum« aus der Geburtsgeschichte des Stifters gemacht hat, steht in schärfstem Kontrast zur historischen Realität, so wie Brecht sie offensichtlich sieht.

Deshalb läßt der Autor in »Maria« einen Sprecher auftreten, der offensichtlich beide »Diskurse« beherrscht, beide Geschichten gleichzeitig erzählen kann und will. Ein Sprecher, der weiß: »Die Nacht ihrer ersten Geburt war kalt gewesen«. Woher er das weiß, wird nicht gesagt. Aus den neutestamentlichen Geburtsgeschichten kann er dies nicht haben, geben doch weder Matthäus noch Lukas ein genaues Geburts-Datum an. Dasselbe gilt für weitere angebliche »bruta facta« der Anfangsgeschichte, an die hier erinnert werden soll: »Würgen der Nachgeburt«, »bittere Scham«. Solche Details sind ihrerseits nicht historisch belegt, sondern auf historisch »geschminkt«. Der Sprecher will mit ihnen rhetorisch auf einen schärfstmöglichen Kontrast heraus, den er durch die Einspielung des »zweiten Diskurses« erzeugt. Der zweite Diskurs legt die Verdrängungs- und Verklärungsmechanismen frei, die nach der Überzeugung des Sprechers bei der Geschichte der Maria am Werk waren. Was in christlicher Frömmigkeitsgeschichte offensichtlich »vergessen« wurde, soll jetzt gezielt erinnert werden: Eine Frau – Maria ist ihr Name – bringt unter armseligen Umständen ein Kind zur Welt. Im überlieferten Typoskript war diese konstruierte Realistik noch schonungsloser durchgeführt worden durch Hinzufügung eines bewußt vulgären Ausdrucks, der offensichtlich der Redaktion im »Berliner Börsenkurier« zum Opfer gefallen war:

»In späteren Jahren aber
Vergaß sie gänzlich
Den Frost in den Kummerbalken
Ochsenpissengeruch und rauchenden Ofen
Und das Würgen der Nachgeburt gegen Morgen zu.«[45]

Keine Madonna ist hier präsent, keine Gottesmutter und Himmelskönigin, sondern eine konkrete geschichtliche Frau, die zum ersten Male Mutter wird. Schon der lapidare Titel signalisiert Bruch mit jeder rein affirmativen Marienlyrik romantischer oder mittelalterlicher Provenienz.[46] So kalkuliert ist der Bruch, daß man sich unwillkürlich fragt, ob Brecht einen Skandal bewußt provozieren wollte. Ein Gerichtsverfahren bekam er denn auch prompt, als

1926 bei der Generalstaatsanwaltschaft des Landgerichts Berlin eine Anzeige wegen »Gotteslästerung« gegen »Maria« eingeht. Folgen hatte dies nicht, wird das Verfahren doch sehr rasch eingestellt – und zwar mit der Begründung, »weder der Form noch dem Inhalt nach« sei eine Stimmung der Verachtung gegen Gott oder eine Einrichtung der christlichen Kirche zu erkennen.[47]

In der Tat ist dieser Text nicht im Geiste der Verachtung geschrieben. Im Gegenteil. Sowohl Maria als auch ihrem Sohn gegenüber wahrt der Text erstaunlichen Respekt. Schon die erste Zeile »Die Nacht ihrer ersten Geburt war/Kalt gewesen« erzeugt vor allem durch den einfachen Hebungs- und Senkungs-Rhythmus sowie den Zeilenbruch zwischen »war« und »Kalt« einen gehobenen Ton, der an Luther-Sprache erinnert, an Bibelton. Dieser Ton wird durchgehalten durch die immer wieder neu Langsamkeit erzwingenden Zeilen- und Strophenbrüche. Manche Zeilen bestehen nur aus einem oder zwei Worten. Dadurch kommt je neue Betonung in die Verse. Sprechen verlangsamt sich. Lautlesen wird zum Akt des Lautdenkens. Wie weit sind wir hier von Kästners Ironie erzeugenden glatten Reimen entfernt. Man lese diesen Brecht-Text laut, und man wird die durch Vers-, Zeilen- und Strophenrhythmik erzeugte Pathetik wie von selber spüren, ein gehobener Ton, der so ganz im Kontrast steht zu der Desillusion, die inhaltlich erzeugt werden soll. Und doch ist dieser Ton im Fall von Maria und Jesus durchaus angebracht.

Denn unübersehbar ist ja: Der ganze Duktus des Textes läuft auf eine Respektbezeugung für diese konkrete Frau und Mutter hinaus: Maria, deren Geschichte nicht im Ton des Zynismus, sondern der Solidarität neu »erzählt« wird. Uns Lesern wird klargemacht, was diese Frau angesichts von Frost und Kälte, von verrauchter Luft, von schwieriger Geburt, von Scham und Armut erlebt haben muß. Es ist die spätere Verklärungsgeschichte, die dieser Frau Unrecht tut, nicht die konkrete Faktengeschichte. Sie erst macht bewußt, was diese Frau offensichtlich durchstand. Die »Vermenschlichung« Marias ist hier also Ausdruck von Achtung, nicht Verachtung.

Ähnlich im Fall des Sohnes dieser Frau, der in der *letzten Strophe* in den Blick gerät. Die Deutung dieser Zeilen hat Interpreten einige Schwierigkeiten bereitet. Eingeleitet werden sie durch das summarische »Alles dies«, was nach dem bisherigen Duktus nur die Tatsache meinen kann, daß eben aus einer sozial miserablen Geburtsgeschichte eine überhöhte Triumphgeschichte wurde: Hirten werden zu Königen; der kalte Wind wird zum Engelgesang; ein demütigender Geburtsvorgang zu einem Fest. Was hat diesen Überhöhungs-»Mechanismus« ausgelöst? Was ist die Ursache für diese Verschiebung der »bruta facta« in die legendarische Überhöhung?

Ursache der Verschiebung ist das Verhalten Jesu in seiner Widersprüchlichkeit: Einerseits lädt er Arme zu sich ein, andererseits lebt er offensichtlich gern »unter Königen«. Der Brecht-Forscher *Jan Knopf* hat 1984 diese Erklärung vertreten. Ursache für die »in späteren Jahren« erfolgte Umdeutung sei die Tatsache, »daß der in Armut geborene Sohn sich später daran gewöhnt, mit Königen umzugehen (›die Gewohnheit hatte, unter Königen zu leben‹)«. Knopf folgerte daraus: »Diese Gewohnheit vermag sich – so der unausgesprochene Schluß – nur zu rechtfertigen, wenn man die eigene Abkunft als eine besondere stilisiert, zur Legende werden läßt. Christus bleibt bei den Reichen, die Legende hat ihn zu den ›Großen‹ gestellt – und deshalb ist sein ›Heil‹ für die Armen unerreichbar geworden.« Nach dieser Auslegung also hätte schon Brecht die Diskrepanz von legendärer Überhöhung und sozialer Realität »auf die Lebensgeschichte Christi selbst zurückgeführt«. Christus selber hätte diese Diskrepanz nicht sehen wollen, auch die späteren Ideologien nicht. Schlußfolgerung: »Da Brecht bereits kritisch diese Ideologie aufgebrochen hat, kann er das Gedicht in der Scheinversöhnung der Ideologie enden lassen: diese Versöhnung eben ist die Lüge.«[48]

Diese Deutung setzte freilich schon damals voraus, daß man das Wort »Könige« ganz realistisch versteht. Was wiederum die Frage nach sich zieht: Muß man Brecht unterstellen, daß er die konkrete Geschichte Jesu in diesem Sinne mißverstanden haben sollte? Wo ist im *Neuen Testament* davon die Rede, daß Jesus »die Gewohnheit hatte, unter Königen zu leben«? Könige verstanden als reale Herrscher, als Mächtige »da oben«! Das Neue Testament läßt im Gegenteil keinen Zweifel daran, daß Jesu Verkündigung ausgesprochen herrscher- und königskritisch ist: »Die Könige herrschen über ihre Völker, und die Mächtigen lassen sich Wohltäter nennen. Bei euch aber soll es nicht so sein, sondern der Größte unter euch soll werden wie der Kleinste, und der Führende soll werden wie der Dienende«, so im Evangelium des Lukas (22,25 f.; vgl. Mt 20,25 f., Mk 10,42 f.). Entsprechend dieser Umwertungsstruktur wird Jesus von seinen Anhängern als ein radikal anderer »König« wahrgenommen: als König mit der Dornenkrone, als König mit dem Spottgewand um die Schultern: »Da ist euer König! Sie aber schrien: Weg mit ihm, kreuzige ihn! Pilatus aber sagte zu ihnen: Euren König soll ich kreuzigen?« (Joh 19,14 f.).

Hinzu kommt eine *werkgeschichtliche Beobachtung*. Der Sohn, von dem am Ende des Gedichtes die Rede ist, lebt offenbar eine unbürgerliche Außenseiterexistenz, wenn es heißt, daß er »leicht« gewesen sei, »Gesang« geliebt und »Arme« zu sich geladen habe. Auch die seltsame Wendung »Gesicht ihres Sohnes« läßt auf etwas Geheimnisvolles, ganz Individuelles dieser Figur schließen. Die letzte Strophe wird man also auch als Echo auf das »Baal«-Ereignis verstehen dürfen, von dem die frühe literarische Produktion Brechts durchdrungen ist. Er selber hatte sich in dieser Zeit ähnlich stilisiert wie diesen »Sohn«. Im selben Jahr (26. April 1922) war sein lyrisches »Selbstportrait« entstanden, das Anklänge an die letzten sieben Zeilen von »Maria« verrät:

»Ich, Bertold Brecht, bin aus den schwarzen Wäldern.
Meine Mutter trug mich in die Städte hinein
Als ich in ihrem Leibe lag. Es müssen die Wälder
Aber dennoch in mir geblieben sein.«

Die Mutter-Sohn-Beziehung ist hier mit Händen zu greifen. In Strophe sechs auch eine Anspielung auf »Gesichte« und den Gesang zur Gitarre:

»Denn ich spiele mitunter in viel Gesichten Gitarre
Und verstehe mich nicht gut und bin leidlich allein.
Sie fressen die rohen Wörter. Es sind andre Tiere.
Ich aber liege und spüre im Rücken noch einen Stein.«[49]

Insbesondere das 1921 entstandene und dann in den ersten Lyrikband »Hauspostille« (1928) aufgenommene Gedicht *»Von der Freundlichkeit der Welt«* läßt mit der Verwendung von Schlüsselmetaphern wie Kälte, Wind, Geburt Anklänge an »Maria« erkennen:

»1
Auf die Erde voller kaltem Wind
Kamt ihr alle als ein nacktes Kind
Frierend lagt ihr ohne alle Hab
Als ein Weib euch eine Windel gab.

2
Keiner schrie euch, ihr wart nicht begehrt
Und man holte euch nicht im Gefährt.
Hier auf Erden wart ihr unbekannt
Als ein Mann euch einst nahm an der Hand.

3
Und die Welt, die ist euch gar nichts schuld:
Keiner hält euch, wenn ihr gehen wollt.

Vielen, Kinder, wart ihr vielleicht gleich.
Viele aber weinten über euch.

4
Von der Erde voller kaltem Wind
Geht ihr all bedeckt mit Schorf und Grind.
Fast ein jeder hat die Welt geliebt
Wenn man ihm zwei Hände Erde gibt.«[50]

Wenn man die Kernaussage dieses Textes zum Vergleich mit »Maria« heranzieht, merkt man erst, wie wichtig dessen letzte Strophe ist. Hätte Brecht sie weggelassen, wäre auch »Maria« nur eine weitere Variation dessen, was schon »Von der Freundlichkeit der Welt« zum Ausdruck bringt: eine schonungslose Zustandsbeschreibung der Entfremdung des Menschen auf der Erde, deren »Urtyp« gewissermaßen schon Maria gewesen wäre. Erst durch die letzte Strophe kommt eine andere Dimension in unser Gedicht.

Aus den genannten exegetischen wie werkgeschichtlichen Gründen folge ich der Auslegung dieses Gedichtes durch *Dorothee Sölle*, die schon 1967 eine luzide und konsistente Analyse von Brechts »Weihnachtsgedichten« vorgelegt hat.[51] Eine Kritik an Jesu widersprüchlichem Verhalten kann Sölle in diesem Text nicht erkennen. Im Gegenteil: Gerade in der Wendung »kam vom Gesicht ihres Sohnes, der leicht war« erkennt die Literaturwissenschaftlerin und Theologin eher eine Art Scham, eine Art Scheu Jesus gegenüber. Scheu davor, ihn überhaupt zum Subjekt des Hauptsatzes zu machen, ihn ganz und unmittelbar zu nennen. Durch die Wendung »Gesicht ihres Sohnes« bleibe ja das Geheimnis der nichterkennbaren Person besser gewahrt. Und Sölle fügt hinzu: »Es ist nicht die gewöhnliche Art, auf die Frage nach einem Menschen mit seinem Gesicht und seiner Vorliebe für Gesang zu antworten. Aber die angeschlossene bekannte Beschreibung, daß er Arme zu sich lud, gewinnt in diesem Kontext ihre für die Zeitgenossen Jesu so befremdliche Kraft zurück, und die Absurdität der Gestalt wird in den drei gleichgeordneten Aussagen vergegenwärtigt. Psychologie hat hier – wie überhaupt bei Brecht – wenig zu suchen, die ›Gewohnheiten‹ und das Gewöhnliche interessieren mehr. Daß er – nicht die Anlage oder den Willen oder das Vermögen – aber die Gewohnheit hatte, *unter Königen zu leben*, enthält in nuce das Thema des ganzen Gedichtes, nämlich die Veränderung, die Jesus in der Welt bewirkt. Denn wie jedermann, weiß auch der Sprecher, daß Jesus unter Fischern, kleinen Angestellten, Huren und Asozialen lebte. Es ist ihm aber aufgefallen, daß Fischer Könige wurden im Umgang mit dem, der sie wie Könige behandelte und für den Könige eben diese gewöhnlichen Menschen unter dem gleichen Himmel waren. (...) Das Gedicht beschreibt eine vom Sprecher mit distanziertem Erstaunen betrachtete Veränderung der Welt. Aus der Geschichte eines Vergessens ist die einer Veränderung geworden.«[52]

Bemerkenswert, daß Jan Knopf sich im Jahre 2001 dieser Deutung weitgehend angeschlossen hat. Jetzt kann man auch bei ihm lesen: »Was den Text heraushebt, ist nicht nur die behutsame, jeden blasphemischen Ton vermeidende Umdeutung der Weihnachtslegende mit der Feier der menschlichen Mutter, deren Sohn Menschlichkeit lebt, vielmehr daß er auch – ohne dies explizit zu thematisieren – selbstreferentiell gelesen werden kann, und zwar in klassischer dialektischer Widersprüchlichkeit: Obwohl der Text reimlos und frei rhythmisch ist, klingt er wie eine feierliche Hymne auf Maria und ihren Sohn: Das ›Geschwätz‹, das den Gottessohn zum sehr irdischen Muttersohn (scheinbar) herabwürdigt, wird – vor allem in Strophe fünf mit Aufzählungscharakter – buchstäblich zum Engelsgesang, der die (menschliche) Verklärung des herausragenden Menschen unter den Menschen im Verlauf des Gedichts leistet: Das Gedicht wird buchstäblich zu dem Gesang, den Christus liebte, und zum Fest der Geburt, das alle Unbill vergessen läßt.«[53] Das ist treffend formuliert. Und auch in dieser Hinsicht wird man Knopf nun zustimmen können: Die Brecht-Forschung hat dieses Gedicht in der Tat bisher wenig beachtet, obwohl es »eines der herausragenden Ergebnisse der produktiven Zeit« von Brechts Lyrik »zwischen 1920 und 1922« ist: »Noch heute läßt es sich als Überraschung bei Weihnachtsfeiern einbringen«.[54] Hier spricht offenbar jemand aus Erfahrung. Und diese Überraschung dürfte vor allem bei denen groß sein, die sich auch heute noch mit einem »plastischen Krippen-Arrangement« zu Weihnachten à la Buddenbrooks zufrieden geben ...

Bertolt Brecht: »*Das Paket des lieben Gottes*«

Noch einmal hat Brecht in völlig anderer Weise das Weihnachts-Thema literarisch aufgegriffen, diesmal in Form einer kleinen sozialkritischen Erzählung.

Das Paket des lieben Gottes – eine Weihnachtsgeschichte

Nehmt eure Stühle und eure Teegläser mit hier hinter den Ofen und vergeßt den Rum nicht. Es ist gut, es warm zu haben, wenn man von der Kälte erzählt.

Manche Leute, vor allem eine gewisse Sorte Männer, die etwas gegen Sentimentalität hat, haben eine starke Aversion gegen Weihnachten. Aber zumindest *ein* Weihnachten in meinem Leben ist bei mir wirklich in bester Erinnerung. Das war der Weihnachtsabend 1908 in Chicago.

Ich war anfangs November nach Chicago gekommen, und man sagte mir sofort, als ich mich nach der allgemeinen Lage erkundigte, es würde der härteste Winter werden, den diese ohnehin genügend unangenehme Stadt zustande bringen könnte. Als ich fragte, wie es mit den Chancen für einen Kesselschmied stünde, sagte man mir, Kesselschmiede hätten keine Chancen, und als ich eine halbwegs mögliche Schlafstelle suchte, war alles zu teuer für mich. Und das erfuhren in diesem Winter 1908 viele in Chicago, aus allen Berufen.

Und der Wind wehte scheußlich vom Michigan-See herüber durch den ganzen Dezember, und gegen Ende des Monats schlossen auch noch eine Reihe großer Fleischpackereien ihren Betrieb und warfen eine ganze Flut von Arbeitslosen auf die kalten Straßen.

Wir trabten die ganzen Tage durch sämtliche Stadtviertel und suchten verzweifelt nach etwas Arbeit und waren froh, wenn wir am Abend in einem winzigen, mit erschöpften Leuten angefüllten Lokale im Schlachthofviertel unterkommen konnten. Dort hatten wir es wenigstens warm und konnten ruhig sitzen. Und wir saßen, so lange es irgend ging, mit *einem* Glas Whisky, und wir sparten alles den Tag über auf für dieses eine Glas Whisky, in das noch Wärme, Lärm und Kameraden mit einbegriffen waren, all das, was es an Hoffnung für uns noch gab.

Dort saßen wir auch am Weihnachtsabend dieses Jahres und das Lokal war noch überfüllter als gewöhnlich und der Whisky noch wässeriger und das Publikum noch verzweifelter. Es ist einleuchtend, daß weder das Publikum noch der Wirt in Feststimmung geraten, wenn das ganze Problem der Gäste darin besteht, mit einem Glas eine ganze Nacht auszureichen, und das ganze Problem des Wirtes, diejenigen hinauszubringen, die leere Gläser vor sich stehen hatten.

Aber gegen zehn Uhr kamen zwei, drei Burschen herein, die, der Teufel mochte wissen woher, ein paar Dollar in der Tasche hatten, und die luden, weil es doch eben Weihnachten war und Sentimentalität in der Luft lag, das ganze Publikum ein, ein paar Extragläser zu leeren. Fünf Minuten darauf war das ganze Lokal nicht wiederzuerkennen.

Alle holten sich frischen Whisky (und paßten nun ungeheuer genau darauf auf, daß ganz korrekt eingeschenkt wurde), die Tische wurden zusammengerückt, und ein verfroren aussehendes Mädchen wurde gebeten, einen Cakewalk zu tanzen, wobei sämtliche Festteilnehmer mit den Händen den Takt klatschten. Aber, was soll ich sagen, der Teufel mochte seine schwarze Hand im Spiele haben, es kam keine rechte Stimmung auf.

Ja, geradezu von Anfang an nahm die Veranstaltung einen direkt bösartigen Charakter an. Ich denke, es war der Zwang, sich beschenken lassen zu müssen, der alle so aufreizte. Die Spender dieser Weihnachtsstimmung wurden nicht mit freundlichen Augen betrachtet. Schon nach den ersten Gläsern des gestifteten Whiskys wurde der Plan gefaßt, eine regelrechte Weihnachtsbescherung, sozusagen ein Unternehmen größeren Stils, vorzunehmen.

Da ein Überfluß an Geschenkartikeln nicht vorhanden war, wollte man sich weniger an direkt wertvolle und mehr an solche Geschenke halten, die für die zu Beschenkenden passend waren und vielleicht sogar einen tieferen Sinn hatten.

So schenkten wir dem Wirt einen Kübel mit schmutzigem Schneewasser von draußen, wo es davon gerade genug gab, ›damit er mit seinem alten Whisky noch ins neue Jahr hinein ausreichte‹. Dem Kellner schenkten wir eine alte erbrochene Konservenbüchse, ›damit er wenigstens ein anständiges Servicestück hätte‹, und einem zum Lokal gehörigen Mädchen ein schartiges Taschenmesser, ›damit sie wenigstens die Schicht Puder vom vergangenen Jahr abkratzen könnte‹.

Alle diese Geschenke wurden von den Anwesenden, vielleicht nur die Beschenkten ausgenommen, mit herausforderndem Beifall bedacht. Und dann kam der Hauptspaß.

Es war nämlich unter uns ein Mann, der mußte einen schwachen Punkt haben. Er saß jeden Abend da, und Leute, die sich auf dergleichen verstanden, glaubten mit Sicherheit behaupten zu können, daß er, so gleichgültig er sich auch geben mochte, eine gewisse unüberwindliche Scheu vor allem, was mit der Polizei zusammenhing, haben mußte. Aber jeder Mensch konnte sehen, daß er in keiner guten Haut steckte.

Für diesen Mann dachten wir uns etwas ganz Besonderes aus. Aus einem alten Adreßbuch rissen wir mit Erlaubnis des Wirtes drei Seiten aus, auf denen lauter Polizeiwachen standen, schlugen sie sorgfältig in eine Zeitung und überreichten das Paket unserm Mann.

Es trat eine große Stille ein, als wir es überreichten. Der Mann nahm das Paket zögernd in die Hand und sah uns mit einem etwas kalkigen Lächeln von unten herauf an. Ich merkte, wie er mit den Fingern das Paket anfühlte, um schon vor dem Öffnen festzustellen, was darin sein könnte. Aber dann machte er es rasch auf.

Und nun geschah etwas sehr Merkwürdiges. Der Mann nestelte eben an der Schnur, mit der das ›Geschenk‹ verschnürt war, als sein Blick scheinbar abwesend auf das Zeitungsblatt fiel, in das die interessanten Adreßbuchblätter geschlagen waren. Aber da war sein Blick schon nicht mehr abwesend. Sein ganzer dünner Körper (er war sehr lang) krümmte sich sozusagen um das Zeitungsblatt zusammen, er bückte sein Gesicht tief darauf herunter und las. Niemals, weder vor- noch nachher, habe ich je einen Menschen so lesen sehen. Er verschlang das, was er las, einfach. Und dann schaute er auf. Und wieder habe ich niemals, weder vor- noch nachher, einen Mann so strahlend schauen sehen wie diesen Mann.

Da lese ich eben in der Zeitung, sagt er mit einer verrosteten, mühsam ruhigen Stimme, die in lächerlichem Gegensatz zu seinem strahlenden Gesicht stand, daß die ganze Sache einfach schon lang aufgeklärt ist. Jedermann in Ohio weiß, daß ich mit der Sache nicht das Geringste zu tun hatte. Und dann lachte er.

Und wir alle, die erstaunt dabei standen und etwas ganz anderes erwartet hatten und fast nur begriffen, daß der Mann unter irgendeiner Beschuldigung gestanden und inzwischen, wie er eben aus diesem Zeitungsblatt erfahren hatte, rehabilitiert worden war, fingen plötzlich an, aus vollem Halse und fast aus dem Herzen mitzulachen, und dadurch kam ein großer Schwung in unsere Veranstaltung, die gewisse Bitterkeit war überhaupt vergessen und es wurde ein ausgezeichnetes Weihnachten, das bis zum Morgen dauerte und alle befriedigte.

Und bei dieser allgemeinen Befriedigung spielte es natürlich gar keine Rolle mehr, daß dieses Zeitungsblatt nicht wir ausgesucht hatten, sondern Gott.[55]

Nachdenken über eine »Weihnachtsgeschichte«

In der Weihnachtsausgabe des Berliner Börsen-Courier 1924 war »Maria« erschienen. Zwei Jahre später veröffentlicht Brecht in der Weihnachtsausgabe der Magdeburgischen Zeitung (vom 25. Dezember 1926) den Prosatext »Das Paket des lieben Gottes«, dessen Schlußpointe ebenso unerwartet ist wie die von »Maria«. Wer schon durch die Titelgebung nichts als eine Ironisierung des »lieben Gottes« und durch den Untertitel eine bloße Parodie auf die übliche »Weihnachtsgeschichte« erwartet, muß spätestens mit dem Schlußsatz ins Nachdenken kommen: »Und bei dieser allgemeinen Befriedung spielte es natürlich gar keine Rolle mehr, daß dieses Zeitungsblatt nicht wir ausgesucht hatten, sondern Gott.« Kann dieses Schlußwort reine Ironisierung oder Parodierung Gottes sein, wenn der Text einen Erzähler kennt, der sich selber bereits gegen jede »Sentimentalität« in Sachen Weihnachten zur Wehr setzt und die »starke Aversion gegen Weihnachten« besonders unter einer »gewissen Sorte Männer« durchaus kennt? Wie wäre dann dieser Satz über Gott zu verstehen? Wie ernst muß man das Ganze nehmen?

Die Geschichte spielt unter Arbeitslosen in einem Lokal im Schlachthofviertel von Chicago. Es ist Winter, wo es ohnehin in Chicago bitterkalt werden kann. Aber der Winter 1908, um den es hier geht, ist unter den harten Wintern offensichtlich der »härteste«. Menschen werden nur so in die Arbeitslosigkeit »gespült«, nachdem auch noch große Fleischpackereien ihren Betrieb eingestellt hatten. Ihre Abende pflegen die Männer damit zu verbringen, daß sie sich in ihrem Lokal an *einem* Glas Whisky festhalten. Dieses eine Glas gibt ihnen Wärme, Licht und Kameradschaft. So verbringen sie auch den Weihnachtsabend. Nur mit dem Unterschied, daß an diesem Abend einige Burschen ein paar Dollar für weiteren Whisky springen lassen. Warum? »Weil es doch eben Weihnachten war und Sentimentalität in der Luft lag«. Die »rechte Stimmung« aber will dadurch auch nicht aufkommen.

Im Gegenteil. Lust kommt auf, unter dem Einfluß des zusätzlich konsumierten Alkohols eine Perversion von »Weihnachtsbescherung« vorzunehmen. Statt Sentimentalität Gespött. Für den Wirt? Ein Kübel mit schmutzigem Schneewasser. Für den Kellner? Eine alte erbrochene Konservenbüchse. Für das Serviermädchen? Ein Taschenmesser zum Abkratzen ihres alten Puders auf der Haut. Obendrein bekommt noch ein weiterer Mann, der ebenfalls jeden Abend im Lokal hockt und einen verdächtigen Eindruck macht (er könnte etwas mit der Polizei zu tun haben), ein Geschenk besonderer Art: drei Seiten aus einem Adressbuch mit lauter Polizeiwachen, eingeschlagen in Zeitungspapier und verknotet zu einem Paket.

Worum also geht es in dieser Geschichte? Um eine sozialpsychologische Studie? Wohl auch. Der Brecht-Spezialist *Klaus-Detlef Müller* hat zu Recht schon 1980 in seinem Kommentar zu Brechts Prosa-Arbeiten den »Scharfsinn« des Erzählten bewundert: »Wohltaten unter verzweifelten Menschen« könnten nur »Bösartigkeiten provozieren«. Diese richteten sich nicht nur »gegen den Betrieb« der Kneipe, »sondern mit der Härte der Deklassierten auch gegen ihresgleichen«.[56] In der Tat mag man hier das »Zentrum der Fabel« erkennen: die Schilderung von »unbewußten Verhaltensmustern«. Es sind Muster, die – so auch in einem neueren Brecht-Kommentar – »von Mißgunst und Zynismus sowie einer allgemeinen Feindseligkeit gegenüber anderen Menschen und menschlichen Angelegenheiten allgemein bestimmt sind. Dazu gehört einerseits die von Klaus-Detlef Müller festgestellte ›Härte der Deklassierten auch gegenüber ihresgleichen‹, wie andererseits die Sucht zur Deklassierung selbst, also die Herabwürdigung eines Gegenüber, um hierin ein Gefühl der Aufwertung zu erfahren. Man könnte von einer Verschiebung des eigenen Minderwertigkeitsgefühls durch Projektion auf den Nächsten sprechen«.[57]

Doch auf Sozialpsychologie allein ist dieser Text nicht zu reduzieren. Seine Pointe ist ja nicht das Zugleich von Herabwürdigung und Aufwertung. Seine Pointe kommt erst in dem Moment in den Blick, als der verspottete Mann das ihm zugedachte Hohn-Geschenk in der Kneipe auspackt und eines der Zeitungsblätter gierig zu verschlingen beginnt. Im Aufschauen des Mannes erkennt der Erzähler ein so strahlendes Gesicht, wie er es vorher und nachher noch nie gesehen hat. Der Mann beginnt zu lachen, und die Gesellschaft beginnt zu ahnen, was geschehen ist: Soeben hat der Mann durch die Zeitung erfahren, daß er das Verbrechen, dessen man ihn beschuldigte, gar nicht begangen haben kann. Das Verbrechen ist aufgeklärt. Er ist rehabilitiert! Er ist frei! Und sein Lachen ist Ausdruck dieser Freiheit, die so groß ist, daß alle Anwesenden angesteckt werden und aus vollem Halse und Herzen mitlachen. Verschwunden alle »Bitterkeit«. Aus einem pervertierten wird doch noch ein »ausgezeichnetes Weihnachten«, das bis zum Morgen dauert und alle »befriedigt«. Brecht läßt seinen Erzähler mit dem schon zitierten merkwürdigen Satz enden: »Und bei dieser allgemeinen Befriedigung spielte es natürlich gar keine Rolle mehr, daß dieses Zeitungsblatt nicht wir ausgesucht hatten, sondern Gott«. Noch einmal: Wie ist dieser Schluß zu verstehen? Ironisch? Oder gar als Rückfall in einen »Wunderglauben« – milieu- und situationsspezifisch erzählt? Warum überhaupt bei Brecht ein Interesse an dieser Einzelgeschichte zu einem Einzelschicksal? Was besagt sie über den »zufälligen« und dadurch beliebigen Einzelfall hinaus?

Man müßte Brechts Geschichte von 1926 in der Tat völlig mißverstehen, wenn man sie auf einen beliebigen Einzelfall reduzierte. Verstanden kann dieser Text nur werden im Zusammenhang einer in dieser Zeit beginnenden größeren Auseinandersetzung Brechts mit dem *Komplex »Chicago«*. Seit 1924 arbeitet er an einem Dramenprojekt mit dem Titel »Mortimer Fleischhacker«, später »Jae Fleischhacker in Chikago« genannt.[58] Es geht darum, das chaotische System der Chicagoer Weizenbörse durchschaubar zu machen – im Spiegel der riesigen Chicagoer Fleischfabriken, die zum Schicksal von Hunderttausenden von Menschen geworden sind. Brecht versucht, in diese »Dschungel-Welt« einzudringen durch Studium dokumentarischen Faktenmaterials, was ihm nur teilweise gelingt. Immer wieder entwirft er Szenen, ohne den Stoff in den Griff zu bekommen. 1926, im Jahr der Entstehung von »Das Paket des lieben Gottes«, trägt seine Mitarbeiterin Elisabeth Hauptmann in ihr Tagebuch ein:

> »Die wichtigste Umstellung während der Arbeit geschah bei der Überprüfung des Materials für Jae Fleischhacker. Dieses Stück sollte innerhalb einer Reihe *Einzug der Menschheit in die großen Städte* den aufsteigenden Kapitalismus zeigen. Für dieses Stück sammelten wir Fachliteratur, ich selber fragte eine Reihe von Spezialisten aus, auch auf den Börsen in Breslau und Wien, und am Schluß fing Brecht an, Nationalökonomie zu lesen. Er behauptete, die Praktiken mit Geld seien sehr undurchsichtig, er müsse jetzt sehen, wie es mit den Theorien über Geld stehe. Bevor er noch in dieser Richtung zumindest für ihn sehr wichtige Entdeckungen machte, wußte er aber, daß die bisherige (große) Form des Dramas für die Darstellung solcher modernen Prozesse, wie etwa die Verteilung des Weltweizens, sowie auch für Lebensläufe der Menschen unserer Zeit und überhaupt für alle Handlungen mit Folgen nicht geeignet waren. ›Diese Dinge‹, sagt B., ›sind nicht dramatisch in unserem Sinn, wenn man sie ›umdichtet‹, dann sind sie nicht mehr wahr, und das Drama ist überhaupt keine solche Sache mehr, und wenn man sieht, daß unsere heutige Welt nicht mehr ins Drama paßt, dann paßt das Drama eben nicht mehr in die Welt.‹ Im Verlaufe dieser Studien stellte Brecht seine Theorien des ›epischen Dramas‹ auf.«[59]

Brechts Beschäftigung mit dem »Chicago«-Komplex führt ihn allerdings nicht nur zur »Theorie des epischen Dramas«, sondern auch zur Lektüre von Karl Marx' »Das Kapital«. Begreiflich, nach dieser Vorgeschichte. Als Brecht das Projekt schließlich abbricht (es geht auf in seinem Stück »Die Heilige Johanna der Schlachthöfe«, 1929–1931), begründet er den Abbruch im Mai 1935 so:

> »Für ein bestimmtes Theaterstück brauchte ich als Hintergrund die Weizenbörse Chicagos. Ich dachte, durch einige Umfragen bei Spezia-

listen und Praktikern mir rasch die nötigen Kenntnisse verschaffen zu können. Die Sache kam anders. Niemand, weder einige bekannte Wirtschaftsschriftsteller noch Geschäftsleute – einem Makler, der an der Chicagoer Börse ein Leben lang gearbeitet hatte, reiste ich von Berlin nach Wien nach –, niemand konnte mir die Vorgänge an der Weizenbörse hinreichend erklären. Ich gewann den Eindruck, daß diese Vorgänge schlechthin unerklärlich, d. h. von der Vernunft nicht erfassbar, und d. h. wieder einfach unvernünftig waren. Die Art, wie das Getreide der Welt verteilt wurde, war schlechthin unbegreiflich. Von jedem Standpunkt aus außer demjenigen einer Handvoll Spekulanten war dieser Getreidemarkt ein einziger Sumpf. Das geplante Drama wurde nicht geschrieben, statt dessen begann ich Marx zu lesen, und da, jetzt erst, las ich Marx.«[60]

Das Scheitern des großen Theaterprojektes erklärt das Sich-Bescheiden mit der Prosaarbeit. Dabei hatte Brecht für seine Geschichte ein literarisches Modell vor Augen. Denn das Wort »Sumpf«, das er im soeben zitierten Selbstzeugnis braucht, um die Börsen-Welt »Chicagos« bildlich zu bannen, geht zurück auf einen Roman, den Brecht seit 1920 kennt: *Upton Sinclairs* »The Jungle«. Das Buch erschien 1906 und trug in der damaligen deutschen Übersetzung den Titel »Der Sumpf«.[61]

Sinclairs Roman erzählt die Geschichte einer aus Litauen stammenden Einwandererfamilie ins Chicago der Jahrhundertwende. Und an dieser Familie wird das ganze menschliche Drama rund um die Chicagoer Schlachthöfe gespiegelt: Krankheit, Arbeitslosigkeit, Kriminalität, Prostitution, Korruption. Die Zustände sind niederdrückend, was Sinclair nicht daran hindert, seinen Roman hoffnungsvoll enden zu lassen. Die Selbstorganisation der Arbeiter in Gewerkschaften und sozialistischer Partei wird als Zukunftsperspektive angeboten. Einer der Parteiredner präzisiert die Zustände in Chicago in einer flammenden Rede so (und dies hatte Brecht vor Augen, als er seine »Weihnachtsgeschichte« zu schreiben beginnt):

»In dieser Stadt sind heute abend zehntausend Frauen in Lasterhöhlen eingesperrt, und der Hunger treibt sie dazu, ihren Körper zu verkaufen. Und wir wissen es und machen noch Witze darüber! Diese Frauen sind das Ebenbild eurer Mütter, könnten eure Töchter sein. Das kleine Mädchen, das ihr heute abend daheim gelassen habt, dessen lachende Augen euch morgen früh begrüßen werden – vielleicht hat es dieses Schicksal zu erwarten! In Chicago sind heute abend zehntausend Män-

> ner ohne Obdach und in Not; sie sind arbeitswillig und betteln um eine Stelle, doch sie müssen hungern und haben die Schrecken der Winterkälte vor sich! In Chicago reiben heute abend zehntausend Kinder ihre Kräfte auf und richten sich fürs Leben zugrunde bei dem Versuch, sich ihr Brot zu verdienen. Hunderttausend Mütter leben hier in dürftigsten Verhältnissen und quälen sich ab, um so viel zu verdienen, daß sie ihre Kleinen satt kriegen! Hunderttausend alte Leute warten hier ausgestoßen und hilflos auf den Tod, daß er sie von ihren Qualen erlöse! Eine halbe Million Menschen leben hier, Männer, Frauen und Kinder, die unter dem Fluch der Lohnsklaverei leiden, die sich abschuften, solange sie sich auf den Beinen halten und aus den Augen sehen können, für einen Lohn, mit dem sich das Leben gerade fristen läßt – die bis ans Ende ihrer Tage verurteilt sind zu Eintönigkeit und Stumpfsinn, zu Hunger und Elend, zu Hitze und Kälte, zu Schmutz und Krankheit, zu Unwissenheit, Trunksucht und Laster! Und nun laßt uns das Bild einmal umdrehen und von der andere Seite betrachten. Da gibt es eintausend Leute, vielleicht auch zehntausend, die die Herren über diese Sklaven sind und denen die Arbeit dieser Sklaven gehört. Sie leisten nichts für das, was sie bekommen, ja sie brauchen es nicht einmal zu fordern – es fließt ihnen von selbst zu. Ihre einzige Sorge ist, wie sie es durchbringen können. Sie wohnen in Palästen, schwelgen in Luxus, treiben eine Verschwendung, die sich in Worten gar nicht beschreiben läßt, die jede Vorstellungskraft übersteigt und das Herz bluten macht.«[62]

Wenn Brecht also einen Text wie »Paket des lieben Gottes« schreibt, dann sicher nicht, um die Chicago-Problematik auf eine privatistische Zufalls-Idylle zu reduzieren. Er war sich der gesamtpolitischen und gesamtgesellschaftlichen Problematik von Arbeitslosen im Chicagoer Schlachthofviertel voll bewußt. Aber Brecht wollte offensichtlich nicht darauf verzichten, auch diese Einzelerfahrung, die nicht weniger zur Realität gehört, zu beschreiben. Von daher wird man den Satz des fiktiven Erzählers sehr genau beachten müssen: »Aber zumindest *ein* Weihnachten im Leben ist bei mir wirklich in bester Erinnerung«. Im Spiegel dieses *einen* Weihnachtsabends also läßt Brecht so etwas wie einen Sinnrest von Weihnachten aufscheinen. Er läßt eine Geschichte von einem Menschen erzählen, dem es wenigstens an diesem *einen* Weihnachten gelingt, ein neuer Mensch zu werden. Kurz: Er erzählt eine Geschichte von der Menschwerdung des Menschen – bewußt in Anknüpfung an Weihnachten, bewußt in Anspielung auf das Fest der Menschwerdung. Dieser »Zufall« ist nicht ohne Ironie. Ernstzunehmen ist er deshalb nicht weniger.

Brecht unterbricht damit zweifellos Erwartungshaltungen seiner Leser und Kritiker, die ihm gerade diese »metaphysische«, ja »christliche« Pointe kaum zugetraut hatten. Kritiker haben seine »Weihnachtsgeschichte« aus dem Jahr 1926 noch der Phase der »neuen Sachlichkeit« zugerechnet, in der erst recht alles »Emotionale« und »Metaphysische« verbannt zu sein pflegt. Die »Weihnachtsgeschichte« aber unterläuft solche Etikettierungen. Sie fordert im Gegenteil – folgen wir Jan Knopf –, indem sie »Gott als Verursacher des Zufalls einsetzt und also auf dem Wunder besteht, in aufreizender Weise neusachliches Denken heraus. Die antimetaphysische Tendenz der ›Neuen Sachlichkeit‹ hätte diese Schlußvolte nicht zugelassen und auf dem berechenbaren Zufall bestanden«.[63] Brecht unterläuft also – mit List – solche Berechenbarkeit. Am Einzelschicksal demonstriert er Potentialität. Menschwerdung geschieht, die zwar nicht Chicago verändert, wohl aber diesen einen Menschen – und (nicht zu vergessen) den Erzähler, der beglückt von diesem Ereignis erzählt. Gerade er stellt ja für einen Moment Menschlichkeit her, als er seine Zuhörer auffordert:

> »Nehmt eure Stühle und eure Teegläser mit hier hinter den Ofen und vergesst den Rum nicht. Es ist gut, es warm zu haben, wenn man von der Kälte erzählt.«

Schon der Vorgang des Erzählens also ist ein Vorgang der Menschwerdung, beschrieben in der Ambivalenz von »Versöhnlichkeit und Bitterkeit«.[64] Die Parallelen zum Gedicht »Maria« sind gerade hier mit Händen zu greifen. Auch in »Maria« hießen die Signale zunächst »kalt«, »Frost«, »Wind«. Und auch in »Maria« kam erst eine andere Perspektive ins »Spiel«, als »vom Gesicht ihres Sohnes« die Rede war. Hier ist es nicht anders. Auch hier ist zunächst alles bestimmt von »Kälte«, »härtestem Winter«, »scheußlichem Wind«. Aber auch hier blitzt etwas anderes auf (bezeichnenderweise wiederum in einem *Gesicht*), was ein Versprechen auf die Zukunft zu sein scheint, so wie Weihnachten ein Versprechen bleibt. Anders könnte Weihnachten nicht als etwas Besonderes erinnert werden – selbst noch in dieser Welt brutaler Kälte.

Die Einlösung des Versprechens freilich ist in Brechts Werk künftig Aufgabe politischer Praxis. Insofern wird man Lars Fischer mit seiner Deutung Recht geben: »Erst das Einverständnis in die bestehenden Verhältnisse und das bewußte gemeinschaftliche Wirken der ›Deklassierten‹ kann eine Erlösung aller erreichen, wie es Brecht wenig später immer deutlicher zum Ausdruck zu bringen versuchte. Das Hinwirken auf Freundlichkeit, auf ein einsichtsvolles menschliches Miteinander, auf eine Welt, wo ›der Mensch dem Menschen ein Helfer ist‹, bleibt dabei zentrales Moment des gesamten Brechtschen Schaffens, auch wenn er selbst sich als Teil der ›finsteren Zeiten‹, in denen er lebte, empfand.«[65] Das ist treffend formuliert, und deswegen ist hier der Ort, an das »Gegenlied« zu erinnern, das Brecht 1956, kurz vor seinem Tode, schrieb, als er seine »Hauspostille« noch einmal durchsah: das *»Gegenlied«* zu »Von der Freundlichkeit der Welt«:

»Soll das heißen, daß wir uns bescheiden
Und ›so ist es und so bleib es‹ sagen sollen?
Und die Becher sehend, lieber Dürste leiden
Nach den leeren greifen sollen, nicht den vollen?

Soll das heißen, daß wir draußen bleiben
Ungeladen in der Kälte sitzen müssen
Weil da große Herrn geruhn, uns vorzuschreiben
Was da zukommt uns an Leiden und Genüssen?

Besser scheint's uns doch, aufzubegehren
Und auf keine kleinste Freude zu verzichten
Und die Leidenstifter kräftig abzuwehren
Und die Welt uns endlich häuslich einzurichten!«[66]

Else Lasker-Schüler: *»Der Weihnachtsbaum«*

Später kommen sie meist alle in den Keller oder man wirft sie kurz und bündig auf den Schutthaufen. Aber ich kannte auch jemand, dem genügte es nicht, die erlesene Tanne im Silberkleide zu plündern, alle die Aepfel und Nüsse und Näschereien, er sog auch noch das edle Blut aus ihrem Stamm und ihren Zweigen. Und als das neue Jahr kam, warf er den Weihnachtsbaum mit dem schimmernden Wachsengel in der Krone, – in die Wanne, zu stärken seine Glieder im duftenden Extrakt der frommen Nadeln.

Aehnlich wie dem Weihnachtsbaum ergehts dem Menschen; er ist des erkorenen Baumes Symbol. Es unterhalten sich gerne über die Weihnacht der Liebe, in ihrer grünen Sprache, die der Wind zu vermitteln pflegt, die Tannenbäume; schon die, die noch in die Baumschule gehen.

Nicht jedes von uns Kindern, Sonntagsmenschenkindern, steht einmal »ganz« im Glanz! Angezündet auf dem blauen Tisch der Weihnachtszeit; aber »jede Mama« auf Erden mit Spiel und Zuckerzeug behangen. Ihre Lichter brennen ewiglich – denn der Mutter Liebe brennt noch im Grabe und vom Himmel für ihr Kind.

Jeder Mensch möchte wenigstens ein einziges Mal »ganz« im Lichte stehen ... Doch wenn auch nur ein *einziges* Zweiglein brennt! Im ganzen Zauber des Lichts mit glitzernden Wundern geschmückt, gehört freilich zum Ausnahmeglück.

Nur die Liebe vermag den Wandel vom Dunkelsein zur Lichtwerdung zu vollbringen. Die Liebe will immer Weihnachten feiern, will anzünden und angezündet werden, beschenken und behangen werden mit bunterlei Sternen. Störe die Weihnacht nicht – über sie leuchtet der Engel der Liebe ...

Trenne Liebende nicht – über sie leuchtet der Stern der Weihnacht. Es erlöschen so bald die Lichter der liebenden Herzen, sie werden – wie vom Wehen – über Nacht ausgeblasen.

Die Liebe ist der holde Baum der Weihnacht; er ist – in Wahrheit – nicht käuflich noch umzupflanzen. Er ist *unser aller Liebesgut*. Immer neigt er seine strahlenden Zweige – uns Liebe zu pflücken. Sein leuchtendes Ebenbild zu werden, möchte ich mir wohl wünschen, immer wieder aufzuerstehen:

Wir welken längst geknickt wo angelehnt,
Am grauen Steine einer alten Mauer;
So ausgelöscht und haben uns gesehnt,
Nach einem einzigen Lichtlein in der Weltentrauer.

Wie nie auf einmal standen wir im Glanz,
Und unsere feierlichen Herzen hingegeben,
Verglühten ineinander wie im Tempeltanz.

Was soll ich weiter und auch du mit deinem Leben
Lichtlosen Dasein, das hell brannte in die Nacht.
Jäh umgebracht –
Mit meinem funkelte noch eben ...[67]

Nachdenken über Ausnahmeglück

Wer von Brecht herkommt, mag hier diejenige »Sentimentalität« wittern, der der Stückeschreiber mit seiner »Weihnachtsgeschichte« gerade entkommen wollte. Der Text der Else Lasker-Schüler (1869–1945) scheint nur so von Gefühlsseligkeit zu triefen. Ein Prosatext auf einen Tannenbaum mit »Äpfeln und Nüssen und Näschereien« im Jahr 1936! In wenigen Zeilen zehnmal das Wort Liebe! Sprachliche Wendungen, die an Kitsch grenzen: »Der Mutter Liebe brennt noch im Grabe und vom Himmel für ihr Kind« oder »Die Liebe will immer Weihnachten feiern« oder »Die Liebe ist der holde Baum der Weihnacht«. Hier scheint jemand den Rückzug in ein Märchenland fern jeder Realität angetreten zu haben, ein Eindruck, der noch dadurch erhärtet wird, daß ein Märchen hier literarisch Pate stand: das des dänischen Dichters Hans Christian Andersen (1805–1875) unter dem Titel »Der Tannenbaum«.[68]

Doch schon Andersens Text ist alles andere als idyllisch. Zwar erzählt schon er von Weihnachten aus der Perspektive eines »Tannenbaums«, der sich in seiner »Kindheit« draußen im Wald nichts sehnlicher wünscht, als zu wachsen, größer zu werden, um dann zur Weihnachtszeit in »größter Pracht und Herrlichkeit« dazustehen, aufgepflanzt »in der warmen Stube, geschmückt mit den schönsten Sachen, vergoldeten Äpfeln, Honigkuchen, Spielzeug und vielen hundert Lichtern«. Doch die makabere Pointe schon dieses Märchens besteht darin, daß der so leidenschaftlich ersehnte »Pracht- und Herrlichkeits«-Moment für den Baum zugleich der Moment des Todes ist. Im Augenblick seines höchsten Glanzes verliert er gerade jede Lebenskraft, seinem Mutterboden entwurzelt, seinem Lebensraum entfremdet. Nichts ist er jetzt als ein funktionales Objekt, kurze Zeit gebraucht, rasch verbraucht und anschließend umso rascher vernichtet. Soeben hatten ihn noch die Kinder in ihrem Glück umtanzt, schon wird er achtlos entsorgt, in kleine Stücke gehauen und im Feuer verbrannt. Eine makabere Pointe in der Tat, auch wenn Andersen seine Geschichte eher melancholisch-harmlos als sarkastisch-bitter auslaufen läßt:

> »Die Knaben spielten im Hof, und der kleinste hatte den Goldstern auf der Brust, den der Baum an seinem glücklichsten Abend getragen hatte; nun war er vorbei, und mit dem Baum war es vorbei, mit der Geschichte auch; vorbei, vorbei – und so geht es mit allen Geschichten!«

Else Lasker-Schülers Text ist sichtlich nach diesem literarischen Vorbild gearbeitet. Schon der erste Satz kommt direkt zur Sache. Lapidarer kann man einen Text kaum beginnen, aber diese Kargheit setzt zugleich ein ganzes Bündel an Assoziationen frei. Wer formuliert »Später kommen sie alle meist in den Keller«, erweckt in Lesern eine Imagination von »früher«. Was war früher? Was ist geschehen? Ein solcher Anfang also setzt sofort eine Vorgeschichte frei, ohne daß sie miterzählt werden müßte.

Drastisch verschärft aber wird von der Autorin das Motiv des vernichteten Lichterbaums dadurch, daß der Baum nicht einfach verbrannt, sondern ausgesogen wird. Nach den Signalen »Äpfel und Nüsse und Näschereien« folgt sofort das Gegensignal: »Das edle Blut aus Stamm und Zweigen« werde durch den Verbraucher »ausgesogen«. Befremdender kann das Bild kaum sein: Der Benutzer legt sich mit seinem Weihnachtsbaum (der noch den »schimmernden Wachsengel in der Krone« trägt!) in seine eigene Badewanne, um den »duftenden Extrakt der frommen Nadeln für sich zu nutzen. »Tanne« – »Wanne«: spätestens mit dieser Kombination ist jede Gefühlsseligkeit aus diesem Text verbannt. Und auch dieser Unterschied zu Andersen will bedacht sein: Während der Däne sein Märchen noch relativ harmlos enden läßt nach der Devise: Alle Geschichten gehen einmal zu Ende, macht Else Lasker-Schüler den Weihnachtsbaum ganz anders zum Symbol des Menschen schlechthin, zum Symbol der Geschichte des Menschen. Der Vergleichspunkt zeugt von schonungslosem Realismus: So wie es für den Weihnachtsbaum auch nur einmal im Leben ein Moment des Glücks gibt, so auch für den Menschen. Genauer: Der Weihnachtsbaum steht wenigstens *einmal*

»ganz« im Glanz. In der Welt des Menschen aber gibt es Glück nur als Ausnahme, obwohl jeder Mensch – so heißt es ausdrücklich – »ein einziges Mal ›ganz‹ im Lichte stehen« *will.* Das aber ist keineswegs garantiert. *»Ausnahmeglück«:* das ist des Menschen Teil.

Vollends wird jede Sentimentalität und Idyllik aus diesem Text verbannt, wenn man Herkunft und Lebensgeschichte der Autorin kennt. Als dieser Text 1936 entsteht, hatte Else Lasker-Schüler ein großes Schriftstellerleben bereits hinter sich. 67 Jahre ist sie jetzt alt. Seit drei Jahren lebt sie nun schon im erzwungenen Schweizer »Exil«, von den Nazis als Jüdin aus Deutschland vertrieben. Neun Jahre später wird sie in einem zweiten erzwungenen Exil sterben: in Jerusalem. Auf dem Ölberg liegt sie begraben. 1936: Welch ein literarisches Œuvre hatte sie bis dahin vorgelegt: 1902 ihren ersten Gedichtband »Styx«, der sie mit einem Schlag in frühexpressionistischer Zeit berühmt macht, gefolgt 1905 vom Zyklus »Der siebte Tag«. Höhepunkt der lyrischen Arbeiten »Die hebräischen Balladen« von 1913. Nicht zu vergessen die beiden Dramen: »Die Wupper«, veröffentlicht 1909, uraufgeführt 1919, oder »Arthur Aronymus und seine Väter« (1932). Es folgen nach 1936 noch eine Liebeserklärung ganz eigener Art an Palästina unter dem Titel »Das Hebräerland« (1937) und dann, publiziert in Jerusalem, »Mein blaues Klavier« (1943).

Was *Antisemitismus* bedeutet, hatte Else Lasker-Schüler am eigenen Leib erfahren. 1928 hatte sie in der Berliner Vossischen Zeitung den Text *»Sankt Laurentius«* veröffentlicht und hier von ihrer Kindheit vor dem Ersten Weltkrieg in Wuppertal-Elberfeld berichtet. Jedes Jahr pflegt man dort am 10. August das Fest des heiligen Laurentius zu feiern, des Schutzpatrons der Stadt. Diese ist deshalb ein besonderer Ort, weil hier nicht nur Christen und Juden, sondern innerhalb des Christlichen zwei Konfessionen zusammenleben, die ebenfalls einander fremd sind: Katholiken und Protestanten, wobei in Wuppertal verschärfend die Präsenz von »Pietisten« hinzukommt, spöttisch die »Mucker« genannt. Im August dann – am Laurentius-Tag – die große Prozession der ortsansässigen Katholiken. Die »lutherischen und die semitischen Kinder«, wie eine Lehrerin sich auszudrücken pflegt, sind präsent, wenn der Feiertag auf einen Sonntag fällt. Dann sind auch sie Zuschauer dieser katholischen Selbstdemonstration. Die ganze Stadt ist aufs Festlichste geschmückt. Die Mädchen tragen weiße Kleider – sind Engeln gleich. Der Katholizismus stellt sein Anderssein aus: Nonnen kommen eigens gewallfahrtet vom Kloster Neviges; auch der Kardinal aus Köln sagt sich gelegentlich an. Und doch kann – bei aller Festlichkeit –untergründig eine feindselige religiöse Stimmung nicht verschwiegen werden:

»Die lutherische Religion hatte nämlich in meiner Heimat über die katholische Religion das Uebergewicht gewonnen, und immer gab es Streitigkeiten zwischen den Lutherischen und Katholischen, zumal in Wupperthal die lutherische Sekte der Mucker lebte. Doch immer mußten es die Juden am Ende ausfressen, da sie als die kleinste Gemeinde zwischen den Christen sehr inzüchtig lebten ... Auf mich hatten die Kinder der Mucker einen besonderen Pik, weil ich ein rotes Kleidchen trug. Auch machte ich immer die Augen so weit auf. – Das sähe so gelungen aus und sonderbar, so exotisch ... kam gewiß davon, da ich immer von Josef und seinen Brüdern träumte. ›Hepp, hepp‹ riefen die lutherischen Kinder, bis die katholischen kleinen Mädchen es ihnen nachahmten. ›Hepp, hepp‹, erklärte mir der gute mitleidige Herr Kaplan, heiße nur ›Jerusalem ist verloren‹.«[69]

»Nur«? Doch so harmlos ist dieser Ruf keineswegs. »Hepp, hepp«: das ist der Hetz- und Spottruf gegen Juden bei den antijüdischen Krawallen des Jahres 1819 in Würzburg, Frankfurt, Hamburg und andernorts in Deutschland (Heinrich Heine hat es noch hautnah miterlebt). Das Wort »Hepp« (vermutlich zusammengestellt aus den Anfangsbuchstaben von »Hierosolyma est perdita«) bedeutet in der Tat »Jerusalem ist verloren«. Aber in seiner hetzerischen Variante: Jerusalem ist vernichtet, zu Recht und zur Strafe, ihr Juden seid es schuld. Die Hepp-Hepp-Stimmung bereitet Pogrome vor, ist eine vom Auslöschungs- und Vernichtungswillen bestimmte Parole.

Und doch dominiert im Text der Else Lasker-Schüler anläßlich des Laurentius-Tags der Hinweis auf den »guten, mitleidigen Herrn Kaplan«. Ihr Stück endet nicht tragisch, sondern mit einem Hauch von christlich-jüdischer Versöhnung:

»Einmal hatte Jesus Christus in der Nacht im Mond gesessen, ich schlief zwar, aber er kam im Traum zu mir ganz nahe an mein Bett und sagte: ›Jerusalem ist nicht verloren, da es in deinem Herzen wohnt‹. Das stärkte mich sehr gegen die Uebermacht meiner Angreiferinnen. Und einmal rannte mir auf dem Heimweg Adele nach. Adele war eigentlich die, die sich am spöttischen Rufen am intensivsten beteiligte. Aber gerade sie umarmte mich plötzlich, und zwar mitten auf der Straße, schob ihren Arm in den meinen und ging mit mir unter meinem neuen kleinen kostbaren Regenschirm durch die nassen Gassen ... Adele sagte zu mir: ›Ich habe dich am liebsten in der Klasse, und ich will niemals mehr ›hepp, hepp‹ rufen.‹ Sie war nämlich beichten gegangen, und der Herr Kaplan hatte ihr eine Menge Rosenkränze aufgegeben zur Buße. – Und um Vergebung müsse sie mich bitten. Das gestand sie mir mit ihrem ganzen Herzen, mit ihrer ganzen Kraft und ihrer tränenüberströmten Liebe und der wirklichen Sehnsucht nach einer Freundin. Wir hüpften dann beide durch die Pforte in unser Gärtchen, aßen vom Süßholzbaum und pflückten die paar noch unreifen Haselnüsse.«[70]

Ein Text voll von suggestiven Bildern: Jesus Christus, durch das jüdische Kind in Anspruch genommen, Jerusalem zu retten, und Jesus Christus als Bundesgenosse »gegen die Übermacht meiner Angreiferinnen«. Nicht weniger ergreifend das zweite Bild: Schulkameradin Adele bereut die antijüdische Schmähung und bittet um Vergebung, unterstützt durch den Kaplan, der die antijüdischen Ausfälle als Sünde brandmarkt und zu einer entsprechenden Buße aufruft. Vielleicht noch eindrücklicher das Schlußbild in dieser kleinen Skizze: »Wir hüpften dann beide durch die Pforte in unser Gärtchen, aßen vom Süßholzbaum und pflückten die paar noch unreifen Haselnüsse«! Eine ganze Geschichte jüdisch-christlicher Verbindung könnte man in diesen Bildern ausgedrückt sehen: Jesus Christus als Bundesgenosse der kleinen Jüdin. Die kleine Christin, die um Vergebung bittet. Der christliche Priester, der antijüdische Hetze nicht duldet. Am Ende Versöhnung zwischen dem jüdischen und dem christlichen Mädchen. Es entsteht ein Gefühl der Leichtigkeit, des neu miteinander Teilens, und die »unreifen Haselnüsse« symbolisieren die noch nicht vollendete Zukunft, das Frühreife, allzu früh Gepflückte.

Für Else Lasker-Schüler werden die »Haselnüsse« nicht reifen angesichts des weiter zunehmenden Antisemitismus in Deutschland. 1944 – schon in Jerusalem – entstehen vier Prosaskizzen unter dem Titel *»Der Antisemitismus«*, die sich im Nachlass erhalten haben. Zwei Szenen daraus, ihre Kindheit betreffend:

> »Ach wie oft hörte ich mit dem Ranzen auf dem Rücken noch 8jährig zur Schule gehend aus höhnisch verzerrten Straßenkindern, ›Jud, Jud, Jud, hast Speck gefressen etc. – ›spuk ut, spuk ut!‹ Ich schlug mich jedesmal mit der Schaar, nicht ein Haar am Kopf blieb übrig.«[71]

Oder noch deutlicher – wieder im Kontrast zum »göttlichen Juden« Jesus, der einst mit der Botschaft »Liebet euch untereinander« angetreten war:

»›Liebet euch untereinander.‹ Ermahnte Er!! … – Aber – sie saeten und säen grausamsten Haß – noch heute die Stiefvölker, auf seine Geschwister. Auf die unzähligen *schuldlosen* an des Herrlichen Kreuzestod. Ich erlaube mir zu sagen, wenn noch aus *diesem* schmerzlichen Irrtum der Zorn auf das jüdische Volk losschlage!! Doch nie vernahm ich diesen furchtbaren Vorwurf aus irgend einem Munde auf wutüberschwemmten Gassen meiner Heimat im Rheinland. Ich erlebte als Schulkind schon einige antisemitische Aufstände – auf dem Heimweg nach Schulschluß. Ich betrat weinend unser schönes Haus; selbst meiner teuren Mutter Liebe vermochte mich nicht zu trösten. Doch von unserm hohen Turm wehte immer fröhlich die Fahne.«[72]

Gerade von diesem Text fällt ein Licht zurück auf *»Der Weihnachtsbaum«*, dessen Veröffentlichungsort besonderer Aufmerksamkeit bedarf. 1932 hatte Else Lasker-Schüler im Berliner Börsen-Courier (in der Weihnachtsausgabe vom 25. Dezember) schon einmal einen Text unter dem Titel »Der Weihnachtsbaum« veröffentlicht. Es ist dasselbe Jahr, in dem ihr zweites großes Theaterstück »Arthur Aronymus und seine Väter« in Buchform erscheint. Unter dem Druck der nun schon kurz bevorstehenden »Machtergreifung« der Nazis kann es in Deutschland nicht mehr aufgeführt werden, obwohl Proben dafür angelaufen sind und die Autorin im selben Jahr noch den Kleist-Preis für ihr Stück erhalten hatte. Erst am 19.12.1936 kommt es zur Uraufführung im Züricher Schauspielhaus, und für das Programmheft dieser Inszenierung überarbeitet Else Lasker-Schüler ihren Text »Der Weihnachtsbaum« von 1932 noch einmal. Für uns Gelegenheit, das Prosastück im Lichte des Dramas und das Drama im Lichte dieses Prosastücks zu lesen.

Worum geht es in *»Arthur Aronymus und seine Väter«*[73]? Das Drama spielt in den 40er Jahren des 19. Jahrhunderts in Westfalen und bringt das fragile Verhältnis von Christen und Juden im Spiegel der Familiengeschichte des jüdischen Gutsbesitzers Moritz Schüler zur Darstellung. Historischer Hintergrund sind die antijüdischen Exzesse in den Orten Geseke und Strömede im Jahre 1844. Die Ausschreitungen entzünden sich an der Tatsache, daß ein 14jähriger jüdischer Junge zum katholischen Glauben konvertieren will, was dessen Eltern unter allen Umständen verhindern wollen. Die christliche Umgebung wird dadurch aufgeputscht und in aggressive Stimmung versetzt. Im Mai 1844 kommt es zu ersten Übergriffen, weitere antijüdische Demonstrationen folgen. Unter dem Druck der Gewalt gibt die jüdische Familie den Widerstand gegen die Konversion ihres Jungen auf.

Ähnlich verläuft auch die Handlung des Dramas – im Mittelpunkt die Familie von Moritz und Henriette Schüler mit ihren 23 Kindern. Obwohl scheinbar gesellschaftlich integriert (eine Tochter, Katharina, wird mit dem christlichen Apotheker Vogelsang verheiratet), spürt die Familie immer wieder aufflackernden Antisemitismus. Dora Schüler, eine weitere Tochter, ist an Veitstanz erkrankt, was Gerüchte unter den katholischen Dorfbewohnern nährt, sie sei eine Hexe. Um der Hetze und der latenten Pogrom-Stimmung im Dorf ein Ende zu setzen, schlägt der ortsansässige Kaplan Bernhard vor, den Sohn der Familie, Arthur, taufen zu lassen; der Kaplan hat ihn ins Herz geschlossen. Moritz Schüler lehnt dies kategorisch ab. Betroffen von den antijüdischen Ausschreitungen, veranlaßt der Kaplan daraufhin den Bischof der Region, in einem Schreiben den Antisemitismus von seiten der Kirche ausdrücklich zu verurteilen. Das kann die Pogrom-Stimmung zwar eindämmen, nicht aber beenden. Dora wird zwar nicht mehr bedroht, die Kinder vollziehen die Hexenverbrennung aber im Spiel an Arthur, der sie mit einem Sprung vom »Scheiterhaufen« beendet. Die gemeinsame Feier des Seder-Abends von Familie Schüler, Kaplan Bernhard, dem Bischof und armen Mitgliedern der jüdischen Gemeinde bildet den Schluß – ein Bild, das den ungebrochenen Glauben der Autorin an eine Versöhnbarkeit von Christen und Juden in Deutschland eindrucksvoll demonstriert.

Ausgerechnet eine Schlüsselszene im Drama ist verbunden mit dem christlichen *Weihnachtsfest*. An Weihnachten kommen im Hause von Kaplan Bernhard dessen Nichten Narzissa und Ursula sowie der Sohn der Familie Schüler zusammen: Arthur Aronymus. Im Zimmer steht ein geschmückter Christbaum. Als die Szene (6. Bild) eröffnet wird, knien die christlichen Mädchen »vor einem kleinen Altar vor dem Kreuz, daran Herr Jesus hängt«. Noch stellt der Kaplan seinen Nichten den jüdischen Jungen als »kleinen Freund« vor, bevor es an die Bescherung geht. Beglückt ist Arthur über das Schaukelpferd, das er geschenkt bekommt. Sehr bald freilich wird die gelöste Stimmung brutal unterbrochen. Von außen dringen anonyme antisemitische Schmährufe in die Wohnung: »Dat käm ein Christenkind zugut, herfür mit dinne Judenbrut!« Arthur läßt sich zunächst davon nicht weiter beeindrucken, ja läßt sich durch eine der Nichten »verführen«, vom Baum die »Schaumkugel« zu stibitzen, was eigentlich verboten ist. Als der Kaplan dies merkt, entschlüpft ihm der Satz: »Aber du willst doch nicht gar ein dreister Judenjunge werden?« Sofort erschrickt er selber über die ihm entfahrene Bemerkung.

Für Arthur aber hat sich die Situation mit einem Schlag verändert. Er ist, wie es in der Regieanweisung heißt, »instinktiv schwer erschrocken, jäh erwacht, dann apathisch«, und ruft auf einmal »weinerlich und furchtbar schmerzlich« nach seiner Mutter. Der Kaplan ist erschüttert. Arthur aber schwingt sich auf sein Schaukelpferd und stößt den Satz aus: »Nun bin ich bald zu Hause angekommen«. Ein Satz, der das Scheitern der Integration von Juden in die christliche Gesellschaft signalisiert: Arthurs Zurückgestoßensein auf »zu Hause«, sein Judentum. Die Szene kommt einem Initiationsritus gleich, ausgerechnet an Weihnachten, eine Symbolik, die sich die Dramatikerin bewußt zunutze macht. An Weihnachten, dem Fest der Menschwerdung des Gottessohnes, der ein Jude war, erfährt das jüdische Kind seine Identität als Jude, die ihm die christliche Gesellschaft durch »Überredung« zur Taufe nehmen wollte. Die Szene endet freilich dadurch, daß sich der »schwer schuldig fühlende Kaplan mit seinem Rosenkranz vor den Altar kniet und unter Tränen den Satz spricht: Vergib mir armem Sünder, Jesus Christus, diese giftige Muschel! Längst geläutertes Blut trieb sie an den Strand meiner Lippen.«

In der gleichzeitig mit dem Drama publizierten Prosafassung des Stoffes unter dem Titel *»Arthur Aronymus. Die Geschichte meines Vaters«* (1932) ist diese Szene sogar noch etwas abgründiger beschrieben. Der Spottsatz des Kaplans hatte noch eine geschlechtsspezifische Variante: »Du willst doch nicht etwa ein kleines Judenmädchen werden?«, worauf in der Prosafassung die Passage folgt:

> »An diesem Teufel, der seinem keuschen Munde entschlüpfte, litt der Priester eigentlich sein ferneres Leben lang. Selbst seinem Heiland vermochte er keinerlei Rechenschaft zu geben, wer die giftige Muschel einer längst vererbten und verebbten Quelle an den Strand seiner Lippen gewissenlos zu schleudern sich erfrechte! Er hatte ja den Jungen, den kleinen Arthur Aronÿmus, vom Herzen lieb und mußte sich eingestehen, er bevorzugte ihn selbst vor den ihm anvertrauten Schafen seiner Gemeinde, trotzdem er im Programm seiner theologischen Laufbahn bis vor kurzem noch jede Bevorzugung gewissenhaft vermied.«[74]

Nach solchen und ähnlichen Brüchen ist die Schlußpointe von Drama- und Prosatext umso überraschender. Im Drama verbringen Christen und Juden den Seder-Abend des Pessach-Festes gemeinsam. Henriette Schüler wird als Erwartung für die Zukunft in den Mund gelegt:

> »Und mit einem bisschen Liebe gehts schon, daß Jude und Christ ihr Brot gemeinsam in Eintracht brechen, noch wenn es ungesäuert gereicht wird.«[75]

In der Prosafassung wird dieser Satz sogar als Konsens zwischen Vater Schüler und dem Bischof ausgegeben:

> »›Und gehalten wird das Gesetz‹, erklärte gerade der Vater … Seine Gnaden bejahte aufmerksam jedes Wort des klugen Herrn Vaters, meines Vaters Vaters mit wohlwollender Geste und beide Herren kamen darüber ein, ›mit einem bisschen Liebe gehts schon, daß Jude und Christ ihr Brot gemeinsam in Eintracht brechen‹ – ›noch wenn es ungesäuert gereicht wird‹, vollendete artig die Mutter meines nun auch schon in Gott ruhenden Vaters: Arthur Aronÿmus.«[76]

Im Lichte dieser Szenen wird nun auch der Text *»Der Weihnachtsbaum«* in seiner Schlüsselpointe besser verständlich. In vollem Bewußtsein der Brüche zwischen Christen und Juden signalisiert er, daß die Autorin das christliche Fest (»Weihnachten«) auf ihre Weise auch als Jüdin mitfeiern kann, weil sie es als ein Fest der Liebe universalisiert hat. Nicht das christliche »Heilsereignis« ist für sie von Bedeutung (im Text keine Anspielung auf Jesus Christus), wohl aber das, was auch Christen der Sache nach als Sinn dieses Festes bejahen: die universale Liebe. Ihr ganzes Werk hindurch hatte Else Lasker-Schüler immer wieder diese Liebe beschworen, gefeiert und besungen – gerade im Bewußtsein, daß Menschen immer nur »Ausnahmeglück« geschenkt ist. Aus der christlichen Exklusivität (Gottes Liebe kommt zur Welt durch die Menschwerdung des Gottessohnes) macht sie eine Menschen aller Religionen verbindende Universalität: Wo geliebt wird, da ist Weihnachten. Die Liebe »will immer Weihnachten feiern«. Statt einer Anspielung auf die neutestamentliche Liebesbotschaft enthält der Text deshalb gezielt eine Anspielung auf die Liebesbotschaft der Hebräischen Bibel. Denn der Satz »Störe die Weihnacht nicht« ist eine bewußte Anknüpfung an das biblische Hohelied der Liebe: »Stört die Liebe nicht auf, weckt sie nicht, bis es ihr selbst gefällt« (2,7).

Mit Christen hatte Else Lasker-Schüler persönlich immer wieder Weihnachten gefeiert. In einer autobiographischen Reminiszenz aus dem Jahre 1940, im Nachlass gefunden, kann man bei ihr lesen: »Es war nach einer Weihnachtsbescheerung bei lieben Freunden (Weihnachten feierten namentlich in der Spreehauptstadt, Christ und Jude, noch vor diesen trüben sieben Jahren, einen gemeinschaftlichen kindlichen Geburtstag), als ich heim in meinen gastlichen berliner Sachsenhof kam, in meine warme Stube dicht unter dem Himmel, der leise schneite, wünschte ich mir, trotz der vielen Presente, auch von der geschmückten Tanne selbst, etwas geschenkt zu bekommen, was keinem Menschen am Abend bescheert ward – ja im ganzen Lande, ja in der ganzen Welt.«[77]

»Von der geschmückten Tanne selbst etwas geschenkt bekommen«: Gerade dieser Satz weist zurück auf den Prosatext vom »Weihnachtsbaum«. An dessen Ende steht bewußt in Gedichtform (dem Andersen-Märchen folgend) noch einmal die Perspektive des Baums, der einstmals »im Glanz« stand, jetzt aber »jäh umgebracht« ist. Schon 1928 hatte Else Lasker-Schüler ein Gedicht mit dem Titel *»Weihnacht«* geschrieben. Es ist ein Liebesgedicht, was sonst?

»Einmal kommst du zu mir in der Abendstunde
Aus meinem Lieblingssterne weich entrückt
Das ersehnte Liebeswort im Munde
Zündet meine weißen Lichte an.
Alle Zweige warten schon geschmückt.

›Wann‹ – ich frage seit ich dir begegnet – ›wann?‹
Einen Engel schnitt ich mir aus deinem goldenen Haare
Und den Traum, der mir so früh zerrann.
O ich liebe dich, ich liebe dich,
Ich liebe dich!

Hörst Du, ich liebe dich – – –
Und unsere Liebe wandelt schon Kometenjahre,
Bevor du mich erkanntest und ich dich.«[78]

Ilse Aichinger: *»Das große Spiel«*

Maria ließ das Bündel fallen und Josef stieß den Engel leicht in die Seite. Der Engel wandte den Kopf und lächelte hilflos zu den Heiligen Drei Königen hinüber, die als Landstreicher verkleidet nebeneinander auf der großen Kiste saßen. Die Heiligen Drei Könige zogen die Beine ein wenig hoch und starrten brennend, mit blassen, finsteren Gesichtern nach der Tür. Es hatte geläutet. [...]

»Öffnet«, sagte der Engel leise, »öffnet lieber!« Das Leintuch blieb hängen und hinderte ihn, vom Schrank zu springen. Der Krieg stieß die Tür ins Vorzimmer auf. Die drei Landstreicher jagten hinaus.

Öffnet, öffnet jedem, der euch verlangt! Wer nicht öffnet, versäumt sich selbst.

Die Kinder rissen entschlossen die Flurtür auf und prallten enttäuscht zurück.

»Du? Sonst niemand?«

Verweint und erschöpft lehnte Ellen an dem eisigen, grauschwarzen Stiegengeländer.

»Weshalb habt ihr nicht aufgemacht?«

»Du hast das Zeichen nicht gewußt!«

»Ihr habt es mir nicht gesagt.«

»Weil du nicht zu uns gehörst.«

»Laßt mich mitspielen!«

»Du gehörst nicht zu uns!«

»Und weshalb nicht?«

»Du wirst nicht geholt werden.«

»Ich verspreche es euch«, sagte Ellen, »daß ich geholt werde.«

»Wie kannst du solche Dinge versprechen?« rief Georg zornig.

»Manche wissen es«, sagte Ellen leise, »und manche wissen es nicht. Und geholt werden alle.«

Sie stieß die andern beiseite und rannte allen voran in die Finsternis. Und sie zerrte den Engel an seinem weißen Leintuch fast vom Schrank und bettelte: »Laßt mich mitspielen, bitte laßt mich doch mitspielen!«

»Deine Großmutter hat dir verboten, mit uns zu spielen«, sagte Leon, der Engel auf dem Schrank.

»Weil meine Großmutter immer noch glaubt, daß es ein Glück ist, zurückzubleiben.«

»Und du?«

»Schon lange nicht mehr«, sagte Ellen und schlug die Glastür hinter sich zu. Wieder schloß sich der Raum um die Kinder wie eine schwarze Kapuze.

»Wir haben keine Rolle mehr für dich.«

»Laßt mich die Welt spielen!«

»Ein gefährliches Spiel«, sagte Leon.

»Ich weiß«, rief Ellen ungeduldig.

»Hanna spielt die Welt«, murrte Kurt.

»Nein«, sagte Ellen leise, »nein! Heute nacht geholt worden.«

Die Kinder rückten ab und bildeten einen Kreis um sie.

»Weiter!« rief Leon fiebrisch. »Wir müssen weiterspielen!«

»Leon, wer hat uns so schlechte Rollen gegeben?«

»Schwere Rollen, und sind nicht die schwersten Rollen die besten?«

»Aber was für ein furchtbares Publikum wir haben, ein dunkler Rachen, der uns verschlingt, Menschen ohne Gesichter!«

»Hättest du mehr Erfahrung, Ruth, du wüßtest, daß vor jeder Bühne eine seufzende Finsternis ist, die getröstet sein will.«

»Wir sollen trösten? Wer tröstet uns?«

»Wer hilft uns auf den Lastwagen, wenn er zu hoch ist?«

»Fürchtet euch nicht!« rief Leon und sein Kopf züngelte wie eine schmale, dunkle Flamme aus den weißen Tüchern. »Denn siehe, ich verkündige euch eine große Freude!«

»Ihr dürft verrecken, das ist alles!« unterbrach ihn Kurt.

Der Engel verstummte vor dem Mißtrauen auf den nächtlichen Feldern, vor den blassen Gesichtern der Ausgelieferten. Er wußte nicht weiter.

»Noch lange nicht alles«, half ihm eines der Kinder aus der Finsternis, »denn euch ist heute –«

Unten durch die enge Gasse fuhr ein schwerer Lastwagen. Die Fenster zitterten und auch der Himmel vor den Fenstern begann zu zittern. Die Kinder zuckten zusammen, waren versucht, zum Fenster zu stürzen, rührten sich aber nicht. Der Lastwagen dröhnte, wurde leiser, fuhr vorbei und entfernte sich. Jedes Dröhnen verstummt irgendwann vor der Stille, jeder Laut ist vergeblich, den sie nicht erfüllt.

»Weiter, spielt weiter!«

Zu spielen. Es war die einzige Möglichkeit, die ihnen blieb, die Haltung knapp vor dem Unfaßbaren, die Anmut vor dem Geheimnis. Dieses verschwiegenste Gebot: Spielen sollst du vor meinem Angesicht!

In der Sturzflut der Qualen hatten sie es erraten. Wie die Perle in der Muschel lag die Liebe in dem Spiel.

»Kommt, streitet nicht!«
»Seht, unser Licht geht aus,
der Sturm will es verwehen
und unsere Kraft zerbricht.«
»Wir wollen schlafen gehen«,

Stille setzte ein, das Stichwort für die Engel. Leon sprang mit einem Ruck vom Schrank in den matten Kreis der Laternen. Er sprang dazwischen, um darüber zu bleiben. Und er warf ihre Frage zurück:

»Habt ihr den Frieden gesehen?«
»Wir sahen ihn nicht.«

Die Landstreicher sanken nieder und zogen die Kapuzen tief und endgültig über ihre verwirrten Gesichter.

»Wenn ihr sehen könntet, wie ich euch sehe!« stammelte der Engel seiner Rolle entgegen. »Wie still ihr da liegt und wie unmenschlich tapfer in diesem finsteren Zimmer!«

Er ließ die Arme hängen. Die Lust, zu schauen, und der Ruf, das Bild zu halten, überwältigte ihn auch hier. Wenn ihr sehen könntet, wie ich euch sehe. Aber das Licht nahm ab.

»Wie schade, Leon, daß du nie Regisseur sein wirst!«

»Doch, ich werde es sein. Auf dem Lastauto und im Waggon, es wird ein gutes Stück, das könnt ihr mir glauben! Kein Happy-End und kein Applaus, still sollen sie nach Hause gehen, mit blassen Gesichtern, die im Finstern leuchten –«

»Sei still, Leon! Siehst du denn nicht, wie rot ihre Gesichter sind und wie schillernd ihre Augen? Hörst du sie denn nicht jetzt schon lachen, wie sie lachen werden, wenn man uns über die Brücken führt?«

»Leon, in welcher Währung wird man dich bezahlen und mit welcher Gesellschaft läuft dein Vertrag?«

»Menschliche Gesellschaft, zahlt mit Feuer und Tränen.«

»Bleib ein Engel, Leon!«

Leon zögerte. Er breitete die Arme über die schlafenden Landstreicher aus. »Schlaft tief –«, er holte Atem, schwieg einen Augenblick und sprach dann weiter:

»Vielleicht im Traum
schenkt Gott euch,
was ihr suchen gingt
auf einem falschen Weg.
Löscht eure Lichter aus,
denn keins von ihnen führt nach Haus,
einzig das Licht der Liebe blinkt
über den schwachen Steg!«

Der Engel beugte sich nieder und blies die Laternen aus. Wie die letzte einsame Kerze in einem dunklen Fenster blieb er in der Finsternis.

»Werft euern Stolz dahin,
er macht euch gegen nichts gefeit,
die Liebe hat ein anderes Kleid.
Ich frage euch: wohin
wollt ihr den Frieden suchen gehen?
Das Streiten hat hier keinen Sinn,
der Friede liegt im Herzen drin,
das habt ihr übersehn.«

Der Engel breitete die Arme so weit über die drei Schlafenden aus, als wollte er damit alle Schlafenden und auch die Geheime Polizei umfangen, die am hellsten zu wachen glaubte und am tiefsten schlief.

»Schlaft tief,
vielleicht im Traum
schenkt Gott euch,
was ihr suchen gingt
durch Mord und Brand.
Löscht eure Lichter aus,
denn keins von ihnen führt nach Haus,
allein das Licht der Liebe strahlt
von Land zu Land.«

Der Engel trat zurück. Die Landstreicher bewegten sich unruhig im Schlaf. In der Finsternis hörte man, wie Josef erregt auf Maria einsprach. »Komm jetzt, wir sind an der Reihe!« Aber sie rührte sich nicht.

»Komm!« rief der Engel.

Maria packte das Bündel fester. »Ich habe keinen Schleier«, sagte sie, »und ohne Schleier spiel ich nicht.«

»Was meinst du damit?« fragte Leon. »Und jetzt?«

Die drei Landstreicher sprangen auf und fielen lärmend über sie her. »Spiel, hörst du, spiel!« Und sogar der Krieg, den Helm in der Hand, bat: »Spielt weiter, spielt doch weiter!« Ihr Schreien drang auf den Flur.

»Wolltest du die Maria spielen, ja oder nein?«

»Ja«, erwiderte Bibi, »aber nicht ohne Schleier. Ihr habt mir einen Schleier versprochen, und ohne Schleier spiele ich nicht mit!« Sie preßte das Bündel furchtsam an sich.

»Wenn es nichts anderes ist«, sagte Ellen langsam und riß ihre Tasche auf. Ein weißes Tuch leuchtete in den finsteren Raum. Bibi legte das Bündel beiseite. Die andern stiegen rasch von Kisten und Sesseln, kamen näher und tasteten mit kalten Fingern danach. Bibi hatte es schon gepackt und sich darin eingehüllt.

»Wie schön du bist!« riefen die Kinder. Sie klatschten in die Hände, warfen Falten, strichen sie wieder glatt und sahen geblendet hinauf wie arme Seelen am Rande des Fegefeuers, wo Himmel und Hölle mit ihren letzten Halbinseln grenzen. Und sie lachten glücklich. Wenn ihr sehen könntet, wie ich euch sehe, dachte Leon. Aber während er glaubte, das Bild zu verlieren, blieb es im wachen Blick des beiseitegelegten Gottes.

»Wenn es nichts anderes ist«, wiederholte Ellen zornig. Ihr Gesicht tauchte lauernd hinter Bibi auf. Und ehe die imstande war, sich von ihrem erstaunten Spiegelbild zu trennen, hatte sie ihr den Schleier vom Kopf gerissen, schwang ihn hoch und drehte ihn um sich selbst. Finster funkelten ihre Augen aus dem fließenden Glanz.

»Du«, rief Bibi, »wie ein Kameltreiber siehst du aus!«

»Das ist mir gerade recht.«

»Gib den Schleier her!« sagte Bibi undeutlich. Stumm und kampfbereit standen sie sich gegenüber. Das Wunder war zur Welt gekommen, aber die Welt wollte es selber sein. Maria hatte Bedingungen gestellt, der Engel hatte vergessen, die drei Könige zu warnen, und Gott war dem Herodes in die Hände gefallen. [...]

Es klopfte, gleich darauf öffnete jemand. In der Tür stand die Dame vom Zimmer nebenan. Sie trug in der rechten Hand einen kleinen, mit Lederriemen verschnürten Koffer, in der linken einen zusammengeklappten Schirm und auf dem Kopf eine bunte Mütze mit einer Feder.

»Alle guten Geister«, sagte der Krieg, ohne den Satz zu vollenden, und nahm den Helm ab. Es gehörte nicht zum Spiel.

»Was tut ihr hier im Finstern?« Sie tastete nach einem Schalter. Josef legte den Arm schützend um Maria, als könnte er sie bewahren vor dem trügerischen Licht. Die andern rührten sich nicht. Die Dame von nebenan wiederholte ihre Frage, aber sie bekam keine Antwort.

»Ihr seid krank«, sagte sie erschrocken. Sie hatte auf dem alten Teppich drei zerlumpte, unbewegliche Gestalten bemerkt, dahinter Krieg und Engel, die nebeneinander auf einer Kiste saßen und flüsterten, und den schwarzen Hund zwischen Josef und Maria.

»Wohin gehen Sie?« fragte Georg.

»Weg!« erwiderte sie.

»Weg«, sagte Leon nachdenklich, »weg gehen viele. Aber vielleicht ist es die falsche Richtung.«

»Ihr solltet auch weggehen, unter allen Umständen! Die Gegend ist gefährlich.«

»Mit der Zeit werden fast alle Gegenden gefährlich«, sagte Leon.

»Wir wollen nicht mehr weggehen.«

»Ihr werdet es bereuen!«

»Reue ist ein großes Gefühl«, sagte der Krieg und setzte seinen Helm wieder auf. Herbert mußte lachen und hüstelte.

Die Dame von nebenan schüttelte hilflos den Kopf. Sie war dieser Art von Rebellion nicht gewachsen. »Ich gehe jetzt jedenfalls, ihr bleibt allein in der Wohnung!«

»Wiedersehen«, sagte Leon.

Josef und Maria folgten ihr und sperrten ab. Aufgeregt rannte der kleine Hund hinterher. Sie verlöschten alle Lichter und behielten nur die Laterne und das Bündel im Arm.

> »Ich geb es euch zum Hüten,
> leg es in eure Hände –«

aber ehe Maria das Bündel zwischen die Schlafenden legen konnte, fiel Ellens Schatten über sie.

> »Ich bin die Welt
> und auf der Flucht,
> ach, daß ich Frieden fände!«

Die Welt war barfuß und hatte eine alte Decke um Kopf und Schultern geschlungen, wirr und lang hing ihr Haar darunter hervor.

»Der Krieg jagt mich von Haus zu Haus,
er fängt mich ein und lacht mich aus,
er treibt mich aus mir selber aus
in Angst und Feuerbrände.«
»Wen suchest du?«
»Ich suche Ruh.«
»Voll Blut sind deine Hände!«

Erschrocken lehnte sich Maria an Josefs eckigen Körper. Unter dem Hubertusmantel hörte sie sein Herz schlagen, das flößte ihr Mut ein.

»Wir tragen Gott,
sind auf der Flucht.
Die Welt jagt uns von Tür zu Tür,
hat uns nicht aufgenommen,
drum suchen wir die Herberg hier,
wir flohen ja vor dir.«
»Vor dir!«
»Nun bist du doch gekommen.«

Der schwarze, kleine Hund spitzte die Ohren und schnüffelte. Die Verwunderung der Heiligen Familie griff auch auf ihn über. Sie durchdrang die Kühle des vergessenen Raumes und überwältigte sie: Kommt ihr uns doch immer wieder nach? Kreuzigt ihr doch nur, womit ihr nicht fertig werdet, und müßt zuletzt unter den eigenen Kreuzen die Zuflucht finden? Peitscht uns, tötet uns, trampelt uns nieder, einholen könnt ihr uns erst dort, wo ihr lieben oder geliebt werden wollt. Wo ihr den Fliehenden auf der Spur bleibt, um Zuflucht bei ihnen zu finden. Werft eure Waffen weg und ihr habt sie erreicht.

»Wollt ihr mich nicht verbergen
in euerm hellen Schleier?«

Mit abgetretenen Absätzen stieß der Krieg an den Rand der Kiste, um sein Kommen einzuleiten. Furchterfüllt starrte die Welt um sich.

»Da ist er,
höret ihr!«

Der Krieg war von der Kiste gesprungen. Seidig knisterte die Finsternis.

»O laßt mich ein,
wenn ihr es nur versucht!«
»Wir sind selbst Fremde hier
und auf der Flucht –«

Maria blieb stecken. Der Krieg, zum Griff bereit, wich vor sich selbst zurück. Denn es hatte geläutet und es läutete noch immer. Es läutete zum zweitenmal.

Es gab aber in diesem Spiel keinen Souffleur, keinen, der den Ernst milderte und die Verwegenheit allen Spielens flüsternd untergrub, keinen, der den Einsatz angab, ohne sich einzusetzen. Beides fiel endgültig zusammen. Der das Einspringen übersieht, verwirft sich, und der das Ausspringen übersieht, verwirft sich doppelt. Wie schwer es war, zu kommen und zu gehen zur rechten Zeit wie Morgen und Abend. Daran lag alles. Aber die Kinder wußten nicht weiter, denn es läutete Sturm. [...]

Es war der Herr von drüben. Die Kinder atmeten erleichtert auf. Der Herr, der ihnen helfen wollte. Leon kannte ihn flüchtig von früher. Er besuchte ihn öfter und schien sich nichts aus dem Stern an der Tür zu machen; er kannte auch seine Freunde. Er hatte, wie er den Kindern immer wieder versicherte, einigen Einblick. Und er hatte auch versprochen, sie zu warnen, sobald er etwas erfahren sollte.

Sie drehten das Licht an und brachten einen Sessel. Der Fremde verlangte ein Glas Wasser. Als er den Helm unter dem Klavier bemerkte, erkundigte er sich, woher sie ihn hätten.

»Ausgeborgt«, murmelte Kurt.

»Was los?« fragte Leon ungeduldig.

Der Mann antwortete nicht gleich. Schweigend umstanden ihn die Kinder. Ruth brachte ein Glas Wasser. Er trank langsam, und sie betrachteten ihn ehrfürchtig. Keines von ihnen wagte, noch mehr zu fragen. Er streckte die Beine von sich und sie wichen ein wenig zurück. Als er sie einzog, kamen sie nicht wieder näher. Er sagte: »Fürchtet euch nicht!«

»Ich bin es«, ergänzte Ellen. Der Mann warf ihr einen ärgerlichen Blick zu. Er wischte sich einen Tropfen vom Mundwinkel und hustete. Georg klopfte ihm auf die Schulter, erschrak und sagte: »Entschuldigen Sie, bitte!«

Der Mann lächelte, nickte und sah nachdenklich an ihren kleinen steifen Füßen entlang. Wenn man alles andere wegdachte, sah es aus wie eine Reihe von Schuhen, die zum Putzen bereit standen. Ruth seufzte. Er hob den Kopf und sah sie aufmerksam an. Dann sagte er plötzlich: »Es ist alles abgeblasen. Die Deportationen nach Polen sind eingestellt.«

Die Kinder rührten sich nicht. Von weitem hörte man das Hupen eines Feuerwehrautos, den letzten Ton immer um eine halbe Note zu hoch.

»Wir sind also gerettet?« sagte Leon. »Gerettet«, wiederholte Herbert. Es klang, als sagten sie: »Verloren.«

»Ich glaube es nicht!« rief Ellen. »Wissen Sie es sicher?«

»Und woher?«

Der Fremde begann zu lachen, krampfhaft, laut und so lange, bis sie über ihn herfielen: »Ist es wahr, ist es wirklich wahr?« und der schwarze, kleine Hund knurrend an seinen Hals sprang.

»So wahr ich lebe!«

»Aber wie wahr leben Sie?« murmelte Ellen.

Er sprang auf, empört schüttelte er sie ab. »Ihr seid unverschämt. Was wollt ihr eigentlich?«

»Spielen«, sagte Georg, »wir waren gerade mitten darin!«

Finster drohte sein Gesicht unter der zerlumpten Kapuze hervor: Stör uns nicht, täusch uns nicht, laß uns! Gerettet, ein fremdes Wort. Wort ohne Inhalt, Tor ohne Haus. Gibt es einen Menschen auf der Welt, der gerettet ist?

Der Fremde sprach zornig vor sich hin und suchte nach seinem Hut. »Bleiben Sie«, baten die Kinder, »wissen Sie denn nichts Sicheres?«

»Sicher ist, daß ihr verrückt seid!« Er ließ sich in den Sessel zurückfallen und begann wieder zu lachen. »Ich wünsche eine Erklärung«, sagte er, als er sich wieder beruhigt hatte.

»Uns liegt nicht mehr soviel daran«, erwiderte Georg.

»Eines Tages«, sagte Leon, »wenn alles vorüber wäre, würden wir aneinander vorbeigehen und uns nicht wiedererkennen.«

»Unter großen Regenschirmen!« rief Ellen.

»Es ist wahr«, sagte Leon nachdenklich, »wir wollen nicht mehr zurück.«

»Ich schon«, unterbrach ihn Bibi, »ich schon, ich will hierbleiben und tanzen gehen. Ich will, daß mir noch jemand die Hand küßt!«

Der Fremde stand ganz still. Dann beugte er sich plötzlich über sie und tat es. »Danke«, sagte Bibi verlegen. Hell und flüchtig hing ihr Atem in der Luft. Sturm fuhr um den Häuserblock, es war kälter geworden.

»Man sieht den Hauch!« sagte Herbert.

Georg sah auf die Uhr. Wie gestoßen bewegte sich der kleine Zeiger. Gleich darauf schien er zu bemerken, daß er immer wieder an dieselbe Stelle kam, und blieb stehen. Er war betrogen worden. Seit die Kinder das Spiel unterbrochen hatten, sanken schwere Pausen zwischen die Sekunden, die Abstände wuchsen.

»Was habt ihr denn eben gespielt?« sagte der Fremde.

»Frieden suchen«, erwiderte Herbert.

»Spielt doch weiter!«

»Sagen Sie uns erst genauer, was mit uns geschehen soll!«

»Genaueres weiß ich nicht. Befehl von oben, die Deportationen sind eingestellt. Ganz unerwartet.«

»Richtig«, rief Georg, »ganz unterwartet, aber warum wartet niemand darauf? Weshalb geschieht das Gute immer unerwartet?«

»Spielt jetzt weiter«, sagte der Fremde, »spielt mir vor!« Es klang wie ein Befehl.

»Wir spielen«, sagte Leon, »aber wir spielen niemandem vor.«

»Spielen Sie doch mit!«

»Ja, spielen Sie mit!«

»Aber nein!« rief der Fremde aufgebracht, schüttelte den Kopf, wurde ein wenig blasser und schob die Kinder von sich. »Lächerliche Gesellschaft!«

»Weshalb sind Sie so zornig?« fragte Herbert erstaunt.

»Ich bin nicht zornig. Ich bin uninteressiert.«

»Seien Sie lieber zornig«, sagte Georg brüderlich.

»Wir spielen das Spiel noch einmal, für Sie. Aber sie müssen mitspielen!«

»Ist das die Probe oder ist es die Aufführung?«

»Das wissen wir selber nicht.«

»Und habt ihr denn eine Rolle für mich?«

»Sie können einen Landstreicher spielen.«

»Etwas Besseres nicht?«

»Zuletzt werden Sie die Lumpen abwerfen und ein heiliger König sein!«

»Werde ich das? Und gibt es nicht nur drei heilige Könige?«

Der Fremde spielte mit. Er spielte im Namen aller unheiligen Könige, eine große stumme Rolle. Er ging hinter den Kindern her und belauschte ihre verzehrende Sehnsucht. Er hörte ihr verzweifeltes: »Es ist niemand hier!« und erschrak.

Über ihre Köpfe hinweg starrte er zur Tür.

»Warum spielt ihr im Dunkeln?«

»Wir sehen besser so!«

Er vermied es, weiter zu fragen. Herbert hatte die warmen Finger in seine große, feuchte Hand gelegt und wies ihm behutsam den Weg. Dicht hinter den drei Landstreichern ging mit schweren ungeschickten Schritten der fremde Mann.

»s' ist jemand hier!«
»Wer kann das sein?«
»Wir bilden uns wohl alles ein.«
»Wir sind allein
und schon zu müd!«
»Drum schließt die Tür,
das Licht verglüht,
bald wird es kalt und finster sein
und alle Hoffnung flieht.«

Der Fremde ließ sich zögernd mit den Landstreichern zu Boden fallen und stellte sich schlafend. Groß und stumm lag er zwischen ihnen. In der Wohnung darüber hörte man Schritte. Jemand ging unruhig auf und ab.

Der Fremde grub den Kopf in die Arme.

»Du armer Mann,
daß ich dir doch sagen kann,
wie Gottes Liebe glüht.«
»Wer ist es, der mich rief?
Ich bin zu müd, bin viel zu müd!«
»Er schläft ja tief!«

Josef wollte Maria weglocken, weg von diesen Vermummten, die immer noch nicht wußten, ob sie gut oder böse waren, weg von diesem vierten stummen Landstreicher, aber sie zögerte.

»Er lacht!« rief sie plötzlich. »Schaut her! Er lacht uns aus!«

»Er erstickt ja fast!«

»Was gibt es denn zu lachen?«

»Warum lachen Sie?«

Georg rüttelte zornig an seinen Schultern. Sie rissen ihm den Schal vom Hals und versuchten, seinen Kopf zu heben, aber es gelang ihnen nicht.

Mit aller Kraft bemühte sich der Fremde, sein Gesicht zu verbergen. Wie ein bebender Berg lag er in ihrer Mitte und ließ ihre harten, eckigen Fäuste auf seinen Mantel trommeln. Es schien ihm wohlzutun. Seine Schläfen waren rot angelaufen. Herbert zerrte an seinem Kragen.

»Was gibt es denn zu lachen? Worüber lachen Sie?«

»Laßt los«, sagte Leon zornig, »laßt sofort los!« Aber Herbert hörte nicht. Er glaubte an den Fremden, er hatte seine Hand gehalten. Fieberhaft riß er an dem Mantel.

»Du reißt mir noch den Kragen ab«, sagte der Mann und hob den Kopf.

»Er weint«, sagte Ellen.

»Gebt ihm den Hut zurück!«

»Nein«, sagte der Fremde, »nein, das ist es nicht.«

Für einen Augenblick vergaß er um eines anderen Auftrags willen den Auftrag seiner Behörde. Er vergaß, daß er ein Häscher war, er vergaß die Geheime Polizei und den Befehl, diese Kinder so lange aufzuhalten, bis man sie holen kam. Keines von ihnen durfte mehr die Wohnung verlassen.

Im Haus ging der Lift hoch. Sanft und unaufhaltsam drang es durch die Mauern. Der Mann wollte aufspringen, wollte die Kinder warnen: »Geht, lauft weg, eure Zusammenkünfte sind entdeckt!« fühlte sich aber gelähmt und auf unbegreifliche Weise in ihren Bann geschlagen. Der Lift ging vorbei.

»Im vierten Stock wohnt ein Herr mit Krücken«, sagte Ruth.

»Aber nein«, sagte der Mann.

»Weiter!« unterbrach ihn Leon.

»Ich frage euch: Wohin
wollt ihr den Frieden suchen gehen –«

Die Träume begannen zu glühen.

Der Fremde fühlte, wie der Boden unter den flüchtenden Schritten der Welt zu zittern begann. Er hörte das Klirren der Fenster und wünschte nichts anderes, als hier liegen zu bleiben. Er sah im Schein der Laterne, wie Maria ihr Kind der Welt übergab.

Er hörte die Warnung des Engels, und als es zum drittenmal läutete, war er der letzte, der aufsprang. Wie im Traum streifte er den Staub von seinem Mantel und schlug den Kragen zurück. Er mußte die Rolle des unheiligen Königs zu Ende spielen. Denn es gibt nur drei heilige Könige.

»Werft eure Mäntel ab!«

Selig leuchteten die Silberschnüre auf. Keines der Kinder beachtete ihn, sie stürzten zur Tür.

Wie eine große tanzende Flamme schlug ihr Spiel über ihnen zusammen.[79]

Wieder geht es um jüdisches Schicksal im Zeichen des Faschismus. Aber der Kontrast zwischen dem Text vor und diesem Text nach der Shoa könnte nicht größer sein. Zwischen Else Lasker-Schülers »Der Weihnachtsbaum« und Ilse Aichingers »Das große Spiel« liegen Welten, genauer: liegt der grauenhafte Abgrund der Shoa. Was Else Lasker-Schüler in ihren Texten nur in Einzelfällen anklingen ließ (der Vernichtungswille des Antisemitismus von Christen) macht Ilse Aichinger zum Thema: Juden werden als Volk der Deportation und Vernichtung durch Deutsche im deutschen Herrschaftsraum ausgesetzt.

Auch literarisch könnte der Kontrast nicht schärfer sein. Während Else Lasker-Schüler als Jüdin jede christliche Exklusivität von »Weihnachten« bewußt vermeidet und dessen Sinn über das nichtbiblische Symbol des »Weihnachtsbaumes« universalisiert, ist Ilse Aichingers Text ein bewußter Rückgriff gerade auf die christliche Urszene, die sie als Jüdin jetzt im Lichte der Shoa jüdisch rezipiert, ein bewegender Vorgang jüdischer Relecture der neutestamentlichen Herbergssuche und damit ein Vorgang jüdischer Wiederentdeckung und Identifikation. Der christlichen Gesellschaft, die ihr Weihnachten in der Regel mit dem Rücken zum jüdischen Volk zu feiern pflegt, wird kritisch der Spiegel vorgehalten. Erinnert wird: Schon damals ging es um Juden: Maria, Joseph und das Kind. Schon damals, in der Urszene schlechthin, sind Juden Heimatlose, Herbergssuchende, Marginalisierte gewesen. In der neutestamentlichen Urszene wird nicht ein christliches »Heilsereignis« gefeiert, sondern die Geschichte von Juden erzählt.

Der hier ausgewählte Text ist ein Kapitel aus dem Roman »Die größere Hoffnung«, mit dem Ilse Aichingers Leben als Schriftstellerin beginnt: 1948. 27 Jahre ist die Autorin alt. 1921 in Wien geboren, ist sie nach dem Krieg die Stimme einer neuen Generation. Zum selben Jahrgang gehört Wolfgang Borchert, der im Jahr zuvor mit seinem Heimkehrer-Stück »Draußen vor der Tür« Aufsehen erregt hatte. Zum selben Jahrgang gehört Friedrich Dürrenmatt, der 1947 seine erste Tragikomödie schreibt: »Es steht geschrieben«. Nur ein Jahr älter ist Paul Celan, dessen Gedichtband »Der Sand aus den Uhren« ebenfalls 1948 erscheint. Hören wir ein Zeugnis der Selbstdeutung von Ilse Aichinger:

> »Ich bin in Wien aufgewachsen und zur Schule gegangen, das Gymnasium konnte ich noch zur Not vollenden, aber Medizin zu studieren wurde während des Krieges nicht mehr erlaubt. Es war auch zu spät, um in ein anderes Land zu gehen, und so habe ich erlebt, was ein

›Mischling‹ um diese Zeit erlebte und das war vor allem Abschied, Abschied in vielen Formen, von denen, die auswanderten, die einrückten, die verschickt wurden. Und den Glanz, den der Abschied gab, habe ich versucht, in dem Buch festzuhalten; ich wollte damit keinem Pessimismus das Wort reden, aber vielleicht erkennen wir einander nur richtig in einem Licht von Abschied, und vieles, das wir sonst vergeuden würden, erscheint uns darin kostbar. So sind die Kinder in dem Buch, die auf dem Friedhof Verstecken spielen und in der Angst, verschickt zu werden, noch ein Weihnachtsspiel proben, keine besonderen Kinder, sie sind nur vom Abschied her gesehen.«[80]

Ilse Aichinger gehört zur Generation der Holocaust-Überlebenden. Tochter einer jüdischen Ärztin und eines nichtjüdischen Vaters, gilt sie im Nazi-Jargon als »Halbjüdin«. Ihre Zwillingsschwester verläßt Österreich im Juli 1939 mit einem der letzten Kindertransporte in Richtung England. Da sie aber die Tochter eines »arischen« Vaters und minderjährig ist, hat auch ihre nach den Nürnberger »Rassegesetzen« zur Volljüdin erklärte Mutter ein Bleiberecht auf Widerruf, während die Großmutter jüdischer Provenienz und die jüngeren Geschwister der Mutter im Mai 1942 nach Minsk deportiert werden. Mutter und Tochter werden aus ihrer Wohnung gejagt, kommen bei der Großmutter väterlicherseits unter, erhalten schließlich ein Zimmer zugewiesen. Beide müssen Arbeitsdienst leisten. Unterstützung findet Ilse Aichinger in der »erzbischöflichen Hilfsstelle für nicht-arische Katholiken«. Dort werden Lebensmittel und Medikamente verteilt, und jeden Donnerstag trifft sich eine Mädchengruppe zum Singen und Basteln in der Kirche.[81] Durch ein Plakat erfährt Ilse Aichinger 1943 von der Hinrichtung der Geschwister Scholl und anderer Mitglieder der »Weißen Rose«, und so karg die Informationen auch sind, geht doch eine »unüberbietbare Hoffnung« von ihnen aus:

»Ich war in einigen Jugendgruppen, in denen das wie ein Fanal wirkte. Es hat vielen auch noch zu sterben geholfen, in Hoffnung zu sterben geholfen. Und den anderen zu leben, trotzdem. Es war wie ein geheimes Licht, das sich über das Land gebreitet hatte, und wie ein Glück. Ich erinnere mich, daß ich einmal um diese Zeit auf die Straße ging und einen Bekannten traf, der sagte: ›Strahlen Sie nicht so! Sonst werden Sie jetzt noch verhaftet.‹ So war es. Wir hatten keine große Chance zu überleben. Aber das war es eben nicht. Es war kein Überleben. Es war das Leben selbst, das uns durch diesen Tod der Geschwister Scholl und ihrer Gefährten angesprochen hat.«[82]

Dies alles gehört zum biographischen Hintergrund, ohne den der Roman »Die größere Hoffnung« nicht zu verstehen wäre. Hauptfigur ist die fünfzehnjährige Ellen. Sie hat – wie ihre Autorin – »zwei falsche Großeltern« zu viel, um ein Visum für die Vereinigten Staaten bekommen zu können, wohin Ellens Mutter als Jüdin bereits auswandern konnte, »zwei falsche Großeltern« zu viel aber auch für ihre jüdischen Spielkameradinnen und -kameraden. Ellen lebt so buchstäblich zwischen allen Fronten. Deutsch-jüdisches Leben und Sterben wird an diesem fünfzehnjährigen Mädchen gespiegelt: die schrittweise Verdrängung aus jedem Lebensraum, der Kampf um Lebensmittelkarten, die Stigmatisierung durch den Davidsstern, die Erfahrung von Bombenangriffen, Tod der Großmutter, verdichtet in hochsymbolischen, hochpoetischen, aber deshalb nicht weniger hochanalytischen Szenen, die zu Tiefen- und Scharfblick fähig machen. »Drei Jahre nach Ende des Krieges« – so Walter Jens – »wurde in diesem Buch die Rechnung beglichen – reinlich, unerbittlich und konsequent. Neben die Dokumentation, neben Kogons *SS-Staat*, trat eine zweite Form der Abrechnung, das Scherbengericht der Poesie«.[83]

Wer dieses Buch gelesen hat, bekommt bestimmte Szenen nicht mehr aus Hirn und Herz. Etwa die Szene, in der Ellen mit der Gruppe jüdischer Kinder am Fluß der Stadt das »Wiedergutmachungsspiel« spielt. Sie warten, bis ein Kind zufällig ins Wasser fällt, damit sie es retten können. Der Bürgermeister soll zur Belohnung den Makel ihrer »falschen Großeltern« vergessen. Sie wollen wieder »auf allen Bänken sitzen« und im »Stadtpark spielen« können. Oder das Versteckspiel auf dem Friedhof, dem einzigen Platz, auf dem die jüdischen Kinder noch einigermaßen unbehelligt spielen können. Auf einmal geraten Spiel und Realität in einen unheimlichen Wechselbezug: Das harmlose Kinderspiel nimmt grauenhafte Realität vorweg. Die Kinder spielen auf diesem Friedhof zwischen Grabsteinen sich selbst, antizipieren Wirklichkeit im Spiel mit Rollen.

Am eindrucksvollsten freilich wird diese rollenspielartige Vorwegnahme eigenen Schicksals durch das *Krippenspiel* demonstriert, das uns im hier ausgewählten (und um wenige Passagen gekürzten) Kapitel *»Das große Spiel«* entgegentritt. Der erste Satz »Maria ließ das Bündel fallen, und Josef stieß den Engel leicht zur Seite« mag zunächst irritieren. Man mache sich aber klar: Die Gruppe jüdischer Kinder befindet sich auf dem Speicher eines Hauses, und spielt das Weihnachtsspiel von der Herbergssuche. »Maria«, »Josef«, der »Engel«, die »heiligen drei Könige« sind Rollen, die die Kinder spielen. Kulturell war dies Ilse Aichinger ohnehin nicht fremd. Sie selber hat »in einer Jugendgruppe« in Wien einmal »dasselbe Weihnachtsspiel« gespielt.[84] Doch hier ist das Rollentableau noch einmal erweitert: Neben Maria, Josef, dem Engel und den Heiligen Drei Königen (als Landstreicher verkleidet) gibt es noch die Rolle des Krieges und die Rolle der Welt.

Die Szene könnte dramatischer nicht aufgebaut sein. Die jüdischen Kinder spielen das Spiel von der Welt, von Krieg und Frieden, von der Herbergssuche, von den Königen und der Flucht, während sie jeden Moment gefaßt sein müssen, daß draußen die Häscher vor der Tür stehen, um sie in Lastwagen nach Polen in die Vernichtungslager zu deportieren. Jedes Läuten an der Tür (dreimal im Verlauf des Spiels effektvoll eingesetzt) kann das Signal sein, das über Tod und Leben entscheidet. Jeder Fremde, der erscheint, kann der erwartete Häscher sein.

Aufgrund dieser dramatischen Konstellation gibt es erregende Passagen in diesem Kapitel, ausgelöst durch das Wechselspiel von Rolle und Realität. Das eine Beispiel steht für viele:

> »Erschrocken lehnte sich Maria an Josefs eckigen Körper. Unter dem Hubertusmantel hörte sie sein Herz schlagen, das flößte ihr Mut ein.
>
> ›Wir tragen Gott
> sind auf der Flucht.
> Die Welt jagt uns von Tür zu Tür,
> hat uns nicht aufgenommen,
> drum suchen wir die Herberg hier,
> wir flohen ja vor dir.‹
> ›Vor dir!‹
> ›Nun bist du doch gekommen.‹
>
> Der schwarze, kleine Hund spitzte die Ohren und schnüffelte. Die Verwunderung der Heiligen Familie griff auf ihn über. Sie durchdrang die Kühle des vergessenen Raumes und überwältigte sie: Kommt ihr uns doch immer wieder nach? Kreuzigt ihr doch nur, womit ihr nicht fertig werdet, und müsst zuletzt unter den eigenen Kreuzen die Zuflucht finden? Peitscht uns, tötet uns, trampelt uns nieder, einholen könnt ihr uns erst dort, wo ihr lieben oder geliebt werden wollt. Wo ihr den Fliehenden auf der Spur bleibt, um Zuflucht bei ihnen zu finden. Werft eure Waffen weg, und ihr habt sie erreicht.
>
> ›Wollt ihr mich nicht verbergen
> in eurem hellen Schleier?‹

Mit abgetretenen Absätzen stieß der Krieg an den Rand der Kiste, um sein Kommen einzuleiten. Furchterfüllt starrte die Welt um sich:

›Da ist er,
höret ihr!‹

Der Krieg war von der Kiste gesprungen. Seidig knisterte die Finsternis.«

»Wir tragen Gott/sind auf der Flucht« oder *»Der Krieg war von der Kiste gesprungen«:* In solchen Sätzen verdichtet sich das Spiel und wird zugleich für größere Zusammenhänge transparent. Praktisch jeder Satz in diesem Kapitel ist mit Doppelbedeutung aufgeladen. Er meint konkret den Handlungsvollzug des Spiels, und er meint zugleich universal das Spiel um Leben und Tod, um Krieg und Frieden, um Hoffnung und Verzweiflung. Auffällig auch die Verschränkung von Krippenspiel und Kreuzthematik, die uns in diesem Text begegnet:

> »Kommt ihr uns doch immer wieder nach? Kreuzigt ihr doch nur, womit ihr nicht fertig werdet, und müsst zuletzt unter den eigenen Kreuzen die Zuflucht finden? Peitscht uns, tötet uns, trampelt uns nieder, einholen könnt ihr uns erst dort, wo ihr lieben oder geliebt werden wollt.«

Fast unheimliche Sätze im Roman einer Jüdin. Aber der Roman zwingt uns, die Tatsache ernstzunehmen: Die hier geschilderten Kinder beginnen im Rollenspiel der Weihnachtsgeschichte sich freizuspielen und im Akt der Identifikation mit der Passionsgeschichte Christi ihr Schicksal anzunehmen. Sie begreifen, daß das, was mit ihnen gespielt wird, das ist, was sie gerade selber spielen: Wie Christus schon als Kind verfolgt und vom Tode bedroht wurde, so auch diese Kinder.

Motivgeschichtlich gesehen könnte man hier von einer Rückkehr der neutestamentlichen Geburt- und Kreuzesthematik in die Literatur sprechen – zieht man Thomas Manns »Buddenbrooks« und das dort präsentierte »wächserne Jesuskind« zum Vergleich heran. Die Geschichte von Bethlehem wiederholt sich unter jüdischen Kindern während des Zweiten Weltkriegs. Aus dem »plastischen Krippen-Arrangement« im Hause »Buddenbrook« ist wieder das geworden, was es in Bethlehem einst war: ein »Spiel« um den Frieden in der Welt auf Leben und Tod.

Es gibt einen *autobiographischen Text* von Ilse Aichinger aus dem Jahr 1964, der uns dieses Kapitel noch besser verstehen läßt, genauer: verstehen läßt, warum Ilse Aichinger bewußt das christliche »Krippenspiel« ausgewählt hat. Der Text unter dem Titel: *»Vor langer Zeit«*[85] schildert zunächst eine Erfahrung der Autorin aus der Kindheit mit einer seltsamen Zeitdiskrepanz in Sachen Weihnachten. Jahre habe es gegeben, lesen wir, in denen »Weihnachten« nie mit dem Kalender-Datum zusammengefallen sei, eine seltsame Zeitschere, wohl aus der Angst geboren, »es könnte vorbei sein, diese ärgste Angst, Weihnachten könnte vorübergehen«. Vielleicht daß auch der viel zu frühe Weihnachtsschmuck auf Bahnhöfen und »verlassendsten Autobushaltestellen« mit derselben Angst zusammenhänge, »es könnte vorbei sein, Weihnachten, dieser Leben gebende Augenblick, könnte irgendwann einmal nicht sein«. Nur durch ein literarisches Beispiel weiß die Autorin von einer Identität von Erleben und Datum zu berichten. In Adalbert Stifters Erzählung »Bergkristall« sage das Mädchen Sanna zu seiner Mutter, es habe in der heiligen Nacht »den heiligen Christ gesehen«. Jetzt würde es »in Ruhe den Januar und den März kommen lassen, den Juni, Juli und August«, und es werde »auch am 23. Dezember des nächsten Jahres den Augenblick nicht vorwegnehmen«.

Was aber soll geschehen, fragt die Autorin, »damit die Christnacht wieder in die Christnacht fällt«? Als Antwort folgt eine Passage, die ihr Licht zurückwirft auf das Kapitel »Das große Spiel« im Roman von 1948:

> »Ich erinnere mich, daß es mir außer in der frühesten Kindheit nur mehr vor dem Krieg und im Krieg gelungen ist. Damals, als die äußere Bedrängnis der inneren zu Hilfe kam und beide zusammen wie zwei Engel den Augenblick wieder in sein Recht setzten.
> In Österreich hatten zu Weihnachten 1938 Verfolgung und Unsicherheit für viele Familien begonnen. Auch wir hatten unsere Wohnung verlassen müssen und wohnten bei unserer Großmutter. Meine Schwester und ich lagen miteinander in einem Bett im Wohnzimmer, und auf dem Klavier neben dem Bett stand der Christbaum. Wenn man nachts erwachte und sich aufrichtete, konnte man zuweilen die Silberfäden in dem Ebenholz sich spiegeln sehen. Noch einmal brandete die Kindheit gegen alle Mauern, warf sich von dem eiskalten und unbewohnten Salon her gegen die Tür, zitterte mit den schlecht verkitteten Scheiben, wenn unten auf der kleine Bahnlinie ein Lastwagen vorüberfuhr, in der Richtung nach Osten. Vielleicht waren es dieselben Lastwagen, die nur wenig später den Deportationen dienten – noch verteilte sich der

Rauch der altmodischen Lokomotive wie Rauch auf dem Nachthimmel, noch dienten sie der Kindheit.

Aber vielleicht, daß diese beiden Dienste auf eine geheimnisvolle und undurchschaubare Weise zusammenfielen, daß die späteren furchtbaren und oft ohne Trost durchstandenen Leiden so vieler der kurzen und ebenso ungeschmälerten Freude dieses Festes zu Hilfe kamen. Denn vermutlich hat die äußerste Bedrängnis mit der äußersten Geborgenheit mehr zu tun als das Mittlere mit beidem von ihnen. Jedenfalls fiel in diesem Jahr, und auch in den folgenden noch um vieles elenderen, Weihnachten wieder auf Weihnachten wie in der frühesten allerersten Kinderzeit, uneingeschränkt und angstlos auf eine zugleich neue und uralte Weise.

Wenn man den Schmerz ermißt, von dem ich überzeugt bin, daß er dieser und aller Freude dient, der Kindheit, dem Christfest, den ungetrösteten und ungestillten Schmerz aller Jahrtausende, so ermißt man die Schulden, die von jedem von uns abzutragen sind. Wenn es uns gelänge, und sei es auch nur durch die Hinnahme der Ernüchterung, der Angst und Verwirrung dieser Zeit: Vielleicht fiele dann noch einmal der heilige Abend auf den heiligen Abend, die Stimme des Engels auch für uns wieder in die heilige Nacht.«

Muß man jetzt noch lange erklären, warum Ilse Aichinger aufgrund dieser Erfahrungen ausgerechnet dem »Krippenspiel« symbolische Signifikanz für die Verfolgung jüdischer Kinder verlieh? Ein Spiel »uralt« und »neu« zugleich? Es war offensichtlich ihre ureigenste Erfahrung, daß die »Leiden so vieler« der »Freude dieses Festes« zu Hilfe kommen. Äußerste Bedrängnis und äußerste Geborgenheit haben etwas miteinander zu tun. Nur der erkennt offensichtlich den Sinn des »Krippenspiels«, der solche Leiden selber durchsteht.

Kein literarischer Text in der deutschen Literatur des 20. Jahrhunderts macht das »Krippenspiel« wieder so zum Existenzdrama wie dieses eine Kapitel aus dem Roman »Die größere Hoffnung«. Mehr noch: Das Krippenspiel wird zum Welttheater, auf dessen Bühne das große Spiel um Leben und Tod aufgeführt wird. Die Suchbewegung im Roman gilt der »größeren Hoffnung«. Und zu dieser gehört »der Widerstandsgeist der Kinder, ihre Ablehnung jeder billigen Vertröstung; gehört die Auseinandersetzung mit dem Tod; zur ›größeren Hoffnung‹ gehört auch die Einsicht in den eigenartigen Einfall der ›geheimen Polizei‹, ausgerechnet einen Stern zu einem Zeichen der Stigmatisierung zu machen, gehört die Verwandlung des Davidsterns in den Stern der Erlösung, gehört der Zusammenfall von Liebe und Leiden, der die

Opfer tatsächlich den Tätern überlegen macht: ›Peitscht uns, tötet uns, trampelt uns nieder, einholen könnt ihr uns erst dort, wo ihr lieben und geliebt werden wollt‹. Diese Hoffnung haben die Opfer ihren Mördern voraus.«[86]

***Johannes Bobrowski:** »Unordnung bei Klapat«*

Da kommt man nach Hause, da ist einfach Weihnachten. Ist wohl gar nichts passiert? Frohes Fest oder gesegnetes und in die Kirche, da kann sein, was will.

Klapat, sagt die Frau, du redst und redst. Wir sind doch immer gegangen, Karfreitag, Weihnachten, Totensonntag.

Hör mir auf mit Totensonntag, sagt Klapat. Dafür ist der Bruder vielleicht gefallen, sechzehn, daß der da auf die Kanzel kriecht und krakeelt, die Gedenktafel muß raus. Haben wir doch gelernt: Niemand hat größere Liebe denn die, daß er sein Leben lässet für seine Freunde. Und deshalb, sagt er, soll die Tafel raus aus der Kirche. Weil das draufsteht. Weil das nicht gesagt ist auf deinen Vater und auf meinen Bruder, und wenn der Junge, aber er hat doch geschrieben, daß er lebt, wenn der aber auch – da hat man also gar nichts, bloß die Frechheiten von dem Kerl.

Klapat, sagt die Frau und bindet die Schürze ab, du ißt jetzt erst, du ärgerst dich immer. Der Karl-Heinz denkt, daß wir den Baum geschmückt haben und daß wir in die Kirche gehn, nachher.

Haben wir ja auch, den Baum, sagt Klapat. Wie die alten Germanen.

Essen ist immer gut, also sagt Klapat: Gehen wir meinetwegen auch in die Kirche, ich zieh Uniform an, und wenn er wieder mit soetwas anfängt, gehn wir raus.

Noch ein bißchen, sagt die Frau und säbelt am Gebratenen herum. Schöne Erfindung, so tote Sau, muß man sagen. Sagt auch Klapat und hält den Teller hin. Und jetzt fällt ihm ein, daß sie den ganzen Vormittag im Büro von Weihnachten geredet haben. Der Prellwitz immer von Weltesche und sowas. Soll man also den Baum an die Decke hängen und unten drunter einen Apfel, am Bindfaden, das ist dann die Erde.

Gar nicht so zum Lachen, sagt Klapat verweisend, weil Lina einfach Quatsch sagt und abwinkt.

Aber wer hängt schon den Baum an die Decke, dann lieber gar keinen. Klapat legt Messer und Gabel hin, kreuzweis über den Teller, und fängt an zu erzählen. Was Horstigall gesagt hat.

Also die hatten zu Hause so einen drehbaren Fuß, wo sie den Baum immer reinsteckten. Der spielte Weihnachtslieder. Im Drehen.

Ist ja zum Lachen, sagt die Frau.

Nein gar nicht, sagt Klapat, überhaupt nicht. So ein Kasten, verstehst du, Blech und außen bemalt. Und der Schlüssel wurde versteckt jahrüber, damit ihn keiner aufzog. Bloß Weihnachten. Und red mir nicht immer zwischen, und eine Weihnachten, na ja, da haben sie ihn wohl überdreht oder sowas, jedenfalls: erst dreht er sich ganz richtig und sie sitzen da und singen mit und sein Vater, sagt er, kaut schon an Steinpflaster und Katharinchen, da geht es aber los, da dreht sich der Kasten immer schneller, da fliegen schon die Kugeln, klatsch, gegen die Wand, klatschklatsch, der Kater reißt aus, die Kinder hinterher, schöne Bescherung. Klapat lacht, daß ihm die Augen tränen. Na was denkst du, fröhliche Weihnachten.

Und nun fällt ihm ein, was der Neumann gesagt hat: Letzte Weihnachten war schön, waren die Jungens zu Hause, er hat drei Stück beim Militär, einer ist Feldwebel, da haben sie gesoffen, war sehr gemütlich.

Möchtest du das machen, Klapat, sagt Lina vorwurfsvoll. Aber na ja, die Frau vom Neumann ist tot, dieses Jahr kommt keiner auf Urlaub, der alte Mann sitzt da. Soll er in die Kirche gehn. Aber Neumann ist ja wohl Dissident, wie man früher sagte, die glauben an kein höheres Wesen, bloß an solche, die einen befördern können, so ein Beamtenglauben.

Und nun sitzen Klapats also in der Kirche, Klapat in SA-Uniform, Lina im Schwarzseidnen. Lina denkt, wie wird ihm bloß gehen, dem Kind?

Der Herr Eschenbach spielt oben seine Orgel, erst schnell und dann langsam, und klingelt immer ein bißchen dazwischen.

Hat den Zimbelstern eingeschaltet, sagt Klapat, hört sich gut an. Und dann reckt Klapat den Hals, weil Hochwürden die Kanzelstiege hinaufklettert.

Und was sagt er da, der Herr Dompfarrer? Erst einmal, daß die Gemeinde Stille Nacht zu Hause singen soll, nicht in der Kirche.

Der will bloß jedem querkommen. Aber mir nicht. Heute nicht. Hier sitz ich, Klapat, in Uniform, Beamter, Frontkämpfer, EK II, und mein Sohn ist im Felde. Soll er bloß wieder anfangen von Soldaten und Krieg, soll er bloß wieder anfangen, der Mensch, wird schon sehen, was dann ist.

Na was denn, Klapat?

Dann steh ich auf und geh raus. Und die Lina mit.

Aber Hochwürden redet nicht vom Krieg, sondern von Frieden, je länger Klapat hinhört, desto verdächtiger hört sich das an. Wieso Frieden, wo wir jetzt Krieg haben? Aber soll er denn von Krieg reden? Also doch von Frieden? Soll er oder soll er nicht? Auf jeden Fall aber: Was er da oben redet, ist ja wohl nicht das, was man sich anhören kann, jetzt im Krieg und in Uniform:

Daß die Friedfertigen die Friedenmacher sind und nicht solche, die mit dem Frieden fertig geworden sind.

Und Stille Nacht auch nicht. Weltesche will man ja schon nicht verlangen. Aber wenigstens Stille Nacht.

Dies ist das Buch von der Geburt Jesu Christi, so fängt das Neue Testament an, sagt Hochwürden, und gleich danach heißt es: Die Geburt Christi war aber also getan. Getan, meine Freunde, also: Gott tut etwas, mit dieser Geburt, an seiner Welt.

Das nächste weiß Klapat nun wieder. Aber dieses Getan und daß das ganze Testament von Anfang an über Weihnachten redet, – na ich weiß nicht, da kommt ja wohl noch mehr, Heilige Drei Könige, Karfreitag, Ostern, Erster Mai, nein der nicht, Himmelfahrt, Pfingsten. Und Reformationsfest und Bußtag. Haben außerdem alles die alten Germanen erfunden, sagt Prellwitz. Ist ja vielleicht wahr, mußte ja erst mal geboren sein, das Christkind, aber so meint er das wohl nicht, jedenfalls nicht so einfach: geboren und dann weiter wie bekannt.

Und Lina sitzt da, lange Haare, kurzer Sinn, aber dafür gleich immer am Wasser gebaut. Soll sie. Besser jetzt als nachher unterm Baum, man ist auch nur ein Mensch.

Das ganze Testament. Nein, Klapat ist nicht fertig damit. Direkten Grund zum Aufstehen hat es nicht gegeben, höchstens vorhin wegen dem Frieden, jetzt im Krieg, aber man geht doch wohl Weihnachten in die Kirche, weil Weihnachten ist: etwas Altes also, das man kennt, an das man nur erinnert zu werden braucht, um gleich vor Augen zu haben: wie es früher zu Hause war und wie wir immer den Baum klauen gingen, in der Schonung, und ein Jahr hatte der Förster Kiuppel alle Bäume gezeichnet, und dann kam er auf Besuch, Zweitfeiertag, aber gesagt hat er nichts, bloß uns draußen an die Ohren genommen, uns Jungens. Und dann Kriegsweihnachten, siebzehn, da haben wir geheiratet. Und jetzt: Das ist das Buch von der Geburt. Da wird etwas getan: Frieden, wo jetzt Krieg ist. Paßt alles nicht, hinten und vorne nicht, denkt Klapat.

Da liegt er im Bett, nachts, und es ist alles vorbei.

Nein, aufgestanden sind sie nicht. Erst nachher, wie es sich gehört, als die Kirche aus war. Dann haben sie gesungen, zu Hause, die beiden Klapats, und sind sich alt vorgekommen. Und er hat die Geige vorgeholt, soviel kann er noch. Und einen Brief haben sie geschrieben an den Jungen. Und Klapat hat noch einmal angefangen von Horstigalls Drehfuß, der Lieder spielte, aber er hat bald aufgehört, nur ein bißchen Radio und um zwölf die Glocken.

Kein Wort mehr davon. Aber sind denn solche Feste dazu da, daß man durcheinander kommt? Das man daliegt und nicht schläft? Das weiß ich nicht.[87]

Nachdenken über Weihnachten als Störfaktor

Zugegeben: Er hat bessere Prosa geschrieben, Johannes Bobrowski, geboren 1917 in Tilsit (Ostpreußen). Bewundert habe ich stets seinen Roman »Levins Mühle« (1964), in dem er das Grundthema seines Lebens und Werkes auf exemplarische Weise behandelt: das Verhältnis von Deutschen zu Polen, Juden und Zigeunern im damaligen deutschen Osten. Bewundert habe ich auch so knappe Prosatexte wie »Mäusefest«. Auf wenigen Druckseiten eine präzise Szene von sprachlicher Luzidität und symbolischer Kraft. Nur eine Skizze, aber eine mit Tiefenwirkung. Der Jude, Moise Trumpeter, in seinem kleinen Laden. Leer sind die Regale. Der Mond hat reichlich darin Platz, die Mäuse tanzen. Da gelegentlich eine Brotrinde für sie abfällt, feiern sie ihr Fest: Mäuse-Fest.

Plötzlich ein deutscher Soldat in der Tür. Die Deutschen haben Polen überfallen. Die Mäuse huschen davon. Der alte Jude lehnt an der Wand. Was will dieser Deutsche? Wortlos kommt er, wortlos geht er. Knappste Striche. Eine Spannung baut sich auf. Der alte Jude und der junge Deutsche:

> »Moise sagt nichts, er wartet, daß der Mond zu sprechen anfängt. Die Mäuse sind fort, verschwunden. Mäuse können das.
> Das war ein Deutscher, sagt der Mond, du weißt doch, was mit diesen Deutschen ist. Und weil Moise noch immer so wie vorher an der Wand lehnt und gar nichts sagt, fährt er dringlicher fort: Weglaufen willst du nicht, verstecken willst du dich nicht, ach Moise. Das war ein Deutscher, das hast du doch gesehen. Sag mir bloß nicht, der Junge ist keiner, oder jedenfalls kein Schlimmer. Das macht jetzt keinen Unterschied mehr. Wenn sie über Polen gekommen sind, wie wird es mit deinen Leuten gehen?
> Ich hab gehört, sagt Moise.
> Es ist jetzt ganz weiß im Laden. Das Licht füllt den Raum bis an die Tür in der Rückwand, wo Moise lehnt, ganz weiß, daß man denkt, er werde immer mehr eins mit der Wand. Mit jedem Wort, das er sagt. Ich weiß, sagt Moise, da hast du ganz recht, ich werde Ärger kriegen mit meinem Gott.«[88]

Neben solchen »Meisterminiaturen«[89] gibt es von Johannes Bobrowski auch meisterhafte Lyrik. Seine beiden Gedichtbände »Sarmatische Zeit« (1961) und »Schattenlandströme« (1962) gehören zu den Meilensteinen deutschsprachiger Lyrik nach 1945.

Dagegen fällt »Unordnung bei Klapat« literarisch durchaus ab. Zeitdruck mag daran schuld gewesen sein. 1962 hatte Bobrowski dem Schriftsteller und Publizisten Arnim Juhre die Zusage gegeben, einen Beitrag für eine Anthologie zeitgenössischer Weihnachtsgeschichten zu schreiben. Als er angemahnt wird, reagiert er mit einem Schreiben vom 16. August 1962 kollegial:

> »Ihr Brief gestern hat mich so sehr bei meinem (schlechten) Gewissen gerissen, daß ich mich sofort drangemacht hab, Ihnen eine Weihnachtsgeschichte zu schreiben. Eine Kleinbürgergeschichte, wie Sie gleich sehen werden, aber vielleicht ein bisschen zu fromm. Denk ich. Wenn sie Ihnen nicht gefällt, dann tun Sie sie weg, sagen es mir aber gelegentlich.«[90]

Der Herausgeber war in der Tat mit dieser Geschichte nicht ganz zufrieden, und Bobrowski geht offensichtlich auf dessen Wünsche ein. Brief an Juhre 18. September 1962:

> »Sie haben es also gleich gemerkt. Ich wollt es Ihnen schon damals gleich hinterherschreiben: Die Geschichte ist natürlich nicht gut. Ich möcht sie vorerst nicht sehen. Auf jeden Fall müßte sie kürzer sein. Aber es hat ja noch ein bisschen Zeit.«[91]

»Unordnung bei Klapat« erscheint in der jetzt vorliegenden Fassung erstmals zum Weihnachtsfest 1963 in der von Juhre herausgegebenen Anthologie »Die Nacht vergeht. Weihnachtsgeschichten aus unserer Zeit«. Später wird die Geschichte aufgenommen in den Nachlaßband »Der Mahner. Erzählungen« (1968), denn Bobrowski war schon 1965, keine fünfzig Jahre alt, in Ost-Berlin gestorben.

Warum ist die Geschichte »nicht gut«? Offensichtlich aus handwerklichen Gründen. Erzählt wird vom Zwiespalt eines deutschen Spießers, den Bobrowski als typischen Mitläufer während des Dritten Reiches präsentiert: deutschnational bis auf die Knochen, die Nazi-Ideologie internalisiert, SA-Mitglied, Beamter, Frontkämpfer des Ersten Weltkriegs mit Eisernem Kreuz zweiter Klasse, sein Sohn Karl-Heinz als Soldat im Feld. Aber diese Präsentierung gerät streckenweise zur Karikatur, da Bobrowski einerseits die Innenperspektive des Klapat einnimmt, gleichzeitig aber seinen Erzähler diesen Klapat wie von oben herab analysieren läßt.

Gleich der erste Satz signalisiert Innenperspektive: »Kommt man nach Hause, da ist einfach Weihnachten«. Der Vorteil dieses Erzählverfahrens besteht zweifellos darin, daß man als Leser das Unbehagen der geschilderten Person direkt nachvollziehen kann. Auch entlarvt sich die Spießerideologie gleichsam wie von selbst. Signale wie »schöne Erfindung, so tote Sau« sagen mehr über das Milieu der Protagonisten als tausend Worte. Stichworte wie »Weltesche« oder »alte Germanen« lassen etwas von der Ideologieanfälligkeit des »Helden« erahnen: dem Versuch, Christentum durch Germanentum zu ersetzen. Hinweise auf Nachbar Neumann, der mit seinen »Jungens« im letzten Jahr ein sehr »gemütliches« Weihnachten verbrachte (»Da haben sie gesoffen«), erinnert motivgeschichtlich an Christian Buddenbrook und sein Weihnachten zu London in einem »Tingeltangel fünfter Ordnung« und zugleich an die Schwundstufe des Christlichen, die schon Thomas Mann beschrieben hatte.

Diese Innenperspektive aber wird immer wieder unterlaufen durch die Außenperspektive des Erzählers, der kommentierend die Szene begleitet. Sätze wie »Das nächste weiß Klapat nun wieder« oder »Lina sitzt da, lange Haare, kurzer Sinn« oder »Da liegt er im Bett, nachts, und es ist alles vorbei« lassen einen Ton ironisierender Distanz erkennen, als nähme der Erzähler seinen Klapat nicht für voll, ohne daß wir Leser erführen, warum. Der Erzähler hält sich ja als Erzähler ganz bedeckt, tritt nicht hervor, klärt nicht seine Beziehung zu seinem »Helden«. Dieser ständige, unmotivierte Wechsel von Innen und Außen verwirrt. Haben wir es mit einer Parabelgeschichte oder mit einer flachen Satire zu tun? Hinzu kommt die Präsentierung des Christlichen. Unter Zeitdruck hat Bobrowski, selbst bekennender Christ, offensichtlich manches direkter, plakativer präsentiert, was in anderen seiner Texte, gebrochener, indirekter und so komplexer daherkommt. Die Predigt des Pfarrers ist ihm allzu schlicht geraten. Problematisiert wird sie nicht. Problematisiert wird nur ihr Rezipient Klapat.

Und doch ist Bobrowskis Text durchaus lesenswert, denn er gewinnt dem Weihnachtsthema im Spiegel einer »Kleinbürgergeschichte« eine neue Nuance ab: *Weihnachten als Störfaktor* unter Kriegsbedingungen während der Nazi-Herrschaft in Deutschland. Denn die »Unordnung« entsteht ja dadurch, daß Klapat sich – gedrängt von seiner Frau – doch überreden läßt, am Weihnachtstag wie üblich in die Kirche zu gehen. Er braucht dazu die Uniform. Mögliche »Frechheiten« von der Kanzel kann er so besser abfangen. Aber nicht »Frechheiten« bekommt er zu hören, sondern eine verstörende

Botschaft, auf die er nicht vorbereitet ist. Dadurch kommt sein »Weltbild« in Verwirrung. Denn der Pfarrer redet »nicht vom Krieg, sondern vom Frieden«. Hätte er vom Krieg geredet, hätte Klapat die Kirche verlassen können. Da der Pfarrer aber vom Frieden redet – mitten im Krieg –, weiß Klapat nicht, wie er sich verhalten soll.

Was im Hause »Buddenbrook« unter Hinweis auf das »plastische Krippen-Arrangement« und das »wächserne Jesuskind« entschärft worden war, bekommt hier eine neue Schärfe: das wörtliche Zitat aus der Geburtsgeschichte des Matthäus: »Die Geburt Christi war aber also getan. Getan, meine Freunde, also: Gott tut etwas, mit dieser Geburt, an seiner Welt«. Dieses Zitat genügt, um *Weihnachten als Störfaktor* neu erlebbar zu machen. Signale wie »Paßt alles nicht, hinten und vorne nicht« oder »Sind denn solche Feste dazu da, daß man durcheinander kommt?« sind Ausdruck dessen, was man den *Stör- und Unterbrechungscharakter* des christlichen Weihnachten in einer Zeit nennen kann, in der deutsch-nationale Verblendung den Tod an der Front als Heldentod zu verklären pflegt. Ein wörtliches Zitat aus der neutestamentlichen Geburtsgeschichte genügt dem Autor, um in die ideologisch abgedichtete Welt »Unordnung« hineinzubringen.

Als dieser Text 1962 entsteht, hat Bobrowski nur noch drei Jahre zu leben. Selber Kriegsteilnehmer und Kriegsgefangener, hatte er sich nach dem Krieg in Berlin-Friedrichshagen niedergelassen. Von 1950 an als Lektor in einem Berliner Kinderbuchverlag tätig, wechselt er 1959 zum Unions-Verlag Berlin. Sein Leben im sozialistischen Deutschland, das er bejaht, bleibt gleichwohl problematisch und schwierig – für Bobrowski als Künstler und Christ. Ein einziges Mal noch ist er auf das Motiv »Weihnachten« in einem seiner Texte eingegangen. Im Gedichtband »Schattenland Ströme« befindet sich das Gedicht mit dem Titel *»Weihnachtsgetier«*. Wer es bedenkt, wird die »Unordnung« in der Welt besser und tiefer verstehen, die nicht nur bei Klapat in Sachen Weihnachten entstanden ist:

> »Ich hab eine Wut, sagt der Hahn,
> ich will mein Idyll.
> Lieber, sag ich, dann rett deinen Kamm,
> jetzt federn die Hühner.
> Ach, ich sing nur, sagt er,
> und ich in der Dämmerung früh
> geh um das Haus, um den Wald
> der Dachs
> zieht seine Torkelspur.

Und kein Schnee.
Nur die Eule
mit Katzenlauten. Die Fichten
feucht. Auf den Nebeln
zittert das Licht.

Stroh
werden wir streun. Die Stille
sammeln unter das Dach,
einmal die Fenster
öffnen für einen Kerzentanz,
Ochs und Esel beschenken,
Wir kennen da eine Geschichte,
die ist wie wir – eine große
Finsternis unter den Himmeln,
darin die Winter fahren
mit Flügeln rot, umglänzt
von silbernen Stimmen.«[92]

Wolfgang Borchert: *»Die drei dunklen Könige«*

Er tappte durch die dunkle Vorstadt. Die Häuser standen abgebrochen gegen den Himmel. Der Mond fehlte und das Pflaster war erschrocken über den späten Schritt. Dann fand er eine alte Planke. Da trat er mit dem Fuß gegen, bis eine Latte morsch aufseufzte und losbrach. Das Holz roch mürbe und süß. Durch die dunkle Vorstadt tappte er zurück. Sterne waren nicht da.

Als er die Tür aufmachte (sie weinte dabei, die Tür), sahen ihm die blaßblauen Augen seiner Frau entgegen. Sie kamen aus einem müden Gesicht. Ihr Atem hing weiß im Zimmer, so kalt war es. Er beugte sein knochiges Knie und brach das Holz. Das Holz seufzte. Dann roch es mürbe und süß ringsum. Er hielt sich ein Stück davon unter die Nase. Riecht beinahe wie Kuchen, lachte er leise. Nicht, sagten die Augen der Frau, nicht lachen. Er schläft.

Der Mann legte das süße mürbe Holz in den kleinen Blechofen. Da glomm es auf und warf eine Handvoll warmes Licht durch das Zimmer. Die fiel hell auf ein winziges rundes Gesicht und blieb einen Augenblick. Das Gesicht war erst eine Stunde alt, aber es hatte schon alles, was dazugehört: Ohren, Nase, Mund und Augen. Die Augen mußten groß sein, das konnte man sehen, obgleich sie zu waren. Aber der Mund war offen und es pustete leise daraus. Nase und Ohren waren rot. Er lebt, dachte die Mutter. Und das kleine Gesicht schlief.

Da sind noch Haferflocken, sagte der Mann. Ja, antwortete die Frau, das ist gut. Es ist kalt. Der Mann nahm noch von dem süßen weichen Holz. Nun hat sie ihr Kind gekriegt und muß frieren, dachte er. Aber er hatte keinen, dem er dafür die Fäuste ins Gesicht schlagen konnte. Als er die Ofentür aufmachte, fiel wieder eine Handvoll Licht über das schlafende Gesicht. Die Frau sagte leise: Kuck, wie ein Heiligenschein, siehst du? Heiligenschein! dachte er und hatte keinen, dem er die Fäuste ins Gesicht schlagen konnte.

Dann waren welche an der Tür. Wir sahen das Licht, sagten sie, vom Fenster. Wir wollen uns zehn Minuten hinsetzen.

Aber wir haben ein Kind, sagte der Mann zu ihnen. Da sagten sie nichts weiter, aber sie kamen doch ins Zimmer, stießen Nebel aus den Nasen und hoben die Füße hoch. Wir sind ganze leise, flüsterten sie und hoben die Füße hoch. Dann fiel das Licht auf sie.

Drei waren es. In drei alten Uniformen. Einer hatte einen Pappkarton, einer einen Sack. Und der dritte hatte keine Hände. Erfroren, sagte er, und hielt die Stümpfe hoch. Dann drehte er dem Mann die Manteltasche hin. Tabak war darin und dünnes Papier. Sie drehten Zigaretten. Aber die Frau sagte: Nicht, das Kind.

Da gingen die vier vor die Tür und ihre Zigaretten waren vier Punkte in der Nacht. Der eine hatte dicke umwickelte Füße. Er nahm ein Stück Holz aus einem Sack. Ein Esel, sagte er, ich habe sieben Monate daran geschnitzt. Für das Kind. Das sagte er und gab es dem Mann. Was ist mit den Füßen? fragte der Mann. Wasser, sagte der Eselschnitzer, vom Hunger. Und der andere, der dritte? fragte der Mann und befühlte im Dunkeln den Esel. Der dritte zitterte in seiner Uniform: Oh, nichts, wisperte er, das sind nur die Nerven. Man hat eben zuviel Angst gehabt. Dann traten sie die Zigaretten aus und gingen wieder hinein.

Sie hoben die Füße hoch und sahen auf das kleine schlafende Gesicht. Der Zitternde nahm aus seinem Pappkarton zwei gelbe Bonbons und sagte dazu: Für die Frau sind die.

Die Frau machte die blassen blauen Augen weit auf, als sie die drei Dunklen über das Kind gebeugt sah. Sie fürchtete sich. Aber da stemmte das Kind seine Beine gegen ihre Brust und schrie so kräftig, daß die drei Dunklen die Füße aufhoben und zur Tür schlichen. Hier nickten sie nochmal, dann stiegen sie in die Nacht hinein.

Der Mann sah ihnen nach. Sonderbare Heilige, sagte er zu seiner Frau. Dann machte er die Tür zu. Schöne Heilige sind das, brummte er und sah nach den Haferflocken. Aber er hatte kein Gesicht für seine Fäuste.

Aber das Kind hat geschrien, flüsterte die Frau, ganz stark hat es geschrien. Da sind sie gegangen. Kuck mal, wie lebendig es ist, sagte sie stolz. Das Gesicht machte den Mund auf und schrie.

Weint er? fragte der Mann.

Nein, ich glaube, er lacht, antwortete die Frau.

Beinahe wie Kuchen, sagte der Mann und roch an dem Holz, wie Kuchen. Ganz süß.

Heute ist ja auch Weihnachten, sagte die Frau.

Ja, Weihnachten, brummte er und vom Ofen her fiel eine Handvoll Licht hell auf das kleine schlafende Gesicht.[93]

Wie lang ist es her, daß man Borchert gelesen hat? Man erinnert sich an »Draußen vor der Tür« – das Nachkriegsdrama schlechthin. »Der Kaffee ist undefinierbar«, »Nachts schlafen die Ratten doch«, »Die Küchenuhr«? Ja, so hießen seine Kurzgeschichten, die man einst las. Weit weg solche Texte, längst versunken, wie dieser Autor, der nach dem Krieg in seine Heimatstadt Hamburg zurückkehrt, in raschestem Tempo ein Heimkehrerstück, Kurzprosa und Gedichte schreibt, für einen Moment die Aufmerksamkeit der Nation auf sich zieht und sofort wieder ins Dunkel tritt. Ganze 26 Jahre alt, stirbt er am 20. November 1947 im St. Clara-Spital zu Basel, wohin man ihn zur Behandlung geschickt hatte. Exakt zwei Monate vor seinem Tod hatte er in diesem Krankenhaus in einer knappen autobiographischen Skizze festgehalten:

> »Als Siebzehnjähriger veröffentlichte ich in 3 Hamburger Tageszeitungen und im Münchner ›Simplicissimus‹ Gedichte. 1941 machte ich mein Schauspielerexamen und ging an die Landesbühne Ost-Hannover in Lüneburg. Von Juni 1941 bis April 1945 war ich Soldat. Ich bin verwundet worden, habe Erfrierungen gehabt und ich habe in Russland eine Art Gelbsucht bekommen, die bis heute andauert. Als Soldat habe ich zwei Freiheitsstrafen von zusammen 17 Monaten verbüßt wegen Zersetzung der Wehrkraft und wegen Angriffen auf Partei, Staat und Wehrmacht. 1942 wurde gegen mich die Todesstrafe beantragt.«[94]

Und jetzt die Wiederbegegnung mit einer seiner Erzählungen: »Die drei dunklen Könige«. Trotz allen Abstands – ein seltsamer Eindruck, der verstanden werden will. Man ahnt, ohne schon zu wissen, daß dieser Text mehr ist als ein Produkt von damals.

◇ Unverkennbar Borcherts *Sprache:* lapidare Diktion, knappste Sätze, parataktisch nebeneinander gestellt: »Er tappte durch die dunkle Vorstadt«, »Sterne waren nicht da«, »Dann waren welche an der Tür«. Nur ja kein überflüssiges Wort, keine Satzgirlanden, kein gemütliches Erzählen. Sprach-Skelette spiegeln Stadt-Skelette, Menschen-Skelette.

◇ Unverkennbar auch eine Borchert-*Szenerie:* Städte ohne Licht. Häuser ohne Wände. Türen, die »weinen«, wenn man sie öffnet. Straßenpflaster, die erschrecken, wenn man sie betritt. Eine Kälte – zum Steinerweichen. Kampf gegen den Frost. Kampf ums Überleben.

◇ Unverwechselbar schließlich auch Borcherts *Figuren:* Menschen mit müden Gesichtern, ohne Namen, ohne Herkunft, ohne Zukunft. Ihre Welt so kalt, daß ihr Atem »weiß im Zimmer« hängt. Durchhalten wollen sie, mehr nicht. Überleben ist alles, ist hart genug. Ausgebrannte, desillusionierte Menschen, die für ihre Lebensenttäuschung noch nicht einmal jemanden haben, dem sie »dafür die Fäuste ins Gesicht schlagen« können.

Auch Borchert ist ein Kriegsheimkehrer wie Tucholsky. Die vier Jahre als Soldat an der Front, in Lazaretten und Gefängnissen (wegen angeblicher Krankheitssimulation und regimefeindlicher Äußerungen) haben ihn seelisch und körperlich zerrüttet. Als er im Mai '45 wieder nach Hamburg kommt, um als Schauspieler und Regieassistent zu arbeiten, wirft ihn ein zunehmend schwerer werdendes Leberleiden nieder. Von Spätherbst '45 an bis zu seinem Tode ist er ein Pflegefall. Aber auf dem Krankenlager entstehen ab Januar 1946 Texte, die diesen Autor unvergeßlich machen.

1918 war Tucholsky in ein zerstörtes Deutschland heimgekehrt und hatte sein Heimkehrerlied geschrieben. Wir erinnern uns:

»So steh ich nun vor deutschen Trümmern
und sing mir still mein Weihnachtslied.
Ich brauch mich nicht mehr drum zu kümmern,
was weit in aller Welt geschieht.
Die ist den andern. Uns die Klage.
Ich summe leis, ich merk es kaum,
die Weise meiner Jugendtage:
O Tannebaum!«

Borcherts Heimkehrer, der Soldat Beckmann, ist selbst zu diesem leise gesummten Weihnachtslied seiner »Jugendtage« nicht mehr fähig. Die Trümmerlandschaft, in die er als Krüppel heimkehrt, läßt ihn nur noch schreien. Denn Beckmann fühlt sich nicht nur wie Tucholskys Heimkehrer im Krieg von den Eliten belogen, er fühlt sich auch nach dem Krieg bereits wieder verraten, ausgeschlossen, »draußen« stehengelassen. Eine politische Widerstandsperspektive, wie Tucholsky sie noch entwickeln konnte, ist der Borchertschen Figur unmöglich. Sein Mann kommt nach Deutschland, humpelnd, frierend, hungernd, und dieses Deutschland zeigt ihm die kalte Schulter. Wofür noch leben? Wofür kämpfen?

»Wozu? Für wen? Für was? Hab ich kein Recht auf meinen Tod? Hab ich kein Recht auf meinen Selbstmord? Soll ich mich weiter morden lassen und weiter morden? Wohin soll ich denn? Wovon soll ich leben? Mit wem? Für was? Wohin sollen wir denn auf dieser Welt! Verraten sind wir. Furchtbar verraten.
Wo bist du, Anderer? Du bist doch sonst immer da!
Wo bist du jetzt, Jasager? Jetzt antworte mir! Jetzt brauche ich dich, Antworter! Wo bist du denn? Du bist ja plötzlich nicht mehr da! Wo bist du, Antworter, wo bist du, der mir den Tod nicht gönnte! Wo ist denn der alte Mann, der sich Gott nennt?«[95]

Doch derselbe Borchert, der in »Draußen vor der Tür« noch Gott als alten Mann zugleich anschrie und dem Spott preisgab, kann eine kurze Erzählung schreiben mit dem Titel *»Jesus macht nicht mehr mit«*. Sie steht im selben Prosa-Bändchen »An diesem Dienstag« wie der Text von den »Dunklen Königen«, der noch Ende November 1947 publiziert werden kann, dessen Erscheinen Borchert aber nicht mehr erlebt. Wieder eine Szene direkt aus dem Krieg. Ein Soldat, dem seine Kameraden den Spitznamen »Jesus« gegeben haben, hat die Aufgabe, sich zur Probe in aus dem gefrorenen Boden gesprengte Gräber zu legen, damit sie passend gemacht werden können. Plötzlich aber verweigert dieser »Jesus« den Dienst: »Ich mach nicht mehr mit«.[96] Er verläßt den Schauplatz, und auch der wütende Befehl des Unteroffiziers kann ihn nicht aufhalten:

»Warum heißt er eigentlich Jesus … Oh, das hat weiter keinen Grund. Der Alte nennt ihn immer so, weil er so sanft aussieht. Der Alte findet, er sieht so sanft aus. Seitdem heißt er Jesus. Ja, sagte der Unteroffizier und machte eine neue Sprengladung fertig für das nächste Grab. Melden muß ich ihn, das muß ich, denn die Gräber müssen ja sein.«[97]

Ein Text, geschrieben, um das Klischee vom »sanften Jesus« zu parodieren? Für diese Lesart spricht, daß Borchert in einem poetologischen Schlüsseltext dieser Zeit unter dem Titel *»Das ist unser Manifest«* wie mit dem traditionellen Gottes-Bild auch mit dem traditionellen Jesus-Bild abrechnet:

»Und wenn unser Herz, dieser erbärmliche herrliche Muskel, sich selbst nicht mehr erträgt – und wenn unser Herz uns zu weich werden will in den Sentimentalitäten, denen wir ausgeliefert sind, dann werden wir laut ordinär. Alte Sau, sagen wir dann zu der, die wir am meisten lie-

> ben. Und wenn Jesus oder der Sanftmütige, der einem immer nachläuft im Traum, nachts sagt: Du, sei gut! – dann machen wir eine freche Respektlosigkeit zu unserer Konfession und fragen: Gut, Herr Jesus, warum? Wir haben mit den toten Iwans vorm Erdloch genauso gut in Gott gepennt. Und im Traum durchlöchern wir alles mit unseren M. Gs.: Die Iwans. Die Erde. Den Jesus.«[98]

Tatsachen aus Borcherts Soldaten-Zeit freilich lassen darauf schließen, daß diese Geschichte mehr sein will als Parodie. Folgen wir Borcherts Biographen Peter Rühmkorf, so gilt: »Als erstes und wenig besonderes Faktum ist belegt, daß Borchert einmal zum Gräberausmessen bestimmt wurde. Ein zweites wäre, daß die Mutter den mit einem Bart aus dem Krieg heimgekehrten Sohn scherzhaft mit dem Namen Jesus belegte. Ein Drittes und Viertes mischt sich aber dann zu einem nicht ganz leicht zu entschlüsselnden Konglomerat. Wo, so fragt man sich, spielte im Leben Borcherts der Begriff Desertion eine Rolle, und was meint schließlich der so demonstrativ in die Bildmitte gerückte Mittelfinger? Erst die genauere Erforschung von Borcherts erstem Gefängnisaufenthalt vermochte den mysteriösen Fingerzeig und diese Desertion ins Irreale zu enträtseln. Demnach wurde Borchert im Sommer 1942 unter der Anklage vor Gericht gestellt, er habe sich der Wehrpflicht durch Selbstverstümmelung entziehen wollen.«[99]

Im Wissen um diese Hintergrundinformationen lesen wir die hier präsentierte »Jesus«-Geschichte anders: Nicht identifikatorisch aus der Perspektive der Spötter und Totengräber, sondern mit Sensibilität für den Verachteten und Verstörten. Dieser ist ja offensichtlich *auch* ein Selbstportrait des Autors, der ähnliche Erfahrungen hinter sich hat. »Jesus«? Als Spottname verhöhnt, steht dieser Name hier gegen den Zynismus der Kriegs-Handlanger, für Verweigerung künftigen Mordens, für Ausbruch aus dem Wahnsinnskreislauf von Töten und Begraben. Der »sanfte Jesus«? Die Spottgeburt aus Soldatengehirnen ist hier das Zeichen gegen eine Gewaltlogik, der das Ungeheuerliche bereits alltäglich geworden ist: »Und Gräber müssen doch gemacht werden. Einer muß doch rein, ob es paßt. Das hilft doch nichts.«

Gewiß: Diese Geste der Verweigerung ist kein Protest und keine politische Aktion. Sie ist bloße Geste, nichts als ein Zeichen. Und doch wird unter den Bedingungen der völligen Brutalisierung und Entmenschlichung die Sanftheit des Sanften, die Verweigerung des Unbedeutenden zum Politikum ersten Ranges. Einer hat es gewagt, die mörderische Ordnung zu unterbrechen. Was als »Spitzname« gedacht ist, ist unter diesen Umständen Symbol der Rettung eines Rests von Menschlichkeit. Der namenlose Soldat, der Anonymus und moderne Jedermann des 20. Jahrhunderts, hat auf einmal menschliche Kontur: Der Name »Jesus« macht ihn unterscheidbar, unverwechselbar.

Rettung eines Rests von Menschlichkeit in brutalisierter Zeit: Dieselbe inhaltliche Pointe nun auch in der hier ausgewählten Erzählung *»Die drei dunklen Könige«*. Wieder die typische Borchert-Szenerie: Stadt ohne Licht, Häuser zerbombt, Menschen mit müden Gesichtern, ohne Namen, ohne Herkunft, ohne Zukunft. Alles wiederum nur eine Skizze. Ein Mann und eine Frau in den Trümmern einer Stadt: elementarer geht es nicht. Soeben ist ein Kind geboren. Der Mann geht Holz holen, um das Feuer in dem kleinen Blechofen in Gang zu halten. Eine Stunde erst ist der Säugling auf der Welt. Neues Leben. Aber dieses neue Leben steigert unter den Überlebenden – ähnlich wie bei Tucholsky – zunächst nur die Wut auf die Verhältnisse. Signal und Gegensignal auf kürzestem Raum:

> »Kuck, wie ein Heiligenschein, siehst du?
> Heiligenschein! dachte er, und hatte keinen, dem er die Fäuste ins Gesicht schlagen konnte.«

Bis dahin ist diese Geschichte erzählt als Arme-Leute-Geschichte, milieugerecht. Eltern, froh, daß ihr Kind unter diesen Bedingungen überhaupt lebt, daß es wenigstens hat, was zum bloßen Menschsein gehört: »Ohren, Nase, Mund und Augen«. Mehr verlangt man schon nicht. Nichts als das nackte Leben. Die sarkastische Kästner-Zeile schießt einem durch den Kopf: »Mutter schenkte euch das Leben/das genügt, wenn man's bedenkt«.

Eine andere Dimension kommt in die Geschichte erst in dem Moment, als drei Männer in »alten Uniformen« die Szene betreten. Makabere Kontrastfiguren zum Neugeborenen. Dieses hatte ja zur Beruhigung seiner Eltern wenigstens »Ohren, Nase, Mund und Augen«. Jetzt treten Menschen auf ohne Hände, vom Hunger krank, vom Krieg zerrüttet: »Zuviel Angst« hatte man gehabt, »zuviel Angst«. Soeben glaubte man sich als Leser noch trösten zu können unter Verweis auf das Kind, jetzt aber wird die Szene beherrscht von verstümmelten, kranken, zerrütteten Menschen. War die erste Hälfte der Erzählung abgeschlossen worden mit Signal und Gegensignal von »Heiligenschein« und »Fäuste ins Gesicht«, so wird die zweite Hälfte abgeschlossen mit dem Satz: »Man hat eben zuviel Angst gehabt«.

Von jetzt ab schiebt der Erzähler eine Deutungsfolie unter das Geschehen. Wiedererkennen ist gewollt. Ein wenig zu sehr gewollt. Schon das Wort »Heiligenschein«, spaßeshalber durch die Mutter hingeworfen, läßt ahnen, was kommt. Ebenso das bereits erfolgte Signal »Esel« und das weitere Geschenk:

»zwei gelbe Bonbons«. Borchert legt dieser deutschen Nachkriegsszenerie bewußt die Sterndeuterhuldigung für den neugeborenen Messias aus dem Evangelium des Matthäus unter. Warum tut er das? Warum begnügt er sich nicht mit der genauen Beschreibung des Überlebenskampfes dieser Familie in der zerbombten und lichterlosen Stadt? Warum begnügt er sich nicht mit der präzisen Beschreibung der schlichten, elementaren Gesten von drei Kriegsheimkehrern? Warum die Verwendung der urchristlichen Geburts-Geschichte, die hier als Prä- und Subtext mitläuft? Und warum muß die Geschichte ausgerechnet an Weihnachten spielen?

Ich rufe mir noch einmal Borcherts persönliche Lage in Erinnerung. Dem Krieg gerade noch entkommen, liegt der 24jährige als Todkranker darnieder. Dabei hatte er doch so viele Pläne als Schriftsteller, als Mann des Theaters. Und er hat Erfolg, er spürt dies durch die Nachfrage nach seinen Arbeiten. Er will leben, neu anfangen. Deshalb ist die Verzweiflung, die Borchert seinen Beckmann herausschreien läßt, nur die eine Seite seiner Erfahrung. Die andere ist die Sehnsucht nach Leben, die Hoffnung auf einen Neuanfang. Die wenigen erhaltenen Briefe aus dieser Zeit sind voll von dieser Sehnsucht. Zwei Zeugnisse, ein »frühes« und ein »spätes«, dokumentieren dies. Am 6. Januar 1946 schreibt er an einen befreundeten Redakteur und Schriftsteller:

> »Nicht ganz sterben zu können – etwas zu haben, das das eigene Leben um ein paar Herzschläge überdauert. – Im Augenblick bin ich allerdings ganz ohne Mut zu mir selbst – nach einem sehr schönen Arbeitsbeginn (Regieassistenz bei ›Nathan dem Weisen‹) liege ich tatenlos seit Wochen im Bett. Am Heiligen Abend erschienen Sie als dreifacher Weihnachtsmann mit viel Trost bei mir: ›Fracht des Lebens‹, ›Jahresuhr‹ und ›Gast bei Tieren‹ (›Tiere im Regen‹ war so herrlich!).«[100]

Leben können, leben dürfen. Als er bereits in Basel in Behandlung ist, schreibt er an seine Eltern nach Hamburg am 28. September 1947:

> »Mir scheint auch unsere Religion nicht so sehr als Manifest moralischer und soziologischer Dinge, sondern eine Flucht vor dem Ticktack der Vergänglichkeit, gegen die wir die Auferstehung und das belebte Jenseits erfunden haben, die aber, konsequent zu Ende gedacht, aus jeder Sekunde unseres Hierseins heraustickt und mit der wir uns abfinden müssen. Eine Waffe gibt es dagegen und einen Ausweg: die Liebe und den Tod. Aber je mehr wir uns lieben, desto mehr leiden wir unter dem Ticktack, weil keine Religion uns Gewißheit über die Unvergäng-

> lichkeit gibt und noch viel weniger über das Wiedererkennen im Jenseits. Der Tod ist dann der Ausweg – aus Angst oder aus übergroßer Liebe. Und die Erkenntnis, daß jede Minute, jedes Wort, jedes Zusammensein einmalig – d. h. unwiderruflich – ist, ist so gewaltig, daß man darüber entweder die Kraft zum Leben (das dann ein Abenteuer ist) verliert, oder man bekennt sich nun ganz und gar zum Hiersein, zum Leid und zum Fluch (und auch dann ist das Leben ein Abenteuer) und empfindet die Minute als tragisch-vitales Ereignis. Dazu gehört viel Kraft und Stärke, und man wird wohl immer zwischen Angst und Mut hin- und herpendeln, entweder geht der eigene Puls in dem Ticktack der Vergänglichkeitsuhr ganz auf, und wir sind voll Verzweiflung – oder der Gesang des eigenen Blutes übertönt den Totenwurmrhythmus, d. h. wir setzen der fremden Umwelt die eigene entgegen.«[101]

Liest man »Die drei dunklen Könige« vor diesem Hintergrund, dann kann man diesen Text nur verstehen als *Sehnsuchtsgeschichte:* Sehnsucht nach neuem Leben, nach Neuanfang. Das Motiv der »Königs«-Huldigung für den neugeborenen Messias hat dann die Funktion, diesen Neuanfang ins Epochale, Geschichtliche zu steigern. Borchert war offensichtlich daran gelegen, seiner elementar-realistischen Szene ein Mehr an Bedeutung zu geben. In der kleinen Geschichte sollte sich eine große »wiederholen«. Nullpunktsituation, damals wie heute. Auch damals hatte alles angefangen mit einem Kind in düsterer Zeit. Jetzt ist wieder die Zeit, neu anzufangen, der Sehnsucht nach Leben Gestalt zu geben. Kurz: Indem Borchert die neutestamentliche »Königs«-Huldigung für den neugeborenen Messias hier als Prä- und Subtext mitlaufen läßt, bekommt seine »banale« Szene den Rang eines geschichtlichen Neuaufbruchs in zerrütteter Zeit.

Mehr noch: Dieser Neuaufbruch steht im Zeichen von Sanftheit und Rücksicht. Denn schon durch die Weise, wie diese drei Soldaten auftreten, wird ja auch diesem Neugeborenen größter Respekt bezeugt. Es ist nicht nur das Geschenk, das sie mit dem Kind teilen, es ist auch die Rücksicht, die sie ihm entgegenbringen. Ihre Zigaretten rauchen sie nicht in Gegenwart des Kindes, sondern draußen »vor der Tür«. Als das Kind zu schreien beginnt, weil sie sich »über das Kind gebeugt« hatten, schleichen sie zur Tür hinaus – und verschwinden in der Nacht. Wendungen wie »sonderbare Heilige« oder »schöne Heilige« machen die Doppelbedeutung dieser Figuren spürbar. »Heilige« sind sie ja schon dadurch, daß sie in entmenschlichter Zeit winzige Gesten der Menschlichkeit setzen – so wie der Deserteur »Jesus«. »Sonderbar« sind sie dadurch, daß sie anders handeln als erwartet. Sie treten nicht fordernd auf, sondern rücksichtsvoll, nicht dreist, sondern scheu, nicht brutal, sondern sanft.

Mitten im Chaos vollzieht sich ein Neuanfang wie einst in der Geschichte des Urchristentums. Auf diese Wiederholung kam es Borchert offensichtlich an. »Weihnachten« steht hier für Hoffnung auf neues Leben, ein Leben freilich im Zeichen von Sanftheit und Rücksicht. Eine Brücke zu Else Lasker-Schüler wird möglich: Wo geliebt wird, da ist Weihnachten. Wo Menschlichkeit erfahren wird, da realisiert man den Sinn des christlichen Festes – auch im Zeitalter des schweigenden, ohnmächtigen Gottes.

Als Borchert gegen Ende seines Lebens durch einen Fragebogen genötigt wird, Stellung zu nehmen: er sei doch ein »religiöser Dichter«, warum »verberge« er es?, gab er die einzig glaubwürdige Antwort:

> »Natürlich bin ich ein religiöser Dichter. Ich verberge es nicht. Ich glaube an die Sonne, an den Walfisch, an meine Mutter und an das Gras. Genügt das? Das Gras ist nämlich nicht nur das Gras.«[102]

***Peter Huchel:** »Dezember 1942«*

Wie Wintergewitter ein rollender Hall.
Zerschossen die Lehmwand von Bethlehems Stall.

Es liegt Maria erschlagen vorm Tor,
Ihr blutig Haar an die Steine fror.

Drei Landser ziehen vermummt vorbei.
Nicht brennt ihr Ohr von des Kindes Schrei.

Im Beutel den letzten Sonnenblumenkern,
Sie suchen den Weg und sehn keinen Stern.

Aurum, thus, myrrham offerunt ...
Um kahles Gehöft streicht Krähe und Hund.

... quia natus est nobis Dominus.
Auf fahlem Gerippe glänzt Öl und Ruß.

Vor Stalingrad verweht die Chaussee.
Sie führt in die Totenkammer aus Schnee.[103]

Nachdenken über eine zerschossene Utopie

Borchert vertraute noch auf die Kraft der Wiederholung der urchristlichen Geschichte. Der Lyriker *Peter Huchel* ist literarisch radikaler. Einst (Bethlehem) und Jetzt (Stalingrad)? Huchel kann die Bethlehem-Geschichte nach dem Inferno nicht mehr wiederholen. Für ihn ist mit dem massenmörderischen Krieg auch die urchristliche Geschichte zerrüttet. Einst und Jetzt werden bei ihm deshalb durch die radikale Negation des Urbilds verbunden: Bethlehem ist durch Stalingrad mit zerstört! Das Einzigartige des hier ausgewählten Gedichts ist die Tatsache, daß Huchel die Verheißung von Bethlehem und die Vernichtung durch Stalingrad in sieben Verspaaren unmittelbar miteinander konfrontiert – in einer sprachlichen Dichte, die in der deutschen Literatur des 20. Jahrhunderts ihresgleichen sucht.

Doch bevor Huchel zu diesem einzigartigen Text fähig wird, hatte auch er zum Thema »Weihnachten« literarisch einiges »probiert«. 1903 in Groß-Lichterfelde bei Berlin geboren, gehört er einer Generation an, für die politisch die Ereignisse der Weimarer Republik prägend werden. Nach Teilnahme am rechtsradikalen Kapp-Putsch 1920 wird er mit Verwundungen in ein Krankenhaus eingeliefert. Ein Schlüsselerlebnis für den 16/17-jährigen, das der Altgewordene – befragt nach »Schlüsselsätzen« für seine Biographie – in der Rückschau des Jahres 1971 noch so beschreiben kann:

> »Ich kam auf die Welt, es regnete still, in der dritten Nacht April ... Ich wurde sehr früh entdeckt, bin aber wieder untergetaucht ... Mit 16 nahm ich am (rechtsradikalen) Kapp-Putsch in Potsdam teil, lag durch einen Querschläger mit zerfetztem Oberschenkel auf dem Straßenbahngleis. Im Krankenhaus fand ich mich mit vier verletzten Arbeitern im gleichen Saal wieder. Sie gaben mir linke Literatur zu lesen, und von da an war ich vollkommen rot ...«[104]

Vollkommen rot? Die Selbstironie wird man bei dieser Art der Formulierung mithören müssen, zumal Huchel im selben Zusammenhang fortfährt:

> »Als Gammler in Frankreich fast verhungert ... Die Gefahr, als Landschaftslyriker von den Nazis in Beschlag genommen zu werden ... Mit der Faust bin ich sehr jähzornig: 1940 habe ich vor versammelter Truppe meinen Feldwebel niedergeschlagen, der uns triezte. Georg von der Vring hat mich gerettet ... 1962 wurde ich ›Arbeiterverräter‹ und ›Nuttendichter‹ genannt.«[105]

Erfahrungen mit Hitler-Deutschland und Ulbricht-Deutschland stehen hier im Hintergrund. Aber bei aller individuellen, sich jeder totalitären Ideologie immer auch verweigernden Unangepaßtheit gibt es bei Huchel früh eine Sensibilität für soziale und politische Fragen. Die Arbeiter im Krankenhaus hatten ihm immerhin als »linke Literatur« den berühmten Antikriegsroman »Le Feu« des französischen Schriftstellers Henri Barbusse zu lesen gegeben. Sozialistische Lektüre ist das eine. Das andere sind persönliche Erfahrungen im Dorf seiner Großeltern mütterlicherseits, in Alt-Langerwisch bei Potsdam, in dem Huchel (seine Mutter ist lungenkrank) glückliche Jahre verbringt und Sympathien für die Armen und Entrechteten des Landproletariats entwickelt.

Oder Einflüsse von Rilkes Armutsästhetik. Frühe sozialkritische Gedichte an Gott (»Du Name Gott«[106]) lassen im Ton auf die Lektüre von Rilkes »Stundenbuch« schließen, insbesondere dessen drittem Teil: »Von der Armut und vom Tode«. Mit zunehmend erwachendem literarischen Interesse tritt auch bei Huchel das auf, was bei vielen Vertretern des zeittypischen Expressionismus eine Rolle spielt: ein universales, Nationen, Klassen und Rassen umfassendes Verbrüderungspathos.

Untersuchungen gerade zur frühen Lyrik Huchels haben gezeigt, daß die Erfahrung der Gottferne »*das* zentrale Thema Huchels« ist: »Diese Texte sind bisher so gut wie ignoriert worden, auf das Thema der Gottesferne wurde man bei Huchel erst aufmerksam, als Huchel es in seinem letzten Gedichtband zum Titel erhob: *Die neunte Stunde*, in der Christus am Kreuz die Worte schrie: ›Mein Gott, mein Gott, warum hast du mich verlassen?‹ Allerdings wird von dorther erst sichtbar, wie bewußt Huchel schon in den Titeln seiner Bände sein gesamtes Werk unter den Aspekt der Todesverfallenheit im Zeichen der Gottesferne stellt, nämlich in der Akzeleration der Zeit, dem Näherkommen des Todes: *Chauseen Chauseen* – wo das alte Motiv der Lebensreise anklingt, daher die immer wiederkehrende Odysseus-Gestalt bis hin zum *Grab des Odysseus* im letzten Band – *Gezählte Tage* und schließlich *Die neunte Stunde*.«[107]

Vor diesem Hintergrund wird nun auch die Verwendung des Themas »Weihnachten« begreiflicher. Spuren davon schon im Frühwerk. Bezeichnend vor allem ein Gedicht wie »*Die Hirtenstrophe*«, das erstmals in Huchels Lyriksammlung »Gedichte« von 1948 publiziert wird. Der Aufbau-Verlag in Ost-Berlin, wo Huchel nach dem Krieg lebt, hatte sich seiner Texte angenommen. Man hatte offensichtlich (politisch jedenfalls) mit solchen Produkten des Autors keine Probleme:

»Wir gingen nachts gen Bethlehem
und suchten über Feld
den schiefen Stall aus Stroh und Lehm,
von Hunden fern umbellt.

Und drängten auf die morsche Schwell
und sahen an das Kind.
Der Schnee trieb durch die Luke hell
und draußen Eis und Wind.

Ein Ochs nur blies die Krippe warm,
der nah der Mutter stand.
Wie war ihr Kleid, ihr Kopftuch arm,
wie mager ihre Hand.

Ein Esel hielt sein Maul ins Heu,
fraß Dorn und Distel sacht.
Er rupfte weich die Krippenstreu,
o bitterkalte Nacht.

Wir hatten nichts als unsern Stock,
kein Schaf, kein eigen Land,
geflickt und fasrig war der Rock,
nachts keine warme Wand.

Wir standen scheu und stummen Munds:
Die Hirten, Kind, sind hier.
Und beteten und wünschten uns
Gerät und Pflug und Stier.

Und standen lang und schluckten Zorn,
weil uns das Kind nicht sah.
Griff nicht das Kind dem Ochs ans Horn
und lag dem Esel nah?

Es brannte ab der Span aus Kien.
Das Kind schrie und schlief ein.
Wir rührten uns, feldein zu ziehn.
Wie waren wir allein!

Daß diese Welt nun besser wird,
so sprach der Mann der Frau,
für Zimmermann und Knecht und Hirt,
das wisse er genau.

Ungläubig hörten wirs – doch gern.
Viel Jammer trug die Welt.
Es schneite stark. Und ohne Stern
ging es durch Busch und Feld.

Gras, Vogel, Lamm und Netz und Hecht,
Gott gab es uns zu Lehn.
Die Erde aufgeteilt gerecht,
wir hättens gern gesehn.«[108]

Ein erstaunlich banales Gedicht, das früher entstanden sein mag, zu dem Huchel sich aber noch 1948 offensichtlich bekennt. Peinlich, weil in jeder Hinsicht epigonal: formal, motivisch, inhaltlich. Vierzeilige Strophen mit schlichten Kreuzreimen, die ohne alle ironische Brechung (wie bei Erich Kästner) glatt funktionieren: »Schwell« – »hell«, »Kind« – »Wind«, »Stock« – »Rock«, »Land« – »Wand«. So geht es 11 Strophen routiniert bis zur Langeweile. Huchel merkt offensichtlich nicht, daß die Glätte der Form die künstlich erzeugte »Atmosphäre« in diesem Text dementiert. Wir Leser glauben ihm alles, nur nicht, daß er es mit der Beschreibung einer »bitterkalten Nacht« und alleingelassener Menschen ernst meint.

Ungewöhnlich einfallslos auch, wieder einmal in einem deutschen Weihnachts-Gedicht die Hirten von Bethlehem auftreten zu lassen. Ihnen legt Huchel ja seine Verse in den Mund. Zwar finden sich seine Hirten (in Abweichung von der lukanischen Geburtsgeschichte) vom Kind ignoriert, was ihr Gefühl des Alleinseins steigert, obwohl sie doch »gebetet« hatten, aber diese einzige Abweichung von der Vorlage kann den Eindruck nicht verdrängen, daß Huchel wieder einmal bei den Hirten das Arme-Leute-Motiv stark macht und eine Rollenlyrik produziert, die in ihrer künstlich gemachten Schein-Naivität ans Lächerliche grenzt: »Wir standen scheu und stummen Munds: / Die Hirten, Kind, sind hier.« Solche Sätze sind genauso unerträglich wie die, die im Zusammenhang mit Ochs und Esel fallen (auch dieses Klischee erspart Huchel uns nicht): »Ein Ochs nur blies die Krippe warm«, »Ein Esel hielt sein Maul ins Heu«. Man sehnt sich geradezu nach Bert Brechts Gedicht »Maria« zurück.

Besonders aufdringlich ist der sozialkritisch aufgesetzte Schluß des Gedichtes: Joseph als Weltverbesserer (»Daß diese Welt nun besser wird, / so sprach der Mann der Frau«), die Hirten als zunächst »ungläubige«, dann aber doch dankbare Jünger. Solche Hirten können bei Huchel zu Verkündern der sozialen Botschaft werden, die dieser Text seinen Lesern aufdrängt und ein solches Produkt 1948 in Ost-Berlin zweifellos Sozialismus-kompatibel macht:

»Gras, Vogel, Lamm und Netz und Hecht,
Gott gab es uns zu Lehn.

Die Erde aufgeteilt gerecht,
wir hättens gern gesehn.«

Da sind andere Texte im Frühwerk schon ernster zu nehmen. 1931 veröffentlicht Huchel in der Weihnachtsbeilage der Zeitschrift »Literarische Welt« als eine von vier ausgewählten »Weihnachtsgeschichten junger deutscher Erzähler« einen Prosa-Text unter dem *Titel »Von den armen Kindern im Weihnachtsschnee«*.[109] Auch dieser Text spielt wieder im Arme-Leute-Milieu. Zwei Kinder ziehen »am Christnachmittag« in einem märkischen Dorf von Hof zu Hof, Lieder »vom Christkind« singend, um sich etwas zum Essen zu erbetteln. Tage später werden sie tot im Wald gefunden – »erfroren in einer Tannenschonung«, »inmitten von toten Rehen und Hasen«. Der Erzähler des Textes stellt sich nun vor, was mit den beiden Kindern geschehen sein mag. Offensichtlich hatten sie sich im Wald immer mehr verirrt, weil der Junge »seine Weihnachtstanne« holen wollte. Bei Schneegestöber kommen sie immer weiter vom Weg ab. Es ist kalt, bitterkalt. Der Schneefall ist unbarmherzig. Eine unheimliche Szenerie baut sich auf, durchdrungen von schrillem Vogelgeschrei. Ankündigung des Todes. Plötzlich hat das Mädchen eine zitternde Amsel in der Hand, holt die letzte Wärme aus ihrem Körper und haucht sie über der Amsel aus. Da singt die Amsel:

»Es schwirrt der Wind, es flockt der Schnee,
des Winters weiße Mücken,
die stechen eisig Has' und Reh,
kein Schnabel kann sie picken.

Hanf, Mais, die gute Vogelkost,
der Wurm liegt unterm Eise.
O Weihnachtsklei, o weißer Frost,
o bittre Amselspeise!«

Dieser Text ist sichtlich eine Kontrafaktur von Adalbert Stifters »Der Bergkristall«, von dem eingangs des Thomas-Mann-Kapitels in unserem Buch die Rede war. Bei Stifter geraten am Heiligen Abend zwei Kinder ebenfalls in ein Schneegestöber, sehen sich Frost, Hunger und Kältetod ausgesetzt, um dann freilich gerettet zu werden. Stifters Erzählung macht den »Heiligen Abend« zu einem Abend der Rettung aus Todesgefahr und der Menschwerdung (die vorher isolierte Familie ist jetzt »Eigentum des Dorfes« geworden). Huchel liefert die Gegengeschichte. Er schickt seine Kinder am Heiligen Abend in den Tod. Wieder klingt das Thema Kälte an, jetzt aber ist es anders eingebracht als in der »Hirtenstrophe«. Statt des gemächlichen Erzählertons (»Viel Jammer trug die Welt / Es schneite stark«) hier ein Unheilsorakel (durch das Bild eines mythisch aufgeladenen Vogels) vom bevorstehenden Tod durch Erfrieren.

Schauerlich-präzise Bilder. Die eisenen Schneeflocken? Sie stechen so in die Haut wie Mücken: »weiße Mücken des Winters«. Das Eis? Der Frost? »Weihnachtskleie« für die Tiere. Welch seltsam-faszinierendes Wort, dessen Klang man erst vernimmt, wenn man das Wort langsam nachspricht: Weihnachts-kleie. Das Thema des Textes bekommt auf diese Weise literarische Dichte: Kältetod von Kindern ausgerechnet »am Christnachmittag«. Schärfer kann man den Sinn des »Christfestes« kaum dementieren. Statt Gottesnähe Gottesferne. Und diese Gottesferne drückt sich bei Huchel schon früh in Bildern von Vereisung und Verfinsterung aus: »Die Vokabeln von Kälte, Eis und Verfinsterung als Zeichen der Gottesferne gehören fortan zu den machtvollsten und bedrückendsten in Huchels Bildersprache.«[110]

Aber auch bei diesem Prosa-Text kann es Huchel in dieser Phase seines Werkes nicht lassen, seine Leser didaktisch zu versorgen. Zwar nicht mehr wie bei Stifter mit einer christlich-kirchlichen, wohl aber mit einer sozialethischen, ja sozial-romantischen Pointe:

> »Und während die Kinder zum Himmel hochblickten und nicht wußten, ob es wieder die Amsel war, die da klagte, kroch schon die große Kälte über ihre Lippen.
> Sie hatten aber vernommen das Wehgeschrei aller armen Kinder der Erde:
>
> O Jesu, was bist du lange ausgewesen,
> o Jesu Christ!
> Die sich den Pfennig im Schnee auflesen,
> die wissen nicht mehr, wo du bist.
>
> Sie schreien, was hast du sie ganz vergessen,
> sie schreien nach dir, o Jesu Christ!
> Ach kann denn dein Blut, ach kann ermessen,
> was alles salzig und bitter ist?
>
> Die Träne der Welt, den Herbst von Müttern,
> spürst du das noch, o Jesuskind?

Und wie sie alle im Hungerhemd zittern
und krippennackt und elend sind!

O Jesu, was bist du lange ausgeblieben
und ließest die Kindlein irgendstraß' fern …
Die hätten die Hände gern warm gerieben
im Winter an deinem Stern.«

Rollenlyrik in beiden Fällen: Hirten dort – Kinder hier. Aber dem Thema »Weihnachten« mitten in den großen Krisen des 20. Jahrhunderts war so nicht mehr beizukommen. Es brauchte eine andere Sprache, eine andere literarische Technik. Nicht das Arme-Leute-Pathos, nicht didaktischen Fingerzeig, es brauchte die harte Konfrontation von Einst und Jetzt. Sie liefert Huchel mit seinem Gedicht *»Dezember 1942«*. Es erscheint erstmals 1955 in der von ihm selbst betreuten Zeitschrift »Sinn und Form«. Kaum glaublich, daß nur sieben Jahre nach der Veröffentlichung von »Hirtenstrophe« Huchel zu diesem meisterlichen Gedicht fähig ist. Es gibt in der deutschen Literatur des 20. Jahrhunderts kein Bethlehem-Gedicht, das sprachlich und inhaltlich diesen Rang hätte.

14 Verse lang wird ein archetypisches Bild, das vom Völkerfrieden im Zeichen Bethlehems, konfrontiert mit seiner grauenhaften Verzerrung im Gegenzeichen von Stalingrad. Der Stall? Zerschossen. Der Völkerfrieden? Vom Völkergemetzel zerfetzt. Wärme und Freundlichkeit? Von der Kälte vernichtet. Maria, die Mutter? Tot liegt sie draußen vorm Tor, keine Leben schenkende Frau mehr, sondern ein gefrorener Leichnam. Von Joseph ist schon nicht mehr die Rede; er scheint verschollen. Die »drei Könige« haben sich (wie bei Borchert) in Landser verwandelt, aber den Schrei des Kindes hören sie und den leitenden Stern sehen sie nicht mehr. Orientierungslos geworden, werden sie an Bethlehem vorbeigehen. Wie weit sind wir entfernt von Versen wie diesen:

»Wir gingen nachts gen Bethlehem
und suchten über Feld
den schiefen Stall aus Stroh und Lehm,
von Hunden fern umbellt.«

Wie weit auch von Borcherts Lösung, die »Heiligen drei Könige« heute als Landser zu einem Neugeborenen zu schicken, um es noch einmal zu beschenken. Wie weit auch von einer (letztlich doch) rührseligen Geschichte armer

Kinder, die im Schnee erfrieren. Jetzt spielen Schnee, Kälte, Frost, Winter eine ganz andere Rolle. Zwar ging es auch bei der Kinder-Geschichte um eine »Totenkammer aus Schnee«, jetzt aber wird dieses Bild zu einer Welt-Chiffre universalisiert, und zwar so, daß die Gegen-Chiffre im Zeichen von Bethlehem mitbetroffen ist. Wiederholen kann man sie nicht mehr, wohl aber noch zitieren.

Und genau dies tut Huchel in seinem Text. Er hält Bethlehem als Zitat-Fragment präsent. Aber es sind Sprach-Stümpfe, die uns entgegenragen. Bewußt wird von Huchel die Geburtsgeschichte des Neuen Testamentes in der Vulgata-Übersetzung zitiert, in der Übertragung also, die in der kirchlichen Liturgie Verwendung findet und so für Jahrhunderte kirchlich-sakraler Tradition steht. Jetzt aber? Jetzt steht die klassische Tradition genauso versehrt da wie alles andere: Aurum, thus, myrrham offerunt – der Satz wird abgebrochen. Er teilt das Schicksal des dritten »Königs« in Borcherts Geschichte, der keine Hände mehr hat: »Erfroren, sagte er, und hielt die Stümpfe hoch«. Zwei Satz-Stümpfe auch hier, denn es folgt noch der zweite Satz: ... quia natus est nobis dominus. Wer hätte es bis Peter Huchel für möglich gehalten, daß sich in der deutschen Lyrik einmal »offerunt« auf »Hund« und »dominus« auf »Ruß« reimen würde? Alles also ins Gegenteil verkehrt: Leere statt Fülle, Tod statt Leben, streunendes Getier statt Esel und Ochs im Stall; Öl und Ruß statt Weihrauch, Myrrhe und Gold. Panzerrelikte als Ersatz für Anbetung und Preis. Was also?

Will das Gedicht auf die Auslöschung Bethlehems durch Stalingrad hinaus? Hat die Realität Stalingrads die Vision Bethlehems endgültig widerlegt? Ist die Utopie vom »Frieden der ganzen Welt« von der Gegenutopie Stalingrad ganz und gar verschluckt?

Das Gedicht will, denke ich, in Brechtscher Manier gegen den Strich gelesen sein. Als es erstmals veröffentlicht wird, lebt Brecht noch und arbeitet in Ost-Berlin. Huchel ist dem Stückeschreiber politisch und literarisch eng verbunden. Seit 1949 ist er Chefredakteur der Zeitschrift »Sinn und Form«, ein außergewöhnliches Forum moderner Literatur, dessen Existenz unter den Bedingungen des real existierenden Sozialismus nicht zuletzt auch Brechts Einfluß zu verdanken ist. Lange kann sich Huchel auf diesem Schlüsselposten der DDR-Kulturpolitik nicht halten, zumal Brecht 1956 stirbt und 1961 die Mauer gebaut wird. 1962 wird er zum Rücktritt gezwungen, wird Isolation und Schikanen ausgesetzt. Veröffentlichen kann er nur noch im Westen, wo 1963 sein Gedichtband »Chauseen Chauseen« erscheint, in dem man dann auch »Dezember 1942« noch einmal nachlesen kann. 1971 lassen die DDR-Behörden Peter Huchel, 68jährig, ausreisen.[111] Er findet einen neuen Lebensmittelpunkt in Stauffen im Breisgau, wo er nach langer Krankheit 1981 stirbt.

Liest man also »Dezember 1942« gegen den Strich, begreift man, daß der Autor seine Leser nicht in ihrem politischen Fatalismus bestärken will, sondern auffordert, die hier erzählte Geschichte und Gegengeschichte zu Ende zu denken. Bethlehem *mußte* auf diese Weise mit Stalingrad konfrontiert werden, damit das Grauen von Stalingrad in seiner ganzen Entsetzlichkeit erst richtig begreifbar wird. Die Utopie mußte wenigstens noch einmal aufblitzen, damit sie als bedrohte beschrieben werden kann. Allein also die Negation des Urbilds gibt dem Inferno Gleichnisfunktion. Erst indem uns Lesern klar wird, daß eine der größten Utopien der Menschheit, die einer messianischen Friedenszeit, durch Grauenorte wie Stalingrad zerstört wurde, erkennen wir, was hier und heute auf dem Spiel steht. Das Urbild »Bethlehem« ist gerade nicht abgetan oder widerlegt. Der Dichter braucht es geradezu, um den Grad an Perversion durch die Ereignisse von heute verständlich zu machen. Nicht Bethlehem wird verraten, sondern Stalingrad als Verrat an Bethlehem entlarvt. Die Utopie gilt, aber sie kann im Gedicht nur noch als zerfetzte aufleuchten. Einer didaktischen Pointe bedarf es nicht mehr.[112]

Als Huchel 1974 einen Literaturpreis verliehen bekommt, beendet er seine Dankesrede so:

> »Ob ein einziger Genieblitz genügt, aus dem Universum die himmlische Algebra auf die Erde zu bringen, wage ich zu bezweifeln. Aber vergessen dürfen wir sie nicht, es ginge die Rechnung der Machthaber sonst zu glatt auf.
> Fragen über Fragen, vage Antworten, Widersprüche, didaktische Prozesse, Versperrungen, tödliche Konstellationen.
> Es sind gewiß nicht die schlechtesten Schriftsteller, die für lange Zeit verstummen, nicht etwa, weil sie sich in einer konstanten Stilkrise befänden, es hat tiefere Gründe.
> Lassen Sie mich deshalb mit einem Wort schließen, das hier, wie ich meine, genau am Platze ist, mit einem Wort Lessings: ›Ein jeder muß seine Hölle noch im Himmel und seinen Himmel noch in der Hölle finden.‹«[113]

Hermann Hesse: *»Weihnacht mit zwei Kindergeschichten«*

Als unser kleines, stilles Christfest beendet war, noch vor zehn Uhr am Abend des 24. Dezember, war ich müde genug, um mich auf Nacht und Bett und vor allem darauf zu freuen, daß nun zwei ganze Tage ohne Post und ohne Zeitung vor uns lagen. Unsre große Wohnstube, die sogenannte Bibliothek, sah ebenso unordentlich und abgekämpft aus wie unser Inneres, aber viel heiterer, denn obwohl wir nur zu dreien gefeiert hatten: Hausherr, Hausfrau und Köchin, gaben doch das Tannenbäumchen mit den herabgebrannten Kerzen, das Durcheinander von farbigen, goldenen und silbernen Papieren und Bändern und auf den Tischen die Blumen, die übereinander geschichteten neuen Bücher, die teils straff teils müde und halb eingesunkenen an die Vasen gelehnten Malereien, Aquarelle, Steinzeichnungen, Holzschnitte, Kindermalereien und Photographien der Stube eine ungewohnte und festliche Überfülltheit und Bewegtheit, etwas von Jahrmarkt und etwas von Schatzkammer, einen Hauch von Leben und von Unsinn, von Kindern und Spielerei. Und dazu kam die Luft, die mit Düften ebenso ungeordnet und übermütig beladene Luft mit dem Neben- und Ineinander von Harz, Wachs, Verbranntem, von Backwerk, Wein, Blumen. Des weitern stauten sich im Raume und in der Stunde, wie es alten Leuten zukommt, die Bilder, Klänge und Düfte von vielen, sehr vielen Festen vergangener Jahre, siebzig und mehr Male hatte seit dem ersten großen Erlebnis die Weihnacht mich wieder besucht, und waren es bei meiner Frau manche Jahre und Christfeste weniger, so war bei ihr dafür die Fremde, die Ferne und die Erloschenheit und Unwiederbringlichkeit der Heimat und Geborgenheit noch größer als bei mir. War in den letzten angestrengten Tagen das Schenken und Packen, Beschenktwerden und Auspacken, das Sichbesinnen auf echte und unechte Verpflichtungen (die sich für Vernachlässigung oft unerbittlicher rächen als jene) und die ganze etwas überhitzte und überhetzte Betriebsamkeit einer Weihnachtszeit in unsrem ruhelosen Zeitalter schon schwer zu bewältigen gewesen, so war diese Wiederbegegnung mit den Jahren und Festen vieler Jahrzehnte eine noch strengere Aufgabe, doch war es wenigstens eine echte und sinnvolle, und die echten und sinnvollen Aufgaben haben den Segen, nicht nur zu fordern und zu zehren, sondern auch zu helfen und zu stärken. Zumal in einer aufgelösten, am Mangel an Sinn erkrankten und hinsterbenden Zivilisation gibt es ja für den einzelnen wie für die Gemeinschaften kein anderes Heil- und Nahrungsmittel, keine andere Kraftquelle fürs Weiterleben, als die Begegnung mit dem, was allem zum Trotz unsrem Sein und Tun Sinn gibt und uns rechtfertigt. Und bei der Erinnerung an die Feste und Zusammenhänge eines ganzen Lebens, dem Lauschen auf Klänge und Regungen der Seele bis in die farbige Wildnis der Kindheit zurück, dem Blicken in geliebte längst erloschene Augen erweist sich eben doch das Vorhandensein eines Sinnes, einer Einheit, einer geheimen Mitte, um die wir, bald wissend, bald unwissend, lebenslang gekreist sind.

Von den wachs- und honigduftenden frommen Christfesten der Kindheit, in einer, wie es schien, noch heilen, vor Zerstörung sicheren, an ihre Zerstörungsmöglichkeit nicht glaubenden Welt, über alle Wandlungen, Krisen, Erschütterungen und Wiederbesinnungen unsres privaten Lebens wie unsrer Epoche hinweg, hat sich in uns ein Kern erhalten, ein Sinn, eine Gnade, nicht an irgendein Dogma der Kirchen oder der Wissenschaften, sondern an das Vorhandensein einer Mitte, um die auch ein gefährdetes und gestörtes Leben sich stets aufs neue ordnen kann, ein Glaube an die Erreichbarkeit Gottes von eben diesem innersten Kern unsres Wesens aus, an die Koinzidenz dieses Zentrums mit der Gegenwart Gottes. Wo er gegenwärtig ist, mag ja auch das Häßliche und scheinbar Sinnlose ertragen werden, denn für ihn ist nirgends Erscheinung und Sinn getrennt, für ihn ist alles Sinn.

Das Bäumchen stand schon lange dunkel und ein wenig dumm auf seinem Tischchen, es brannte seit einer Weile das nüchterne elektrische Licht wie an jedem Abend; da wurden wir vor den Fenstern einer anderen Art von Helligkeit gewahr. Der Tag war wechselnd klar und verhangen gewesen, an den Hängen der Berge jenseits des Seetals standen zuweilen lang hingezogene, schmale weiße Wolken, alle in derselben Höhe, sie hatten fest und unbeweglich geschienen und waren doch, so oft man wieder hinaussah, verschwunden oder umgebaut gewesen, und beim Zunachten hatte es ausgesehen, als würden wir die Nacht über ohne Himmel sein und im Nebel stecken. Aber während wir mit unsrer Feier, unsrem Baum und seinen Kerzen, unseren Geschenken und den immer dichter kommenden Erinnerungen beschäftigt gewesen waren, hatte sich draußen mancherlei zugetragen und abgespielt. Als wir das gespürt und unser Stubenlicht gelöscht hatten, fanden wir draußen in der großen Stille eine überaus schöne, geheimnisvolle Welt liegen. Das schmale Tal zu unsern Füßen war mit Nebel angefüllt, auf dessen Oberfläche ein bleiches, aber starkes Licht spielte. Über diesem Nebelballen stiegen die beschneiten Hügel und Berge hinan, alle im selben gleichmäßigen, verteilten, aber starken Lichte stehend, und auf die weißen

Tafeln waren überall die kahlen Bäume und Wälder und die schneefreien Felsgestaltungen wie mit spitzer Feder gekritzelte Buchstaben hingeschrieben, stumme, viel verschweigende Hieroglyphen und Arabesken. Oben aber über alledem wogte mit vom Vollmond durchschienenem Wolkengewimmel weiß und opalglänzend ein gewaltiger Himmel, unruhig wallend und vom Licht des vollen Mondes beherrscht, der zwischen den geisterhaft sich lösenden und wieder dichtenden Schleiern verschwand und erschien, und wenn er ein freies Stück Himmel erkämpfte, sahen wir ihn umgeben von elbisch kühlen, irisierenden Mondregenbogen, deren gleißend gleitende Farbenfolge sich in den Rändern durchschienener Wolken wiederholte. Perlig und milchig rann und rieselte das köstliche Licht durch den Himmel, glänzte schwächer unten im Nebel wider, wogte im Schwellen und Schwinden wie in lebendigen Atemzügen.

Ehe ich zu Bett ging, die Lampe brannte wieder, warf ich noch einen Blick auf meinen Gabentisch, und wie Kinder am Christabend ein paar von ihren Geschenken mit ins Schlafzimmer und womöglich mit ins Bett nehmen, nahm ich mir auch etwas mit, um es vor dem Schlafen noch ein wenig bei mir zu haben und zu betrachten. Es waren die Gaben meiner Enkelkinder: von Sibylle, der Jüngsten, ein Staublappen, von Simeli eine kleine Zeichnung, ein Bauernhaus mit einem Sternhimmel darüber, von Christine zwei farbige Illustrationen zu meiner Erzählung vom Wolf, ein kraftvoll hingehauenes Gemälde von Eva und von ihrem zehnjährigen Bruder Silver ein mit seines Vaters Maschine geschriebener Brief. Ich nahm die Sachen mit ins Atelier hinüber, wo ich Silvers Brief noch einmal las, dann ließ ich sie liegen und stieg, mit schwerer Müdigkeit kämpfend, die Treppe zu meinem Schlafzimmer hinauf. Doch konnte ich noch lange Zeit nicht einschlafen, die Erlebnisse und Bilder des Abends hielten mich wach, und die nicht abzuwehrenden Reihen von Vorstellungen endeten jedesmal mit dem Brief meines Enkels, der so lautete:

»Lieber Nonno! Ich will dir jetzt eine kleine Geschichte schreiben. Sie heißt: Für den lieben Gott. Paul war ein frommer Knabe. Er hatte in der Schule schon so viel vom lieben Gott gehört. Er wollte ihm jetzt auch einmal etwas schenken. Paul schaute alle seine Spielsachen an, aber alles gefiel ihm nicht. Da kam Pauls Geburtstag. Er bekam viele Spielsachen, darunter sah er einen Taler. Da rief er: Den schenke ich dem lieben Gott. Paul sagte: Ich gehe hinaus auf das Feld, dort habe ich einen schönen Platz, da wird ihn der liebe Gott sehen, und ihn holen. Paul ging auf das Feld. Als Paul im Feld war, sah er ein altes Mütterlein, das mußte sich stützen. Er wurde traurig, und gab ihr

den Taler. Paul sagte: Eigentlich war er für den lieben Gott. Viele Grüße von Silver Hesse.«

An jenem Abend gelang es mir nicht mehr, die Erinnerung heraufzubeschwören, an die meines Enkels Erzählung mich mahnte. Erst andern Tages fand sie sich von selber ein. Ich erinnerte mich: in meiner Knabenzeit, im selben Alter, in dem jetzt mein Enkel stand, zehnjährig also, hatte ich auch einmal eine Geschichte geschrieben, um sie meiner jüngeren Schwester zum Geburtstag zu schenken, es war außer einigen Knabenversen die einzige Dichtung, vielmehr der einzige dichterische Versuch aus meiner Kinderzeit, der erhalten geblieben ist. Ich selbst hatte viele Jahrzehnte nichts mehr von ihm gewußt, vor einigen Jahren aber war, ich weiß nicht mehr bei welchem Anlaß, dieser kindliche Versuch wieder zu mir zurückgekehrt, durch die Hand einer meiner Schwestern vermutlich. Und obwohl ich mich seiner nur noch undeutlich erinnern konnte, schien mir doch, er habe irgendeine Ähnlichkeit oder Verwandtschaft mit der Geschichte, die mein Enkel mehr als sechzig Jahre später für mich verfaßt hatte. Aber wenn ich auch bestimmt wußte, daß meine Kindergeschichte in meinem Besitz sei, wie sollte ich sie finden? Überall vollgestopfte Schubladen, gebündelte Mappen und Briefhaufen mit Aufschriften, die nicht mehr stimmten oder nicht mehr leserlich waren, überall beschriebenes und bedrucktes Papier aus Jahren und Jahrzehnten her, aufbewahrt, weil man sich zum Wegwerfen nicht hatte entschließen können, aufbewahrt aus Pietät, aus Gewissenhaftigkeit und aus Mangel an Schneid und Entschlußkraft, aus Überschätzung des Geschriebenen, das einmal »wertvolles Material« für irgendwelche neue Arbeiten abgeben könnte, aufbewahrt und eingesargt, wie einsame alte Damen Kasten und Dachböden voll Schachteln und Schächtelchen mit Briefen, gepreßten Blumen, abgeschnittenen Kinderlöckchen aufbewahren. Unendlich vieles sammelt sich, auch wenn man das Jahr hindurch Zentner von Papier verbrennt, um einen Literaten an, der nur selten den Wohnort gewechselt hat und in die Jahre gekommen ist.

Aber ich hatte mich nun in den Wunsch festgebissen, jene Erzählung wiederzusehen, sei es auch nur, um sie mit der meines gleichaltrigen Kollegen Silver zu vergleichen oder sie vielleicht abzuschreiben und ihm als Gegengabe zu schicken. Ich plagte mich und plagte meine Frau damit einen ganzen Tag, und wirklich fand ich das Ding schließlich am unwahrscheinlichsten Platz. Die Geschichte ist im Jahr 1887 in Calw geschrieben und heißt:

Die beiden Brüder
(für Marulla)

Es war einmal ein Vater, der hatte zwei Söhne. Der eine war schön und stark, der andere klein und verkrüppelt; darum verachtete der Große den Kleinen. Das gefiel dem Jüngeren nun gar nicht, und er beschloß, in die weite, weite Welt zu wandern. Als er eine Strecke weit gegangen war, begegnete ihm ein Fuhrmann, und als er den fragte, wohin er fahre, sagte der Fuhrmann, er müsse den Zwergen ihre Schätze in einen Glasberg führen. Der Kleine fragte ihn, was der Lohn sei. Er bekam die Antwort, er bekomme als Lohn einige Diamanten. Da wollte der Kleine auch gern zu den Zwergen gehen. Darum fragte er den Fuhrmann, ob er glaube, daß die Zwerge ihn aufnehmen wollten. Der Fuhrmann sagte, das wisse er nicht, aber er nahm den Kleinen mit sich. Endlich kamen sie an den Glasberg, und der Aufseher der Zwerge belohnte den Fuhrmann reichlich für seine Mühe und entließ ihn. Da bemerkte er den Kleinen und fragte ihn, was er wolle. Der Kleine sagte ihm alles. Der Zwerg sagte, er solle ihm nur nachgehen. Die Zwerge nahmen ihn gern auf, und er führte ein herrliches Leben.

Nun wollen wir auch nach dem anderen Bruder sehen. Diesem ging es lang daheim sehr gut. Aber als er älter wurde, kam er zum Militär und mußte in den Krieg. Er wurde am rechten Arm verwundet und mußte betteln. So kam der Arme auch einmal an den Glasberg und sah einen Krüppel dastehen, ahnte aber nicht, daß es sein Bruder sei. Der aber erkannte ihn gleich und fragte ihn, was er wolle. »O mein Herr, ich bin an jeder Brotrinde froh, so hungrig bin ich.« »Komm mit mir«, sagte der Kleine, und ging in eine Höhle, deren Wände von lauter Diamanten glitzerten. »Du kannst dir davon eine Handvoll nehmen, wenn du die Steine ohne Hilfe herunterbringst«, sagte der Krüppel. Der Bettler versuchte nun mit seiner einen gesunden Hand etwas von den Diamantenfelsen loszumachen, aber es ging natürlich nicht. Da sagte der Kleine: »Du hast vielleicht einen Bruder, ich erlaube dir, daß er dir hilft.« Da fing der Bettler an zu weinen und sagte: »Wohl hatte ich einst einen Bruder, klein und verwachsen, wie Sie; aber so gutmütig und freundlich, er hätte mir gewiß geholfen, aber ich habe ihn lieblos von mir gestoßen, und ich weiß schon lang nichts mehr von ihm.« Da sagte der Kleine: »Ich bin ja dein Kleiner, du sollst keine Not leiden, bleib bei mir.«

Daß zwischen meiner Märchenerzählung und der meines Enkels und Kollegen eine Ähnlichkeit oder Verwandtschaft bestehe, ist wohl kein Irrtum des Großvaters. Ein Durchschnitts-Psychologe würde die beiden kindlichen Versuche etwa dahin deuten: jeder der beiden Erzähler sei natürlich mit dem Helden seiner Geschichte zu identifizieren, und es erdichte sich sowohl der fromme Knabe Paul wie der kleine Krüppel eine doppelte Wunscherfüllung, nämlich zunächst ein massives Beschenktwerden, sei es mit Spielzeug und Taler oder mit einem ganzen Berg voll Edelsteinen und einem geborgenen Leben bei Zwergen, bei seinesgleichen also, fern von den Großen, Erwachsenen, Normalen. Darüber hinaus aber erdichtet jeder der Märchenerzähler sich auch noch einen moralischen Ruhm, eine Tugendkrone, denn mitleidig gibt er seinen Schatz dem Armen hin (was in Wirklichkeit weder der zehnjährige Alte noch der zehnjährige Junge getan hätte). Das mag wohl stimmen, ich habe nichts dagegen. Aber es scheint mir auch, daß die Wunscherfüllung sich im Bereich des Imaginären und Spielerischen vollziehe, wenigstens kann ich von mir sagen, daß ich im Alter von zehn Jahren weder Kapitalist noch Juwelenhändler war und bestimmt noch niemals mit Wissen einen Diamanten gesehen hatte. Dagegen waren manche Grimmsche Märchen und war vielleicht auch Aladin mit der Wunderlampe mir schon bekannt, und der Edelsteinberg war für das Kind weniger eine Vorstellung von Reichtum als ein Traum von unerhörter Schönheit und Zaubermacht. Und eigentümlich kam mir auch dies vor, daß in meinem Märchen kein lieber Gott vorkommt, obwohl er für mich vermutlich selbstverständlicher und realer war als für den Enkel, der erst »in der Schule« auf ihn neugierig geworden war.

Schade, daß das Leben so kurz und so sehr mit aktuellen, scheinbar wichtigen und unumgänglichen Pflichten und Aufgaben überstopft ist; manchmal wagt man des Morgens ja kaum das Bett zu verlassen, weil man weiß, daß der große Schreibtisch noch übervoll von Unerledigtem liegt und tagsüber die Post den Haufen noch zweimal erhöhen wird. Sonst wäre mit den beiden Kindermanuskripten noch manches amüsante und nachdenkliche Spiel zu treiben. Mir schiene zum Beispiel nichts spannender als eine vergleichende Untersuchung von Stil und Syntax in den beiden Versuchen. Aber für so hübsche Spiele ist nun einmal unser Leben nicht lang genug. Auch wäre es am Ende nicht angezeigt, den um dreiundsechzig Jahre jüngeren von den beiden Autoren durch Analyse und Kritik, durch Anerkennung oder Tadel vielleicht in seiner Entwicklung zu beeinflussen. Denn aus ihm kann unter Umständen ja noch etwas werden, nicht aber aus dem Alten.[114]

Scharfer Schnitt von Huchel zu Hesse. Scharfer Schnitt von der Konfrontation Bethlehem – Stalingrad zu einer Weihnachtsmeditation, die erkennen läßt, wie sehr sich ein Altgewordener aus den Tagesschlachten zurückgezogen hat. Ein autobiographischer Text, der dem Thema Weihnachten noch einmal eine eigene Nuance abgewinnt: die kritisch-selbstkritische Reflexion über das vergangene Leben, die Suche nach der verlorenen Zeit.

Als der hier abgedruckte Text, geschrieben im Dezember 1950, erstmals am 6. Januar 1951 in der »Neuen Zürcher Zeitung« erscheint, ist Hesse 73 Jahre alt. Die Ernte ist eingebracht. Was er zu sagen hatte, hatte er gesagt. Rund sieben Jahre ist es her, daß er seine »literarische Summe« hatte veröffentlichen können: »Das Glasperlenspiel« (1943). All die Stationen waren durchschritten, die sein Werk unverwechselbar machen, von »Peter Camenzind«, seinem ersten Roman, erschienen 1904, angefangen, über »Siddhartha« (1922), »Steppenwolf« (1927) bis zu »Narziß und Goldmund« (1930) und »Morgenlandfahrt« (1932). Die fünfziger Jahre sind eine Zeit der Rückschau, wovon ungezählte Briefe Zeugnis geben, eine Zeit der Inneneinkehr und der Konzentration auf das Wesentliche, wie einige kostbare Gedichte dokumentieren, die gerade jetzt entstehen. Gut zwölf Jahre hat er noch zu leben, bevor er im August 1962 auf dem Friedhof von San Abbodino bei Montagnola zu Grabe getragen wird.

Gehen wir hinein in ein solches Gedicht, das die Kindheit beschwört in veränderter Zeit und doch in der immer gleichen Natur einen Trost finden kann. Die Welt hat sich verändert im Vergleich zur »Kinderzeit«. Aber der Regen? Er »klingt und riecht noch wie einst«. *»Klage und Trost«* heißt das Gedicht aus dem Jahr 1954:

»Jenes Licht, das einst in den Stuben
Unsrer Jugend am Abend so sanft gebrannt,
Ist nirgend mehr. Und die wir gekannt
Und geliebt als hübsche Mädchen und Buben,
Sind hingewelkt und in Gräbern vermodert.
Das Licht, das heut über den Straßen
So kühlgrell und so über die Maßen
Verschwenderisch gleißt und lodert,
Ist anders als alle Lichter waren
In den Städten unserer Kinderzeit,
Und anders geworden sind Plätze und Gassen,

So neu, so steinern, so breit.
Auch was die Kriege übrig gelassen,
Städtchen und Dörfer heimatlich altvertraut,
Aus andern, erschreckten Augen schaut,
Es dröhnt und stöhnt von ungeduldigen Motoren,
Kirche und Friedhof stehn im Gewühl
Altgeworden, verschüchtert, verloren,
Die Leute am Steuer blicken besorgt und kühl.

Aber der Regen, wenn er in Frühlingserde
Leise sinkt oder im Sommerlaub rauscht,
Klingt und riecht noch wie einst, und der
lautlosen Natter Gebärde,
Wenn sie mit eckigem Köpfchen wittert und lauscht,
Oder des halben Mondes heimliche Trauer,
Wie er so fremd und verstohlen sich hebt
Über der nächtlichen Berge zackige Mauer,
Und der Weide Gezweig, wenn es im Föhnwind bebt.
O und der Abendberge inniges Glühen

Oder der ersten Krokus schüchtern-schelmisches Blühen
Sind noch wie immer, ihr Zauber ist ungebrochen.
Wie sie vor Zeiten in jener versunkenen Welt
Uns begrüßt und freundlich zu uns gesprochen
Und uns die Seele mit Trost und Freude erhellt,
Sprechen sie heut noch und geben Antwort dem Herzen,
Dem die Jahre wie Tage vorüberfliehn,
Gleich dem Lampenlicht und dem sanften Schimmer der Kerzen,
Der die Abend unserer Kindheit beschien.«[115]

Von einer Rückschau in die Kindheit gibt nun auch unser Text *»Weihnacht mit zwei Kindergeschichten«* von 1950 Zeugnis. Schon früher hatte Hesse die Gelegenheiten genutzt, Texte zum Anlaß »Weihnachten« zu publizieren. Schon 1907 – der Roman »Peter Camenzind« hatte ihn bekannt gemacht – stellt er dem »Neuen Wiener Tagblatt« einen Beitrag unter dem Titel *»Zum Weihnachtsfeste«* zur Verfügung.[116] Zehn Jahre später – in Reaktion auf die verheerenden Folgen des 1. Weltkriegs – ein Text direkt zum Thema *»Weihnacht«* (Dezember 1917). Von Anfang an hatte er mit dem Mittel des Kontrastes gearbeitet: einerseits der geistige Anspruch des großen Festes, andererseits dessen banale Verschleuderung: »ein paar Ruhetage«, »der Frau ein neues Kleid und den Kindern ein paar Spielsachen«, so schon im Text von 1907, verschärft in dem von 1917:

> »Unsere Weihnacht ist, von den paar wirklich Frommen abgesehen, ja schon sehr lange eine Sentimentalität. Zum Teil ist sie noch Schlimmeres geworden, Reklameobjekt, Basis für Schwindelunternehmungen, beliebtester Boden für Kitschfabrikation.
> Das kommt daher: die Weihnacht und das Fest der Liebe und Kindlichkeit ist für uns alle schon längst nicht mehr Ausdruck eines Gefühls. Es ist das Gegenteil, ist längst nur noch Ersatz und Talmi-Nachahmung eines Gefühls. Wir tun einmal im Jahre so, als legten wir großen Wert auf schöne Gefühle, als ließen wir es uns herzlich gern etwas kosten, ein Fest unserer Seele zu feiern. Dabei kann die vorübergehende Ergriffenheit von der wirklichen Schönheit solcher Gefühle sehr echt sein; je echter und gefühlvoller sie ist, desto mehr ist sie Sentimentalität. Sentimentalität ist unser typisches Verhalten der Weihnacht und den wenigen anderen äußeren Anlässen gegenüber, bei denen noch heute Reste der christlichen Lebensordnung in unser Tagesleben eingreifen. Unser Gefühl dabei ist dieses: ›Wie schön ist doch dieser Liebesgedanke, wie wahr ist es, daß nur Liebe erlösen kann! Und wie schade und bedauerlich, daß unsere Verhältnisse uns nur einen einzigen Abend im Jahr den Luxus dieses schönen Gefühls gestatten, daß wir sonst jahraus jahrein durch Geschäfte und andere wichtige Sorgen davon abgehalten sind!‹ Dies Gefühl trägt alle Merkmale der Sentimentalität. Denn Sentimentalität ist das Sich-Erlaben an Gefühlen, die man in Wirklichkeit nicht ernst genug nimmt, um ihnen irgendein Opfer zu bringen, um sie irgend je zur Tat zu machen.«[117]

1927 noch einmal zwei weitere Essays zum selben Anlaß: *»Schaufenster vor Weihnachten«* und *»Nach der Weihnacht«*, beide geschrieben für das »Berliner Tageblatt«.[118]

Bezeichnenderweise aber hatte Hesse schon im »Weihnachts«-Text von 1907 Wert darauf gelegt, es nicht nur bei kritischen Kontrasten oder gar einer »Moralpredigt« zu belassen, sondern den Sinn des Weihnachtsfestes so herauszustellen, daß er als universaler, in allen Kulturen und Religionen vorfindlicher betrachtet werden kann. Dieses Moment der Besinnung auf das Wesentliche, auf eine unvergängliche Mitte, ein unzerstörbares Zentrum, ist

Hesse an Weihnachten wichtig. Er nennt das schon 1907 »einfaches Geheimnis der Lebensweisheit« oder auch »letzte Weisheit«:

> »Jede Kleinigkeit, der wir ein wenig Liebe und Teilnahme schenken, belohnt uns mit Freude und Lebensmut. Aber die meisten von uns haben all ihre Liebe und all ihr Interesse dem Geld zugewendet, das nur mit Enttäuschung und frühem Altern lohnt. Es ist ein merkwürdiges, doch einfaches Geheimnis der Lebensweisheit aller Zeiten, daß jede kleinste selbstlose Hingabe, jede Teilnahme, jede Liebe uns reicher macht, während jede Bemühung um Besitz und Macht uns Kräfte raubt und ärmer werden läßt. Das haben die Inder gewusst und gelehrt, und dann die weisen Griechen, und dann Jesus, dessen Fest wir jetzt feiern, und seither noch Tausende von Weisen und Dichtern, deren Werke die Zeiten überdauern, während die Reichen und Könige ihrer Zeit verschollen und vergangen sind. Ihr mögt es mit Jesus halten oder mit Plato, mit Schiller oder mit Spinoza, überall ist das die letzte Weisheit, daß weder Macht noch Besitz noch Erkenntnis selig macht, sondern allein die Liebe. Jedes Selbstlossein, jeder Verzicht aus Liebe, jedes tätige Mitleid, jede Selbstentäußerung scheint ein Weggeben, ein Sichberauben, und ist doch ein Reicherwerden und Größerwerden und ist doch der einzige Weg, der vorwärts und aufwärts führt. Es ist ein altes Lied und ich bin ein schlechter Sänger und Prediger, aber Wahrheiten veralten nicht und sind stets und überall wahr, ob sie nun in einer Wüste gepredigt, in einem Gedicht gesungen oder in einer Zeitung gedruckt werden.«

Diese drei Strukturmomente sind nun auch in unserem Text aus dem Jahr 1950 zu erkennen: Kontrastierung, Kindheitserinnerung, Besinnung auf die Mitte. Selbstverständlich muß auch jetzt wieder die »überhitzte und überhetzte Betriebsamkeit einer Weihnachtszeit in unserem ruhelosen Zeitalter« beklagt werden. Es ist ein Topos intellektueller Weihnachtsreflexion im 20. Jahrhundert. Und auch die zeitkritische Bemerkung, man lebe »in einer aufgelösten, am Mangel an Sinn erkrankten und hinsterbenden Zivilisation«, gehört zum Repertoire kritischer Selbstinszenierung als Schriftsteller in diesem Zusammenhang. Aber nicht dies steht hier im Vordergrund.

Auffällig ist, daß Hesse gleich zu Beginn auf das Thema zu sprechen kommt, das ihm schon 1907 wichtig ist: auf das »Geheimnis der Lebensweisheit aller Zeiten«, auf die »letzte Weisheit«. Jetzt nennt er es das »Vorhandensein eines Sinns, einer Einheit, einer geheimen Mitte«, um die »wir« (er meint wohl alle geistig sensiblen Menschen) »bald wissend, bald unwissend, lebenslang gekreist« seien. Der 73jährige kann dies umso glaubwürdiger bezeugen (was hatte er selber nicht alles durchgemacht!?), je mehr er auf die »Wandlungen, Krisen, Erschütterungen und Wiederbesinnungen« im privaten Leben wie im Leben der Epoche verweist. Wichtig aber ist ihm, daß sich trotz allem ein »Kern« erhalten habe, ein »Sinn«, eine »Gnade«, kurz: ein Glaube – selbstverständlich nicht an irgendein Dogma der Kirchen oder Wissenschaften, sondern vielmehr an das »Vorhandensein einer Mitte«, um die auch ein »gefährdetes und gestörtes Leben sich stets aufs Neue ordnen« könne.

Das ist im Jahr 1950 in ein Europa hinein gesprochen, das geistig und materiell zerrüttet ist. Und genau das wollten viele Leser gerade auch von Hesse hören: das unerschütterliche Bezeugen eines »Glaubens an die Erreichbarkeit Gottes von eben diesem innersten Kern unseres Wesens aus, an die Koinzidenz dieses Zentrums mit der Gegenwart Gottes«. Hesse erfüllt diese Erwartung, wenn er in die gestörte und gefährdete Zeit hinein spricht: »Wo er (der genannte Glaube) gegenwärtig ist, mag ja auch das Häßliche und scheinbar Sinnlose ertragen werden, denn für ihn ist nirgends Erscheinung und Sinn getrennt, für ihn ist alles Sinn.« Das ist die Variation einer spätestens seit »Siddhartha« von Hesse vertretenen indisch gefärbten Überzeugung von der Einheit hinter allen Gegensätzen der Welt, die er selber einmal als die Mitte seines »Glauben« bezeichnet hat.[119]

Es gibt also eine große Kontinuität in Hesses Leben, was den Glauben an das »Vorhandensein einer Mitte« betrifft. Und diese Kontinuität will nun auch der Altgewordene anläßlich des Weihnachtsfestes 1950 noch einmal dokumentieren. Daher das literarische »Spiel« mit den beiden Kindergeschichten. Man beachte bei der Lektüre des Textes, daß Hesse zunächst ein Wechselspiel zwischen Innen und Außen inszeniert, bevor er auf die Kindergeschichten zu sprechen kommt. Die ersten beiden Abschnitte beschreiben den *Raum des Innen* in doppelter Hinsicht: Das Haus am Abend des 24. Dezember und die Gedanken in der eigenen Brust. Dann im dritten Abschnitt, beginnend mit »Das Bäumchen stand schon lange dunkel«, die Wendung nach außen. Denn auch »draußen« habe sich »mancherlei zugetragen und abgespielt«, heißt es im Text ausdrücklich. Nebel im Tal, große Stille der Welt, Mond, Wolken: die Naturbeschreibung wird immer konkreter, plastischer, dramatischer. Auch poetischer: »Perlig und milchig rann und rieselte das köstliche Licht durch den Himmel, glänzte schwächer unten im Nebel wieder, wogte im Schwellen und Schwinden wie in lebendigen Atemzügen.« Wieviel Zeit nimmt sich Hesse für diese Szene!

Und dann die beiden *Kindergeschichten*. Der Alte spiegelt sich im Produkt des Kindes – wiederum im doppelten Sinn: im Produkt des Enkels und im eigenen Produkt als Zehnjährigem. Das Selbstzitat hat erzählstrategisch einen präzisen Sinn. Hesse kann die moralische Pointe in einem Zitat verstecken und sie gleichzeitig präsentieren. Das gibt dem Nachdenken über den Sinn von Weihnachten etwas Spielerisches, Zwangloses. 1907 hatte er selber noch in aller Ernsthaftigkeit zum Thema Weihnachten die Sinn-Summe gezogen. Sie kam belehrend daher, bei aller Selbstironie letztlich doch predigerhaft. Jetzt wendet Hesse ein raffinierteres literarisches Verfahren an, präsentiert die Moral der Geschichte nicht ohne Humor und Augenzwinkern, buchstäblich als Kinderspiel, ohne daß er von der Sache selber sich ironisch distanzierte. Moral ohne Moralismus, Ernst im Gewande des Spiels, Spiel ohne Spielerei. Der Erwachsene spiegelt sich im Kind, und das Kind ist ein Vor-Entwurf des Erwachsenen. »Weihnacht mit zwei Kindergeschichten« also ist ein literarisch raffiniertes Spiel mit der Diskrepanzerfahrung (Anspruch und Wirklichkeit), mit der Glaubenserfahrung (»Vorhandensein einer Mitte«) und der Universalisierung der Botschaft von Weihnachten.

1962, mit 85 Jahren, stirbt Hermann Hesse. Im selben Jahr war noch das Gedicht *»Kleiner Gesang«* entstanden, das sich wie eine Variation unseres »Weihnachts«-Textes liest:

»Regenbogengedicht
Zauber aus sterbendem Licht,
Glück wie Musik zerronnen,
Schmerz im Madonnengesicht,
Daseins bittere Wonnen …

Blüten vom Sturm gefegt,
Kränze auf Gräber gelegt,
Heiterkeit ohne Dauer,
Stern, der ins Dunkel fällt,
Schleier von Schönheit und Trauer
Über dem Abgrund der Welt.«[120]

XIV. Eine Weihnachtsgeschichte als Schöpfungsgeschichte

Heinrich Böll: »So ward Abend und Morgen«

Erst mittags war er auf den Gedanken gekommen, die Weihnachtsgeschenke für Anna im Bahnhof am Gepäckschalter abzugeben; er war glücklich über den Einfall, weil er ihn der Notwendigkeit enthob, gleich nach Hause zu gehen. Seitdem Anna nicht mehr mit ihm sprach, fürchtete er sich vor der Heimkehr; ihre Stummheit wälzte sich über ihn wie ein Grabstein, sobald er die Wohnung betreten hatte. Früher hatte er sich auf seine Heimkehr gefreut, zwei Jahre lang seit dem Hochzeitstag: er liebte es, mit Anna zu essen, mit ihr zu sprechen, dann ins Bett zu gehen; am meisten aber liebte er die Stunde zwischen Zu-Bett-Gehen und Einschlafen. Anna schlief früher ein als er, weil sie jetzt immer müde war – und er lag im Dunkeln neben ihr, hörte ihren Atem, und aus der Tiefe der Straße schossen manchmal die Scheinwerfer der Autos Licht über die Zimmerdecke, Licht, das sich senkte, wenn die Autos die Steigung der Straße erreicht hatten, Streifen hellen gelben Lichts, das für einen Augenblick das Profil seiner schlafenden Frau an die Wand warf; dann fiel wieder Dunkelheit übers Zimmer, und es blieben nur die zarten Kringel: das Muster des Vorhangs, vom Gaslicht der Laterne an die Decke gezeichnet. Diese Stunde liebte er von allen Stunden des Tages am meisten, weil er spürte, wie der Tag von ihm abfiel, und er in den Schlaf tauchte wie in ein Bad.

Jetzt schlenderte er zögernd am Gepäckschalter vorbei, sah hinten seinen Karton noch immer zwischen dem roten Lederkoffer und der Korbflasche stehen. Der offene Aufzug, der vom Bahnsteig herunterkam, war leer, weiß von Schnee: er senkte sich wie ein Blatt Papier in den grauen Beton des Schalterraums, und der Mann, der ihn bedient hatte, kam nach vorn und sagte zu dem Beamten: »Jetzt wird's richtig Weihnachten. Ist doch schön, wenn die Kinder Schnee haben, was?« Der Beamte nickte, spießte stumm Zettel auf seinen Nagel, zählte das Geld in seiner Holzschublade und sah mißtrauisch zu Brenig hinüber, der den Gepäckschein aus der Tasche genommen, ihn aber dann wieder zusammengelegt und eingesteckt hatte. Er war schon zum drittenmal hier, hatte zum drittenmal den Zettel herausgenommen und ihn wieder eingesteckt. Die mißtrauischen Blicke des Beamten störten ihn, und er schlenderte zum Ausgang, blieb dort stehen und sah auf den leeren Vorplatz. Er liebte den Schnee, liebte die Kälte; als Junge hatte er sich daran berauscht, die kalte klare Luft einzuatmen, und er warf jetzt seine Zigarette weg und hielt sein Gesicht in den Wind, der leichte und sehr viele Schneeflocken auf den Bahnhof zutrieb. Brenig hielt die Augen offen, denn er mochte es, wenn sich die Flocken an seinen Wimpern festklebten, immer neue, während die alten schmolzen und in kleinen Tropfen über seine Wangen liefen. Ein Mädchen ging schnell an ihm vorbei, und er sah, wie ihr grüner Hut, während sie über den Vorplatz lief, vom Schnee bedeckt wurde, aber erst als sie an der Straßenbahnstation stand, erkannte er in ihrer Hand den kleinen roten Lederkoffer, der neben seinem Karton im Gepäckraum gestanden hatte.

Man sollte nicht heiraten, dachte Brenig, sie gratulieren einem, schicken einem Blumen, lassen blöde Telegramme ins Haus bringen, und dann lassen sie einen allein. Sie erkundigen sich, ob man an alles gedacht hat: an das Küchengerät, vom Salzstreuer bis zum Herd, und zuletzt vergewissern sie sich, ob auch die Flasche mit Suppenwürze im Schrank steht. Sie rechnen nach, ob man eine Familie ernähren kann, aber was es bedeutet, eine Familie zu *sein*, das sagt einem keiner. Blumen schicken sie, zwanzig Sträuße, und es riecht wie bei einer Beerdigung, dann zerschmeißen sie Porzellan vor der Haustür und lassen einen allein.

Ein Mann ging an ihm vorbei, und er hörte, daß der Mann betrunken war und sang: »Alle Jahre wieder«, aber Brenig veränderte die Lage seines Kopfes nicht, und so bemerkte er erst spät, daß der Mann eine Korbflasche in der rechten Hand trug, und er wußte, daß der Karton mit den Weihnachtsgeschenken für seine Frau jetzt allein oben auf dem obersten Brett im Gepäckraum stand. Ein Schirm war drin, zwei Bücher und ein großes Piano aus Mokkaschokolade: die weißen Tasten waren aus Marzipan, die dunklen aus reinem Krokant. Das Schokoladenpiano war so groß wie ein Lexikon, und die Verkäuferin hatte gesagt, daß sich die Schokolade ein halbes Jahr hielte. – Vielleicht war ich zu jung zum Heiraten, dachte er, vielleicht hätte ich warten sollen, bis Anna weniger ernst und ich ernster geworden wäre, aber er wußte ja, daß er ernst genug, und Annas Ernst gerade richtig war. Er liebte sie deswegen. Um der Stunde vor dem Einschlafen willen hatte er aufs Kino, aufs Tanzen verzichtet, hatte Verabredungen nicht eingehalten. Abends, wenn er im Bett lag, kam Frömmigkeit über ihn, Frieden, und er wiederholte sich dann oft den Satz, dessen Wortlaut er nicht mehr ganz genau wußte: »Gott schuf die Erde und den Mond, ließ sie über den Tag und die Nacht walten, zwischen Licht und Finsternis scheiden, und Gott sah, daß es gut war. So ward Abend und Morgen.« Er hatte sich vorgenommen, in Annas

Bibel den Satz noch einmal genau nachzulesen, aber er vergaß es immer wieder. Daß Gott Tag und Nacht erschaffen hatte, erschien im mindestens so großartig wie die Erschaffung der Blumen, der Tiere und des Menschen.

Er liebte diese Stunde vor dem Einschlafen über alles. Aber seitdem Anna nicht mehr mit ihm sprach, lag ihre Stummheit wie ein Gewicht auf ihm. Hätte sie nur gesagt: »Es ist kälter geworden …«, oder: »Es wird regnen …«, er wäre erlöst gewesen – hätte sie nur »Ja, ja« oder »Nein, nein« gesagt, irgend etwas viel Dümmeres als das, er wäre glücklich und der Gedanke an die Heimkehr wäre nicht mehr schrecklich gewesen. Aber ihr Gesicht war für Augenblicke wie aus Stein, und in diesen Augenblicken wußte er plötzlich, wie sie als alte Frau aussehen würde; er erschrak, sah sich plötzlich dreißig Jahre weit vorwärtsgeworfen in die Zukunft wie in eine steinerne Ebene, sah auch sich alt, mit einem Gesicht, wie manche Männer es hatten, die er kannte: gerillt von Bitternis, krampfig von verschlucktem Schmerz und leise mit Galle durchgefärbt bis in die Nasenflügel hinein: Masken, durch den Alltag gestreut wie Totenköpfe …

Manchmal auch, obwohl er sie erst seit drei Jahren kannte, hatte er gewußt, wie sie als kleines Mädchen ausgesehen hatte, er sah sie als Zehnjährige träumend über einem Buch bei Lampenlicht, ernsthaft, dunkel die Augen unter den hellen Wimpern, blinzelnd über dem Gelesenen mit offenem Mund … Oft, wenn er ihr beim Essen gegenübersaß, veränderte sich ihr Gesicht wie jene Bilder, die sich durch Schütteln verändern, und er wußte plötzlich, daß sie schon als Kind genauso dagesessen hatte, vorsichtig die Kartoffeln mit der Gabel zerkleinert und die Soße langsam hatte darübertröpfeln lassen … Der Schnee hatte seine Wimpern fast verklebt, aber er konnte noch die 4 erkennen, die leise über den Schnee heranglitt wie ein Schlitten.

Vielleicht sollte ich sie anrufen, dachte er, sie bei Menders ans Telefon bitten, dann würde sie mit mir sprechen müssen. Gleich nach der 4 würde die 7 kommen, die letzte, die an diesem Abend fuhr, aber ihn fror jetzt, und er ging langsam über den Platz, sah von weitem die hellerleuchtete blaue 7, blieb unentschlossen an der Telefonzelle stehen und sah in ein Schaufenster hinein, wo die Dekorateure Weihnachtsmänner und Engel gegen andere Puppen auswechselten: dekolletierte Damen, deren nackte Schultern mit Konfetti bestreut, deren Handgelenke mit Luftschlangen gefesselt waren. Puppen von Kavalieren mit graumeliertem Haar wurden hastig auf Barhocker gesetzt, Pfropfen von Sektflaschen auf die Erde gestreut, einer Puppe wurden die Flügel und die Locken abgenommen, und Brenig wunderte sich, wie schnell sich ein Engel in einen Mixer verwandeln ließ. Schnurrbart, dunkle Perücke, und fix an die Wand genagelt den Spruch: »Silvester ohne Sekt?«

Weihnachten war hier schon zu Ende, bevor es angefangen hatte. Vielleicht, dachte er, ist auch Anna zu jung, sie war erst einundzwanzig, und während er im Schaufenster sein Spiegelbild betrachtete, sah er, daß der Schnee seine Haare wie eine kleine Krone bedeckte – so hatte er es früher auf Zaunpfählen gesehen –, fiel ihm ein, daß die Alten unrecht hatten, wenn sie von der fröhlichen Jugendzeit sprachen: wenn man jung war, war alles ernst und schwer, und niemand half einem, und er wunderte sich plötzlich, daß er Anna ihrer Stummheit wegen nicht haßte, daß er nicht wünschte, eine andere geheiratet zu haben. Das ganze Vokabular, das einem so zugetragen wurde, galt nicht: Verzeihung, Scheidung, neu anfangen, die Zeit wird helfen – alle diese Worte halfen einem nichts. Man mußte allein damit fertig werden, weil man anders war als die anderen, und weil Anna eine andere Frau war als die Frauen der anderen.

Flink nagelten die Dekorateure Masken an die Wände, reihten Knallbonbons auf eine Schnur; die letzte 7 war längst abgefahren, und der Karton mit den Geschenken für Anna stand allein oben auf dem Regal.

Ich bin fünfundzwanzig, dachte er, und muß für eine Lüge, eine kleine Lüge, eine dumme Lüge, wie sie Millionen Männer jede Woche oder jeden Monat begehen, so hart bestraft werden: mit einem Blick in die steinerne Zukunft, muß Anna als Sphinx vor dieser Steinwüste hocken sehen, mich selbst, gelblich durchfärbt von Bitternis als alter Mann. Ja, immer würde die Flasche mit Suppenwürze im Schrank stehen, der Salzstreuer am rechten Ort, und er würde längst Abteilungsleiter sein und seine Familie gut ernähren können: eine steinerne Sippe, und niemals mehr würde er im Bett liegen und in der Stunde vor dem Einschlafen die Erschaffung des Abends loben, Gott für den großen Feierabend danken, und er würde jungen Leuten zur Hochzeit so dumme Telegramme schicken, wie er sie bekommen hatte …

Andere Frauen hätten gelacht über eine so dumme Lüge wegen des Gehalts, andere Frauen wußten, daß alle Männer ihre Frauen belogen: es war vielleicht eine Art naturbedingter Notwehr, gegen die sie ihre eigenen Lügen erfanden, Annas Gesicht aber war zu Stein geworden. Es gab auch Bücher über die Ehe, und er hatte in diesen Büchern nachgelesen, was man tun konnte, wenn etwas in der Ehe schiefging, aber in keinem der Bücher hatte etwas von einer Frau gestanden, die zu Stein geworden war. Es stand in den Büchern, wie man Kinder bekam und wie man keine Kinder bekam, und es waren viele große und schöne Worte, aber die kleinen Worte fehlten.

Die Dekorateure hatten ihre Arbeit beendet: Luftschlangen hingen über Drähten, die außerhalb des Blickwinkels befestigt waren, und er sah im Hintergrund des Ladens einen von den Männern mit zwei Engeln unter dem Arm verschwinden, während der zweite noch eine Tüte Konfetti über die nackten Schultern der Puppe leerte und das Schild »Sylvester ohne Sekt?« noch ein wenig zurechtdrückte.

Brenig klopfte sich den Schnee von den Haaren, ging über den Platz zurück in die Bahnhofshalle, und als er den Gepäckschein zum viertenmal herausgenommen und geglättet hatte, lief er schnell, als habe er keine Sekunde mehr zu verlieren. Aber der Gepäckschalter war geschlossen, und es hing ein Schild vor dem Gitter: »Wird 10 Minuten vor Ankunft oder Abfahrt eines Zuges geöffnet.« Brenig lachte, er lachte zum erstenmal seit Mittag und blickte auf seinen Karton, der oben auf dem Regal hinter Gittern wie in einem Gefängnis lag. Die Abfahrttafel hing neben dem Schalter, und er sah, daß der nächste Zug erst in einer Stunde ankam. So lange kann ich nicht warten, dachte er, und nicht einmal Blumen oder eine Tafel Schokolade werde ich um diese Zeit bekommen, nicht ein kleines Buch, und die letzte 7 ist weg. Zum erstenmal in seinem Leben dachte er daran, ein Taxi zu nehmen, und er kam sich sehr erwachsen vor, zugleich ein wenig albern, als er über den Bahnhofsvorplatz zu den Taxis lief.

Er saß hinten im Wagen, hielt sein Geld in der Hand: 10 Mark, sein letztes Geld, das er reserviert hatte, um für Anna noch etwas Besonderes zu kaufen, aber er hatte nichts Besonderes gefunden, und nun saß er da mit seinem Geld in der Hand und beobachtete das Taxameter, das in kurzen Abständen – in sehr kurzen Abständen schien ihm – jedesmal um einen Groschen stieg, und jedesmal, wenn das Taxameter klickte, traf es ihn wie ins Herz, obwohl die Uhr erst bei DM 2,80 stand. Ohne Blumen, ohne Geschenke, hungrig, müde und dumm komme ich nach Hause, und ihm fiel ein, daß er im Wartesaal sicher eine Tafel Schokolade bekommen hätte.

Die Straßen waren leer, das Auto fuhr fast geräuschlos durch den Schnee, und in den Häusern konnte Brenig hinter den erleuchteten Fenstern die Weihnachtsbäume brennen sehen: Weihnachten, das, was er als Kind darunter verstanden und an diesem Tag empfunden hatte, das schien ihm weit weg: was wichtig war und schwer wog, geschah unabhängig vom Kalender, und in der Steinwüste würde Weihnachten wie irgendein Tag im Jahr und Ostern gleich einem regnerischen Novembertag sein: dreißig, vierzig abgerissene Kalender, Blechhalter mit ausgefransten Papierresten, das würde übrigbleiben, wenn man nicht aufpaßte.

Er erschrak, als der Fahrer sagte: »Da sind wir ...« Dann war er erleichtert zu sehen, daß das Taxameter auf DM 3,40 stehengeblieben war. Er wartete ungeduldig, bis er auf sein Fünfmarkstück herausbekommen hatte, und es wurde ihm leicht ums Herz, als er oben Licht sah in dem Zimmer, wo Annas Bett neben seinem stand. Er nahm sich vor, nie diesen Augenblick der Erleichterung zu vergessen, und als er den Hausschlüssel herauszog, ihn in die Tür steckte, spürte er wieder dieses dumme Gefühl, das er beim Besteigen des Taxis gespürt hatte: er kam sich so erwachsen vor, zugleich ein wenig albern.

In der Küche stand der Weihnachtsbaum auf dem Tisch, und es lagen Geschenke für ihn da: Strümpfe, Zigaretten und ein neuer Füllfederhalter und ein hübscher, bunter Kalender, den er sich im Büro würde über den Schreibtisch hängen können. Die Milch stand in einer Kasserolle auf dem Herd, er brauchte nur das Gas anzuzünden, und die Brote waren fertig zubereitet auf dem Teller – aber das war jeden Abend so gewesen, auch seitdem Anna nicht mehr mit ihm sprach, und das Aufstellen des Weihnachtsbaumes und das Zurechtlegen der Geschenke war wie das Schmieren der Brote: eine Pflicht, und Anna würde immer ihre Pflicht tun. Er hatte keine Lust auf die Milch, und auch die appetitlichen Brote reizten ihn nicht. Er ging in die kleine Diele und sah sofort, daß Anna das Licht gelöscht hatte. Die Tür zum Schlafzimmer war aber offen, und er rief ohne viel Hoffnung leise in das dunkle Viereck: »Anna, schläfst du?« Er wartete, lange schien ihm, als fiele seine Frage unendlich tief, und das dunkle Schweigen in dem dunklen Viereck der Schlafzimmertür enthielt alles, was in dreißig, vierzig Kalenderjahren noch auf ihn wartete – und als Anna »Nein« sagte, glaubte er, sich verhört zu haben, vielleicht war es eine Täuschung, und er sprach hastig und laut weiter: »Ich habe eine Dummheit gemacht. Ich habe die Geschenke für dich bei der Aufbewahrung am Bahnhof abgegeben, und als ich sie holen wollte, war geschlossen, und ich wollte nicht warten. Ist es schlimm?«

Diesmal war er sicher, ihr »Nein« richtig gehört zu haben, aber er hörte auch, daß dieses »Nein« nicht aus der Ecke des Zimmers kam, wo ihre Betten gestanden hatten. Offenbar hatte Anna ihr Bett unters Fenster gerückt. »Es ist ein Schirm«, sagte er, »zwei Bücher und ein kleines Piano aus Schokolade, es ist so groß wie ein Lexikon, die Tasten sind aus Marzipan und Krokant.« Er sprach nicht weiter, lauschte auf Antwort, aber es kam nichts aus dem dunklen Viereck, aber als er fragte: »Freust du dich?«, kam das »Ja« schneller als die beiden »Nein« vorher ...

Er löschte das Licht in der Küche, zog sich im Dunkeln aus und legte sich in sein Bett: durch die Vorhänge hindurch konnte er die Weihnachtsbäume im Hause gegenüber sehen, und unten im Hause wurde gesungen, er aber hatte seine Stunde wieder, hatte zwei »Nein« und ein »Ja«, und wenn ein Auto die Straße heraufkam, schoß der Scheinwerfer für ihn Annas Profil aus der Dunkelheit heraus ...[121]

Nachdenken über Menschwerdung des Menschen

Weihnachten 1942: Seit Beginn diesen Jahres lebt Thomas Mann endlich wieder in einem eigenen Haus. Lange Wege hatten er und seine Familie auf der Flucht vor den Nazis zurücklegen müssen. Über die Schweiz, Südfrankreich und die amerikanische Ostküste (Princeton) war man im März 1941 an die kalifornische Westküste gezogen, nach Pacific Palisades, wo man gut ein Jahr später, im Februar 1942, ein eigenes Haus beziehen kann: San Remo Drive 1550. Der mittlerweile 67jährige arbeitet am Abschluß seines monumentalen vierbändigen »Joseph«-Romans, buchstäblich an den letzten Kapiteln. Die Weltlage ist dramatischer als je zuvor. Am 7. Dezember 1941 hatten japanische Truppen Pearl Harbor überfallen. »Nein, sehr weihnachtlich sieht es nicht aus in der Welt; der Stern, nach dem doch schließlich immer die Menschheit pilgert, brennt hinter einem dicken Blutnebel«, hatte Thomas Mann in einem Weihnachtsbrief des vergangenen Jahres noch geschrieben.[122] Das Fest im Familienkreis aber wird wie eh und je gefeiert, so auch im Jahre 1942. Für den 24. Dezember diesen Jahres trägt Thomas Mann sich in sein Tagebuch ein:

> »Weihnachtsabend. Regen und Dunkelheit. Frühstück mit Borgeses. Arbeit am Schlußkapitel. Mittags allein gegangen. Spätes Lunch, da K. beim Einkaufen aufgehalten. Nachmittags Brief an Mrs. Meyer. Kiste Champagner von Knopf. Zahlreiche Glückwunschkarten. Vorm Abendessen brennendes Bäumchen und Bescherung. Globus und Nachttischlampe freuen mich. Dinner, Brathuhn und Zabaione, mit Borgeses. Darnach Neumanns. Kaffee und Champagner, Baumkuchen.«[123]

Szenenwechsel: Am selben 24. Dezember 1942 schreibt tausende Kilometer von Kalifornien entfernt ein 25jähriger deutscher Obergefreiter aus dem von deutschen Truppen besetzten französischen Küstenstädtchen Saint-Valérysur-Somme an seine damalige Verlobte:

»Das Traurige ist, daß wir heute keine Post bekommen; der Zug ist tatsächlich auf dem Wege hierher verunglückt, der Zug, der uns die einzige wirkliche Freude bringen sollte. Denn was ist schon dieses andere alles, dieser Berg Keks, die sechs Rollen Drops von der Wehrmacht; den Geschenken der Wehrmacht haftet etwas Sonderbares an; sie können schlecht schenken; die Feier war ganz nett aufgezogen, wirklich sehr nett, unser Leutnant ist ein ganz selten vernünftiger, kluger und großzügiger junger Kerl; er hat eine – zwar holprige – aber nette, ruhige Rede gehalten; dann wurde ein Lied gesungen: ›O Tannenbaum‹ – eine undenkbar blöde Farce; die Augen werden bei manchen ein wenig feucht, na, aber es ging – Gott sei Dank – gut; im großen ganzen ist das alles unglaublich leer, weil wirklich keine Religion dahintersteckt, das bedrückt mich bei solchen Feiern am meistern; der Oberst – der Regimentsführer – war dann auch noch da, der hielt dann die Rede eines Menschen, der Berufssoldat ist und für den es auf der Welt nichts anderes gibt als Preußen, na, auch das war zu überstehen ...

Gott erhalte mir mein altes, freiheitsliebendes Zivilistenherz, das immer noch jeden Vagabunden jedem Driller vorzieht; Gott erhalte mir meinen natürlichen Haß auf dieses Leben, das nicht für uns zugeschnitten ist.«[124]

Seit 1939 Soldat, weiß *Heinrich Böll*, wovon er redet, wenn er so die Weihnachtsfeier in einem deutschen Soldatenquartier beschreibt. Das Lied »O Tannenbaum«? Es klingt in diesem Kontext wie eine »undenkbar blöde Farce«. Wir erinnern uns an Christian Buddenbrook und den Heimkehrer in Tucholskys Gedicht. Die ganze Weihnachtsfeier, aufgezogen von Offizieren der deutschen Wehrmacht? »Unglaublich leer, weil wirklich keine Religion dahintersteckt«. Früh entwickelt der angehende Schriftsteller eine Sensibilität dafür, wohin religiöse Rituale geraten, wenn sie nur noch einer Fassade dienen. »Haß auf dieses Leben« kommt auf.

Schon früh erlebt Böll auch, wofür »deutsche Weihnacht« benutzt wird: zum Beispiel zur Erzeugung von Sentimentalität, um die Brutalität eines Angriffs- und Eroberungskriegs kaschieren zu können. Der 25jährige ist gezwungen, am selben 24. Dezember 1942 eine Rede von Propaganda-Minister Goebbels anzuhören. Am Radioempfänger ist Böll Zeuge einer der ruchlosesten Versuche, die Weihnachtsstimmung unter Deutschen für die Ziele der Nazi-Ideologie zu verzwecken: Goebbels »Rundfunkrede an das deutsche Volk zum Heiligabend« unter dem Titel »Kriegsweihnacht 1942«.[125]

Fern davon, auch nur mit einem Wort Nachdenklichkeit darüber zu erzeugen, warum denn »zum vierten Mal« das »deutsche Volk« bereits »dieses schönste aller seiner Feste mitten im Kriege« begeht, weiß Goebbels in seiner Schlauheit, gerade die »Weihnachtsfeier« für seine Zwecke zu instrumentalisieren. Fern davon, auch nur mit einem Satz anzudeuten, daß es die Brutalität der deutschen Kriegsmaschinerie war, die dazu führte, daß – so wörtlich – »der Sohn als Soldat im Osten, der Mann im Westen, der Bruder hoch im eisigen Norden und der Freund in den Sandwüsten Afrikas« steht, fern davon, auch nur den Hauch einer Rückfrage zuzulassen, warum denn – um alles in der Welt – »deutsche Kriegsfahrzeuge mit unseren Soldaten« über »alle Meere kreuzen«, versteht es Goebbels mit allen Mitteln seiner rhetorischen Verführungskunst, ausgerechnet das »Weihnachtsfest« für den Krieg zu benutzen. Raffiniert macht der Täter sich zum Anwalt der Opfer, der zynische Schlächter zum Tröster der Witwen, der rücksichtslose Kriegstreiber zum Trauerredner für »unsere gefallenen Helden«. Alles vermeidet er, um an Weihnachten Gedanken wie den vom »Frieden auf Erden« aufkommen zu lassen. Kannte er die gefährliche Entfeindungsszene unter Soldaten Weihnachten 1914 an der Front in Flandern? Stattdessen versteht Goebbels es, gerade die Weihnachtsstimmung für die angebliche Kriegsnotwendigkeit zu nutzen:

> »Wer sähe nicht im Geiste die Millionen glänzender Augenpaare, die heute Abend um den Weihnachtsbaum aufleuchten! Für unsere Kinder arbeiten und kämpfen wir. Wir müssen durch das Inferno dieses Krieges hindurch, um für sie den Eingang in eine schönere und edlere Welt zu finden. Für sie auch in der Hauptsache haben wir mitten im Kriege dieses Fest gerüstet. Es wird ihnen für ihr ganzes Leben eine der stolzesten Erinnerungen sein. Wenn ich also von der Heimat aus zur Front spreche, so klingen in meiner Stimme ungezählte Millionen süßer Kinderstimmen mit, die ihren Vätern draußen ihre Grüße und ihre stammelnden Zärtlichkeiten übermitteln wollen. Es gibt für mich keine schönere Aufgabe, als in dieser Stunde Dolmetsch dieser kindlichen und doch so starken Gefühle sein zu dürfen.«

Raffinierter kann man den Rollenwechsel vom Hetzer zum »Dolmetscher« kaum inszenieren und Gefühle von Millionen von Deutschen (»Kinder«, »Heimat«, »Zärtlichkeit«) ausnutzen. Der Eroberungskrieg wird umgefälscht zur »treuen Wacht« für die Heimat, der Angriffskrieg umgemünzt zum Kampf »für unser Vaterland«, zum »großen Opfergang unseres Volkes«. Ja, der Krieg wird gerechtfertigt, weil nur er aus den Deutschen »eine Nation«

mache und die »Neugeburt unseres Volkes« beschleunige. Solch ruchlose Falschmünzerei lügt ausgerechnet »Weihnachten« (mit seiner Botschaft vom »Weltfrieden«) zum Instrument einer »Welteroberung« um – unter Verweis auf das »Feldherrngenie des Führers sowie die Tapferkeit und das Heldentum unserer kämpfenden Truppe«. Goebbels wörtlich: »Aus dem Zauber des Festabends von heute nehmen wir Kraft und Stärke zum schweren Werk des Krieges mit. … Ein Band der Liebe umschlinge uns in dieser Stunde.«

Ja, der Nazi-Propagandist scheut sich nicht, in dieser Situation ausgerechnet aus einer Hymne Friedrich Hölderlins zu zitieren und einige Verse aus »Tod fürs Vaterland« auf seine Mühlen zu lenken. Die wohl widerlichste Passage der ganzen Rede lautet wörtlich:

> »Die Mütter, die Trauer um ihre verlorenen Söhne tragen, mögen beruhigt sein. Sie haben ihre Kinder nicht umsonst unter Schmerzen geboren und unter Sorgen erzogen. Sie führen als Männer und Helden das stolzeste und tapferste Leben, das ein Sohn des Vaterlandes führen kann, und krönten es mit dem heroischsten Abschluß, mit dem man es überhaupt zu Ende zu bringen vermag: sie opferten sich, damit wir im Lichte stehen. Es liegt allein an uns, ob diese große Hingabe ihren tiefsten Sinn erhält. Auf sie paßt das Wort Hölderlins:
>
> ›Und Siegesboten kommen herab: Die Schlacht
> Ist unser! Lebe droben, o Vaterland,
> Und zähle nicht auf die Toten! Dir ist,
> Liebes! nicht Einer zuviel gefallen.‹«

Begreiflich, daß den 25jährigen Heinrich Böll, Besatzungssoldat in Frankreich, angesichts dieses klebrigen Pathos Haß- und Ekelgefühle ergreifen. Im selben, oben schon zitierten Brief an seine Verlobte Annemarie Cech läßt Böll diesen Gefühlen freien Lauf:

> »Das aber ist das größte Verbrechen, das man an den Gefallenen verüben kann; ach, das größte Verbrechen an allen Guten ist die Phrase. Der Seim … Es ist ganz entsetzlich, aus dem Munde dieses Mannes Verse von Hölderlin zu hören … wohin soll Deutschland noch gehen, Deutschland, das doch wirklich groß und gut und edel ist. Es ist ganz entsetzlich, daß soviel geschwätzt und gelogen werden muß; warum bloß …

> Es wäre doch alles viel leichter für uns, wenn man uns die Wahrheit sagte, die harte Wahrheit; aber dieses süße, scheußliche Geschwätz, das ist doch eine unaussprechliche Gemeinheit, das schlimmste Verbrechen ist die Phrase ...«[126]

Das *»schlimmste Verbrechen ist die Phrase ...«* Mit diesen Erfahrungen von »süßem, scheußlichem Geschwätz« wird Böll auch künftig das Thema Weihnachten behandeln, wenn er als Schriftsteller gefragt ist. Da er nach dem Krieg vom Schreiben leben muß, bedient auch er vor allem in den 50er Jahren die Nachfrage nach Texten zum Fest. Tucholsky, Kästner, Brecht, Else Lasker-Schüler und Hermann Hesse hatten es nicht anders gehalten. Das mußte nicht immer thematisch passen. 1957 etwa veröffentlicht Böll in der Weihnachtsausgabe der Frankfurter Allgemeinen Zeitung einen Text wie *»Der Wegwerfer«*, der mit Weihnachten inhaltlich nichts zu tun hat. Und wenn es schon direkt um Weihnachten gehen sollte, probiert Böll – wie Hesse und Huchel – verschiedene Formen literarisch aus. Der Möglichkeiten gab es viele seit Thomas Mann. Wählen konnte man etwa

- ◇ die *Legendenform*. So im Text *»Die Kunde von Bethlehem«* (1954). Man versetzt sich zurück in die Zeit Jesu und erzählt die Geschichte um Josef, die Hirten und den Wirt in Bethlehem neu.[127]
- ◇ die *gesellschaftskritische Beispielgeschichte*. Sie liefert Böll mit *»Krippenfeier«*, veröffentlicht in den »Frankfurter Heften« im Januar 1952.[128] In dieser Geschichte spiegelt Böll im wie eh und je gefeierten Weihnachtsfest die Wiederaufbaumentalität im Nachkriegsdeutschland, die auf Verdrängung des Vergangenen beruht. Alles ist bereits wieder so, wie es immer war. Alles ist »schon wieder aufgebaut«, auch die Kirche, ohne daß das Wiederhergestellte auch das Erhoffte wäre.
- ◇ die *humorvolle Symbolgeschichte*. In der Weihnachtsausgabe des Deutschen Allgemeinen Sonntagsblatts (Hamburg) von 1954 veröffentlicht Böll einen Text mit dem Titel *»Schicksal einer henkellosen Tasse«*[129], eine erschreckend simple Geschichte über das Schicksal eines Trinkgeräts, das nun in Hamburg auf der Fensterbank eines Hauses steht und den Weihnachtsabend einer deutschen Familie beobachtet, dabei aber über sein »Schicksal« nachdenkt. Ebenso banal wie der 1959 entstandene Text *»Monolog eines Kellners«*, eines Angestellten, dem am Heiligen Abend gekündigt worden war, weil er einem kleinen Jungen auf ungewöhnliche Weise einen Wunsch erfüllt, ohne wirklich zu wissen, was er tut: Er schlägt in den Parkettboden ein Loch, um für das Murmelspiel des Jungen eine Kuhle zu gewinnen.[130]

◇ oder schließlich auch die *Satire*. Böll ist auf diesem Feld zu literarischer Brillanz fähig, wie sein 1952 veröffentlichter Text *»Nicht nur zur Weihnachtszeit«*[131] dokumentiert. Hörspielfassung (Ausstrahlung durch den Norddeutschen Rundfunk am 30.12.1952) und Verfilmung (Ausstrahlung durch das Zweite Deutsche Fernsehen am 30.12.1970) haben nicht wenig zur Popularität dieser Geschichte beigetragen. »Nicht nur zur Weihnachtszeit« ist mittlerweile sprichwörtlich geworden, wenn es darum geht, eine Fest-Stimmung künstlich zu konservieren auch über den betreffenden Anlaß hinaus.

Böll liefert eine Geschichte von skurriler Komik. Sein Erzähler berichtet von der Tatsache, daß im Hause seines Onkels die dort lebende Tante seit dem zweiten Nachkriegsweihnachten darauf bestanden habe, daß der Weihnachtsbaum nach dem Fest nicht abgeräumt, daß vielmehr täglich von neuem die Weihnachtsbescherung im Familienkreise abgehalten werden müsse. Widrigenfalls verfällt Tante Milla in unaufhörliche Schreikrämpfe. Der Familie bleibt nichts anderes übrig, als der Tante zu willfahren. Das bisher übliche Weihnachts-Personal macht eine Zeitlang mit. Dann aber bleibt der Pfarrer weg, für den Kaplan springt ein alter Prälat ein, und unter Angehörigen kommt es zu Nervenzusammenbrüchen und Auswanderungsplänen. Vetter Johannes wird Kommunist, Vetter Franz wird Boxer, geht später sogar ins Kloster. Und um die Komik auf den Höhepunkt zu treiben, lassen sich Onkel und Söhne am Ende durch Schauspieler vertreten. Zuletzt werden sogar die noch tapfer aushaltenden Kinder durch Wachspuppen ersetzt. Wer könnte je den Schluß dieses Textes vergessen, der einen Höhepunkt in Bölls Satire-Produktion darstellt:

> »Onkel Franz ist lebensmüde. Mit klagender Stimme erzählte er mir neulich, daß man immer wieder vergißt, die Puppen abzustauben. Überhaupt machen ihm die Dienstboten Schwierigkeiten, und die Schauspieler scheinen zur Disziplinlosigkeit zu neigen. Sie trinken mehr, als ihnen zusteht, und einige sind dabei ertappt worden, daß sie sich Zigarren und Zigaretten einsteckten. Ich riet meinem Onkel, ihnen gefärbtes Wasser vorzusetzen und Pappezigarren anzuschaffen.
>
> Die einzig Zuverlässigen sind meine Tante und der Prälat. Sie plaudern miteinander über die gute alte Zeit, kichern und scheinen recht vergnügt und unterbrechen ihr Gespräch nur, wenn ein Lied angestimmt wird.
>
> Jedenfalls: Die Feier wird fortgesetzt.

> Mein Vetter Franz hat eine merkwürdige Entwicklung genommen. Er ist als Laienbruder in ein Kloster der Umgebung aufgenommen worden. Als ich ihn zum erstenmal in der Kutte sah, war ich erschreckt: diese große Gestalt mit der zerschlagenen Nase und den dicken Lippen, sein schwermütiger Blick – er erinnerte mich mehr an einen Sträfling als an einen Mönch. Es schien fast, als habe er meine Gedanken erraten. ›Wir sind mit dem Leben bestraft‹, sagte er leise. Ich folgte ihm ins Sprechzimmer. Wir unterhielten uns stockend, und er war offenbar erleichtert, als die Glocke ihn zum Gebet in die Kirche rief. Ich blieb nachdenklich stehen, als er ging: er eilte sehr, und seine Eile schien aufrichtig zu sein.«[132]

All diese Möglichkeiten probiert Böll aus, ohne daß ihm eine tiefere Auseinandersetzung mit dem Thema »Weihnachten« gelungen wäre. Selbst die Satire, so brillant der Einfall literarisch ist, kommt über das Thema Weihnachten als Wirklichkeitsverdrängung nicht hinaus. Wir erinnern uns an Thomas Manns »Buddenbrooks«. Es ist, als hätte Böll zur Weihnachtsszene in diesem Roman die entsprechende Satire geliefert. Schon dort agierten – wie wir hörten – die Teilnehmerinnen und Teilnehmer des Rituals wie Puppen. Schon hier mußte – alle Jahre wieder – das »weihevolle Programm« abgefeiert werden, um sich die Illusion einer »heilen Welt« zu erhalten. In Sachen Weihnachtsszene ließen sich zwischen Thomas Mann und Heinrich Böll viele Verbindungen finden …

Ein Text scheint mir literarisch und theologisch der überzeugendste zum Thema »Weihnachten«. Unter dem Titel *»So ward Abend und Morgen«* wird er 1954 in der Westdeutschen Allgemeinen Zeitung (Essen) publiziert. Um ihn literarisch werten zu können, ziehen wir die »Krippenfeier« zum Vergleich heran, einen Text, der dieselbe Ausgangskonstellation aufweist, aber mehr einer Prosaskizze gleicht als einer durchkomponierten Erzählung. Vieles wird nur angedeutet, nicht ausgeführt, Fäden werden gezogen, aber sofort wieder fallen gelassen. Das ist in einer Kurzgeschichte selbstverständlich legitim, außer wenn es handwerklich schlecht gemacht ist.

In *»Krippenfeier«* treibt sich ein gewisser Benz zur Weihnachtszeit in der Bahnhofshalle einer Stadt herum, unentschlossen, nach Hause zu fahren, weil er dort offensichtlich »allein« sitzen würde. Mehr erfahren wir von seinem Leben nicht. Während er wartet und beobachtet, versucht der Mann zu telefonieren, aber zweimal mißlingt die Verbindung. Warum er und mit wem genau er telefoniert, bleibt ungesagt. Warum er es nicht wieder versucht, ebenfalls. Gesagt wird allerdings, daß der Mann während des Telefonates in einer anderen Telefonzelle des Bahnhofs eine Frau beobachtet. Sie weint zunächst »ganz haltlos«, tröstet sich dann aber wieder, verläßt die Zelle, wobei der Mann sich blitzartig in sie zu verlieben scheint. »Sie war schön und lächelte jetzt«. Doch bevor auch dies Folgen haben könnte, tritt die Frau wieder ins Dunkel, nachdem sie sich mit einem Mann, den sie jetzt trifft, in Richtung Bahngleis verabschiedet.

So bleibt es in dieser Geschichte bei einigen knappen, kritischen Beobachtungen zum Thema Weihnachten. Sie betreffen die (übliche) Diskrepanz zwischen Botschaft und Betrieb, Gehalt und Geschäft: Statt Weihnachtsmusik erklingt während der ganzen Zeit der Erzählung auf penetrante Weise ausgerechnet Beethovens »Neunte Symphonie«. Über einem Transparent, das »Verhütungsmittel« anpreist, schwebt ein »lächelnder Sperrholz-Engel, silber bemalt, der den Stern von Bethlehem gegen das blau gekachelte Gewölbe der Halle« hält. Im Schaukasten einer religiösen Handlung befinden sich »grimassierende Krippenfiguren«, flankiert von »Harfe spielenden Engeln, deren Rücken man benutzt hatte, um Spruchbänder aufzustellen, die an lackierten Holzstäben befestigt waren: ›Gloria in excelsis Deo‹ und ›Friede den Menschen auf Erden‹«. Später entdeckt der Mann noch, daß vor der Figur des Joseph eine Preistafel aufgestellt ist, die diesem »bis ans Knie reicht: ›256,– DM – auch einzeln käuflich‹«, steht darauf, worauf dem Mann der Gedanke durch den Kopf schießt: »Wenn der Heilige Joseph so viel Geld hätte, wäre er im besten Hotel Bethlehems untergekommen, und die ganze Krippenindustrie wäre illusorisch geblieben.«

Und die Kirche? Als der Mann eine nahegelegene Kirche aufsucht, steht er vor verschlossenen Türen. Die »Mette« beginnt erst um Mitternacht, eingelassen wird erst um 23 Uhr. So bleibt dem Mann nichts anderes übrig, als durchs Schlüsselloch zu schauen. Was er sieht (»kerzenförmige Glühbirnen umrandeten den Altar und verdunkelten das Ewige Licht«), bestätigt ihn in dem Unbehagen, das er bereits spürte, als er sich der Kirche nähert: »Aber auch die Kirche war schon wieder aufgebaut«. So bleibt am Ende nur ein einziges poetisch tieferes Bild, das einem als Schlußbild der Erzählung noch ein wenig nachgeht:

> »Dann war auch der Lautsprecher still, und es fiel so etwas wie Frieden über den Bahnhof. Alles war dunkel, auch draußen das Mädchen im Ski-Dress leuchtete nicht mehr; nur in dem Kasten mit den Krippenfiguren brannte noch Licht. Benz blieb noch ein paar Minuten vor ihnen stehen und lächelte ihnen zu, bevor er in den Wartesaal ging, um auf seinen Zug zu warten.«[133]

Für eine gute Geschichte ist das zu wenig. Was aber Böll aus derselben Ausgangskonstellation erzählerisch machen kann, zeigt er in *»So ward Abend und Morgen«*. Auch hier geht es um einen Mann, der sich zur Weihnachtszeit (genauer: am »Heiligen Abend«) im Bahnhof einer Großstadt herumtreibt und nicht nach Hause gehen will und kann. Auch hier spiegelt Böll immer wieder die Banalisierung von Weihnachten nicht anklägerisch oder satirisch, sondern präzise-nüchtern: Ein Betrunkener singt »Alle Jahre wieder«; in einem Schaufenster wechseln Dekorateure Weihnachtsmänner und Engel gegen andere Puppen aus: tiefdekolletierte Damen, deren nackte Schultern mit Konfetti bestreut, deren Handgelenke mit Luftschlangen gefesselt sind. Einer Puppe werden Flügel und Locken abgenommen, und der Mann wundert sich, wie schnell sich ein Engel in einen Barmixer verwandeln läßt. Weihnachten ist damit schon zu Ende, bevor es angefangen hatte ... Doch das alles steht hier nicht im Vordergrund.

Entscheidend ist die persönliche Situation des 25jährigen »Helden« mit Namen Brenig. Dieser wagt nämlich am Heiligen Abend deshalb nicht heimzugehen, weil seine Frau seit Wochen jedes Wort ihm gegenüber verweigert. Sie sei plötzlich zu Stein geworden, heißt es, als ihr Mann sie einmal seines Gehaltes wegen betrogen habe. Eine scheinbar kleine, dumme, alltägliche Lüge, über die andere Frauen vielleicht gelacht hätten, hinweggegangen wären. Aber Anna, die Frau, ist zu Stein geworden, ein lebloses Etwas, das wie tot aussieht. Die vertraute Beziehung ist auf einen Schlag zerbrochen; seine Ehe – vorher so selbstverständlich – dem Mann auf einmal seltsam fremd. Sprachtod trat ein; bleierne Zeit brach an ...

So treibt sich der Mann am Heiligen Abend am Bahnhof wie ein Obdachloser herum. Das Weihnachtsgeschenk für seine Frau hatte er am Gepäckschalter abgegeben, unfähig, es auszulösen und den Entschluß zur Heimkehr zu fassen. Was soll er dort, wenn ihn die Beziehungskälte erwartet? Erinnerungen an die frühere Beziehung zu seiner Frau voll melancholischer Zartheit steigen in ihm hoch. Sie sind verbunden mit einer fragmentarischen Erinnerung an die Schöpfungsgeschichte der Bibel (Genesis 1,3–5.14–19):

> »Abends, wenn er im Bett lag, kam Frömmigkeit über ihn, Frieden, und er wiederholte sich dann oft den Satz, dessen Wortlaut er nicht mehr ganz genau wußte: ›Gott schuf die Erde und den Mond, ließ sie über den Tag und die Nacht walten, zwischen Licht und Finsternis scheiden, und Gott sah, daß es gut war. So ward Abend und Morgen.‹ Er hatte sich vorgenommen, in Annas Bibel den Satz noch einmal genau nachzulesen, aber er vergaß es immer wieder. Daß Gott Tag und

> Nacht erschaffen hatte, erschien ihm mindestens so großartig wie die Erschaffung der Blumen, der Tiere und des Menschen. Er liebte diese Stunde vor dem Einschlafen über alles. Aber seitdem Anna nicht mehr mit ihm sprach, lag ihre Stummheit wie ein Gewicht auf ihm.«

Kurze Zeit später entschließt sich der Mann doch, nach Hause zu fahren. Gerade jetzt aber ist der Gepäckschalter geschlossen; sein Weihnachtsgeschenk ist im Moment unerreichbar. Die letzte Straßenbahn ist abgefahren. Brenig leistet sich ein Taxi und fährt durch eine Welt, die jetzt ihr Weihnachten feiert, zu der er aber keine Beziehung mehr hat. Er selber sieht alles nur noch »von außen«: »In den Häusern konnte er hinter den erleuchteten Fenstern die Weihnachtsbäume brennen sehen: Weihnachten, das, was er als Kind darunter verstanden und an diesem Tag empfunden hatte, das schien ihm weit weg: was wichtig war und schwer wog, geschah unabhängig vom Kalender.«

Als er nach Hause kommt und die Wohnung betritt, hat seine Frau ihre »Pflicht« wie immer getan. Ein Weihnachtsbaum steht auf dem Tisch, wie es sich gehört, Geschenke liegen für ihn da, wie es sich gehört; das Essen ist bereit, wie es sich gehört. Die Frau aber ist schon zu Bett gegangen. Und dann heißt es am Ende der Geschichte (ich hebe die entscheidenden Sprachpartikel kursiv hervor):

> »Die Tür zum Schlafzimmer aber war offen, und er rief ohne viel Hoffnung leise in das dunkle Viereck: ›Anna, schläfst du?‹ Er wartete, lange schien ihm, als fiele seine Frage unendlich tief, und das dunkle Schweigen in dem dunklen Viereck der Schlafzimmertür enthielt alles, was in dreißig, vierzig Kalenderjahren noch auf ihn wartete – und als Anna *›Nein‹* sagte, glaubte er, sich verhört zu haben, vielleicht war es eine Täuschung, und er sprach hastig und laut weiter: ›Ich habe eine Dummheit gemacht. Ich habe die Geschenke für dich bei der Aufbewahrung am Bahnhof abgegeben, und als ich sie holen wollte, war geschlossen, und ich wollte nicht warten. Ist es schlimm?‹
>
> Diesmal war er sicher, ihr *›Nein‹* richtig gehört zu haben, aber er hörte auch, daß dieses *›Nein‹* nicht aus der Ecke des Zimmers kam, wo ihre Betten gestanden hatten. Offenbar hatte Anna ihr Bett unters Fenster gerückt. … (Er) lauschte auf die Antwort, aber es kam nichts aus dem dunklen Viereck, aber als er fragte: ›Freust du dich?‹, kam das *›Ja‹* schneller als die beiden ›Nein‹ vorher …«

Im Gegensatz zu »Krippenfeier« erscheint Weihnachten in dieser Geschichte in mehrfacher Brechung:

◇ Das gelallte »Alle Jahre wieder« des Betrunkenen am Heiligen Abend verweist auf den Grad von Entfremdung in einer Gesellschaft, in der bestimmte Menschen Feiertage offenbar nur ertragen, wenn sie ihre Seele in Alkohol ertränken.
◇ Die ausgewechselte Weihnachtsdekoration in einem Schaufenster verweist auf ein Weihnachten als leeres Ritual und ritualisierte Leere, als Versatzstück einer Konsum- und Kommerzwelt, als Ware, die angeboten und ausgewechselt wird.
◇ Das präparierte Weihnachtszimmer, das der heimgekehrte Mann vorfindet, ist Spiegel abgestorbener Gefühle. Die Frau hat an Weihnachten ihre »Pflicht« getan und so eine fast gespenstisch anmutende Kulisse aufgebaut: Tannenbaum, Geschenke, Essen. Nirgendwo verdichtet sich stärker als hier, wie sehr die toten Weihnachtsobjekte die Leblosigkeit menschlicher Beziehungen spiegeln: Pflicht statt Geschenk, Leere statt Liebe, Entfremdung statt Nähe.

Dann aber das Überraschende: Der, der ohne Geschenke mit leeren Händen seiner Frau stammelnd gegenübertritt, ist auf einmal der Beschenkte. Nicht mit den traditionellen Objekten, sondern mit einigen wenigen, elementaren Worten: zwei »Nein« und einem »Ja«, den kleinen Worten eben, die aber ausreichen, um in diesem Fall das Eis der Seelen zu brechen. Das Weihnachten, das hier passiert, hat mit dem »Alle Jahre wieder« nichts zu tun. Die Bescherung, die hier geschieht, hat mit Materiellem nichts gemein. »Weihnachten« passiert hier als Wiederaufnahme einer toten Beziehung zwischen zwei Menschen, Bescherung in Form eines Wort-Geschenks, unerwartet, als völlige Überraschung. Ein Wort ist es, das neues Leben schafft und Menschen wieder zu Menschen werden läßt. Ein Wärmestrahl im Kältestrom.

Deshalb ist die Erinnerung an die Schöpfung in dieser Weihnachtsgeschichte nicht beliebig, sondern durchaus am Platz: *Und es ward Abend und Morgen*. Mit dieser Formel schließt ja jeder Schöpfungstag im Buche Genesis: der erste, zweite … fünfte, sechste Tag. Zitathaft eingespielt, wird in dieser Alltagsgeschichte ein Bogen geschlagen von der Schöpfung der Welt bis Weihnachten hier und heute. Die Geschichte erinnert damit in ganz unaufdringlicher Weise an die Tiefendimension des christlichen Festes: Schöpfung der Welt durch das Wort Gottes und Fleischwerdung desselben Wortes Gottes gehören zusammen, Weltwerdung und Menschwerdung, Urschöpfung und Neuschöpfung in Christus bilden eine Einheit. Indem der Schöpfergott

Mensch wird, gibt er der alten, verbrauchten Schöpfung neue Kraft, flößt er der erschöpften Schöpfung im Geist neues Leben ein.

Unsere *Adventslieder* sind voll von Bildern für neues Leben, für neue Schöpfung, die wir mit Weihnachten erwarten: *Tauet* Himmel; es ist ein Ros *entsprungen* aus einer Wurzel zart; da haben die Dornen *Rosen* getragen; ein *Blümlein* bracht mitten im kalten Winter. Die Pointe ist überall dieselbe: totgeglaubte Schöpfung beginnt wieder neu zu leben; totes Dornengestrüpp bringt unerwartet eine Blüte hervor; die Winterkälte kann das überraschende Wachstum der kleinen Blume nicht verhindern. Wie dichtete *Friedrich von Spee* im Jahre 1622: »O Erd schlag aus, schlag aus, o Erd, daß Berg und Tal *grün* alles werd. O Erd, herfür dies Blümlein bring, o Heiland, aus der Erde *spring*«. Und genau das geschieht in unserer Ehegeschichte: Neuschöpfung durch das Wort. Durch die wenigen Worte seiner Frau wird dieser verlegen stammelnde Mann wieder Mensch, wird Totes lebendig, beginnt Abgestorbenes zu leben. Tauwetter der Herzen beginnt. Die *Pointe* dieser Geschichte? Dort, wo eine erkaltete, versteinerte Beziehung wieder lebendig gemacht wird, da passiert Neuschöpfung, da passiert Menschwerdung. Da geschieht »Weihnachten« – in der Geschichte Bölls nicht weniger als in der von Bert Brecht – ironischerweise an Weihnachten trotz Weihnachten.

Ich bin Heinrich Böll ein einziges Mal persönlich begegnet. Ich besuchte ihn im Frühjahr 1983 (zwei Jahre vor seinem Tod) in einem Haus in der Nähe des Dorfes Langenbroich bei Düren, wo er damals wohnte. Er trat mir entgegen, schon schwer gezeichnet von Krankheit, gestützt auf eine Krücke. Ich eröffnete das Gespräch mit der Beobachtung, daß die Figuren in seinem Werk entweder gottgläubig oder indifferent in Bezug auf die Gottesfrage seien. Ein kämpferischer Atheismus komme nicht vor. Ob ihn die Auseinandersetzung mit dem Atheismus nie sonderlich interessiert habe? Und Böll antwortete (in einer Zuspitzung, wie wohl nur er sie sich unter allen Schriftstellern nach 1945 leisten konnte):

> »Vielleicht ist es ein intellektueller Mangel, aber ich habe eigentlich noch nie einen sensiblen, hochintelligenten Atheisten getroffen – und ich kenne einige –, der für mich nicht eigentlich ein Beweis dafür war, daß wir Menschen – sagen wir – von außerirdischen Kräften herkommen. Der Mensch ist ja ein Gottesbeweis.«[134]

Wie er das meine, fragte ich. Und Böll antwortete:

»Die Tatsache, daß wir alle eigentlich wissen – auch wenn wir es nicht zugeben –, daß wir hier auf der Erde nicht zu Hause sind, nicht ganz zu Hause sind. Daß wir also noch woanders hingehören und woanders herkommen. Ich kann mir keinen Menschen vorstellen, der sich nicht – jedenfalls zeitweise, stundenweise, tageweise oder auch nur augenblicksweise – klar darüber wird, daß er nicht ganz auf diese Erde gehört.«[135]

Das Gespräch ging dann auf die Gottesfrage über, auf Themen wie »Gottesvergiftung«, das Schweigen und Verschweigen Gottes, die Mißbrauchbarkeit des Namens »Gott«. Und ich fragte Böll direkt, warum er glaube, daß Menschen in unserer Gesellschaft trotz aller negativen Erfahrungen an Gott glaubten? Und: Warum er, Böll, persönlich an Gott glaube? Seine Antwort war noch einmal eine Variation des zuvor angesprochenen großen Themas:

»Ich denke, das habe ich eben schon angedeutet mit dem Empfinden – Sie können es Traum, Sehnsucht oder wie immer nennen –, daß die Menschen zeitweise, auch sekundenweise, und auch wenn sie glücklich verheiratet sind, Kinder haben und einen Beruf, der ihnen Spaß macht, – sich dennoch auf dieser Erde fremd fühlen. Dies ist der Grund, glaube ich. Es handelt sich hier keineswegs um ein bloßes Gefühl, sondern vielleicht um eine uralte Erinnerung an etwas, das außerhalb unser selbst existiert. Das ist einer der Gründe, und auch ein Grund für mich, an Gott zu glauben. Ein weiterer Grund ist für mich: Ich glaube an Gott, weil es den Menschen gibt. Und weil die Menschen Gott durch den Menschgewordenen auch in sich haben.«[136]

Diese Rede vom Menschgewordenen, von der Menschwerdung des Menschen und was sie verhindert, ist ein Grundthema von Heinrich Böll. Sein Werk, in den letzten zwanzig Jahren etwas in den Hintergrund getreten, ist noch nicht zu Ende gedeutet in unserer Zeit.[137]

Günter Grass: *»Advent«*

Wenn Onkel Dagobert wieder die Trompeten vertauscht
und wir katalytisches Jericho mit Bauklötzen spielen,
weil das Patt der Eltern
oder das Auseinanderrücken im Krisenfall
den begrenzten Krieg,
also die Schwelle vom Schlafzimmer zur Eskalation,
weil Weihnachten vor der Tür steht,
nicht überschreiten will,
    wenn Onkel Dagobert wieder was Neues,
    die Knusper – Kneißchen – Maschine
    und ähnliche Mehrzweckwaffen Peng! auf den Markt wirft,
    bis eine Stunde später Rickeracke ... Puff ... Plops!
    der konventionelle, im Kinderzimmer lokalisierte Krieg
    sich unorthodox hochschaukelt,
    und die Eltern,
    weil die Weihnachtseinkäufe
    nur begrenzte Entspannung erlauben,
    und Tick, Track und Trick –
    das sind Donald Ducks Neffen –
    wegen nichts Schild und Schwert vertauscht haben,
    ihre gegenseitige, zweite und abgestufte,
    ihre erweiterte Abschreckung aufgeben,
    nur noch minimal flüstern, Bitteschön sagen,
wenn Onkel Dagobert wieder mal mit den Panzerknackern
und uns, wenn wir brav sind, doomsday spielt,
weil wir alles vom Teller wegessen müssen,
weil die Kinder in Indien Hunger haben
und weniger Spielzeug und ABC-Waffen,
die unsere tägliche Vorwärtsverteidigung
vom Wohnzimmer bis in die Hausbar tragen,
in die unsere Eltern das schöne Kindergeld stecken,
bis sie über dreckige Sachen lachen,
kontrolliert explodieren

und sich eigenhändig,
wie wir unseren zerlegbaren Heuler,
zusammensetzen können,
wenn ich mal groß und nur halb so reich
wie Onkel Dagobert bin,
werde ich alle Eltern, die überall rumstehen
und vom Kinder anschaffen und Kinder abschaffen reden,
mit einem richtigen spasmischen Krieg überziehen
und mit Trick, Track und Tick –
das sind die Neffen von Donald Duck –
eine Familie planen,
wo bös lieb und lieb bös ist
und wir mit Vierradantrieb in einem Land-Rover
voller doll absoluter Lenkwaffen
zur Schule dürfen,
damit wir den ersten Schlag führen können;
denn Onkel Dagobert sagt immer wieder:
Die minimale Abschreckung hat uns bis heute –
und Heiligabend rückt immer näher –
keinen Entenschritt weiter gebracht.[138]

Nachdenken über den Wahnsinn von Abschreckung

Grass als Lyriker: das ist vielen Lesern nach wie vor eine unbekannte Seite dieses Autors.[139] Dabei hatte der durch den Roman »Die Blechtrommel« (1959) mit einem Schlag berühmte Schriftsteller neben weiteren Romanen wie »Hundejahre« (1963) immer auch Gedichtbände publiziert. Das hier ausgewählte Gedicht »Advent« findet sich bereits im dritten Lyrikband unter dem Titel »Ausgefragt« (1967). Voraus gingen »Die Vorzüge der Windhühner« (1956) und »Gleisdreieck« (1960). So wie Peter Huchels Text »Dezember 1942« die Erfahrung des Zweiten Weltkriegs exemplarisch verdichtet, so das Gedicht von Grass die Erfahrung von 20 Jahren bundesdeutscher Nachkriegszeit. »Advent« ist für unser Buch kostbar. Ich schätze diesen Text, weil er in Ton, Form und Inhalt dem Thema »Weihnachten« literarisch neue Dimensionen abgewinnt.

»Ausgefragt« spiegelt eine Zeit, in der Grass als Schriftsteller sich zunehmend auch parteipolitisch zu engagieren begonnen hatte. Entsprechend sind seine Texte einerseits prall voll mit Realitätsdetails aus der bundesdeutschen gesellschaftlichen Wirklichkeit und andererseits Ausdruck immer auch einer kritisch-selbstkritischen Befragung des Sinns von so konkreter Parteinahme. Bekanntlich stellte sich Grass in dieser Zeit der ES-PE-DE als Publizist, Redner, Wahlkämpfer zur Verfügung, vertraut aber seinen Gedichten durchaus seine Zweifel an über diese Selbst- und Fremdverfügung. In einer Rede in Princeton ein Jahr vor Erscheinen von »Ausgefragt« mit dem bezeichnenden Titel »Vom mangelnden Selbstvertrauen der schreibenden Hofnarren unter Berücksichtigung nicht vorhandener Höfe« heißt es pointiert: »Das Gedicht kennt keine Kompromisse; wir aber leben von Kompromissen. Wer diese Spannung tätig aushält, ist ein Narr und ändert die Welt.«[140] Im Gedichtband »Ausgefragt« liest sich das unter dem Titel *»Zorn Ärger Wut«* mit Anspielung auf die amerikanische Kriegsführung in Vietnam (»Napalm«-Bomben) so:

»In Ohnmacht gefallen

Wir lesen Napalm und stellen Napalm uns vor.
Da wir uns Napalm nicht vorstellen können,
lesen wir über Napalm, bis wir uns mehr
unter Napalm vorstellen können.
Jetzt protestieren wir gegen Napalm.
    Nach dem Frühstück, stumm,
    auf Fotos sehen wir, was Napalm vermag.
    Wir zeigen uns grobe Raster
    und sagen: Siehst du, Napalm.
    Das machen sie mit Napalm.
Bald wird es preiswerte Bildbände
mit besseren Fotos geben,
auf denen deutlicher wird,
was Napalm vermag.
Wir kauen Nägel und schreiben Proteste.
    Aber es gibt, so lesen wir,
    Schlimmeres als Napalm.
    Schnell protestieren wir gegen Schlimmeres.
    Unsere berechtigten Proteste, die wir jederzeit
    verfassen falten frankieren dürfen, schlagen zu Buch.
Ohnmacht, an Gummifassaden erprobt.
Ohnmacht legt Platten auf: ohnmächtige Songs.
Ohne Macht mit Guitarre. –

Aber feinmaschig und gelassen
wirkt sich draußen die Macht aus.«[141]

Solche Selbstironisierungen des politischen Engagements durchziehen leitmotivisch den ganzen Band. Die Selbstzweifel werden nicht lyrisch überhöht, sondern in Gedichtform schonungslos bloßgelegt. Gedichte als Akte der Selbstentblößung, Verse als Mittel der Selbstenttarnung. Das gilt für den politischen Bereich ebenso wie für den privaten. Dem Gedicht »Advent« geht eines mit dem Titel *»Ehe«* voraus. Ein Ausschnitt lautet:

»Wir haben Kinder, das zählt bis zwei.
Meistens gehen wir in verschiedene Filme.
Vom Auseinanderleben sprechen die Freunde.
  Doch meine und Deine Interessen
  berühren sich immer noch
  an immer den gleichen Stellen.
  Nicht nur die Frage nach den Manschettenknöpfen.
  Auch Dienstleistungen:
  Halt mal den Spiegel.
  Glühbirnen auswechseln.
  Etwas abholen.
  Oder Gespräche, bis alles besprochen ist.
Zwei Sender, die manchmal gleichzeitig
auf Empfang gestellt sind.
Soll ich abschalten?
  Erschöpfung lügt Harmonie.
  Was sind wir uns schuldig? Das.
  Ich mag das nicht: Deine Haare im Klo.
Aber nach elf Jahren noch Spaß an der Sache.«[142]

Ein Ton schonungsloser Ehrlichkeit. Er kann durch einen Ton schriller Komik ersetzt werden, wenn Grass die grotesken Züge weltpolitischer ideologischer Auseinandersetzungen ins Gedicht holt. Vier Strophen aus dem Gedicht *»Neue Mystik. Oder: Ein kleiner Ausblick auf die utopischen Verhältnisse nach der vorläufig allerletzten Kulturrevolution«:*

»Als unsere Fragebögen lückenhaft blieben
und die formierten Mächte sich ratlos näher kamen,
begann die Verschmelzung aller Systeme mit der Telepathie.

Während noch Skeptiker abseits standen,
wurden schon volkseigne Tische gerückt,
Geister gerufen, mit Hegel
und anderen Mystikern gefüttert,
bis es klopfte und leserlich Antwort gab.

Auf jener Tagung spiritistischer Leninisten in Lourdes,
deren Arbeitsgruppen das fortschrittliche Tibet
und die Errungenschaften der Therese von Konnersreuth
mit Hilfe der Schrenk-Notzing-Methode behandelten,
wurden die Vertreter aufklärender Dekadenz gemaßregelt:
Fortan fiel Pfingsten auf jeweils den 1. Mai.

Im folgenden Jahr,
während der telepathischen Karwoche,
überführten Zen-Pioniere,
geleitet von den vierdimensionalen Sozial-Jesuiten,
gefolgt von indischen Kühen
und den großen Sensitiven astraler Hindu-Kombinate,
des Stalin wächserne Leiche in Etappen nach Rom.«[143]

Schon in diesem Text wird alles mit allem »verschmolzen«. Alles wirbelt durcheinander. Alles wird austauschbar. Alles wird mit allem kombinierbar. Der Un-Sinn widersprüchlicher Ideologien wird literarisch nur noch sagbar mit Hilfe der Narrenrede.

Mit diesen Texten im Hintergrund bekommen wir nun auch ein besseres Gespür für »Bauart« und Ton des Gedichtes »Advent«. Jeder kann ja mit Händen greifen, welche Sprach-»Welten« hier ineinandergeschoben wurden:

◇ die Welt der Comics und Märchen: Onkel Dagobert, Donald Duck und dessen Neffen, Panzerknacker, »Rickeracke« (ein Wortfetzen aus Wilhelm Buschs »Max und Moritz«), »Knusper – Kneißchen (ein Fragment aus dem Märchen »Hänsel und Gretel«);
◇ die Welt von Strategiedebatten im Zeitalter der ABC-Waffen. Dafür stehen Wortsplitter wie »Patt«, »Krisenfall«, »Mehrzweckwaffen«, »Abschreckung«, »doomsday«, »Vorwärtsverteidigung«, »Lenkwaffen«;
◇ die Welt vorweihnachtlicher Geschenkpraxis zwischen Eltern und Kindern. Dafür stehen Wendungen wie »weil Weihnachten vor der Tür steht«, »weil die Weihnachtseinkäufe ...«, »Heiligabend rückt immer näher«, »Kinderzimmer«, »Eltern«.

Diese drei Welten werden in sich schier überschlagenden Wortkaskaden zusammengebracht und ergeben eine Szenerie von abgründig-erschreckender Komik im Dreieck von Weihnachten, Kinderzimmer und Abschreckung. Grass läßt in diesem Text unter der Chiffre »wir« Kinder reden, die sich wie alle Kinder auf Weihnachten freuen. Aber diese Kinder sind zu kleinen Monstern mutiert, die im Kinderzimmer Weltzerstörung spielen. Ihre Gehirne sind voll von Kriegsführungs-Vokabular, Vernichtungsszenen, Zerstörungslust, die das Kinderspiel zu einem Horrorszenario werden lassen. Das Gedicht spiegelt grotesk verfremdet eine Welt, in der Erwachsene »doomsday« durchdenken, nicht ahnend, daß ihre Kinder hinter ihrem Rücken ihn schon vollziehen. Die Kinder verwirklichen bereits, was die Eltern in ihren Plänen ausdenken. Die Welt atomarer Abschreckung produziert die Monster, gegen die sie sich abdichten wollte.

Indem ich das Gedicht wieder und wieder lese, wird mir klar, warum Grass genau diesen Ton anschlagen mußte. Dem Wahnsinn der Abschreckungspolitik mit Hilfe von ABC-Waffen, in dem die Rationalität von »Vorwärtsverteidigung« und »erster Schlag« in Irrationalität umgeschlagen ist, spiegelt er mit Nonsens-Versen, die an die naiv-nihilistische Untergangsstimmung im Lied vom »lieben Augustin, alles ist hin« erinnern. Wie bei diesem apokalyptischen Leierkastenlied fallen auch hier die Normalität von einfachem Vers und die schrille Anomalie der Wirklichkeit zusammen. Der Lyriker wehrt sich gegen den Wahnsinn mit einer Poesie des Unsinns. Nichts mehr stimmt an dieser Grammatik. Der Satzbau ist so aus den Fugen wie die Welt, die benannt werden soll.

Anders gesagt: Den Wahn, etwa mit Hilfe atomarer »Abschreckung« Sicherheit produzieren zu wollen, kann der Lyriker nur entlarven, indem er seine Verse an der Grenze zum Unsinn ansiedelt. Wer den Irrsinn bewußt machen will, braucht den irren Ton. Wer Absurdität begreiflich machen will, muß sich der rationalen Logik verweigern. Wer den Wahnsinn thematisiert, darf nicht dessen Verharmlosung durch »gutgemeinte Worte« Vorschub leisten. Er muß schreiben, als gäbe es kein Schreiben mehr. Er muß reden, als wären die Worte zuende. Kurz: er muß mit seinem Sprechen sich einer »Logik« verweigern, die »Abschreckungs«-Doktrinen noch zu produzieren in der Lage ist.

Grass nimmt damit teil am Schicksal der modernen Lyrik überhaupt, deren beste Vertreter wußten, daß der Ungeheuerlichkeit der Wirklichkeit zwar ein Wort nicht mehr beikommt, daß man aber reden muß, um sich nicht der Komplizenschaft der »Schweiglinge« anheimzugeben. Auch Grass muß deshalb seine Verse auf der Grenze von Sinn und Unsinn ansiedeln.

Übrig bleiben lyrische Kürzel, irrsinnige Szenen. Zurück bleibt ein Autor, der sich unter der Narrenkappe koboldartige Lust an Wortspielen und Sprachverdrehungen gestattet, um der verdrehten Welt so den Spiegel noch vorhalten zu können. Im Zeitalter des apokalyptischen Wahnsinns scheint dies nur noch im Bewußtsein der Narrheit möglich:

»Die minimale Abschreckung hat uns bis heute –
und Heiligabend rückt immer näher –
keinen Entenschritt weiter gebracht.«

»Advent«, »Weihnachten« – Thema einer irreal-absurden Phantasmagorie im Deutschland der späten sechziger Jahre.[144]

Reiner Kunze: *»Weihnachten«*

Sie saß neben mir auf der Bank und badete ihr Gesicht in der Sonne. Sie hatte ihre Augenbrauen ausgewechselt, mit Pinzette: ein für allemal. Die neuen waren strenge Linien, die von der Kindheit trennten.

Wir schwiegen, sie bei geschlossenen Augen. Doch wer weiß, was sie sah, denn plötzlich sagte sie: »Wenn doch schon Weihnachten wäre.«

Die Rosen blühten.

»Was hast du vor zu Weihnachten?« fragte ich.

»Nichts«, sagte sie. »Aber dann wäre doch Weihnachten.«

Ich entsann mich, daß sie auch vergangenes Jahr nicht hatte auf den Weihnachtsbaum verzichten wollen. Geschmückt mit Lametta, Zuckerwerk und zwölf Kerzen, hatte er in ihrem Zimmer gestanden – vor einem riesigen roten Plakat mit lachendem Che Guevara.[145]

Nachdenken über »wunderbare Jahre«

Der kleine Text stammt aus einem Buch, das seinen Autor 1976 mit einem Schlag in Deutschland bekannt machte: »Die wunderbaren Jahre«. *Reiner Kunze* (geb. 1933 in Oelsnitz/Erzgebirge) lebte damals noch in der DDR. Wer aber diesen kleinen Prosa-Band auf ein DDR-Buch reduziert, geht fehl. Gewiß: Es war dieses Buch, »das den Autor in den Augen der SED zum Staatsfeind machte, den es mit allen Mitteln der Stasi fertigzumachen galt«.[146] Nach Erscheinen in der Bundesrepublik wird Kunze noch im Oktober '76 aus dem DDR-Schriftstellerverband ausgeschlossen. Was dies für einen Autor damals bedeutete, kann man als Außenstehender kaum ermessen, zumal Kunze am 20. November 1976 auch noch den nachmals berühmten Offenen Brief einiger DDR-Schriftsteller gegen die Ausbürgerung Wolf Biermanns unterzeichnet hatte, die im selben Jahr erfolgt war. Sein »Antrag auf Entlassung aus der DDR-Staatsbürgerschaft« (7. April 1977) wird denn auch in nahezu atemberaubender Geschwindigkeit genehmigt. Schon wenige Tage später kann Kunze mit seiner Familie in die Bundesrepublik übersiedeln. Im selben Jahr erhält er von der Darmstädter Akademie für Sprache und Dichtung den Georg-Büchner-Preis. Sein literarisches Renommee hatte er sich nicht nur als bedeutender Lyriker erworben (1972: »Zimmerlautstärke. Gedichte«), sondern auch als nicht weniger bedeutender Übersetzer, insbesondere aus dem Tschechischen. Seit 1961 mit der Tschechoslowakei eng verbunden, weist Kunzes Werk seit 1964 zahlreiche »Nachdichtungen aus dem Tschechischen« auf.

Selbstverständlich geht es in »Die wunderbaren Jahre« um DDR-Wirklichkeit. Die Ironie des Titels wäre sonst gar nicht nachvollziehbar. Es geht um Schikanen im Alltag, Bevormundung von Menschen, Überwachung, Funktionärs-Gebaren. Es geht um die Beschreibung eines Klimas aus Repression und Angst, nachdem alle Unangepaßtheit von der die Gesellschaft totalitär beherrschenden Partei als Bedrohung empfunden und auf das Abweichen von der staatlich verfügten Linie mit Druck, ja mit Zwang reagiert wird. Schon der Wunsch, ein Jazz-Konzert zu hören oder so verpönte Autoren wie Pasternak oder Solschenizyn zu lesen, genügt, um in den Verdacht zu geraten, ein Abweichler zu sein.

Insbesondere alles, was in den Bereich der *Religion* fällt, zieht das Mißtrauen der Herrschenden auf sich. Einem Lehrling wird in einem sozialistischen Wohnheim verboten, eine Bibel auf sein Bücherregal zu stellen. Er hatte sie lesen wollen, »nicht, weil er gläubig ist, sondern weil er sie endlich einmal lesen wollte«.[147] Schülern wird verboten, an der Beerdigung eines Mitschülers (der sich erhängt hatte) teilzunehmen. Schon das Tragen schwarzer Armbinden wird als »Ausdruck oppositioneller Haltung gewertet«. Warum? Der Schüler war »Mitglied der Jungen Gemeinde« gewesen und hatte »einen Zettel mit durchkreuztem Totenkopf und der Aufschrift ›Jesus Christus‹ hinterlassen.«[148] Parteimitglieder sind angewiesen, Gespräche über den Toten zu unterbinden. Am Tag der Beerdigung wird für die Zeit des Unterrichts ein Schülerwachdienst organisiert. Die Schultür wird abgeschlossen. Das Zeichen »Jesus Christus« genügt, um in diese ideologisch abgedichtete Gesellschaft Unruhe hineinzubringen. »Religion« wäre ja auch die Infragestellung des Totalitätsanspruchs der herrschenden Partei über das Leben.

Kunzes Prosa-Band besteht aus vielen solcher Einzelszenen aus dem Alltag der DDR. »›Inhaltsangaben‹ will ich versuchsweise gar nicht erst angehen«, sagte damals treffend Heinrich Böll, »wie sollte einer den Inhalt von Prosa referieren, von diesen etwa fünfzig Stücken, von denen keines länger als drei Seiten ist, viele nur Fünf- bis Fünfundzwanzigzeiler sind? Und doch sind es weder Aphorismen noch Anekdoten, keine Kürzestgeschichten; es sind – ich wage lieber einen graphischen Vergleich – scharf aus der DDR-Wirklichkeit herausgestochene Medaillons.«[149] Und gerade Böll wies schon früh darauf hin, daß dieses Buch von einem Geist der Freiheit zeugt, der auf alle »Systeme« übertragbar ist, ob östlich-politischer oder westlich-ökonomischer Natur. Die Konflikte, die Kunze *exemplarisch* am DDR-Alltag schildert, sind überall dort vorhanden, wo Menschen Zwangsverhältnissen unterworfen sind. Böll wörtlich in seiner Laudatio anläßlich des Büchner-Preises:

> »Die Haaresbreite sensibler Wege – die hat ein Deutscher gefunden, ist ein Deutscher gegangen; auf dieser Haaresbreite hat er gelebt und gewohnt, kein Seiltänzer, kein Akrobat, standfest, weil sensibel, abhold den Grobheiten seiner Zeit, von ihnen getroffen und doch nicht schwankend, weil die Sprache ihn hielt, eine Sprache, die nicht vereinfacht, die man Zeile für Zeile sich entfalten lassen muß, Wel-ten aufbauend auf einer Zeile, Welten, die beben; bebende Kreatur im Gebrüll des Schreckens, in der mörderischen Mechanik bloßen Funktionierens. Das nenne ich *wirklich* und deutsch, und soll sich keiner einbilden, kein Bürger, kein Staatsmann – er wäre nicht betroffen.«[150]

Schreiben gegen die *mörderische Mechanik bloßen Funktionierens!* Am Komplex »Religion« läßt sich diese Schreibstrategie plastisch demonstrieren. Der kleine Text »Weihnachten« ist ein Beispiel dafür. Ein anderer ist der nicht minder wichtige Text *»Orgelkonzert«*, dem wir uns zunächst zuwenden wollen. Er beginnt mit einer fingierten Meldung:

> *»Die Schulbehörde in N. wies die Direktoren an zu verhindern, daß Fach- und Oberschüler die Mittwochabend-Orgelkonzerte besuchen. Lehrer fingen Schüler vor dem Kirchenportal ab und sagten den Eltern: Entwederoder. Eltern sagten ihren Kindern: Entwederoder. Bald reichten die Sitzplätze im Schiff und auf den Emporen nicht mehr aus.*
> *(Meldung, die in keiner Zeitung stand).*
>
> Hier müssen sie nicht sagen, was sie nicht denken. Hier umfängt sie das Nichtalltägliche, und sie müssen mit keinem Kompromiß dafür zahlen; nicht einmal mit dem Ablegen ihrer Jeans. Hier ist der Ruhepunkt der Woche. Sie sind sich einig im Hiersein. Hier herrscht die Orgel.«[151]

Und dann folgt ein Lob auf alle möglichen Orgeln. Es ist, als wolle der Erzähler alle Orgel-Register ziehen und all diese Instrumente »im Osten, Süden, Norden, Westen« mit all ihren Pfeifen gleichzeitig zum Klingen bringen:

»sie alle müßten plötzlich zu tönen beginnen und die Lügen, von denen die Luft schon so gesättigt ist, daß der um Ehrlichkeit Bemühte kaum noch atmen kann, hinwegfegen – unter wessen Dach hervor auch immer, hinwegdröhnen all den Terror im Geiste …

Wenigstens ein einziges Mal, wenigstens für einen Mittwochabend.«[152]

Bedenken wir noch einmal die Schlüsselworte: Ein Orgelkonzert als »Ruhepunkt der Woche«. Menschen werden »einig im Hiersein«. Die Musik kann »Lügen hinwegfegen«, den »Terror im Geiste hinwegdröhnen«. Der Kirchenraum? Er ist *hier* der Freiraum, der die Menschen nicht zwingt, verordnete Gedanken zu denken, verordnete Praktiken zu reproduzieren und zu Claqueuren eines Systems zu werden, das sie innerlich ablehnen. Das Orgelkonzert in der Kirche also? Es ist die nichttotalisierte Leerstelle in dieser verzweckten, durchkontrollierten, überwachten Gesellschaft. Die Musik in der Kirche? Sie wird zum Ausdrucks- und Rückzugsraum unverwalteter, unverzweckter Individualität. Schon dies ein Text, geschrieben gegen die »mörderische Mechanik bloßen Funktionierens«.

Vor diesem Hintergrund versteht man nun auch die Szene besser, die ich für dieses Buch ausgewählt habe: *»Weihnachten«*. Im Zentrum dieses Textes steht überraschenderweise das Wort »nichts«:

»›Was hast du vor zu Weihnachten?‹ fragte ich.
›Nichts‹, sagte sie, ›aber dann wäre doch Weihnachten.‹«

Daß *dann* Weihnachten ist, wenn man »nichts« vorhat, ist hier nicht Ausdruck einer Langeweile, die aus politischer Gleichgültigkeit oder konsumistischer Überfütterung käme, sondern Ausdruck eines beglückenden Nicht-Müssens. »Weihnachten« ist zur Chiffre geworden: Sehnsuchtszeichen für eine Leer-Stelle und damit einen »Raum« des Nicht-Verfügten, des Nicht-Beanspruchten. Im Wort »nichts« drückt sich die Sehnsucht aus, man selber sein zu dürfen. Selbst die Attribute des bürgerlichen Weihnachten (Weihnachtsbaum, Lametta, Zuckerwerk, Kerzen) stören dann nicht. Sie sind hier nicht Ausdruck der Reproduktion eines bürgerlichen Rituals, sondern einer unangepaßten Individualität. Wobei die Kombination Weihnachtsbaum und Che-Guevara-Plakat einen reizvollen Kontrast bildet und auf eine sozialistische Utopie verweist (der lachende Revolutionär), welche durch die triste Wirklichkeit des real existierenden Sozialismus à la Ulbricht und Honecker tagtäglich verraten wird.

Diese kleine Szene von Reiner Kunze ist mir kostbar. Was »Weihnachten« inhaltlich ist, muß hier nicht mehr gesagt werden. In einer durchkontrollierten Gesellschaft ist *dann* »Weihnachten«, wenn Menschen sich »nichts« mehr vornehmen müssen. »Weihnachten« ist damit der Sache nach gerettet: Menschwerdung Gottes als Beginn der Selbstwerdung des Menschen. Menschwerdung als Selbstwerdung in Freiheit. Es braucht nicht die Wiederholung theologischer Formeln. Die »Chiffre« genügt, um in einem solchen politischen und gesellschaftlichen Kontext die Sehnsucht nach einem Leben ohne Verzweckung, ohne Verfügtsein, ohne Funktionieren wachzuhalten. Nichts vorhaben, nichts vorhaben müssen, nichts beweisen und nichts beweisen müssen, nicht funktionieren und nicht funktionieren müssen: das wäre »Weihnachten« – als »Besinnung auf die Substanz Mensch«.

In seiner Dankesrede anläßlich der Entgegennahme des Büchner-Preises sagte Reiner Kunze damals:

> »Nach einer Lesung in London – einer Lesung von Gedichten – sagte mir eine Dame: ›Ich kann es nicht glauben, und will es auch nicht glauben, denn all meine Erfahrungen sprechen dagegen. Aber nach diesem Abend habe ich das Gefühl, es *gibt* noch menschliches Glück.‹ Je betäubender der materielle Luxus, desto notwendiger die Besinnung auf die Substanz Mensch.
>
> Um den Begriff der staatsbürgerlichen Verantwortung anzustrengen: Sie besteht für den Schriftsteller darin, auf der *Unvernunft* zu bestehen, Schriftsteller zu sein und als Staatsbürger die Folgen zu tragen.«[153]

Kurt Marti: »Weihnacht«

Zu den Bildern die Gegenbilder entwerfen ist *eine* Aufgabe der Literatur: Falsche Bilder zerstören, wenn sie die Realität nicht mehr treffen. Die Literatur des 20. Jahrhunderts steht damit in einer großen Tradition, ist Erbe eines epochalen Konfliktes, der einstmals im Raum von Theologie und Kirche ausgetragen wurde: der Konflikt um den *Ikonoklasmus*, die Bilderzerstörung, die Bilderverweigerung, den Bilderverzicht.

So wie der Bilderstreit in der Christenheit getragen war von der Überzeugung, daß Gott, der Bilderlose schlechthin, durch kein menschliches Bild dargestellt werden dürfe, weil alle Verbildlichung *Verdinglichung* Gottes, weil alle Verdinglichung *Vergewaltigung* Gottes, weil alle Vergewaltigung *Verhöhnung* Gottes wäre, so ist auch der Ikonoklasmus in der Lyrik des 20. Jahrhunderts Ausdruck einer Sehnsucht nach einer neuen, unverletzten, nicht mißbrauchten und mißbrauchbaren Sprache. Kein Zufall deshalb, daß auch Autoren, die sich stärker als andere der christlichen Tradition verpflichtet fühlen, nach einer Möglichkeit suchen, Weihnachten in ein Bild zu bringen, das nicht schon tausendmal zerredet, durch konsumistischen Gebrauch verschleudert oder durch Wortinflation leer geworden ist. Bilder, die den christlichen Inhalt von Weihnachten so verschärfen, daß die ursprüngliche Zumutung noch hörbar bleibt. Bilderzerstörung um eines wahrhaftigeren Bildes willen.

Ich wähle als Beispiel einen Text des Schweizer Lyrikers *Kurt Marti* (geb. 1921 in Bern). Er stammt aus seinem ersten Lyrikband, den er bescheiden »Gedichte am Rande« nennt, veröffentlicht im Jahre 1963, als Marti bereits evangelischer Pfarrer an der Nydeggkirche in Bern ist:

Weihnacht

damals

als gott
im schrei der geburt
die gottesbilder zerschlug

und
zwischen marias schenkeln
runzelig rot
das kind lag[154]

Nachdenken über Gottes Ikonoklasmus

Aus ganzen acht Zeilen besteht dieses Gedicht, reduziert auf Wortkerne, Wortfetzen. Verknappung, wo immer möglich. Mitkomponierte Pausen, um Spannung zu erhöhen, Selbstergänzung zu provozieren. Das *»damals«* bekommt das Schwergewicht einer ganzen Zeile, mehr noch, das Schwergewicht einer ganzen »Strophe«. Der Zwischenraum zwischen Zeile eins und Zeile zwei ist mehr als ein Zeilenbruch. Er ist ein Strophenbruch und läßt das »damals« ganz ausschwingen. Laut gesprochen »zittert« dieses Wort gewissermaßen noch, zittert vor Spannung, zumal durch die Fortsetzung die Spannung nicht aufgelöst wird. Denn alles, was in den nächsten sieben Zeilen weiter ausgeführt wird, bezieht sich immer noch auf dieses »damals«.

Inhaltlich steht die *erste »Strophe«* ganz im Zeichen biblischer Theozentrik. Auf sie wird verwiesen, wenn an »damals« erinnert wird. Sie prägte einst – wie wir hörten – die Geburtsgeschichten von Matthäus und Lukas. Das lukanische »für Gott ist nichts unmöglich« klingt an. Aller Verflachung von »Weihnacht« zum Trotz: »Weihnachten« kann man nicht haben ohne Erinnerung daran, daß mit der Geburt Jesu Gott auf eine überraschende, traditionelle Gottesbilder sprengende Weise gehandelt hat. Es ist dieselbe radikal erneuerte Theozentrik, die auch im »Lobgesang der Maria« aufgeklungen war:

»Sein Arm ist gewaltig.
Ein Schnitter, der die Spreu zertritt:
So zerstreut er die Stolzen,
die hochmütig sind in ihrem Herzen,
und stößt die großen Herren von ihren Thronen.«

Diesen Gestus macht sich auch Marti zunutze. Sein Text ruft in Aufnahme religionskritischer Prophetie der Hebräischen Bibel (Amos und Hosea) Christen in Erinnerung: Gott ist der Ikonoklast seiner selbst. Gott hat schon einmal, »damals«, zerschlagen, was sich an Bildern auf den Bilderlosen gelegt hatte.

Die Befreiung von alten Bildern aber ist zugleich die Befreiung zu einem neuen Bild. Dieses neue Bild Gottes wird in der *zweiten »Strophe«* angedeutet. Bevor es dazu kommen kann, wird man als Leser durch ein isoliertes »und« zur Sprechverlangsamung und damit zu einer Denkpause gezwungen. Inhaltlich ist jetzt alles konzentriert auf den Vorgang der Geburt. Sie wird ins Konkrete entmythologisiert: Gebären kann mit Schreien der Mutter verbunden sein. Das Kind, das zur Welt kommt, ist runzelig, trägt Blutspuren, liegt zwischen den Schenkeln der Mutter. Solche Realitätspartikel dienen der Entidyllisierung und der Konzentration auf die eine zentrale Aussage: An Weihnachten kommt Gott *so* zur Welt, nicht anders. Nicht »süß« und »hold«, sondern unter den Bedingungen der »bruta facta« des Menschseins. In-karnation: wortwörtlich soll das verstanden sein. Fleischwerdung.

Damit schließt sich der Gedankenkreis. Die Gottespräsenz, die Christen in der Geburt dieses einen Kindes glauben, der der Messias Israels und der Herr der Völkerwelt sein soll, diese Gottespräsenz zerschlug schon »damals« traditionelle Gottesbilder. Ein »damals« aber erzwingt ein »heute«. Der Text selber spart dieses »heute« aus, weil es durch uns Leser erbracht werden soll und muß. Die Isolierung des »damals/als« verlangt Selbstergänzung: *Und heute? Und in der Gegenwart? Und wir?* Was haben wir aus »Weihnachten« gemacht? Haben sich nicht wieder Wunschphantasien wie Mehltau auf unsere Gottesrede gelegt? Befriedigt nicht gerade »Weihnachten« nur unsere Sehnsüchte nach Harmonie, nach Sinn, nach Geborgenheit?

Dagegen erinnert der Text an Gottes ursprüngliche Tat im Akt der Geburt seines Sohnes. Es ist Gott selber, der uns unsere Bilder von sich zerschlägt. Darin besteht das Skandalon des christlichen Glaubens, das an Weihnachten erinnert werden soll: Gott kommt zur Welt im Akt einer konkreten Geburt. Im christlichen Glauben an die Menschwerdung des Sohnes Gottes erscheint Gott somit unter dem Gegenteil seiner selbst. Gottesverfremdung als Selbstverfremdung. Die Erinnerung an Weihnachten als Fest der Geburt Jesu ist Erinnerung an einen ganz anderen Gott, der nicht in unsere Wunschschablonen paßt. Und dies umso weniger, wenn man auf das Ende der Geschichte Jesu blickt. Dieses Ende spricht ein weiteres Gedicht »am Rande« von Kurt Marti an: *»Flucht nach Ägypten«.*

»nicht
ägypten
ist
fluchtpunkt
der flucht

das kind
wird gerettet
für härtere tage

fluchtpunkt
der flucht
ist
das kreuz«[155]

Flucht? Plötzlich hat das Wort einen Doppelsinn. Die traditionelle, vom Matthäus-Evangelium inspirierte Lesart bleibt erhalten. Mit seiner Flucht nach Ägypten entzieht sich Jesus dem frühen Tod. Er unterläuft Tyrannen-Mord. Aber diese Flucht wird ihm nicht zu einem feigen Versteck, zum Akt des cleveren Wegtauchens. Diese »Rettung« ist nicht das Ende. Sie ist nicht Selbstzweck. Sie hat ein unheimliches Ziel: das Kind zu bewahren für Passion und Kreuz.

Die lapidare Diktion Martis in diesem Text kann und soll über die Abgründigkeit dieser Aussage nicht hinwegtäuschen. Uns Lesern soll sie überhaupt erst bewußt werden. Das Schicksal Jesu wird auf diese Weise verrätselt. Was vertraut zu sein schien, ist plötzlich unheimlich fremd. Er war doch schon einmal gerettet – durch Gottes Eingreifen. Warum dann keine Rettung mehr am Ende? Warum kein Eingreifen Gottes, als es noch einmal darauf ankam? Wer einmal rettet – warum läßt er dann doch diesen seinen »Sohn« allein? »Härtere Tage«? Das ist mit bewußter Zurückhaltung gesagt. Die Problematik ist nur angedeutet, bewußt ausgespart, um Weiterdenken in uns Lesern zu provozieren.

Durch diese Lesart aber wird die Flucht-Geschichte nicht zur billigen Vertröstung (er ist ja noch einmal davongekommen), sondern zum theologischen Rätsel. »gerettet/für härtere tage«? Rettung für einen solchen Tod wie den am Kreuz? Theodizee-Fragen klingen an, müssen angesichts des End-»Fluchtpunkts« auch dringend gestellt werden. Bethlehem – Ägypten – Golgatha: Mit Geburt und Flucht Jesu ist dieser Lyriker theologisch noch nicht fertig. Das gerade ist der Sinn seiner »Gedichte am Rande«. Vom Rand her geschieht »Einrede«. Vom Rand her wird gegen den bisherigen Rezeptions-Strom angedacht. Vom Rand her werden Zweifel eingestreut in das bislang so scheinbar Gesicherte.

Kurt Martis Text erinnert mich an eine Aussage von *Walter Jens*, die ich nicht zufällig als Motto diesem Buch mitgegeben habe. Eines meiner Schriftsteller-Gespräche führte mich im Jahre 1981 auch zu dem Tübinger Rhetor,

Altphilologen und Schriftsteller, der 1972 das Evangelium nach Matthäus neu übersetzt hatte: »Am Anfang der Stall, am Ende der Galgen: Jesus von Nazareth«. Im selben Jahr, 1981, war die Jens'sche Sammlung »Frieden. Die Weihnachtsgeschichte in unserer Zeit« erschienen. Auf die Frage, warum ihn der lukanische Text so beschäftigt habe, antwortete Jens:

> »Weil in dieser Weihnachtsgeschichte beispielhaft gezeigt wird, wie es *ist* und wie es *sein könnte;* wie die Welt sich in der Politik ausnimmt – das wird bei Lukas ja sehr nüchtern dargestellt – und wie demgegenüber ein Friedensreich Konturen gewinnen kann, das Zeichen wie Freundlichkeit, Sanftmut, Innigkeit in einer Weise repräsentiert, die die friedlose politische Welt – die in der Weihnachtsgeschichte gar nicht einmal so sehr kriegerisch dargestellt wird – ad absurdum führt. Für mich ist deshalb die Weihnachtsgeschichte die größte Utopie, die sich denken läßt: Nur, daß es sich im *uneigentlichen* Sinn um eine Utopie handelt, weil der Ort, der Stall, die Höhle, die Weide der armen Leute, sehr genau gezeichnet ist: Frieden garantiert durch die Benachteiligten. Frieden geleistet aus der Perspektive der Plebejer, Frieden verwirklicht von den Ärmsten. Nein, ich kann mir nicht denken, daß es einen humaneren Text als diesen geben könnte.«

Ich fragte noch einmal nach, ob diese lukanische Geburtsgeschichte für ihn ein Text unter vielen sei, den man beliebig austauschen könne, oder ob er etwas Einmaliges habe. Die Antwort von Jens ist ein Schlüssel auch zur Interpretation des Marti-Textes:

> »Er hat etwas Einmaliges, weil die Geschichte ja nicht aus dem Kontext zu lösen ist. Das aufgesuchte Kind, dessen Insignien, die Windeln zum Beispiel, Gott bezeichnen, wird – das ist nicht zu vergessen – elendig krepieren. Und das gleiche Kind in der Krippe wird indirekt schuldig sein – im Sinne einer Veranlassung – am Mord vieler armer kleiner Kinder männlichen Geschlechts. Das heißt, der Stall und das Kreuz, die Anbetung und der bethlehemitische Kindermord gehören zusammen. Deshalb kann ich mir diese Geschichte nicht als austauschbar denken. Sie ist in der Tat einmalig, weil sie das Freundlichste und das Grauenerregendste so aneinanderkettet, wie es kein vergleichbarer Text der Weltliteratur tut.«[156]

Kurt Marti: *»und maria«*

Im Jahr 1980 veröffentlicht Kurt Marti einen Gedichtband unter dem Titel »Abendland«. Jetzt ist das Thema Geburt, Mutter, Sohn zu einem eigenen, befreiungstheologisch orientierten »Marienleben« gestaltet.

und maria

1
und maria sang
ihrem ungeborenen sohn:
  meine seele erhebt den herrn
  ich juble zu gott meinem befreier
  ich: eine unbedeutende frau –
  aber glücklich werden mich preisen
  die leute von jetzt an
  denn grosses hat gott an mir getan –
  sein name ist heilig
  und grenzenlos sein erbarmen
  zu allen denen es ernst ist mit ihm –
  er braucht seine macht
  um die pläne der machthaber fortzufegen
  er stürzt die hohen vom sitz
  und hebt die unterdrückten empor
  er macht die hungrigen reich
  und schickt die reichen hungrig weg

2
und maria konnte kaum lesen
und maria konnte kaum schreiben
und maria durfte nicht singen
noch reden im bethaus der juden
wo die männer dem mann-gott dienen

dafür aber sang sie
ihrem ältesten sohn
dafür aber sang sie
den töchtern den anderen söhnen
von der grossen gnade und ihrem

heiligen umsturz

3
dennoch
erschrak sie
am tage
da jesus die werkstatt
und ihre familie verliess
um im namen gottes
und mit dem feuer des täufers
ihren gesang
zu leben

4
und dann
ach dann
bestätigten sich
alle ängste
aufs schlimmste:
versteinert stand sie
und sprachlos
als jesus
am galgen
vergeblich
nach gott schrie

5
später viel später
blickte maria
ratlos von den altären
auf die sie
gestellt worden war

und sie glaubte
an eine verwechslung
als sie
– die vielfache mutter –
zur jungfrau
hochgelobt wurde

und sie bangte
um ihren verstand
als immer mehr leute
auf die knie fielen
vor ihr

und angst
zerpresste ihr herz
je inniger sie
– eine machtlose frau –
angefleht wurde
um hilfe um wunder

am tiefsten
verstörte sie aber
der blasphemische kniefall
von potentaten und schergen
gegen die sie doch einst
gesungen hatte voll hoffnung

6
und maria trat
  aus ihren bildern
und kletterte
  von ihren altären herab
und sie wurde
  das mädchen courage
  die heilig kecke jeanne d'arc
und sie war
  seraphina vom freien geist
  rebellin gegen männermacht und hierarchie
und sie bot
  in käthe der kräutermuhme
  aufständischen bauern ein versteck
und sie wurde
  millionenfach als hexe
  zur ehre des gottesgötzen verbrannt
und sie war

die kleine therese
aber rosa luxemburg auch
und sie war
simone weil »la vierge rouge«
und zeugin des absoluten
und sie wurde
zur madonna leone die nackt
auf dem löwen für ihre indios reitet –
und sie war und sie ist
vielleibig vielstimmig
die subversive hoffnung
ihres gesangs[157]

Nachdenken über ein Marienleben heute

Wieder ist das »Magnifikat« aus dem Evangelium des Lukas Ausgangspunkt theologischer Reflexionen. Hier ist es Basis für den Entwurf eines politisch-utopischen Marienbildes. Wir erinnern uns an Brechts »Maria« aus dem Jahre 1922. Wie Brecht setzt auch Marti historisch-kritisch an, lenkt aber den Blick sofort auf die geschichtliche Person Marias. Diese ist ganz zu einer »einfachen Frau aus dem Volke« geworden, deren »Gesang« Ausdruck ihrer inneren Freiheit und Gelöstheit ist. Die Wendungen »männer dem mann-gott dienen« und »heiliger umsturz« machen die doppelte Frontstellung des Textes deutlich: Maria ist für Marti sowohl eine Figur weiblicher Emanzipationsgeschichte wie überhaupt politischer Befreiungsgeschichte.

Strophe 3 und 4 greifen das Thema »Mutter« auf, das in der ersten Strophe mit dem Hinweis auf das Lied, das dem »ungeborenen sohn« gesungen wurde, schon angeklungen war. In (3) reagiert Maria wie jede Mutter auf den Aufbruch des Sohnes, dessen Botschaft dann aber nur das realisiert, was ihr »gesang« schon ankündigte. Unter dem Kreuz in (4) ist Maria die Spiegelfigur für die Leiden des Sohnes. Denn in der »Versteinerung« und der »Sprachlosigkeit« der Mutter kann sich verstärkt die ganze Ungeheuerlichkeit des Todes dieses Sohnes reflektieren. In (5) wird dann wiederum ähnlich wie bei Brecht die Diskrepanz zwischen wirklicher Geschichte und Wirkungsgeschichte thematisiert. Der Prozeß der Verehrung Marias als »jungfrau«, die Erwartung von Wundertaten und die Anbetung dieser Frau ausgerechnet von »potentaten und schergen« wird durch die Einbeziehung umgangssprachlicher Wendungen (»glaubte an eine verwechslung«, »bangte um ihren verstand«) ironisch gebrochen.

Strophe 6 beschreibt die aktiv handelnde Maria, beschreibt aber auch einen Prozeß der Universalisierung der »Sache Marias« in der Geschichte. Als These zeichnet sich ab: Maria ist nicht dort lebendig, wo sie zum Ideal weiblicher Frömmigkeit (»Demut«) hochstilisiert und auf Bildern und Altären alibihaft angebetet wird. Maria ist überall dort präsent, wo gesellschaftliche und geistige Befreiung durch Frauen geschieht, wo Schutz den Bedrängten gewährt wird, wo Frauen Veränderungen einleiten oder auch Opfer von Gewalt und Unterdrückung werden.

Die letzten Zeilen greifen in Form einer Rondo-Komposition den Anfang des Textes variiert wieder auf. Der »subversiven hoffnung« des Endes korrespondiert der »heilige umsturz« des Anfangs. Beides zielt auf Veränderung der Verhältnisse, nicht auf »Verewigung«. Maria ist hier nicht die ewige, sondern die konkrete Frau, deren Sache freilich ein »ewiges« Thema der Weltgeschichte ist: die Beförderung des Prozesses von Freiheit und Gerechtigkeit. Maria gehört also in die Freiheitsgeschichte großer Frauen hinein. Insofern ist Maria für Marti ein universales Symbol, das für eine Sache steht, die in vielfachen Spiegelungen und Brechungen in der Geschichte bis heute lebendig ist: die gottgewirkte Befreiung der Menschheit zur Freiheit, die in Maria, der Mutter, und Jesus, dem Sohn, ihren Anfang nahm.

Warum Marti keine Weihnachtsgeschichten mehr schreibt

Der Gedichtband »Abendland« (1980) ist das letzte Zeugnis einer literarischen Auseinandersetzung Martis mit dem Thema »Weihnachten«.[158] 1987 wird er vom Deutschen Allgemeinen Sonntagsblatt und dessen damaligem Feuilleton-Chef Arnim Juhre gebeten, eine unveröffentlichte Weihnachtserzählung zur Verfügung zu stellen. Was Bobrowski seinerzeit tat, lehnt Marti ab. Gebeten, seine Motive darzulegen, präzisiert er seine Entscheidung in zehn Thesen und stimmt deren Veröffentlichung im »Sonntagsblatt« zu. Titel: *»Warum ich keine Weihnachtserzählungen mehr schreibe«*[159]. Text und anschließende Debatte scheinen mir bis heute exemplarisch. Als Abschluß dieses Buches sind sie bestens geeignet. Sie liefern Rückblick und Ausblick zugleich, werfen noch einmal Grundfragen theologischer und poetologischer Art auf, ohne die literarisch künftig über Weihnachten nicht gehandelt werden kann.

Die *Thesen von Kurt Marti* lauten:

»1. Weil mir zu Weihnachten nichts einfällt. Weshalb fällt mir nichts mehr ein?

2. Weil es ohnehin schon zu viele Weihnachtserzählungen gibt (wenige gute, manche mittelmäßige, viele schlechte).

3. Weil dem horriblen Weihnachtsgeschäft mit Konsumartikeln das Weihnachtsgeschäft mit Weihnachtserzählungen (in den Medien, in zahllosen Sammelbänden und -bändchen) nur zu gut entspricht.

4. Weil die zu vielen, zu gut gemeinten, zu erbaulichen Weihnachtserzählungen den krank machenden, konflikterzeugenden Druck auf die menschliche Psyche noch verstärken. Sie verschärfen in den Lesern, Leserinnen jene ohnehin schon bestehende Spannung (Weihnachtssyndrom), die meint, an Weihnachten etwas Besonderes erleben, tun oder fühlen zu müssen.

5. Weil die biblischen Weihnachtslegenden sowie die alemannischgermanischen Weihnachts- und Winterstimmungen erzählerisch überstrapaziert worden sind.

6. Weil die Unmenge von Weihnachtserzählungen (auch Weihnachtsgedichten) dem Weihnachtsfest eine Priorität verleihen, die ihm gegenüber den anderen christlichen Festen theologisch nicht zukommt. Ostern, Pfingsten sind die christlich relevanteren, für die Verkündigung weitaus bedeutsameren Feste. Darum widerstehen sie gefühliger Vereinnahmung und erzählerischer Vermarktung besser.

7. Weil die unverhältnismäßige Vorherrschaft der Weihnachtsthematik die christliche Literatur – falls von einer solchen ernstlich noch gesprochen werden kann – ebenso verdorben und verzerrt hat wie die erzählerische Dürftigkeit oder sogar Stummheit anläßlich des Osterund erst recht des Pfingstgeschehens.

8. Weil das Weihnachtsfest, konsumistisch aufgeblasen, theologisch entleert, total verbürgerlicht ist und erzählerisch bloß noch affirmative Bürgerlichkeit reproduziert (CDU-Literatur, gewissermaßen).

9. Weil – summa summarum – Weihnachten in unseren nördlichen Breiten längst zerzählt ist.

10. Weil – wenn schon! – Ostererzählungen, Pfingsterzählungen ungleich wichtiger wären, ich selber aber nicht fähig bin, zu einem gegebenen Anlaß oder Thema Geschichten zu erfinden. Erst müßte etwas passiert oder von mir erlebt worden sein. Bisher habe ich leider noch nie etwas Erzählenswertes erlebt, das einen direkten Zusammenhang mit dem christlichen Festkalender hat.«

Arnim Juhre, Schriftsteller und Publizist eigenen Rechts, schrieb auf diese Thesen Gegenthesen unter dem Titel *»Warum ich mich nicht weigere, eine Weihnachtserzählung zu schreiben«*. Sie lauten:

»1. Weil mir alle Jahre wieder auch zu Weihnachten eine Menge einfällt. Zum Beispiel im Rückblick auf die Ereignisse des zu Ende gehenden Jahres, in Erinnerung an Begebenheiten, die zusehends Geschichte werden. Gezählt in Jahren nach Christi Geburt.

2. Weil ich das Thema Weihnachten für eine Gelegenheit halte, auch von nichtprofessionellen Erzählern zu hören, wie sie an ihrem Ort und zu ihrer Zeit etwa eine Volkszählung, Probleme der Beherbergung obdachloser Familien oder die Verfolgung religiös Andersdenkender erleben, wie sie gegenwärtige Ereignisse im Spiegel der biblischen Weihnachtsgeschichte verstehen oder gehörte Geschichten weitersagen.

3. Weil ich einsehe, daß gegen die Kommerzialisierung des Weihnachtsgeschäfts mit Literatur nicht anzukommen ist, aber die Hoffnung nicht aufgebe, daß unter unzähligen neuen Weihnachtserzählungen und -gedichten wenigstens einige dazu taugen, sozusagen ein kritisches Weihnachtsbewußtsein zu stiften.

4. Weil die Wirkung von Poesie und Literatur nie genau vorauszusehen ist und weil es demnach also möglich sein müßte, gegen das ›Weihnachtssyndrom‹ anzuschreiben: also auch davon zu sagen und zu singen, daß es pervers ist, Gesten der Mildtätigkeit und des guten Willens zur Schau zu stellen, die durch ›der Liebe Tun‹ weder persönlich noch politisch gedeckt und bewährt sind.

5. Es gibt keinen Grund, die biblische Weihnachtserzählung immer erneut mit dem Weihnachtsbaum oder mit Schneeflöckchen, Weißröckchen in Verbindung zu bringen. Jesu Geburt muß in der Literatur auch dort stattfinden können, wo weit und breit kein Baum (mehr) wächst oder niemals Schnee gefallen ist oder nur selten, in Jerusalem ebenso wie in Florida oder Südafrika.

6. Die Weigerung eines Schriftstellers, sich am Weihnachtsrummel zu beteiligen, ist achtbar und ehrenwert. Nicht weniger respektabel könnte der Versuch anderer sein, womöglich mit List die Wahrheit zu verbreiten. Eingedenk nicht nur der bekannten Pilatus-Frage ›Was ist Wahrheit?‹, sondern auch der Brecht-Thesen von den »Fünf Schwierigkeiten beim Schreiben der Wahrheit« (geschrieben im dänischen Exil 1934), eingedenk auch des Gedichtes am Rand (der Bibel) von Kurt

Marti, das die ›Flucht nach Ägypten‹ so darstellt: *nicht / ägypten / ist / fluchtpunkt / der flucht // das kind / wird gerettet / für härtere Tage // fluchtpunkt / der flucht / ist / das kreuz.*

7. Auch ich sehe, daß die Vorherrschaft der Weihnachtsthematik die ›christliche Literatur‹ beeinträchtigt hat, die literarische Darstellung und Variation des Oster- und Pfingstgeschehens überwuchert. Doch ich glaube, der Prüfstein liegt woanders. Soweit ich sehe, ist nach den Ereignissen von Hiroshima und Nagasaki, aber auch nach Harrisburg und Tschernobyl keine christliche Literatur entstanden, die man mit Recht so nennen könnte. Die vorsätzlich kriegerische wie die vorgeblich friedliche Nutzung der Atomenergie vernichtet Menschenleben und verseucht die Erde auf unabsehbare Zeit, dieselbe Erde, die nicht nur Christen als Gottes Schöpfung ehren und heiligen – das heißt dem Schöpfer pfleglich zu eigen halten sollen. Die Feste des Kirchenjahres erscheinen in einem anderen Licht, wenn die Erkenntnis dämmert, daß Menschen in der Lage sind, Weltzeit enden zu lassen. Das hat Folgen, auch in der Literatur.

8. Eigentlich müßte es jeden Schriftsteller zum Widerspruch oder zum Boykott reizen, das Weihnachtsfest so ›total verbürgerlicht‹ zu sehen (sofern er es so sieht). Dennoch haben Poeten und Schriftsteller die Chance, das Geschiebe aus selbstverständlicher Spekulation und unbedachter Gepflogenheit zu durchstoßen. Aber wie? Indem sie von den Urphänomenen des Lebens erzählen. Zum Beispiel vom Geborenwerden und vom Sterbenmüssen.

9. Es gibt kein ›Summa summarum‹ des Erzählens, auch wenn ›Weihnachten in unseren nördlichen Breiten‹ längst als ›zerzählt‹ erscheint. Erzählen heißt nicht nur zählen, sondern auch mitteilen. Jede Generation hat dank ihrer eigenen Wahrnehmungen und Erfahrungen etwas Neues zu erzählen. Wahrscheinlich auch, wenn es sich um Weihnachten in unseren nördlichen Breiten handelt. Was kennen wir von isländischer, norwegischer, dänischer, schwedischer oder finnischer Weihnachtsliteratur? Was mich betrifft: herzlich wenig.

10. Zwischen Dichtung und Wahrheit hanget die ganze Schriftstellerei. Ob einer sagt: ›Erst müßte etwas passiert oder von mir selbst erlebt worden sein‹ oder ein anderer stillschweigend ›zu einem gegebenen Anlaß oder Thema‹ Geschichten erfindet, in der Literatur zählen letztlich nur das Ergebnis, der Text, der Wortlaut und später deren Wirkungsgeschichte. Wenn in einem gelungenen Weihnachtsgedicht auf die Frage ›Wo bist du, Jesuskind?‹ die Antwort kommt: ›Ich bin im

Herzen der Armen, / die ganz vergessen sind …‹, erscheint es nach wenigen Jahren unerheblich, ob, wie in diesem Fall, der bekannte Stückeschreiber Jean Anouilh – der uns in seinem ›Herrn Ornifle‹ einen geschickten Alleskönner vorstellt, der gegen gutes Geld dies und das und schließlich auch ein maßgeschneidertes Weihnachtsgedicht machen kann –, oder ob ein weniger bekannter Autor der bürgerlichen Wohlstandsgesellschaft die Chance abspricht, das Jesuskind bei sich zu finden, auf seiten der Hausbesitzer, in deren Herzen.

Jedoch, wie mag es einem Autor ergehen, der sich irgendwann einmal die Aufgabe gestellt hat, gegen Ende eines jeden Jahres ein Weihnachtsgedicht zu schreiben, das seinen Freunden Nachricht gibt, ich lebe noch, und zugleich erkennen läßt, in welcher Zeit der Text entstanden ist. Dieser Mann bin ich. Poesie sollte Nachricht sein. Sollte an Ereignisse erinnern, die auch zu Weihnachten nicht verschwiegen werden sollten. Dasselbe würde für Erzählungen gelten, wenn ich mich nicht für Gedichte entschieden hätte.«

Eine literarisch-theologische Kontroverse, die – so meine ich – bis heute ihre Bedeutung nicht eingebüßt hat. Ich selber habe damals in dieser Sache Stellung nehmen können. Arnim Juhre hatte mich um eine Leserzuschrift gebeten. Ich formulierte meine Position kritisch nach beiden Seiten[160]:

»Der Briefwechsel zwischen Kurt Marti und Arnim Juhre ist auf eine merkwürdige Weise enttäuschend und provozierend zugleich. Enttäuschend, weil wir als *literarisch* interessierte Leser nicht mehr erfahren als: Kurt Marti fällt beim Thema Weihnachten als *Schriftsteller* nichts mehr ein; Arnim Juhre fällt offenbar jedes Jahr etwas ein, hat er sich doch vorgenommen, ›gegen Ende eines jeden Jahres ein Weihnachtsgedicht zu schreiben‹. Das ist schlicht zur Kenntnis zu nehmen, wenn auch beider Gründe meist außerliterarischer Natur sind. Aber grundsätzlich? Natürlich – darin hat Kurt Marti völlig recht – ist Weihnachten längst ›zerzählt‹, aber dies muß – mit Arnim Juhre – kein Grund sein, es nicht wieder zu versuchen. Was ist literarisch nicht schon alles zerzählt, zerdichtet, zerredet worden, ohne daß Schriftsteller aufgehört hätten, Erzählungen, Gedichte und Stücke zu schreiben?

Die entscheidende, uns Leser wirklich interessierende Frage ist eine andere: Was ist ein guter Weihnachtstext, literarisch wie theologisch? Dazu lieferte die Diskussion zwischen den beiden so erfahrenen Autoren nur Ansätze. Doch gleichzeitig provozierte sie grundsätzliche Überlegungen, und deshalb ist dieser Briefwechsel des Jahres 1987 wichtig. Denn beide Positionen enthalten in sich eine raffinierte Dialektik. Konkret? Kurt Marti hat darin völlig recht: lieber keine Weihnachtsgeschichte als eine zerzählte. Gerade die Verweigerung der literarischen ›Verarbeitung‹ und ›Vermarktung‹ könnte dem Thema Weihnachten noch einmal seine Größe wiedergeben. Das beste Weihnachtsgedicht könnte in der Tat heute das verweigerte sein, das bewußt verschwiegene. Diese Verweigerung könnte kritischer und widerständiger sein als alle noch so kritischen politischen Texte ›über‹ Weihnachten. Aber diese Verweigerung ist nur so lange widerständig, als von ihr öffentlich erzählt wird und sie nicht der Selbstabdankung des Autors entspringt. Denn sie kann auch zur Tarnung künstlerischer Phantasielosigkeit mißbraucht werden. Zu Ende gedacht heißt sie: Das Schweigen ist die kritischste Form des Redens. Das aber wäre die Selbstpreisgabe der Wort-Kunst, Nicht-Literatur als höchste Form der Literatur.

Umgekehrt, was die Position Arnim Juhres betrifft: Sie ist so lange nicht überzeugend, wie uns Juhre nicht mit einem Text überrascht, der mehr ist als die Nachricht an seine Freunde, daß er noch lebt. Diese Nachrichtenfunktion seiner Texte ist Juhres Privatsache und hat uns als *literarisch* interessierte Leser nicht zu kümmern. Uns interessiert, wie heute ein literarischer Text zum Thema Weihnachten aussehen könnte, der nach Dürrenmatts ›Weihnacht‹, nach Borcherts ›Die drei dunklen Könige‹, nach Huchels ›Dezember 1942‹, Bölls ›Nicht nur zur Weihnachtszeit‹, Bobrowskis ›Unordnung bei Klapat‹ oder Kunzes ›Weihnachten‹ theologisch wie literarisch ein hohes Niveau einzuhalten versteht. Daß man heute als Schriftsteller mit Weihnachtstexten literarisch beinahe nur noch scheitern kann, hat Kurt Marti gespürt und ist auch Arnim Juhre nicht unvertraut. Juhres Stärke aber ist: Er vertraut noch der literarischen Vergegenwärtigung auch und gerade des Themas Weihnachten, leistet so den ›Zerzählern‹ Widerstand und bekennt sich damit zu dem, was Literatur zu Literatur macht: zum Wort, zum geschriebenen, nicht verschwiegenen Wort.

In summa: Ein enttäuschender, aber provozierender und deshalb wichtiger Briefwechsel, der auf paradoxe Weise zeigt: Vielleicht ist die gegenwärtig angemessenste literarische Form, über Weihnachten zu reden, ein Briefwechsel, der erzählt, warum man heute von Weihnachten nicht mehr so einfach erzählen kann.«

Anmerkungen

1 Koran-Zitate hier und im folgenden aus: Der Koran. Übers. U. eingel. v. H. Zirker, Darmstadt 2003.

2 Dokumentiert und kommentiert durch *O. Cullmann*, in: Neutestamentliche Apokryphen, in deutscher Übersetzung hrsg. von W. Schneemelcher, Bd. I (Evangelien), Tübingen 1987, S. 330–372 (Kap. X: Kindheitsevangelien).

3 Zu den Charakteristika der NT-Übersetzung von Walter Jens vgl.: *K.-J. Kuschel*, Walter Jens. Literat und Protestant, Düsseldorf 2003, Kap. II/1: Die Übersetzung des Neuen Testamentes als literarisches Projekt. Auffällig an der hier ausgewählten Passage ist der durch den Übersetzter bewußt vollzogene Einschub (»Verehrter Herr! Bruder Theophilus, mein Freund«). Jens nimmt dadurch die Tatsache ernst, daß das Evangelium des Lukas von vornherein einen Adressaten hat. Lukas hat sowohl sein Evangelium als auch seine Apostelgeschichte für einen gewissen Theophilus aufgeschrieben, vermutlich einen vornehmen Heidenchristen (vgl. Lk 1,1–4; Apg 1,1–3). Der Evangelist signalisiert dadurch Subjektivität und Fragmentarität seiner Berichte. Jens macht sich diese Selbstrelativierung zunutze. Dadurch kommt ein Stück Dialogizität in die Erzählung. Wir Leser werden zu Zeugen von Mitteilungen wie an einen Freund. Wir sollen im Verlauf der Lesung nicht vergessen: Dies ist die Geschichte eines ergriffenen Menschen, der einem anderen eine Botschaft weitergeben will. © s. S. 251.

4 Vgl. dazu, den neuesten Forschungsstand zusammenfassend: *H. Förster*, Die Feier der Geburt Christi in der Alten Kirche. Beiträge zur Erforschung der Anfänge des Epiphanie- und des Weihnachtsfest, Tübingen 2000.

5 Vgl. dazu *W. Jens*, Die Evangelisten als Schriftsteller, in: ders., Republikanische Reden, München 1976, S. 30–40.

6 *Die Bibel.* Erschlossen und kommentiert von H. Halbfas, Düsseldorf 4. Aufl. 2003, S. 421.

7 *E. Bloch*, Das Prinzip Hoffnung, Frankfurt/M. 1969, Bd. III, S. 1489.

8 *Th. Mann*, Buddenbrooks. Verfall einer Familie. Roman, hrsg. v. E. Heftrich u. a., Frankfurt/M. 2002, S. 582–604 (Große kommentierte Frankfurter Ausgabe). Der Text wurde für dieses Buch leicht gekürzt. © s. S. 251.

9 *Ch. Dickens*, Weinachtserzählungen. Mit einem Nachwort von S. Schmitz, einer Zeittafel und Literaturhinweisen, Düsseldorf – Zürich 1977, Taschenbuch-Ausgabe München 2002, S. 5–110.

10 *A. Stifter*, Bergkristall, in: ders., Bunte Steine und Erzählungen, München 1971, S. 159–210, Zitat S. 210.

11 *Th. Storm*, Unter dem Tannenbaum, in: Sämtliche Werke Bd. I, München 1967, S. 326–349. Eine hilfreiche Zusammenstellung anderer Äußerungen Storms zum Thema Weihnachten enthält der Band: *Theodor Storm. Unter dem Tannenbaum.* Geschichten und Gedichte, hrsg. v. G. Honnefelder, Frankfurt/M. – Leipzig 1987.

12 *W. Jens*, Die Buddenbrooks und ihre Pastoren. Zu Gast im Weihnachtshause Thomas Manns, München 1990, S. 11.

13 *W. Frizen*, Thomas Mann und das Christentum, in: Thomas-Mann-Handbuch, hrsg. v. H. Koopmann, Stuttgart 2. Aufl. 1995, S. 307–326, Zitat S. 311.

14 In einem lesenswerten Artikel des Anglisten *Th. Stemmler*, »Im Wintermai. Woher Weihnachten kommt. Eine Spurensuche«, ist der Hinweis zu finden: »Doch im Norden Englands und in Schottland hat sich als Bezeichnung für das Weihnachtsfest das ältere ›yule‹ erhalten – der englische Verwandte des skandinavischen ›jul‹, das ursprünglich ein zwölf Tage andauerndes heidnisches alkoholgetränktes Fest bezeichnete, dessen ausgelassene Fröhlichkeit sich noch in Shakespeares Komödie ›Was ihr wollt‹ (›Twelfth Night‹ – das heißt ›Dreikönigsabend‹) spiegelt. Überhaupt wimmelt es in der Zeit der ›Zwölf Nächte‹ (25. Dezember bis 6. Januar) von vorchristlichen Bräuchen (›Wilder Jagd‹, ›Rauhnächten‹, Speise- und Namentabus, Arbeitsverboten usw.).

Damit haben wir endgültig vorchristliches, heidnisches Territorium erreicht. Denn in jener Zeit wurde die Wintersonnenwende am 21. Dezember ausgiebig gefeiert – als urtümlicher Jubel darüber, daß nunmehr die Tage länger wurden und die Sonne wieder an Kraft gewann.« (Frankfurter Allgemeine Zeitung vom 23. Dezember 2003).

15 *Th. Mann*, Buddenbrooks, S. 668f. (s. Anm. 8). Eine gründliche werkgeschichtliche Analyse als Weihnachtsmotivs im gesamten Werk von Thomas Mann habe ich vorgelegt in: »Weihnachten bei Thomas Mann« (2006).

16 *Th. Mann*, Weihnachtsstimmung, in: Essays II (1914–1926), hrsg. v. H. Kurzke u. a., Frankfurt/M. 2002, S. 804 (Große kommentierte Frankfurter Ausgabe).

17 *K. Tucholsky*, Weihnachten, in: Gesammelte Werke Bd. I (1907–1918), hrsg. v. M. Gerold-Tucholsky – F. J. Raddatz, Hamburg 1995, S. 349. Tucholsky hat gerade in der Zeit nach dem Ersten Weltkrieg mehrere Texte zum Thema »Weihnachten« verfaßt, die literarisch aber ungleich schwächer sind. Auf sie sei zum Vergleich verwiesen. So veröffentlicht Tucholsky nur einen Tag nach dem Gedicht in der »Weltbühne« (19. 12. 1918) am 20. 12. 1918 ein weiteres Gedicht unter dem Titel »Weihnachten«, und zwar in der Zeitschrift »Ulk«, ebenfalls in »Ulk« am 28. 12. 1919 ein drittes Gedicht mit dem Titel »Weihnachten« sowie schließlich am 25. 12. 1919 in der Berliner Volkszeitung das Gedicht »Friedens-Weihnachten«. Alle drei Texte nachzulesen in: *K. Tucholsky*, Gedichte, hrsg. v. M. Gerold-Tucholsky, Hamburg 1983, S. 148, 264 u. 265.

18 *J. von Eichendorff*, Weihnachten (1837), in: Werke Bd. I (Gedichte, Versepen), hrsg. v. H. Schultz, Frankfurt/M. 1987, S. 382 (Bibliothek deutscher Klassiker).

19 *K. Tucholsky*, Groß-Stadt-Weihnachten, in: Gesammelte Werke Bd. I, S. 139 (s. Anm. 17).

20 *K. Tucholsky*, Der Sadist der Landwehr, in: Gesammelte Werke Bd. I, S. 237–239, Zitat S. 238.

21 *K. Tucholsky*, a. a. O., S. 239 (s. Anm. 20).

22 *K. Tucholsky*, Die Flecke (1919), in: 20 Werke Bd. II, S. 228 (s. Anm. 17).

23 *K. Tucholsky*, Silvester, in: Gesammelte Werke Bd. I, S. 350 (s. Anm. 17).

24 Zitiert nach: Das Weihnachtsbuch der Lieder. Ausgewählt von G. Natalis, Frankfurt/M. 1975, neu illustrierte Nachauflage 1998, S. 49f. Im Nachwort von E. Klusen liest man: »Vom Tannenbaum gibt es ein seit dem 16. Jahrhundert bis in das 19. Jahrhundert bekanntes Lied, das mit Weihnachten gar nichts zu tun hat, nur mit den gleichen Anfangsworten beginnt: ›O Tannenbaum, o Tannenbaum, du bist ein edler Zweig / Du grünest uns den Winter, die liebe Sommerzeit‹. Mit eben jenen Eingangsworten dichtete A. Zarnack, das gleiche Motiv und den gleichen Texteingang aufgreifend: ›O Tannenbaum, o Tannenbaum, wie grün sind deine Blätter / Du grünst nicht nur zur Sommerzeit, nein auch im Winter, wenn es schneit‹. Die folgenden Strophen Zarnacks zeigen jedoch, daß die Natureinleitung mit dem Sinnbild der Beständigkeit nur als ironischer Bezug auf die Untreue eines Mädchens gemeint war, denn die zweite Strophe beginnt: ›O Mägdelein, o Mägdelein, wie falsch ist dein Gemüte‹. Zu seinem Text fügte der Dichter statt der altertümlichen Moll-Melodie des ursprünglichen Tannenbaum-Liedes die Weise des Studentenliedes ›Lauriger horatius‹, vielleicht nicht ohne Anspielung auf den immergrünen Lorbeer. Vier Jahre nach der Veröffentlichung dieses Gedichtes, 1824, dichtete der Lehrer Ernst Anschütz im Anschluß an die erste Strophe Zarnacks die heute bekannten Strophen des Liedes, übernahm dazu die Melodie Zarnacks und schuf damit ein Kinderlied, dessen moralisierende Einstellung in den Versen zum Ausdruck kommt: ›dein Kleid *will mich was lehren*. / Die Hoffnung und Beständigkeit …‹. Als sich im 19. Jahrhundert der Brauch durchsetzte, einen Weihnachtsbaum in die Stube zu stellen, wurde dieses Lied vom Tannenbaum zum Weihnachtslied und hat doch mit keinem Wort eine Beziehung zu Weihnachten als dem Fest der Christgeburt. Hier fassen wir einen bedeutsamen Zug mancher Weihnachtslieder des 19. Jahrhunderts, die Verselbständigung der sekundären Requisiten.« (S. 195–197).

25 Die gründlichste Studie dazu hat vorgelegt: *W. Mezger*, Sankt Nikolaus zwischen Kult und Klamauk, Ostfildern 1993.

26 *Th. Storm*, a. a. O., S. 338f. (s. Anm. 11).

27 Ebd.

28 *E. Kästner*, Begegnung mit Tucho (1946), in: Werke Bd. VI (Splitter und Balken. Publizistik), hrsg. v. F. J. Görtz, München – Wien 1998, S. 597–599, Zitat S. 599.

29 *E. Kästner*, Weihnachtslied, chemisch gereinigt, in: Werke Bd. I, S. 49 f. Auch Kästner hat sich immer wieder mit dem Thema »Weihnachten« beschäftigt, kann aber literarisch an das ausgewählte »Weihnachtslied« nicht anknüpfen. Verwiesen sei auf die Gedichte »Brief an den Weihnachtsmann« (erstmals gedruckt in »Die Weltbühne« vom 3. 12. 1930) sowie »Heiliger Abend« (erstmals gedruckt in »Die Weltbühne« vom 22. 12. 1930), heute nachzulesen in: *E. Kästner*, Werke Bd. II, S. 339 f. u. 346. Verwiesen sei auch auf die Prosa-Arbeiten für Kinder: »Sechsundvierzig Heiligabende« (1946), in: Werke Bd. II, S. 18–22 und »Interview mit dem Weihnachtsmann«, in: Werke Bd. VII, S. 181–184. © s. S. 251.

30 *M. Jürgs*, Der kleine Frieden im großen Krieg. Westfront 1914: Als Deutsche, Franzosen und Briten gemeinsam Weihnachten feierten, München 2003.

31 *J. Jürgs*, a. a. O., S. 8.

32 *K. Tucholsky*, Bänkelbuch, in: Gesammelte Werke Bd. VII, S. 127–130, Zitat S. 127 (s. Anm. 17).

33 *F. J. Görtz – H. Sarkowicz*, Erich Kästner. Eine Biographie, München 2003, S. 112.

34 *M. Reich-Ranicki*, Erich Kästner, der Dichter der kleinen Freiheit, in: ders., Nachprüfung. Aufsätze über deutsche Schriftsteller von gestern, Stuttgart 1980, S. 284–293, Zitat S. 288.

35 *K. Tucholsky*, Auf dem Nachttisch, in: Gesammelte Werke Bd. VIII, S. 309–318, Zitat S. 312 (s. Anm. 17).

36 *B. Brecht*, Maria, in: Werke Bd. XIII (Gedichte und Gedichtfragmente 1913–1927), hrsg. v. W. Hecht u. a., Frankfurt/M. 1993, S. 243 (Große kommentierte Berliner und Frankfurter Ausgabe). Das Typoskript trägt die handschriftliche Notierung: »Weihnachten 1922«. Dieses Gedicht wurde zusammen mit den beiden Gedichten »Weihnachtslegende« (entstanden 1923, erstmals gedruckt im Berliner Börsen-Courier 25. Dezember 1923) sowie »Die gute Nacht« (Dezember 1926: überliefert in zwei Fassungen) später für eine Ausgabe von Brechts Gedichten unter den Gesamttitel »Weihnachtsgedichte« gestellt, was möglicherweise nicht auf Brecht, sondern auf Elisabeth Hauptmann zurückgeht. Diese Texte sind greifbar im schon genannten Band Werke XIII, S. 271 f. (»Weihnachtslegende«), S. 338–340 (beide Fassungen von »Die gute Nacht«). Vgl. auch den in denselben thematischen Zusammenhang gehörenden Text »Als der Krist zur Welt geboren wurd«, Bd. XIII, 340. © s. S. 251.

37 *B. Brecht*, Der Choral vom großen Baal, in: Werke Bd. XIII, S. 121–123 (s. Anm. 36). Abgedruckt wurden hier nur die Strophen 1, 8, 17 und 18.

38 *W. Muschg*, Der Lyriker Bertolt Brecht, in: ders., Von Trakl zu Brecht. Dichter des Expressionismus, München 1963, S. 335–365, Zitat S. 338.

39 Zur *Lyrik Brechts* vgl.: Brecht-Handbuch II (Gedichte), hrsg. v. J. Knopf, Stuttgart – Weimar 2001. Unter religiös-theologischer Rücksicht bes.: *K.-J. Kuschel*, Der andere Brecht. Versuch einer theologischen Analyse seiner Lyrik, in: Religionsunterricht an Höheren Schulen 41 (1998), S. 294–303.

40 *B. Brecht*, Hymne an Gott, in: Werke Bd. XIII, S. 101 (s. Anm. 36).

41 *K. Schuhmann*, Der Lyriker Bertolt Brecht 1913–1933, München 1974, S. 99.

42 *B. Brecht*, Von den Sünden in der Hölle, in: Werke Bd. XI, S. 118.

43 *B. Brecht*, Lied der Galgenvögel, in: Werke Bd. XI, S. 10.

44 *B. Brecht*, Ballade von der alten Frau, in: Werke Bd. XIII, S. 257.

45 Zitiert nach: *B. Brecht*, Werke Bd. XIII, S. 488.

46 Einzelheiten dazu bei *K.-J. Kuschel*, Maria in der deutschen Literatur des 20. Jahrhunderts, in: Handbuch der Marienkunde, hrsg. v. W. Beinert – H. Petri, Bd. II, Regensburg 2. Aufl. 1997, S. 215–269.

47 *L. Leiss*, Kunst im Konflikt, Berlin – New York 1971, S. 356.

48 *J. Knopf*, Brecht-Handbuch. Lyrik, Prosa, Schriften. Eine Ästhetik der Widersprüche, Stuttgart – Weimar 1984, S. 52.

49 *B. Brecht*, Ich, Bertold Brecht, in: Werke Bd. XIII, S. 241 f. (s. Anm. 36).

50 *B. Brecht*, Von der Freundlichkeit der Welt, in: Werke Bd. XI, S. 68.

51 *D. Sölle*, Bertolt Brechts Weihnachtsgedichte, interpretiert im Zusammenhang seiner lyrischen Theorie, in: Euphorion 61 (1967), S. 84–103. Ich zitiere hier nach: *D. Sölle*, Das Eis der Seele spalten. Theologie und Literatur in sprachloser Zeit, Mainz 1996, S. 155–173.

52 *D. Sölle*, a.a.O., S. 170f.
53 *J. Knopf*, Maria, in: Brecht-Handbuch Bd. II (Gedichte), hrsg. v.J. Knopf, Stuttgart – Weimar 2001, S. 111–113, Zitat S. 113.
54 Ebd.
55 *B. Brecht*, Das Paket des lieben Gottes. Eine Weihnachtsgeschichte, in: Werke Bd. XIX, S. 276–279 (s. Anm. 36). © s. S. 251.
56 *K.-D. Müller*, Brecht-Kommentar zur erzählenden Prosa, München 1980, S. 84f.
57 *L. Fischer*, »Das Paket des lieben Gottes«, in: Brecht-Handbuch Bd. III (Prosa, Filme, Drehbücher), hrsg. v.J. Knopf, Stuttgart – Weimar 2002, S. 100–102, Zitat S. 101.
58 *B. Brecht*, »Jae Fleischhacker in Chikago«, in: Werke X/1, S. 271–318 (s. Anm. 36).
59 *B. Brecht*, Werke Bd. X/2, S. 1072f.
60 *B. Brecht*, Werke Bd. X/2, S. 1073f.
61 Brecht hatte im April 1920 im Rahmen seiner regelmäßigen Theaterkritiken für die Augsburger Zeitung »Der Volkswille« eine Inszenierung von Schillers »Don Carlos« zu besprechen. Seinen Lesern aber signalisiert er, daß er des »Carlos' Knechtschaft nicht mehr recht ernst nehmen« könne, seit er Sinclairs »Sumpf« gelesen habe: »Ich habe den Don Carlos, weißgott, je und je geliebt. Aber in diesen Tagen lese ich in Sinclairs ›Sumpf‹ die Geschichte eines Arbeiters, der in den Schlachthöfen Chicagos zu Tod gehungert wird. Es handelt sich um einfachen Hunger, Kälte, Krankheit, die einen Mann unterkriegen, so sicher, als ob sie von Gott eingesetzt seien. Dieser Mann hat einmal eine kleine Vision von Freiheit, wird dann mit Gummiknüppeln niedergeschlagen. Seine Freiheit hat mit Carlos' Freiheit nicht das mindeste zu tun, ich weiß es: aber ich kann Carlos' Knechtschaft nicht mehr recht ernst nehmen.« (*B. Brecht*, »Don Carlos«, in: Werke XXI, S. 59). Die heute greifbare Ausgabe von Upton Sinclairs »The Jungle«, übersetzt durch Otto Wilk, trägt den korrekteren Titel »Der Dschungel«.
62 *U. Sinclair*, Der Dschungel. Roman, Hamburg 2000, S. 417f.
63 *J. Knopf*, Brecht-Handbuch. Lyrik, Prosa, Schriften, Stuttgart – Weimar 1984, S. 242.
64 Ich nehme hier noch einmal eine Formulierung von *K.-D. Müller* auf, der seinen o.g. Artikel (s. Anm. 63) hatte enden lassen: »Wenn am Schluß Gott als Verursacher des Zufalls genannt wird, so ist das zugleich versöhnlich und bitter.« (S. 85).
65 *L. Fischer*, a.a.O., S. 102 (s. Anm. 57).
66 *B. Brecht*, Gegenlied, in: Werke Bd. XV, S. 296 (s. Anm. 36).
67 *E. Lasker-Schüler*, Der Weihnachtsbaum, in: Werke und Briefe. Kritische Ausgabe Bd. IV/1, Frankfurt/M. 2001, S. 292f. © s. S. 251.
68 *H. Chr. Andersen*, Der Tannenbaum, in: Märchen. Aus dem Dänischen von E.-M. Blühm, Bd. I, Frankfurt/M. 1975, S. 312–322.
69 *E. Lasker-Schüler*, St. Laurentius, in: Werke und Briefe. Bd. IV/1, S. 155–158, Zitat S. 156f.
70 *E. Lasker-Schüler*, a.a.O., S. 157.
71 *E. Lasker-Schüler*, Der Antisemitismus, in: Werke und Briefe Bd. IV/1, S. 493.
72 *E. Lasker-Schüler*, Der Antisemitismus, in: Werke und Briefe Bd. IV/1, S. 495–499, Zitat S. 495f.
73 *E. Lasker-Schüler*, Arthur Aronymus und seine Väter, in: Werke und Briefe. Kritische Ausgabe Bd. II (Dramen), Frankfurt/M. 1997, S. 73–181. Entscheidende Einblicke in das Werk der Autorin verdanke ich der bahnbrechenden Studie von: *A. Henneke-Weischer*, Poetisches Judentum. Die Bibel im Werk Else Lasker-Schülers, Mainz 2003 (Reihe: Theologie und Literatur, hrsg. v. K.-J. Kuschel – G. Langenhorst, Bd. XIV), bes. die Kapitel VI–VIII.
74 *E. Lasker-Schüler*, Arthur Aronymus. Die Geschichte meines Vaters, in: Werke und Briefe Bd. IV/1, S. 239–266, Zitat S. 252.
75 *E. Lasker-Schüler*, Arthur Aronymus und seine Väter, S. 180 (s. Anm. 73).
76 *E. Lasker-Schüler*, Arthur Aronymus. Die Geschichte meines Vaters, S. 265f. (s. Anm. 74).
77 *E. Lasker-Schüler*, Auf der Galiläa nach Palästina, in: Werke und Briefe Bd. IV/1, S. 452f. Wichtige Hinweise enthält auch der Aufsatz von *S. Bauschinger*, Judenchristen. Else Lasker-Schüler über die verlorene Brücke zwischen Juden und Christen, in: Else Lasker-Schüler. Ansichten und Perspektiven, hrsg. v.E. Schürer – S. Hedgepeth, Tübingen 1999, S. 59–70.

78 *E. Lasker-Schüler*, Weihnacht, in: Werke und Briefe. Kritische Ausgabe Bd. I/1, Frankfurt/M. 1996, S. 245.

79 *I. Aichinger*, Die größere Hoffnung. Roman (1948), Frankfurt/M. 1966, S. 108–135. © s. S. 251.

80 *I. Aichinger*, Die Vögel beginnen zu singen, wenn es noch finster ist, in: Ilse Aichinger. Leben und Werk, hrsg. v. S. Moser, Frankfurt/M. 2003, S. 29 f., Zitat S. 29.

81 Ich stütze mich für all diese Informationen auf *C. Blasberg*, »Ein unentschiedenes Spiel«? Über Juden und Judentum in Ilse Aichingers »Die größere Hoffnung«, in: »Was wir einsetzen können, ist Nüchternheit«. Zum Werk Ilse Aichingers, hrsg. v. B. Herrmann – B. Thums, Würzburg 2001, S. 39–60.

82 *H. Vinke*, Sich nicht anpassen lassen ... Gespräch mit Ilse Aichinger über Sophie Scholl, in: Ilse Aichinger. Leben und Werk, S. 36–41, Zitat S. 36 (s. Anm. 80).

83 *W. Jens*, Ilse Aichingers erster Roman, in: Ilse Aichinger. Leben und Werk, S. 169–172, Zitat S. 169 (s. Anm. 80).

84 *I. Aichinger*, Die Vögel beginnen zu singen, wenn es noch finster ist, in: Ilse Aichinger, Leben und Werk, S. 30 (s. Anm. 80).

85 *I. Aichinger*, Vor langer Zeit (1964), in: dies., Kleist, Moos, Fasane, Frankfurt/M. 1991, S. 19–22.

86 *R. Reichensperger*, Die Bergung der Opfer in der Sprache. Über Ilse Aichinger – Leben und Werk, Frankfurt/M. 1991, S. 9.

87 *J. Bobrowski*, Unordnung bei Klapat, in: ders., Der Mahner. Erzählungen und andere Prosa aus dem Nachlass, Berlin 1968, S. 39–45. © s. S. 251.

88 *J. Bobrowski*, Mäusefest, in: ders., Lippmanns Leib. Erzählungen, Stuttgart 1973, S. 43–46, Zitat S. 45 f.

89 So zu Recht *F. J. Raddatz*, Traditionen und Tendenzen. Materialien zur Literatur der DDR, Bd. I, Frankfurt/M. 1976, S. 203.

90 Zit. n. *H. Gehle* (Hrsg.), Johannes Bobrowski. Erläuterungen der Romane und Erzählungen, der vermischten Prosa und der Selbstzeugnisse, in: Johannes Bobrowski. Gesammelte Werke, Bd. VI, Stuttgart 1999, S. 291.

91 Ebd.

92 *J. Bobrowski*, Sarmatische Zeit/Schattenland Ströme. Gedichte, Stuttgart 1962, S. 65 f.

93 *W. Borchert*, Die drei dunklen Könige, in: Das Gesamtwerk, Hamburg 1949, S. 185–187. © s. S. 251.

94 *W. Borchert*, Allein mit meinem Schatten und dem Mond. Briefe, Gedichte und Dokumente, hrsg. v. G. J. A. Burgess – M. Töteberg, Hamburg 1996, S. 19.

95 *W. Borchert*, Draußen vor der Tür, in: Das Gesamtwerk, S. 164 f.

96 *W. Borchert*, Jesus macht nicht mehr mit, in: Das Gesamtwerk, S. 178–181, Zitat S. 179.

97 *W. Borchert*, a. a. O., S. 181.

98 *W. Borchert*, Das ist unser Manifest, in: Das Gesamtwerk, S. 308–315, Zitat S. 311 f.

99 *P. Rühmkorf*, Wolfgang Borchert in Selbstzeugnissen und Bilddokumenten, Hamburg 1961, S. 64 f.

100 *W. Borchert*, Brief an Hugo Sieker vom 6. Januar 1946, in: ders., Allein mit meinem Schatten und dem Mond, S. 161 (s. Anm. 94).

101 *W. Borchert*, Brief an die Eltern vom 28. September 1947, in: ders., Allein mit meinem Schatten und dem Mond, S. 224 (s. Anm. 94).

102 *W. Borchert*, Sechs Fragen an Wolfgang Borchert, in: ders., Allein mit meinem Schatten und dem Mond, S. 233 (s. Anm. 94).

103 *P. Huchel*, Dezember 1942, in: ders., Chauseen Chauseen. Gedichte, Frankfurt/M. 1963, S. 64. Erstmals gedruckt in: Sinn und Form 7 (1955), S. 212. Auch in: *P. Huchel*, Gesammelte Werke in 2 Bänden, hrsg. v. A. Vieregg, Bd. I (Die Gedichte), Frankfurt/M. 1984, S. 144 f. © s. S. 251.

104 *P. Huchel*, »Meine Freunde haben mir geholfen«. Interview mit V. Mölter, in: Gesammelte Werke, hrsg. v. A. Vieregg, Bd. II (Vermischte Schriften), Frankfurt/M. 1984, S. 368–372, Zitat S. 370 f.

105 *P. Huchel*, a. a. O., S. 371.

106 *P. Huchel*, Du Name Gott, in: Gesammelte Werke Bd. I, S. 265 (s. Anm. 103).

107 *A. Vieregg*, Peter Huchels Lyrik, in: Peter Huchel, hrsg. v. A. Vieregg, Frankfurt/M. 1986, S. 71–91, Zitat S. 74f.

108 *P. Huchel*, Die Hirtenstrophe, in: Gesammelte Werke Bd. I, S. 66f. (s. Anm. 103)

109 *P. Huchel*, Von den armen Kindern im Weihnachtsschnee, in: Gesammelte Werk Bd. II, S. 229–233 (s. Anm. 103).

110 *A. Vieregg*, Der frühe Peter Huchel, in: Peter Huchel, Leben und Werk in Texten und Bildern, hrsg. v. P. Walther, Frankfurt/M. – Leipzig 1996, S. 187–211, Zitat S. 201.

111 Einzelheiten dazu bei: *B. Lermen*, »[...] unter den Fittichen der Gewalt«. Peter Huchel und die Diktatur, in: Literatur in der Diktatur. Schreiben im Nationalsozialismus und DDR-Sozialismus, hrsg. v. G. Rüther, Paderborn 1997, S. 371–390.

112 Zur Vertiefung sei verwiesen auf die exemplarische Interpretation dieses Gedichtes bei *Walter Jens:* W. Jens, Hoffnungszeichen und Richtspruch, in: Frieden. Die Weihnachtsgeschichte in unserer Zeit, hrsg. v. W. Jens, Stuttgart 1981, S. 67–81. Die Funktion dieses Huchel-Textes im Werk von Walter Jens vgl.: *K.-J. Kuschel*, Walter Jens. Literat und Protestant, Düsseldorf 2003, S. 22–27.

113 *P. Huchel*, Der Preisträger dankt (1974), in: Peter Huchel, S. 15–19, Zitat S. 19 (s. Anm. 107).

114 *H. Hesse*, Weihnacht mit zwei Kindergeschichten (1950), in: Sämtliche Werke, hrsg. v. V. Michels, Bd. XIV (Betrachtungen und Berichte II: 1927–1961), Frankfurt/M. 2003, S. 262–268. © s. S. 251.

115 *H. Hesse*, Klage und Trost (1954), in: ders., Die Gedichte Bd. II, Frankfurt/M. 1977, S. 708f.

116 *H. Hesse*, Zu Weihnachten (»Neues Wiener Tageblatt« vom 25. 12. 1907), in: Sämtliche Werke, hrsg. v. V. Michels, Bd. XIII (Betrachtungen und Berichte I: 1899–1926), Frankfurt/M. 2003, S. 160–164.

117 *H. Hesse*, Weihnacht (Neue Zürcher Zeitung vom 25. 12. 1917), in: Sämtliche Werke Bd. XV (Die politischen Schriften), Frankfurt/M. 2004, S. 176–179, Zitat S. 177f.

118 *H. Hesse*, »Schaufenster vor Weihnachten« (Berliner Tageblatt vom 11. 12. 1927) sowie »Nach der Weihnacht« (Berliner Tageblatt vom 01. 01. 1928), in: Sämtliche Werke Bd. XIV, S. 53–58 sowie 58–62 (s. Anm. 114).

119 Schlüsseltext Hesses dazu: »Über die Einheit«, in: *H. Hesse*, Mein Glaube. Eine Dokumentation. Auswahl und Nachwort von S. Unseld, Frankfurt/M. 1971, S. 20–23. Zu Hesses »Glauben« vgl.: *K.-J. Kuschel*, Hermann Hesse und die Suche nach einem Menschheitsethos, in: Hermann Hesses »Siddhartha«. 11. Internationales Hermann-Hesse-Kolloquium in Calw 2002, hrsg. v. M. Limberg, Stuttgart 2002, S. 116–133.

120 *H. Hesse*, Kleiner Gesang (1962), in: Die Gedichte Bd. II, Frankfurt/M. 1977, S. 726.

121 *H. Böll*, So ward Abend und Morgen (1954), in: Unberechenbare Gäste. Erzählungen, München 2003, S. 31–39 (dtv 11592). Unverzichtbar zur Erschließung von Werk- und Forschungsgeschicht: *B. Sowinski*, Heinrich Böll, Stuttgart – Weimar 1993 sowie *B. Balzer*, Das literarische Werk Heinrich Bölls. Einführung und Kommentare, München 1997. © s. S. 251.

122 *Th. Mann*, Brief an A. E. Meyer vom 23. 12. 1941, in: ders., Briefe Bd. II (1937–1947), hrsg. v. E. Mann, Frankfurt/M. 1979, S. 225.

123 *Th. Mann*, Tagebücher 1940–1943, hrsg. v. P. de Mendelssohn, Frankfurt/M. 1982, S. 512f.

124 *H. Böll*, Briefe aus dem Krieg 1939–1945, Bd. I, hrsg. u. kommentiert v. J. Schubert, Köln 2001, S. 586.

125 *J. Goebbels*, Kriegsweihnacht 1942. Rundfunkrede an das deutsche Volk zum Heiligabend, in: ders., Der steile Aufstieg. Reden und Aufsätze aus den Jahren 1942/43, München 1944, S. 86–94.

126 *H. Böll*, Briefe aus dem Krieg 1939–1945, Bd. I, S. 586 (s. Anm. 124).

127 Zitiert nach: *B. Sowinski*, Heinrich Böll, Stuttgart – Weimar 1993, S. 42.

128 *H. Böll*, Krippenfeier (1952), in: ders., Nicht nur zur Weihnachtszeit. Erzählungen, München 1995, S. 76–81 (dtv 11591).

129 *H. Böll*, Schicksal einer henkellosen Tasse (1954), in: ders., Nicht nur zur Weihnachtszeit, S. 97–105.

130 *H. Böll*, Monolog eines Kellners (1959), in: ders., Unberechenbare Gäste, S. 67–69 (s. Anm. 121).
131 *H. Böll*, Nicht nur zur Weihnachtszeit (1952), in: ders., Nicht nur zur Weihnachtszeit, S. 47–75 (s. Anm. 128).
132 *H. Böll*, Nicht nur zur Weihnachtszeit, in: ders., Nicht nur zur Weihnachtszeit, S. 75(s. Anm. 128).
133 *H. Böll*, Krippenfeier, in: ders., Nicht nur zur Weihnachtszeit, S. 80f. (s. Anm. 128).
134 *H. Böll*, Weil wir uns auf dieser Erde nicht ganz zu Hause fühlen. Über Gott, Jesus und Christus, in: K.-J. Kuschel, Weil wir uns auf dieser Erde nicht ganz zu Hause fühlen. Zwölf Schriftsteller über Religion und Literatur, München 1985, S. 64–76, Zitat S. 65.
135 Ebd.
136 *H. Böll*, a.a.O., S. 68f.
137 Gerade die *theologische Auseinandersetzung* mit dem Werk von Heinrich Böll ist in den letzten Jahren fruchtbar gewesen. Ich verweise auf: *H. Jürgenbehring*, Liebe, Religion und Institution. Ethische und religiöse Themen bei Heinrich Böll, Mainz 1994. *V. Garske*, Christus als Ärgernis. Jesus von Nazareth in den Romanen Heinrich Bölls, Mainz 1998. *E. Langenhorst* (Hrsg.), Dreißig Jahre Nobelpreis Heinrich Böll. Zur literarisch-theologischen Wirkkraft Heinrich Bölls (mit Beiträgen u.a. von W. Gössmann, H. Küng, K.-J. Kuschel, D. Sölle), Münster – Hamburg – London 2002.
138 *G. Grass*, Advent, in: Werkausgabe, hrsg. v. V. Neuhaus – D. Hermes, Bd. I (Gedichte und Kurzprosa), Göttingen 1997, S. 143f. Ursprünglich erschienen in dem Gedichtband »Ausgefragt« (1967). © s. S. 251.
139 Zur *Lyrik von Günter Grass* vgl.: *H. Hartung*, Narr mit Silberblick. Günter Grass als Lyriker, in: ders., Deutsche Lyrik seit 1965. Tendenzen – Beispiele – Porträts, München 1985, S. 183–202. *V. Neuhaus*, Das Chaos hoffnungslos leben. Zu Günter Grass' lyrischem Werk, in: Zu Günter Grass. Geschichte auf dem poetischen Prüfstand, hrsg. v. M. Durzak, Stuttgart 1985, S. 20–45. *D. Stolz*, Vom privaten Motivkomplex zum poetischen Weltentwurf. Konstanten und Entwicklungen im literarischen Werk von Günter Grass (1956–1986), Würzburg 1994 (bes. Kap. II: Lyrik).
140 *G. Grass*, Vom mangelnden Selbstvertrauen der schreibenden Hofnarren unter Berücksichtigung nicht vorhandener Höfe, in: Werkausgabe Bd. XIV (Essays und Reden I: 1955–1969), Göttingen 1997, S. 167–172, Zitat S. 172.
141 *G. Grass*, Zorn Ärger Wut, in: Werkausgabe Bd. I, S. 174 (s. Anm. 138).
142 *G. Grass*, Ehe, in: Werkausgabe Bd. I, S. 142f.
143 *G. Grass*, Neue Mystik, in: Werkausgabe Bd. I, S. 186.
144 Weitergeschrieben ist die Auseinandersetzung mit dem Motiv »Weihnachten« bei Grass vor allem im Roman »Die Rättin« (1986). Vgl. dazu *D. Stolz*, Vom privaten Motivkomplex zum poetischen Weltentwurf, Kap. IV/3.2: Eine schöne Bescherung: »Auf Weihnachten wünschte ich eine Ratte mir« (s. Anm. 139).
145 *R. Kunze*, Die wunderbaren Jahre. Prosa, Frankfurt/M. 1976, S. 51. © s. S. 251.
146 *J. Serke*, Biermann und Kunze – zwei, an denen die DDR zerbrach, in: Mit dem Wort am Leben hängen … Reiner Kunze zum 65. Geburtstag, hrsg. v. M. Zybura, Heidelberg 1998, S. 94–97, Zitat S. 94. Kunze selber hat seinen »Fall« nach der Wende dargestellt in: Deckname »Lyrik«. Eine Dokumentation, Frankfurt/M. 1990.
147 *R. Kunze*, Die wunderbaren Jahre, S. 38 (s. Anm. 145).
148 *R. Kunze*, Die wunderbaren Jahre, S. 64.
149 *H. Böll*, Die Faust, die weinen kann. Über Reiner Kunze »Die wunderbaren Jahre«, in: ders., Es kann einem bange werden. Schriften und Reden 1976–1977, Köln 1985, S. 99–102, Zitat S. 99.
150 *H. Böll*, Laudatio auf den Georg-Büchner-Preisträger Reiner Kunze (Darmstadt 21.10.1977), in: ders., Es kann einem bange werden, S. 183–188, Zitat S. 185.
151 *R. Kunze*, Die wunderbaren Jahre, S. 76 (s. Anm. 145).
152 *R. Kunze*, a.a.O., S. 80.
153 *R. Kunze*, Dankrede, in: Büchner-Preis-Reden 1972–1983, Stuttgart 1984, S. 103–107, Zitat S. 106.

154 *K. Marti*, Gedichte am Rand, Teufen – Köln 1963, S. 6. Unverzichtbar zur Erschließung der Werk- und Forschungsgeschichte: *E. R. Rinke*, Der Weg kommt, indem wir gehen. Theologie und Poesie der Zärtlichkeit bei Kurt Marti, Stuttgart 1990 sowie *Ch. Mauch* (Hrsg.), Kurt Marti. Texte, Daten, Bilder. Mit einem Vorwort von Walter Jens, Frankfurt/M. 1991. *Ch. Mauch*, Poesie – Theologie – Politik. Studien zu Kurt Marti, Tübingen 1992. © s. S. 251.

155 *K. Marti*, Flucht nach Ägypten, in: ders., Gedichte am Rand, S. 7 (s. Anm. 154).

156 *W. Jens*, Wie es ist und wie es sein könnte. Über Weihnachten als Utopie, in: K.-J. Kuschel, Weil wir uns auf dieser Erde nicht ganz zu Hause fühlen, München 1985, S. 14–23, Zitate S. 14 u. 15 (s. Anm. 134).

157 *K. Marti*, Und Maria, in: ders., Abendland. Gedichte, Darmstadt – Neuwied 1980, S. 41–44. © s. S. 251.

158 Der Band enthielt neben »Und Maria« noch einen weiteren Text direkt zum Thema »Weihnachten«, der aber literarisch ungleich schwächer ist als alles, was Marti zuvor zu diesem Thema zu sagen hatte: *K. Marti*, Weihnachten, in: ders., Abendland, S. 20f.

159 *K. Marti*, Die zerzählte Botschaft, in: Deutsches Allgemeines Sonntagsblatt vom 29. November 1987. Hier auch die Gegenthesen von Arnim Juhre.

160 *K.-J. Kuschel*, Die uns Leser interessierende Frage, in: Deutsches Allgemeines Sonntagsblatt vom 3. Januar 1988.

Literaturübersicht

I. Schlüsseltexte des Buches
in der Reihenfolge ihres Vorkommens
Den genannten Verlagen sei für die Erlaubnis zum Abdruck gedankt.

Jens, Walter, »Evangelium des Lukas« / »Evangelium des Matthäus«, Lukas 2,1-20 und Matthäus 1,17-23 in der Übertragung von Walter Jens, mit Genehmigung des Radius-Verlags entnommen aus: Walter Jens, Die vier Evangelien © 2003 by Radius-Verlag, Alexanderstr. 162, 70180 Stuttgart.

Mann, Thomas, »Weihnachten im Hause Buddenbrook«, Thomas Mann, aus: Buddenbrooks. © S.Fischer Verlag, Berlin 1901. Alle Rechte vorbehalten S.Fischer Verlag GmbH, Frankfurt am Main.

Tucholsky, Kurt, »Weihnachten (1918)«, in: Gesammelte Werke Bd. 1 (1907-1918), hrsg. v. M. Gerold-Tucholsky – F. J. Raddatz, Rowohlt Verlag, Hamburg 1995, S. 349.

Kästner, Erich, »Weihnachtslied«, Erich Kästner, Weihnachtslied, chemisch gereinigt. Aus: Werke Bd. 1 (Gedichte), hg. von F.J. Görtz (1998) © Atrium Verlag, Zürich und Thomas Kästner.

Brecht, Bertolt, »Maria«, aus: Bertolt Brecht, Werke. Große kommentierte Berliner und Frankfurter Ausgabe, Band 13: Gedichte 3. © Suhrkamp Verlag Frankfurt am Main 1993.

Brecht, Bertolt, »Das Paket des lieben Gottes«, aus: Bertolt Brecht, Werke. Große kommentierte Berliner und Frankfurter Ausgabe, Band 19: Prosa 4. © Suhrkamp Verlag Frankfurt am Main 1997.

Lasker-Schüler, Else, »Der Weihnachtsbaum«, aus: Else Lasker-Schüler, Werke und Briefe. Kritische Ausgabe Band 4: Prosa 1921-1945. Nachgelassene Schriften, S. 292f. © Jüdischer Verlag im Suhrkamp Verlag Frankfurt am Main 1996.

Aichinger, Ilse, »Das große Spiel«, Ilse Aichinger, Das große Spiel. Aus: dies., Die größere Hoffnung. © Bermann Fischer Verlag NV, Amsterdam 1948. Alle Rechte vorbehalten S.Fischer Verlag GmbH, Frankfurt am Main 1963.

Bobrowski, Johannes, »Unordnung bei Klapat«, aus: Johannes Bobrowski, Die Erzählungen, Vermischte Prosa und Selbstzeugnisse in: Gesammelte Werke in sechs Bänden, vierter Band © 1999, Deutsche Verlags-Anstalt, München, in der Verlagsgruppe Random House GmbH.

Borchert, Wolfgang, »Die drei dunklen Könige«, aus: Wolfgang Borchert, Das Gesamtwerk. Herausgegeben von Michael Töteberg unter Mitarbeit von Irmgard Schindler. Copyright © 2007 by Rowohlt Verlag GmbH, Reinbek bei Hamburg.

Huchel, Peter, »Dezember 1942«, Peter Huchel, Dezember 1942. Aus: ders., Chauseen Chauseen. Gedichte. © S. Fischer Verlag GmbH, Frankfurt am Main 1963.

Hesse, Hermann, »Weihnacht mit zwei Kindergeschichten«, Hermann Hesse, Sämtliche Werke, Band 14: Betrachtungen und Berichte 1927-1961. © Suhrkamp Verlag Frankfurt am Main 2003.

Böll, Heinrich, »Und so ward Morgen und Abend«, aus: »Heinrich Böll. Werke. Kölner Ausgabe, Bd. 9« Herausgegeben von J.H. Reid © 2006, Verlag Kiepenheuer & Witsch GmbH & Co. KG, Köln.

Grass, Günter, »Advent« (1967), in: Werkausgabe, hersg. V. V. Neuhaus – D. Hermes, Bd. 1 (Gedichte und Kurzprosa), Göttingen 1997, S. 143 f. © Steidl Verlag, Göttingen.

Kunze, Reiner, »Weihnachten«. Reiner Kunze, Weihnachten. Aus: ders., Die wunderbaren Jahre. © S.Fischer Verlag GmbH, Frankfurt am Main 1976.

Marti, Kurt, »Weihnacht«, Kurt Marti, Der Traum geboren zu sein. Ausgewählte Gedichte © 2003 Nagel & Kimche im Carl Hanser Verlag München.
Marti, Kurt, »Und Maria«, Marti Kurt, Namenszug mit Mond © 1996 Nagel & Kimche im Carl Hanser Verlag München.

II. Weitere Textsammlungen (in chronologischer Reihenfolge)

A. Juhre (Hrsg.), Die Nacht vergeht. Weihnachtsgeschichten aus unserer Zeit, Gütersloh 1963; ders., Die Reise nach Bethlehem. Weihnachtsgeschichten aus unserer Zeit, Gütersloh 1969.
W. Fietkau (Hrsg.), Thema Weihnachten. Gedichte der Gegenwart, Wuppertal 1964, 4. Aufl. 1973.
E. Borchers (Hrsg.), Das Weihnachtsbuch. Mit alten und neuen Geschichten, Gedichten und Liedern, Frankfurt/M. 1973, neu illustrierte Neuauflage 1998.
J. Hoffmann-Herreros (Hrsg.), Weihnachtsgeschichten, Mainz 1975.
ders., Er ist Mensch geworden. Weihnachtsgeschichten II, Mainz 1976.
G. Natalis (Hrsg.), Das Weihnachtsbuch der Lieder. Mit alten und neuen Liedern und Spielen, Frankfurt/M. 1975.
W. Jens (Hrsg.), Frieden. Die Weihnachtsgeschichte in unserer Zeit, Stuttgart 1981;
ders. (Hrsg.), Es begibt sich aber zu der Zeit. Texte zur Weihnachtsgeschichte, Stuttgart 1988.
E. Langstein-Jäger (Hrsg.), Hell die Nacht. Geschichten und Gedichte zu Weihnachten, Neukirchen-Vluyn 1996.
G. Langenhorst, Gedichte zur Bibel. Texte – Interpretationen – Methoden. Ein Werkbuch für Schule und Gemeinde, München 2001.
J. Jourdan (Hrsg.), Meine Seele erhebt den Herrn. Gedichte zum Weihnachtsfest, Altenstadt 2001.
M. Scharpe (Hrsg.), Heilige Nacht – Heiliger Tag. Die hundert schönsten Weihnachtsgedichte und -geschichten, Stuttgart 2001.
E. Meyer (Hrsg.), »O du fröhliche …« Wie Dichter Weihnachten erlebten, Zürich–Hamburg 2002.
Weihnachten. Die schönsten Geschichten aus der Weltliteratur, Zürich 2003.

III. Thematisch relevante Literatur von Karl-Josef Kuschel

Vom Streit zum Wettstreit der Religionen. Lessing und die Herausforderung des Islam, Düsseldorf (Patmos Verlag) 1998.
Jesus im Spiegel der Weltliteratur. Eine Jahrhundertbilanz in Texten und Einführungen, Düsseldorf (Patmos Verlag) 1999. Neuausgabe 2011.
Gottes grausamer Spaß? Heinrich Heines Leben mit der Katastrophe, Düsseldorf (Patmos Verlag) 2002. Neuausgabe 2010.
Walter Jens. Literat und Protestant, Düsseldorf (Patmos Verlag) 2003.
»Jud, Christ und Muselmann vereinigt«? Lessings »Nathan der Weise«, Düsseldorf (Patmos Verlag) 2004. Neuausgabe 2011.
Feiertage einmal anders betrachtet. Jürgen Hoeren im Gespräch mit Karl-Josef Kuschel und Bernardin Schellenberger, Würzburg (Echter Verlag) 2004. Neuausgabe 2011.
Weihnachten bei Thomas Mann, Düsseldorf (Patmos Verlag) 2006.
Gott liebt es, sich zu verstecken. Literarische Skizzen von Lessing bis Muschg, Ostfildern (Grünewald-Verlag) 2007.
Juden – Christen – Muslime: Herkunft und Zukunft, Düsseldorf (Patmos Verlag) 2007.
Weihnachten und der Koran, Düsseldorf (Patmos Verlag) 2008.
Zeitzeichen. Vierzig Analysen zu Politik und Religion, Tübingen (Klöpfer u. Meyer-Verlag) 2008.
Rilke und der Buddha. Die Geschichten eines einzigartigen Dialogs, Gütersloh (Gütersloher Verlagshaus) 2010.
Leben ist Brückenschlagen. Vordenker des interreligiösen Dialogs, Ostfildern (Patmos Verlag) 2011.

Die Weihnachtstrilogie komplett

Karl-Josef Kuschel
Weihnachten und der Koran

Format 14 x 21,5 cm
120 Seiten
Hardcover mit Schutzumschlag
ISBN 978-3-491-72531-7

Karl-Josef Kuschel
Weihnachten bei Thomas Mann

Format 14 x 21,5 cm
190 Seiten
Hardcover mit Schutzumschlag
ISBN 978-3-491-72505-8